老旦是一棵树

杨争光 | 著

湖南文艺出版社
HUNAN LITERATURE AND ART PUBLISHING HOUSE

▲ 杨争光近照

杨争光,当代著名作家、影视编剧。1991年获庄重文文学奖。代表作有《老旦是一棵树》《黑风景》《棺材铺》《从两个蛋开始》等小说,其作品被翻译成英、法、塞尔等文字在海外出版。担任诸多电影编剧并且取得巨大反响,代表作获西柏林国际电影节新评论奖、鹿特丹国际电影节观众最佳选票奖、威尼斯电影节国会议员奖、布拉格国际电影节大奖等多种国际奖项。

▲ 《老旦是一棵树》英文版

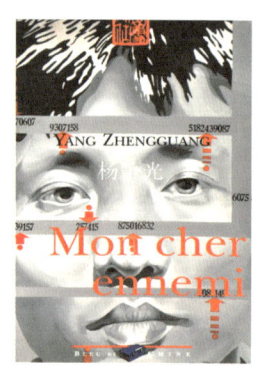

▲ 《我亲爱的敌人》法文版

▲《杨争光中篇小说集》
塞文版

出版说明

新时期以来，越来越多的中国作家赢得了国际社会的关注。中国文学与世界的对话正在更广泛的领域和更深层面展开，这从侧面反映了中华文化在世界范围内的苏醒和复兴。

据不完全统计，迄今为止已有2000余部中国当代文学作品被翻译介绍到国外，涉及作家230位以上，其中一部分喜获热评与奖项，构成了中国文学"走出去"的强大势头。为了展示这一可贵的成果，探讨国际文学交流经验，比较中外不同读者群体、批评家、出版家、翻译家的兴趣视角，中南传媒集团决定选编一套"走向世界的中国作家丛书"，暂以小说为入选对象，由集团下的湖南文艺出版社隆重出版。

这一套丛书的入选作品，既要体现作家的创作实绩和风格面貌，又要反映作品在国外市场的影响力和关注度，因此入选作品是在境外翻译出版较多的版本。深厚的人文主义精神将始终贯穿这套丛书。

为了体现这一编辑特色，有别于入选者的其他作品版本，我们在推出小说文本的同时，也编入了外文译本封面影印图片等，努力使之成为一套具有品读价值、研究价值和收藏价值的精美丛书。

"走向世界的中国作家丛书"
编辑委员会

目录
Contents

老旦是一棵树 _ 001

干沟 _ 059

万天斗 _ 069

公羊串门 _ 079

棺材铺 _ 099

赌徒 _ 153

杂嘴子 _ 215

买媳妇 _ 285

流放 _ 353

老旦是一棵树

一

老旦坐在屋檐下,眼睛像两枚深邃的黑药丸。他在看雨。雨织成细密的薄网,

从昏黄色的天空一股一股飘下来,落在院子里。雨不大,但时不时会吹破那张网,

吹出些冰凉的水沫,淋在他的脸上,精湿的瘦脸便泛出那种明滑的水光。如果是过去,他就不会这么专注地看雨了。他会立刻把他捂在被窝里,抱着他的女人,或者骑在她身上,制造出一长串欢乐。下雨的时候,男人精气旺,女人阴气盛,他说。他不止一次给双沟村的男人们传授过他的经验。下雨的时候你抱着女人,你会以为你是在水里哩,你会以为你抱的是一条鱼,光丢丢的,信不信由你,你们不信我信,他说。当然,这都是十五年以前的事了。盖上房屋的时候,一片崭新的瓦从房顶上滑落下来,掉在了老旦女人的头上。尖利的瓦棱和女人乌黑的头发一起砸进了头盖骨,她一声没吭,流了一摊污血,死了。他成了鳏夫。

"啐——"老旦朝天上吐了一口。唾沫切断绵长的雨丝,在空中

划出一道弧线,"啪哒"一声,落在水洼里,散成了一朵萝卜花。他吐得很不经意。

老旦的儿子大旦也在看雨,只是心情和他爸有些不同。他三十岁,是个光棍,一颗生姜一样的头很随便地连接在粗短的脖子上。他坐在上房屋的厅堂里,平展伸着两条腿,两只大脚趾从鞋的顶端挤出来,好奇地看着外面的世界。他一手提着一副生铁犁铧,一手抓着一块粗糙的石头。

"啐——"大旦也吐了一口。他一直盯着那口唾沫,看着它飞出去,再落下来,散开,被雨水淹没,然后,他扭过头,看着他爸。他和他爸吐在了同一个地方。这不是一件很容易的事情。他想看看他爸的反应。他爸侧着脸。他只能看见他爸的一只耳朵。他爸一动不动,严肃得像个将军。他感到自尊心受到了极大的伤害。他想让他爸说点什么。他一直想让他爸和他说点什么。

"我真想在犁铧上敲一下。"他突然说。

老旦好像没听见。大旦感到他的自尊心又遭到了一次伤害。

"当!"他真的敲了一下。犁铧发出一声短促的钝响。他爸被吓了一跳,头飞快地向他扭过来。这回,他到底看见了他爸的脸,他爸不说话,只是瞅着他。

"当!"又一声。

大旦迎着他爸的目光,一脸挑衅的神情。

"你能不能不敲?"老旦终于开口了。

"不能。"大旦说。

"要敲你提到街道上敲去,甭让我听见,我不想听。"老旦说。

"我敲我的犁铧,你看你的雨,井水不犯河水。"

"敲吧敲吧。"老旦说,"爱敲你就敲。"

"敲就敲。"大旦说。他一下一下敲了起来,不紧也不慢,而且摆出一副要不断地敲下去的架势。他仰着头,偶尔朝他爸斜瞟一眼。

"当——当——当——当——"

老旦终于受不住了。

"你这是敲丧哩!"老旦说。

"不对,我敲犁铧哩!"大旦说。

"犁铧是让人敲的?难道犁铧是锣?你说。"

"狗是看门的,还是杀了吃肉的?你说。"

"你敲得人心里瞀乱。"

"我不敲我心里瞀乱。"

"娶不到媳妇能怪我?你和我较什么劲?"

"我没和你较劲,我敲犁铧。"

大旦感到他浑身的肉突然变热了。他站起身,把犁铧提在手里,用石头在上面飞快地砸了起来,犁铧立刻发出一阵急促的生铁声。

"当当当当……"

"你驴日的敲吧。"老旦也站起来,"看你能敲出个媳妇来。"他甩甩袖子,要走。

大旦急眼了,他想他敲犁铧就是给他爸听的,他爸一走,他一个人敲着一定很乏味。

"站住!"他朝他爸吼了一声。

老旦站住了。他看见大旦两眼发红,狼一样盯着他。

"我去白菜地。"老旦说,"你敲你的。"

老旦走了,再也没有回头。大旦看着他爸的背影,眼里像要渗出血来。他恨不能掐住他爸的脖子,把他扭回来。

"敲就敲——"他跳起来,撕扯着嗓子吼了一声。

生铁犁铧愤怒地响了起来。

老旦已走出村口了。他看见东边正在退云。他想雨一停,他的两亩白菜就会疯了一样往上长。他没想到他会碰上仇人赵镇,更想不到后来发生的一切,都与他和赵镇的那一次碰面有关。

二

他听见了一阵踩踏泥水的声音,然后就看见了赵镇。

天说晴就晴了。太阳像圆圆的红柿饼。远处是群山,近处是一片又一片秋庄稼。老旦像一只安静的老狗,看着他的两亩白菜,白菜长势很好,一棵挨着一棵,从湿软的泥土里拱出来,白生生一片,朝着高远的天空。阳光唤醒了它们在雨天里聚积的精力,不时发出那种舒筋展骨的梆梆声。老旦爱听这种声音。他是个种白菜的老手。他从不多种,一年只种两亩。他总能让它们卖出好价钱。

"啪叽啪叽",有人踩踏着泥水走过来。雨刚停,路上还有积水。

是赵镇。他走到老旦跟前了,身后还有一位外乡女子。他是个人贩子。每一次出远门,他都会领回来一个年轻女人。这次领回来的女子叫环环,她家在北山深处的一个旮旯里。赵镇在她的村子里住了几天,然后就进了她家的门。赵镇说你跟我走,我给你找个男人,让你过好日子。她就跟着赵镇来了。赵镇说我们那里有吃有喝,就是缺女人。她长得不漂亮,但年轻,不到二十岁的样子,脸上布满太阳长久烘烤过的那种颜色。出家门的时候,她把一块印花手帕塞进裤兜,有意让手帕的一个角从裤兜边上探出来,远看像一只鸟的花尾巴。她觉得这么好看。村上许多女人都这样,花尾巴在裤腿那里一颠一颠的。赵镇说路上有人问,你就说我是你姨夫。环环说姨夫咱走吧。他们走了两天两晚。走到一天一夜的时候下起了雨。环环说姨夫咱还走吗?赵镇说走。他们一路踩踏着泥水。湿泥粘在鞋底上,越粘越厚,他们不时地踢甩着。有时鞋和湿泥一起甩出去了,他们就喊叫一声,光着一只脚追过去。这样,他们的路程就会少一些单调。村上有许多女人叫我姨夫哩,赵镇偶尔也给环环说几句这样的话。

"白菜长得不错。"赵镇站在老旦的屁股后头,微笑着。

"走你的路,你管毬它长得错不错。"老旦说。

老旦从来也不掩饰他对赵镇的仇恨。我看不惯他,我恨他,老旦给人这么说。为什么?不为什么。难道世界上的每一件事情都要为个什么?人为什么要吃?你说。肚子饿?肚子为什么要饿?你能说清楚?说不清嘛。其实,他对赵镇的仇恨由来已久了。那是在他的女人被瓦片砸死以后,他突然有些无所事事了。最难熬的是晚上,他躺在炕上胡思乱想。他突然想人一辈子应该有个仇人,不然活着还有个毬意思。他觉得这个想法很妙。他甚至有些激动,浑身的肉不停地发颤。以后的许多日子里,一躺在炕上,他就会想仇人,仇人,仇人,浑身的肉打着战。他把双沟村的人一个一个从脑子里过了一遍，挑来挑去，便挑中了人贩子赵镇。就这么，赵镇成了他的仇人。他巴望赵镇能遇到些倒霉的事情，他甚至希望赵镇出远门的时候栽进车轱辘里，最好不要把他碾死，碾断一条腿就行，让他整天拖拉着走来走去。看着你的仇人拖拉着一条断腿在街上走来走去，你心里会是个什么滋味？可赵镇每一次都会好好回到双沟村，他活得很滋润。赵镇遇到的事情都是好事情，而且，日子越过越富。每一次领回一个女人，他都会赚一笔钱。老旦怎么看也看不出赵镇会在哪一天倒运。老旦更恨他了。一个人没根没由地仇恨一个人，这听起来好像有些古怪。可老旦不觉得古怪。

"老旦，你能不能对我友好一点？"赵镇看着老旦的后脑勺，"这么多天没见，我好好问你话，你看你，让我走我的路。"

"我和你没说的。"老旦说。

老旦还想说几句恶毒的话，话还没出口，他听见了女人的声音。是环环。

"姨夫咱走。"环环说。

老旦扭过头来，用那两只药丸一样的眼睛把环环从头到脚审视了一遍，然后，把目光移在赵镇的脸上。

"你驴日的又领回来一个。"他说。

"她叫环环。"赵镇说。

"环环？这名字怪。"老旦说，不知为什么，他的语气缓和了许多。

"怎么样，给你家大旦？"赵镇说。

老旦的眼珠子直了。他没想到仇人赵镇的嘴里会吐出这么一句话来。他想起了大旦给他敲生铁犁铧的样子。他心里有些乱了。

"你驴日的奚落我。"他费了好大劲,终于说出了这么一句话。

"我不和你开玩笑。我不像你,把满世界人的心都看成黑的。"赵镇说。

老旦从赵镇的脸上看不出真假。

"要不要?不要我就给别人说去,村上的光棍一茬茬往上长哩。"赵镇说。

"姨夫咱走。"环环说。她有些不好意思。

"你再想想,就是这个人,你看过了,想要就去我家。"赵镇说。

"啪叽啪叽啪叽",赵镇领着环环走了。

老旦怔怔地看着那两个人拐进了村子。他突然抡起拳头,在大腿上砸了一下。

"驴日的你,我为啥不要!"

他撒开腿朝村里跑,一路上摔了几跤,等跑回家的时候,已变成了泥人。他看见大旦靠着墙壁睡着了,生铁犁铧已被敲成了碎片,散乱在厅堂里。他没叫醒大旦。他踩着生铁碎片来回走了一阵,然后仰起脖子,朝着赵镇家的方向吼了一声:

"驴日的你,我为啥不要!"

大旦被他爸撕裂的嗓门吓醒了。他看见他爸一身泥水,满脸涨红,脖子上直直竖着两条筋,吼叫声早顺墙传了过去,嘴唇还不停地抖动着。他以为他爸在骂他。

"我睡着了,我又没惹你。"他给他爸这么说。

老旦说做饭。大旦说做饭就做饭,没好吃的,热剩饭。老旦说剩饭就剩饭。他们吃了一顿剩饭,然后就睡了。老旦没告诉赵镇领环环的事,他感到这事没个准头。第二天,他被一阵干脆的爆竹声吵醒了。

三

赵镇回来的那天晚上。他婆娘一高兴,便提前生产了。她在炕上栽来滚去,失眉吊眼地喊叫了半夜,挣出了一堆羊水和一个白白胖胖的儿子。赵镇一辈子什么都不缺,就缺个继承香火的人。他想过各种办法,求神告奶奶,吃各种丸药汤药,闯过红,用过各种姿势,也有过一连十几天抱着婆娘不下炕的经历,结果都令他沮丧,婆娘的肚子怎么也鼓不起来。他恨不能从婆娘的肚子里掏出一块肉,捏成个儿子。有时候他会摸着婆娘的肚子,可怜兮兮地说,你给我生个儿子吧,我把你叫爷哩。有时候,他会咬牙切齿地在婆娘的大腿上抓一把,让婆娘发出几声猫一样的叫声。他说你甭叫唤,你给我生个儿子,我把你当我妈一样服侍。有时候,他会把婆娘折腾成一摊软泥,他说我就不相信我赵镇整不出一个儿子来。他奋斗了几十年,他终于整出来了。他险些晕了过去。他激动得像一只公鸡。他实在想不出表达他心情的好办法,便把头抵在衣柜腿上大哭了一声。爷呀,我的爷呀!他哭着说。然后,他一蹦子跳到了院子里,大声野气地喊着:灌黄酒去!有人跑了出去。买炮!放几串炮!又有人跑了出去。磨面,磨五斗面，我要给全村的人喝一顿胡辣汤！第二天一大早，人贩子赵镇亲自给婆娘热了第一碗黄酒。三长串爆竹一齐爆响，把他五十岁得子的消息传遍了双沟村。当天下午，胡辣汤也做好了。双沟村男女老幼一百多口人挟着碗筷在赵镇家门口新支的铁锅前排起长队。爱吃不掏钱的饭是双沟村人的脾气。不掏钱的饭吃起来香，他们都有这种感受。何况，能吃他的粥，是抬举他哩。一会儿，满街道就响起了那种喝汤的吸溜声。赵镇换上了一身崭新的衣服，戴一顶瓜皮帽，不时走出门，一脸得意的神色，像上了油彩。他抱着手给喝汤的人摇着：你们喝，我婆娘身子虚，我得照看。然后，再朝那扇大门里走进去。

赵镇家的那只狮子狗把眼睛瞪得像豆角一样，朝满街喝粥的人吼叫着。有人说你看那狗，不悦意了。有人说吼你娘的腿，主人施粥，你鼓什么闲劲。

老旦和大旦一前一后领了一碗粥，圪蹴在一个土堆背后喝着。赵镇得子，老旦的心又疼了一次，但粥不得不喝，不喝白不喝，至少可以省去做一顿饭的麻烦。

"他得意成熊了！"老旦说。他已喝完了一碗，"你等着我，我再去舀一碗，我有话和你说。他驴日的应该蒸些馒头，胡辣汤泡馒头才好吃哩。"他说。他真的又舀了一碗。他感到他应该把那件事告诉大旦了。

"大旦，我把实话给你说了。赵镇又领回来一个女人。"他说。

大旦停止了吸溜，看他爸。

"他问我想不想给你要过来。"老旦说。

"你咋说？"大旦的心提了起来。

"我咋不想要？可他是我的仇人。"老旦说，"受仇人的恩惠，咱先人在坟里会睡不安稳。"

"他又没得罪咱先人。"大旦说。

"他得罪我了！"老旦说。

"我想要。"大旦说，"你压根就不想给我娶媳妇。"

"胡说！"

"哼！"

"你让我再想想，这是和仇人做事哩。"老旦说。

"他给我个媳妇，我给他磕头哩。"大旦说，"这有什么好想的？爱想你想去！"

大旦端着碗走了。在街道的拐角处，大旦把那只空碗高高地举起来，又狠狠地摔下去，"叭"一声，碎了。

老旦眨巴着眼，脖子直了半晌。

事情太重大了。几天工夫，老旦瘦了一圈。大旦无犁铧可敲，便靠着墙壁胡哼哼，哼累了，就把头埋在胳膊里睡觉。他说他不想做饭，他已做了十几年饭了，做够了，谁爱做谁做去。他说做饭是女人的事。老旦说我是你爸，我不许你这么和我说话。大旦说我是你儿，我不许你坏了我的前程。老旦说你看你那死猪样，我真想踢你一脚。大旦说死猪不怕烫，还怕踢？踢吧，嘟哩格嘟哩格嘟哩格嘟。

后来，老旦终于想通了。水从门前过，哪有不舀一勺之理？赵镇这几天高兴，说不定会少要几个钱哩。就这么，他想明白了。那天晚上，他迈着双沟村人很熟悉的那种步子，走到了赵镇家门口。

"哎！"他喊了一声，"把狗拴住！"

赵镇说，是老旦啊，进，进，这几天人来人往，狗拴着哩。老旦说不进了不进了，那天你在我家白菜地头说的话还算不算数？赵镇想了想说，咋不算数，算数。老旦说我没钱给你，我只种了两亩白菜。赵镇说就那两亩白菜吧。老旦一直背着手，不时地抖着。这会儿，他不抖了。他像不认识赵镇一样，上上下下瞅着赵镇的脸。他没想到赵镇高兴的时候还这么清醒。

"我以为你这几天心里高兴，会少给我要几个哩。"老旦说。

"看你说的，我指这活哩。"赵镇说。

"我的白菜不白种了？"老旦说。

"你换了个大姑娘。"赵镇说。

"噢，噢，白菜就白菜吧。过两天我接人。"老旦说。

"我婆娘坐月子，我想让环环照看两天。"赵镇说。

"一个萝卜让你八头栽呀？"老旦说。

"接人也成。环环白天来我家照看月婆，晚上回你家睡觉，成不？"赵镇说。

"一接过去，就是我家的人，你得付点工钱吧？"老旦说。

"我少要些白菜，成吧？再不成就算毬了。"赵镇说。

"就按你说的办。驴日的你。"老旦说。

事情办成了，但老旦的肚子里好像吃了一只苍蝇，横竖不舒服，第二天一早有人看见他背着手到村长家走了一趟。

四

村长马林正在给他家的鸡修盖一座房屋。他不抬眼,一听声音就知道是老旦。

他听见老旦站在他的背后了。他掂量着一根木棍,想把它塞进墙上的窟窿眼里。他已塞了一排。墙上还有几个窟窿,满有信心地等待着木棍。马林塞了一根,又塞了一根,塞得一丝不苟。他想老旦很快就会给他说点什么。他想错了。老旦伸着脖子,眼珠子盯着墙上剩余的那几个窟窿,好像要等马林塞完以后才开口。马林有些诧异,然后就有些激愤:你驴熊爱等就等着,我塞完木棍还要上草箔子,上完草箔子还要上泥,还要上瓦,你个驴熊。

老旦似乎很有耐心,脖子一直伸着。

他们开始了一场漫长的等待。后来,马林有些忍不住了。

"你驴熊没见过盖鸡窝得是?"马林说。

"没见过,"老旦说,"实话说,我长这么大还没见过。"他说得很诚恳,他好像定了心要跟马林学一门盖鸡窝的手艺,"我长这么大还没见过像你这么盖鸡窝的。"

"那你就瞪圆眼珠子看吧。"马林说。

"我看这做什么?我没事干看你盖鸡窝?"老旦说。"我死了女人就不养鸡了,你不知道?我家要是有女人我他妈的就盖鸡窝。可我不会有女人了。"他说。

"大旦总要娶女人的。"马林说。

"当然,那是一定的。他娶女人他盖鸡窝去。"老旦说。

"你个驴熊哎!"

马林把最后一根木棍塞进了最后一个窟窿里,然后拍拍手,转过身来,看着老旦的鼻子,"你找我有什么事?"他说。

"赵镇又领回来一个女人。"老旦说。

"就这事?"马林从地上端起一把泥壶,喝了一口茶水。

"你是村长,你得管管这事。"老旦说。

"我只管收粮交税。"马林说。

"赵镇是人贩子!"老旦说。

"我知道他是人贩子。可管了赵镇,咱村上的光棍怎么办?他只贩女人。赵镇好就好在他只贩女人。"马林说,他又吸了一口茶水。

"好事都让赵镇占了。他贩女人发了财,还得了个儿子。"老旦说。

"那你得问赵镇的婆娘去。她要生,谁也没办法。赵镇就不该有个种?"马林说,"这又不是墙上的窟窿,用木棍可以塞住。她要生嘛!"

"我就想让他没种。"老旦说,"好事都是他的,一个萝卜八头栽。"

"有时候,一个萝卜就让一个人八头栽了。"马林说。

"这么说你下决心不管赵镇了?"老旦说。

"噢。"马林说,"你能管你管去,我不管。"

"你不管你不管,这次领回来的女人要给大旦,我又不吃亏。"老旦说。

"你个驴熊!"马林说,"人家给你领女人,你还告人家的状,你个驴熊。"

老旦对马林笑了两下。他觉得这事确实有些好笑。

"嗬。嗬嗬。过两天我就给大旦成亲,到时候你来喝白菜汤,一定,你忙,我走呀。"

老旦背着手,马林看见老旦的手指头在后腰背上得意地动弹着。

两天以后,环环和大旦见了一面。又过了两天,环环和大旦便成了大礼,成了老旦的儿子大旦的女人。按照约定,环环白天在赵镇家照顾坐月婆,晚上回老旦家睡觉。先一天,老旦从白菜地里挖了五十棵白菜。这也是事先的约定。老旦把那五十棵白菜做成汤,给村上的几家头面人物喝了一次。挖白菜的那天,老旦心里很难过,一句话,两亩白菜就成了赵镇的,他想不通。他流着泪给大旦说:这是咱父子两个一年的血汗。大旦说噢。老旦说你噢毬哩,白菜很容易就成了赵镇的你还噢。大旦说那你让我说什么?老旦说你走吧你先走,我在这里坐坐,我知道你现在想的不是白菜。大旦背着白菜背篓走了。大旦心想他爸说得对,他这会儿满脑子都是环环的身子和大腿。

风一会儿就吹干了老旦的眼眶,他在白菜地里坐了半晌,太阳早已落山,地里的湿气上来,毛毛虫一样在他的屁股上爬来爬去。他想他不能再坐了,再坐下去湿气就会钻进他的肠子里。他希望他的两亩白菜明天就烂在地里,烂成一堆又一堆臭泥,发出粪尿一样的气味。他这么一想,便有了一些激动。他走到白菜地中间,掰开几片叶子,把手伸进去,抓住脆嫩的菜心在里边胡揉乱捏了一阵,然后再把叶子盖好。他一连揉捏了十几棵。

"你们烂了吧,看在我老旦的老脸上,烂了吧。"他对满地的白菜说。

他站在白菜们中间,像一只孤独的老狼。他的手指头上沾满了白菜的汁液。

五

喝白菜汤的人一走,院子里就空空荡荡了。几十个白瓷碗像从地里长出来的一样,圆圆的,朝天张着,每一个碗上都整齐地担着一双木筷子。刚才稀里呼噜一片吃声,突然就剩下了几十个空碗。老旦愣愣地看着那些空碗,半晌没说一句话。他感到他家的院子像散场后的戏台。大旦的感受和他爸完全不同。他觉得那些空碗都是过时的东西,有一样更新鲜更实在的事情正等着他去做,戏还没开场哩。他说环环,咱回屋去,咱爸就这么爱想事情,让他想吧,咱进屋。环环正要转身,老旦却开口了。

"你们回屋,这些空碗咋办?让我收拾?"

"我看你看它们哩。"大旦说。

"我看空碗?空碗有什么可看的?你错了!"老旦说。

环环什么也没说,挽起袖子,开始收拾那些粗瓷大碗。大旦愣了一会儿,也跟着一块收拾。粗瓷大碗的碰撞声立刻使老旦的家里有了活人气息。老旦没动,他看着他们收拾。他感到环环还算懂规矩。收拾完了,天也黑了,大旦和环环站在他爸老旦跟前,看他爸还有什么吩咐。

"有二十八个碗是借人家的。让我去还?"老旦说。

"明天还。"大旦说,"我还。"

"这就对了。"老旦说。

"环环你先回屋,我和大旦有话说。"

环环回屋了。大旦直挺挺站着。老旦好长时间没开口。

"说嘛。"大旦说。

"本来要说些话,很重要,不知怎么又忘了。你先去,想起来我叫你。"老旦说。

大旦真想扇他爸一个耳光。

"去,回屋去。"老旦说。

大旦进屋的时候,环环已钻进被窝。被子一直拥到下巴颏跟前,眼睛乌溜溜地看着大旦。大旦感到他身上的骨头突然软了。他想他不能软,一软就什么事也干不成了。这么一想,他感到他的骨头又硬了起来。他插上门,转过身来,迎着环环的目光看了一会儿。

"上来呀。"他好像听见环环这么说了一声。其实环环什么也没说,环环只是眨了一下眼。环环的眼睫毛很长。

他走到炕跟前,把两只脚从鞋窝里退了出来。他的眼睛始终没离开环环的脸。可事后,他一点也想不起环环当时的脸是个什么样子。

一只带着土腥味的大脚伸到了环环的耳朵跟前。环环闭上眼睛,她听见一只同样大的脚跨过她的脸,落在了她的另一个耳朵跟前。然后,就听见布单下边的炕席发出一阵不堪重负的咯噔声。咯噔噔,咯噔。

"把灯吹了。"她说。环环的声音很轻。

后来，环环感到了一阵钻心的疼痛。她突然从炕上弹起来，跳下去，抱着肚子蹴在地上。大旦被他弹到了炕墙根下，两只眼睛恐慌地看着她，嘴唇抖动着。

"环环，你怎么啦，我怎么你了？"大旦说。他不知道他该不该下去扶她，把她抱上炕来。

环环摇摇头，呻吟了两声。

"我抱你上来。"大旦说。

环环又摇摇头，从地上站起来，钻进了被窝。大旦一动也不动。

"你来。"环环说。

大旦还是不动。他怕环环哄他。

咯儿咯儿，环环笑了两声。"来呀。"环环说。

大旦放心了。他想他这次得小心一些，不能让环环再把他从她的身子上弹下来。可一挨着环环身子，他就不能自己了。

"环环！"他叫着，"环环！"

大旦感到身子底下的这个女人变成了他身上的一块肉。他和她太亲了。他想给她说尽天下的好话，可他一句也想不出来，只一声一声地叫着，"环环，哦，环环。"他想把他化成水，渗到女人的身子里边去。他像在做一件可心而又费力的事，猴急又没办法。突然，他不动了。他的心里正拱动着一种悲酸的潮水。他把脸慢慢贴上环环的肚子。他趴在环环身上哭了起来，泪如泉涌。环环吓了一跳。

"环环，"他哭着说，"你让我没一点办法。"他说："你比我妈还亲！"

环环又感动又有些怜惜他。她用手指头在大旦多肉的脊背上摩挲着。她没有说话。

第二天一早,环环按照本地人的规矩,给她阿公爸老旦请了个安,倒了老旦的尿盆,又给老旦点了一锅旱烟。然后给老旦说:"爸,我到姨夫家去呀!"

"姨夫?哪儿蹦出个姨夫?"老旦说。

"赵镇让我叫他姨夫。"环环说。

"噢,噢。"老旦说,"以后甭提赵镇,他和我有仇哩。"

环环觉得阿公爸有些好笑,便咯儿咯儿笑了两声。她笑的时候,总是发出那种咯儿咯儿的声音。

"我不骗你,你甭笑。"老旦说。老旦也笑了两声。

那时候,老旦的心情还好,但一会儿就由晴转阴了。环环出门的时候,他看见了环环裤兜里露出来的那一截手帕。他突然感到这女人身上有一股妖气。到吃饭的时候,他的心情就更坏了。

"娶个女人,还要自己做饭,这算什么世界!"他说。

"环环说,赵镇婆娘一满月,她就回来。"大旦说。

"满月,满月,我一天也不想让她去。"老旦说。

"你事先和人家说好的你怪谁。"大旦说。

"你听着,你的媳妇可是用两亩白菜换来的。"老旦说,"裤兜吊着一截花尾巴,惹谁哩?"他看见大旦没有吭声,有些急了,"你怎么不说话?"

"我说什么?我没什么说的。"大旦说。

"你当然没说的,你娶了女人当然就没说的了。打到的媳妇揉到的面,我告诉你,你要治住她。"

"做什么治她？怎么治？你说的我不懂。"大旦说。

老旦想了一阵，也实在想不出一个非常新鲜的办法。他使劲咽了一口唾沫，说："反正你得治住她。"

"白菜是赵镇给你要的。"大旦说。

"对，是赵镇，这我知道。我迟早要整倒他。我早就想整倒他了。我不会放过他的。"老旦说。

他没想到机会来得那么快。

事情出在环环身上。

六

当人贩子赵镇和老旦的儿媳妇环环通奸的消息在双沟村的巷子里门背后茅墙前饭桌上传得沸沸扬扬，老旦像判官一样审问环环的时候，连环环自己也说不清是赵镇勾引了她，还是她自己送上了赵镇的门。

她每天都去赵镇家，给赵镇的婆娘端饭送水，洗尿褯子。她不但熟悉了赵镇家的住屋院子厨房和盛油盐酱醋的坛坛罐罐，也熟悉了赵镇家的各种气味。她常常和赵镇婆娘拥在一个被窝里，说一些女人爱说的话题。赵镇的婆娘是个胖女人，生孩子以后又胖了许多，浑身散发着一种逼人的奶味。她奶水很多，肥大的奶子从衣襟里挤出来，嘟噜噜吊着。小孩吃不了，她就把奶水挤在碗里。环环不知道把这些奶水怎么办。赵镇婆娘说你放着，让你姨夫晚上吃。大人吃小孩的奶，这让环环感到新奇。奶水养人哩,赵镇婆娘说。环环想不出赵镇喝奶水的样子。一个满脸茬茬胡子的男人和小孩一起吃他婆娘的奶,一定很怪吧?

那天,环环一进屋,就看见赵镇婆娘用一种怪异的目光看她。环环立刻想到了大旦和她在炕上的情景。其实,她一路上都想着昨夜的事,大旦的样子让她怎么也忘不了。赵镇婆娘怪异的目光看得她心跳。她觉得赵镇婆娘好像看见了她和大旦的作态,脸立刻红了。孩子尿了一泡。她把花布裤子提出去,搭在门口的竹竿上。进去的时候,赵镇的婆娘还在看她。她说姨你甭这么看我你看得我心里像兔子一样跳。赵镇婆娘仰起脖子笑出一串声音。环环上炕,挨着赵镇婆娘坐下。赵镇婆娘还在笑。环环把头偎在赵镇婆娘的胳膊里,说,你笑,你能笑破天。赵镇婆娘说不笑了不笑了,一笑奶疼。环环取过柜盖上的碗,说,挤,挤出来让姨夫吃。赵镇的婆娘一下一下捋奶子,奶水像水枪一样有力地打在碗上,一会儿,就挤出来半碗。环环听着奶水的声音,又想起了大旦的样子。她想大旦的样子很好玩。赵镇婆娘把两个奶子塞进衣襟里,说,松快多了。环环没说话。每一次挤完奶水,赵镇婆娘都要这么说一句:松快多了。黏糊糊的奶味在屋子里弥漫着。赵镇婆娘拉拉被子,和环环并排靠墙坐好。

"我是过来人呢。"赵镇婆娘说。

这会儿,环环的心不跳了,脸也不红了。她甚至想问赵镇婆娘一点什么,一时不知该怎么开口。她一直把被头拉到脖子跟前,用牙齿咬着。

"好吗?"赵镇婆娘看着环环的脸。

"什么好吗?"环环装作不懂。

"大旦和你,好吗?"赵镇婆娘说。

"他猴急。"环环一说,脸又热了。

赵镇婆娘又仰着脖子笑了。环环在赵镇婆娘的胳膊上打了一下。

"看你,人家给你说了,你又笑。"环环说。

"不笑了不笑了,我和你说正经的。"赵镇婆娘说,"你说。"

"我给你说过了。"环环说。

"就一句?就那么一句?"赵镇婆娘说。

环环眨巴着眼,好像在想什么。

"后来,"环环说,"他趴在我身上哭了。"

"怪。这可是有些怪。"赵镇婆娘也眨巴着眼。

"我吓了一跳。后来,我就可怜他。"环环说,"他的样子真让人可怜。"

"唔,"赵镇婆娘说,"唔。"

"男人和女人都这样?"环环说。

"都这样。"赵镇婆娘说。

"都猴急?"

"开始都猴急,后来就不了。"赵镇婆娘说。

"你和姨夫呢?"

"你姨夫?他可是个好把式哩。"赵镇婆娘说,很得意的口气。

"我们那里把做农活的能人叫好把式。"环环说。

"男人和女人的事也一样。"

"我不信。"

"以后你就信了。"

"我不信。"

"这号事你姨夫给你说不成,要是能说,就让他给你说说。"

"姨你看你,又胡说了。"环环说。

没有人打扰她们,她们谈得很热火。赵镇婆娘要是知道她的话会在环环的心里产生什么影响,她就不会这么和环环说了。她怎么能知道环环的心思呢?人心都是肉长的,可人心不是同一块肉。

环环对人贩子赵镇产生了一种新的感觉。同样是那个人,但感觉不一样了。赵镇的身上有一种说不清道不明的东西吸引着她。她觉得人太有意思了。当她一个人在偏院里洗刷尿褯子的时候,她就会想起赵镇。也会想起大旦。大旦好像有使不完的劲,泄不完的精力。大旦总是猴急,然后就趴在她身上哭。大旦说我一辈子都会对你好我都不知道该怎么对你好了我没办法。大旦总这么说。赵镇和他婆娘在一起会是个什么样子呢?她把四个人想在一起了,一会儿是她和大旦,一会儿是赵镇和他婆娘。偏院是养牲口和堆柴火的地方,那里很安静,环环一个人想着她感兴趣的事情。后来,就发生了她和赵镇通奸的事。

那天,环环又要去偏院洗尿褯子,赵镇婆娘说你看我这身衣服,像在奶缸里泡过一样,臊得难闻。环环说你脱下来我一块洗。赵镇正要出门,赵镇婆娘说把你的也脱下来让环环洗。赵镇说是该洗了,便脱下衣服。又说我帮环环抱过去,给她提几桶水,然后我去玉米地里转转,过些天该收秋了。赵镇没去玉米地,他给环环提了一桶水,倒在木盆里,然后又提了一桶,然后就蹴在环环跟前看环环洗衣服。水很凉,环环的手在水里浸得红红的。赵镇在跟前蹴着。环环的心里有些乱,呼吸有些急促。赵镇看了一会儿,朝偏门走去。环环长出了一口气，又突然憋住了。她看见赵镇没出门，而是把门插上了。赵镇向她走回来。赵镇脸上的茬茬胡子排成一种笑的样子。赵镇把环环的手从水盆里拉出来，握在了他肥厚的手里。

"你和你姨说什么了？"赵镇问环环。

环环低下头。她的手在赵镇的手里一点点发热。

"你姨全给我说了。"赵镇说。

赵镇把环环抱起来，进了柴房，环环感到自己的身子很轻，像棉花一样。在软软的柴堆里，赵镇用一个大男人的温柔款待了环环。赵镇不用蛮力，他知道怎样做能让环环觉得他好。他说他和许多女人睡过，她们都叫他姨夫。

"都是你领来的女人？"

"都是。"赵镇说。

"我姨愿意？"

"傻蛋蛋，你姨怎么会愿意？"赵镇说。

环环不吭声了，一根一根摘着头发上的柴草。能听见他们出气的声音。院子里的阳光很鲜亮。

"孩子一满月，我就回大旦家。"环环说。

"不急，你多待些日子。我找老旦去说，他会愿意的。"赵镇说。

赵镇真找了一次老旦。他说他想让环环再帮一段时间工。老旦说你想得又美又臭，不成。赵镇说我不要你的两亩白菜了。老旦用药丸一样的眼睛审视了半晌，确信赵镇没耍鬼招，便答应了。

"这还说得过去。"老旦说。

赵镇一走，老旦立刻去了一趟白菜地。他好长时间不去那里了，他没想到它又会回到他的手里，而且很容易，太容易了。他背着手，站在地边上，心直往嗓子眼里跳。世界真奇妙，驴日的这世界！他突然想起了他揉捏过的那十几棵白菜。他跑进白菜地中间，掰开叶子，一股臭气呛进了他的鼻子，它们果然烂了。

"驴日的这世界。"他说。

他很后悔，但他立刻就把这笔账记在了赵镇身上。他想他总有一天要整倒赵镇。这么一想，心里就舒服了一些。后来，白菜卖了个好价钱，他就舒服了许多。

他是在卖完白菜以后听到环环和赵镇通奸的消息的。那时候，环环帮工期满，已从赵镇家回来了。

"哈！"他叫了一声，他有些不信，"哈！"他又叫了一声。他信了。

"哈哈！"他叫了两声，两腮喷红，"驴日的，这世界！"他说。等了许多年，终于等来了机会，他不能让机会滑过去。他要让双沟村的人看着他怎么和仇人闹事情。他想他得一步一步来。他想应该先和大旦说说。

七

那天傍晚，环环像往常一样，依次点着了两个土炕里的柴火，用扇子猛扇了一阵，浑黄的浓烟立刻弥漫了整个屋子。老旦和大旦像老鼠一样从门洞里跳出来，站在院子里喘气，看浓烟从烟囱里一嘟噜一嘟噜往外冒。天有些阴，烟不往上走，游蛇一样在地上爬动着。一会儿，环环提着扇子，也从门洞里跳出来，和老旦大旦一起等着烟雾消退。他们互相看着咳嗽了一阵。烟雾弥漫了院子，屋里的烟就少了，他们便走进去，点灯，然后吹灯，然后睡觉。

老旦没点灯。他想一个人躺在黑暗里再想一想他和赵镇的事情。按老旦过去的脾气，他一时也憋不住，立刻会揪住环环问个明白。但这一次的事情太不平常，他必须好好想一想。他恨赵镇，恨了好多年，可一直不具体，这回具体了，他想事情一具体就好办了。一想到这个，心就不停地敲打他胸膛上的那块骨头，发出一阵快活的响声。他感到浑身的血像跑马一样在血管里乱窜。他翻过身想了一阵，翻过身又想了一阵，然后平躺着继续想。夜深人静，能听见大旦和环环在另一间屋里的响动。这种响动惊扰了他许多夜晚，他已很熟悉了。他知道他们在干什么。那种响动在他的心里引起许多感受，可一句也不能说，也说不出口。大旦是他的儿子，环环是儿媳妇，他怎么说？所以，也仅仅只是感受。就连这感受也是一种罪过，最好没有感受，最好不听他们的响动。可偏偏在晚上，什么声音都会传得很远、很清楚。它要往我的耳朵里钻嘛，我总不能塞着耳朵睡觉，我总不能说睡就睡得人事不省。他总这么安慰自己。有时候他真想让大旦做点什么事情，可三更半夜能有什么事情可做？他想不出来，也就只能忍着，一直到那种响动渗进深深的夜里，他才能安稳地睡过去。现在，那种响动又从老地方传了过来，一切照旧。他甚至能听出哪一声是大旦弄出来的，哪一声是环环。但现在，老旦已有充分的理由让他们终止那种响动。他想他绝不是和儿子过不去，他绝不愿打扰他们。可事情总不能不说，这么大的事情，大旦还蒙在鼓里哩。他一边想着，一边从炕上摸下来，走出屋门。

大旦屋的门窗都关闭着，像一大一小一长一方两个黑框。响动声就是从那两个黑框的缝隙之间流露出来的。

我实在不想惊扰他们，他想。

我不能这么站在屋外听，他想。

然后，他叫了一声："大旦！"

响动声突然消失了。老旦立刻想到了两只受了惊吓的兔子。他想他们一定张着眼睛，听着屋外的动静。他咳嗽了两声。"是我，大旦。"他说，"你到我屋里来，我有事和你说。"

"明天说不成？"大旦的声音很虚。

"不成。"老旦说。

等听见了大旦穿衣服的声音，他才转回屋，点上油灯。大旦裹着一件棉袄，光着腿来了，一进门就往热被窝里塞，两只手压在屁股底下。

"还是热被窝好，冷死人了。有事你快说。"大旦说。他不停地抖着腿，时刻准备回自己的屋里去。环环还在等着他。

"我快说不了。"老旦说。

"快说不了就慢说，总不会说到大天亮。"大旦说。

"说，你说，我听着哩。"大旦说。

"你听个毬。你媳妇和赵镇睡觉哩！"老旦说。

大旦身子一挺，脖子直了。一会儿，又软了，头真的成了一块生姜疙瘩，吊在胸膛上。

"你不知道这事吧?"老旦说。

"我知道。"大旦说。

老旦没想到大旦会说出这么一句,脖子也突然直了。不过,他没像大旦那样软下去。他一直梗着,朝大旦扑闪着眼睛。大旦知道他爸在瞪他。他没抬头。

"你知道?你说你知道?你知道咋不告诉我?你为什么不去问她?你个驴日下的,你看你个驴日下的,你没问她?"老旦说。

"我不问。我不想问。"大旦说。

"哈!"

"我想问,可我没问。我装我不知道。我就当作没那事。"

"哈!"老旦说。

"环环对我不坏。"大旦说。

"你媳妇和我仇人睡觉,你说她对你不坏。哈!"老旦说。

"环环不去赵镇家就行了。"大旦说。

"一碗水泼出去了,地湿了!"老旦说。

"太阳一晒就会干。"大旦说。

老旦的眼睛不闪了。他一时想不出合适的话来。

"我不想这事,不想就等于没有。"大旦说。

老旦还没有想出合适的话。

"就这事?说完了没?我走呀。"大旦说。

"你个驴日下的。"老旦说,"你不问我问。"

"你问去。"大旦说。

大旦把两条光腿从被窝里抽出来,两只光脚很熟练地塞进鞋里,走了。

"我当然要问!"老旦冲门外喊着,"我为什么不问!"

第二天吃完早饭,环环要收拾碗筷,老旦拦住了她。

"我有事问你。"老旦说。

大旦朝地上吐了一口,拂袖而去。老旦没理他。环环把身体的重心放在一条腿上,另一条腿伸出去,一只手的大拇指勾在裤兜边上,另一只手托着下巴颏,等老旦问话。

"赵镇勾引你了?"老旦一点弯子也不拐。

"我不知道。"环环说。

"你勾引他了?难道是你勾引他了?"老旦说。

"我不知道。"环环说得很诚恳。

"你把你的那截鸟尾巴塞进裤兜里去。"老旦说。

环环看着裤兜边露出的一角手帕,没动。

"塞进去。"老旦说。

环环很不情愿地把它塞进去。她看了老旦一眼,然后把头转向一边。

"就是你勾引他,你也不能这么说。是他勾引你!"老旦说,"我要让双沟村的人都知道这件事。"

"你不想让我活人,我就死。"环环说。

"这我不管,我这就去找村长马林,到时候你和他们说。"

"我是你家的媳妇,你不嫌丢人?"环环说。

"丢人?对,丢人。就因为丢人,我才要让人都知道这事,舍不了娃就打不住狼,这话你没听说过?"

八

马林家的屋檐头树权上挂满了玉米棒子。玉米颗粒饱满,像一排金黄的牙齿。

冬天地里没活,鸡窝早已盖好,无事可干的时候,马林就把手抄在袖筒里,在院子里走来走去,仰头看那些玉米棒子。老旦从门外走进来,叫了一声村长。马林的眼睛还在那些金黄的玉米上。几只麻雀飞来飞去,急得喳喳叫,尾巴一翘一翘。它们嘴太小了,一粒玉米也啄不走。

"你看我这些玉米,越来越让人爱。"马林说。

"我没心思,我家有的是。"老旦说,"我儿媳妇让赵镇睡了。"

马林想笑,可马林做出的是一副惊异的表情。

"是吗?"马林说。

"你甭装洋蒜,你早知道了。"老旦说。

"你看,我还真不知道这事。"马林说。

"这回你可得管。"老旦说。

"捉奸捉双,听来的话难辨真假,我怎么管?"马林说,"清官难断家务事。"

"你把村上理事的人叫齐,晚上去我家。"老旦说。

"环环愿意说?这号事她愿意说?"

"你是村长,她敢不说?"老旦说,"问什么她说什么。"

还有什么事能比调查一桩男女奸情更激动人心呢?没有。村长马林很快就找齐了几位理事的人,在晚饭之后来到了老旦家。上房厅里摆着一排小板凳,他们挨个儿坐上去,表情严肃。老旦说倒水。环环便给他们每人倒了一碗水。大旦想出门,马林说你不要走,听听没什么坏处。大旦蹲在墙脚,把头埋在两个膝盖之间,像睡着了一样。马林说我看就让环环开始说吧。其他几个人应了一声,说,说吧。马林说环环你找个地方坐下说。环环说我不坐,我就站着,站着一样说。马林说那就站着说吧,老旦你坐下。老旦说我蹾着,我喜欢蹾。老旦把头扭向环环说,问你什么你说什么。环环说,噢。

他们问得很仔细。他们说坏坏不是我们爱管闲事,是你爸老旦让我们管,好事坏事都是双沟村的事,就是管不了听听也好。老旦说就是就是,我就是让你们听听,听听就清楚了。马林说我们知道这号事说起来有些夯口的,说到底不是个光彩事。环环说没什么夯口的,问这号事的人比做这号事的还不要脸。马林他们怔了一下。马林说环环你这不是骂我们吧?环环说我没骂。马林说骂也好没骂也好我们不和你计较,你比我们年轻,懂事太少,你们说是吧?其他人说就是就是。老旦说咱甭说废话,你们接着往下问。马林他们便接着往下问。环环开始讲那天洗衣服和尿裤子的事了。

"姨夫给我提了两桶水,水很凉,直往人的骨头里凉。我以为姨夫要出门,可他没有,他把偏门插上了。我的心咚咚地跳。"

"后来呢?后来?"

"后来,他走到我跟前,看我洗衣服。"

"那时候你心里咋想的？"

"我没咋想，我洗衣服，水很凉。"环环说。

"再说，往下说。"

"姨夫说你看你的手，红了。我说水太凉，姨夫就拉住了我的手。"

"你甭再姨夫姨夫的。"老旦说。

"甭打断她，让她讲。一打断就会讲乱。"马林说。

"他把我抱进了柴房。"环环说。

马林他们大张着眼睛和嘴，等环环讲下边发生的事。可环环不说了。

"说嘛。"马林说。

"后来，就发生了那事。"环环说。

"太轻巧了，说得太轻巧了。"马林说，"我听不出是谁勾引了谁，你们说是不是？"

"就是。"其他人说。

"他总要先做什么事吧？比如衣服，你的衣服，他总要……你看这话真难出口，他总要先解你的衣服吧？"马林说，"你的衣服是他解的吧？"

环环点点头。环环的眼里涌满了泪水。

老旦站了起来。

"怎么样，是赵镇勾引人吧？事情太明白了。环环，你接着说。"老旦很激动。

"他解了两个纽扣，剩下的是我解的。"环环说。

泪水突然夺眶而出。环环受不住那种熬煎了。

"你们太不要脸了,你们想听,我就都给你们说了。他脱了我的裤子。他弄了我。我愿意他弄我。这回你们满意了吧?呜哇——"环环放声大哭。她扭身跑进了屋子,"咣"一声关上门。

大旦像遭了蜂蜇,一蹦子跳起来,追了过去,摇着门扇。

"环环,你开门,环环。"大旦叫着。

谁也没想到环环会这样。他们感到有些尴尬,互相瞅着。他们正听得上心。他们咀嚼着环环的每一句话。环环的话使他们产生了许多联想,他们进入了角色。他们甚至感到和环环干那件事情的不是赵镇,而是他们自己。他们大张着眼窝,看着环环的脸,眼珠子一动不动……他们听得紧张而舒坦。他们谁也没想到环环会哭。他们一时不知道该怎么收场了。

"老旦,你看这事。"马林说。

"一口气好忍。"有人说了一句。

"说的是,一口气好忍。"马林觉得这话说得太是时候了。他站起来,在老旦肩膀上拍了几下,"什么气都是人忍的,你说是吧?那你就忍了吧。多一事不如少一事。"

其他人都从小板凳上站起来,超然而亲切地看着老旦。

"忍了吧。"他们说。

"老旦你在,我们走了。"马林说。

他们排成一队,从大门里走了出去。他们已忘记了尴尬,剩下的只是满足。以后的许多日子里,他们时不时会想起环环给他们讲述的一切。他们会禁不住笑几声。"驴日的赵镇。"他们还会这么骂一句，不带一点恶意。

走出大门，他们听见老旦带着哭腔喊了一声：我怎么能忍？驴日的你们。有人说村长你听，老旦骂我们哩。马林说噢么，让他骂去。他们分别隐进各自的家门，黑暗中响起一阵插门的声音。

九

村长马林他们不阴不阳的态度不但没使老旦气馁，反而激发了他久积在心底的一股热情。他好像突然年轻了二十岁，他感到他的头发和二十根指头都散发着精力。第二天一大早，他便开始了一项更为艰苦的努力。他挨家挨户向双沟村的人讲述人贩子赵镇勾引环环的经过。几乎每一户人家都怀着浓厚的兴趣听他讲述。他们对老旦给予了绝对的同情和关切。他们给他让座倒水，让他边喝边说。老旦从来没享受过这么高的待遇。他抱着开水碗，长长地吸一口滚烫的水，然后张开嘴，哈出一口气。

"他驴日的早就谋划好了。"他总是这么开头，"他让环环洗衣服，环环当然得洗，可他驴日的把门插上了。他捏环环的手，你想环环怎么能抵挡得住？他把环环抱到柴房里，柴房是什么地方？柴房和猪圈能差多少？"他说。

"抱到柴房不见得就能弄成事。"有人说。

"咋没弄成？没弄成我老旦就不给你说了。"老旦说，"难怪他驴日的要多留环环一些日子。他找我说的时候装得像个人一样，我想让环环再帮几天工，他这么说。"

"赵镇不是白送了你两亩白菜吗？"有人说。

"是啊是啊，可那也叫白送？"老旦说。

每到饭时，老旦便准时回家，吃完饭，又换一户人家，开始另一轮讲述。十几天以后，双沟村的每一个人都能讲述环环和赵镇的故事了，新奇的感受逐渐消失，再听老旦的话，就像刷锅水一样乏味了。

"老旦，你能不能说点新鲜的？"有人说。

老旦怔了一下，眼睛扑闪了半响。

"你这是什么意思？"他说。

"话说三遍比屎还臭。"他们说。

"我说过三遍了？难道我给你说过三遍了？"老旦说。他感到他们太不近情理。

"你说过十八遍了。"他们说。

老旦这才发现他们没给他让座，也没倒水。他受到了沉重的打击。他悻悻然走回家，在炕上躺了整整一个上午。他突然有了一种白日做梦的感觉。他感到他这十几天到处给人讲述的故事离他很遥远，也许根本就没发生过。饭做好了，环环站在屋外叫他吃饭。环环总是按时把饭做好。环环不恼也不怨，做饭，扫院，抱柴火烧炕，老旦所做的一切好像与她无关。

"爸，饭好了，吃饭。"环环说。

吃饭的时候，老旦把环环从头到脚审视了一遍，他从环环身上看不出一点迹象证明她和人贩子赵镇有过奸情。他有些慌乱了。他想他也许真是在做梦。吃完饭，他急匆匆走进屋，关上屋门，在自己的脸上扇了一下，又扇了一下。他放心了。"我怎么会做梦？做梦扇脸就不会疼。"他说，他感到身上的血又像马一样奔跑起来了。

他很快就发现双沟村人的兴趣已转移到了老鼠身上。那些天，双沟村家家户户都发现了老鼠，它们不分昼夜地啃噬挂在屋檐头树杈上的玉米棒子。马林召集全村开了一次会，一场逮老鼠的运动很快在双沟村开展起来。他们逮住老鼠后，并不把它们弄死，而是用绳子拴住一条后腿，把它们赶到大街上展览。每天都有人逮住一只或两只老鼠。有时候，街道上会出现一排人，牵着十几只老鼠让大家观赏。老鼠们在太阳底下悠闲地跑来跑去，太阳光使老鼠们的眼睛显得贼亮。人们兴致勃勃地品评着老鼠的大小，尾巴的长短。然后，他们就提出来几把铁锹，追赶着把它们一个一个铲死，或者拍死。这时候，街道上就会响起一阵尖厉的鼠叫声。

大旦和环环也参加了，因为他们家也发现了老鼠。逮住了，就兴高采烈地到街上展览，逮不住，就去街上观赏。

人贩子赵镇让双沟村的人大吃了一惊。那天，他一个人牵着八只老鼠突然出现在街道上。他又去了一趟北山，领回来一个女人，正准备说给村上的一个光棍做媳妇。

"闪开闪开，我家的老鼠来了。"赵镇一脸风光，边走边说。八只老鼠一溜小跑，满街人发出一声声夸张的惊叫。

老旦是双沟村唯一拒绝参加逮老鼠运动的人。双沟村人的堕落使他寒心，他以为双沟村的人一见赵镇就会恶心。他想错了。他们根本没把赵镇和环环的奸情放在心上。老旦眼睁睁看着他十多天的努力像一堆狗屎一样被风吹干了。赵镇牵着八只老鼠轻而易举地赢得了双沟村人的一片惊叹。最让他受不了的是，赵镇经过他家门前的时候好像给环环挤了一下眼。环环竟然没有脸红。环环好像笑了一下。那时候，老旦站在环环和大旦背后，正一眼一眼剜着仇人赵镇。他想他不能再耽搁了，他得行动。他从大旦和环环背后挤出来，跳到街道当中。

"啊呸！"他闭着眼，朝天上喷了一口唾沫星子。

"你们玩老鼠！"他对满街的人说。

"有你们这么做人的吗？我白和你们说了十几天的话。有你们这么做人的吗？"他说。

他满脸通红，来回走了几步，突然停下来，用一根手指头指着赵镇。

"你们为什么不给他脸上唾！"他说。

人们哄一声笑了。他们觉得老旦和老鼠一样好玩。

"你们等着！他赵镇迟早要弄出人命！"他说。

人们笑得更响了。马林走过来，在老旦的额头上摸着。

"老旦，你怕是病了。"马林说。

老旦拨开马林的手，"哪个驴日下的才病呢！"他说。他鼓着全身的力气朝地上吐了一口。

几天以后，老旦和环环进行了一次严肃的谈话。

"环环，全村的人都知道你和赵镇的事了。"老旦说。

环环顺着眼。她刚洗完碗筷，用围裙擦着手。

"我给你说话哩。"老旦说。

"噢。"环环说，"你挨家挨户说了十几天，他们还能不知道。"

"我说的都不是捏造吧？你说。"老旦说。

"你这么纠缠我你想做什么？"环环说，"他们早忘了这事。"

"他们忘了我可没忘。"老旦说。

"你没忘你就记着，让它在肚子里给你生儿子。"环环说。

"你应该上吊，给赵镇甩人命。"老旦说。

环环看了老旦一眼，她真想在那张老脸上抓一把。

"我不想死。"环环说。

"我说我要让双沟村的人都知道这事，你说我不让你活人你就死，现在他们都知道了。人说话应该算数。"老旦说。

"我不想死。"环环说。

"你哪怕假装上吊，吊个半死不成？"老旦说，"你一上吊，我就有话找赵镇说了。"

"你真不要脸，"环环说，"我没见过你这么不要脸的人。你逼急了我，我再找赵镇睡，睡给你看。"

"好哇！"老旦叫了一声，"你敢睡，我就敢捉。我正想捉你们一次哩。难怪赵镇给你挤眼的时候你还给他笑。"

"你等着。"环环说。

"等着。"老旦说。

大旦一直没有吭声，他以为环环只是想气气老旦。他没想到环环会真做。

十

环环在村外土坡底下拦住了赵镇。赵镇婆娘拉肚子,赵镇去城里抓药回来,手里提着几副草药包包,刚走下坡就看见了环环。看样子,环环已等了多时。她坐在一块石头上。环环帮工期满以后,他们再没单独见过面。

"姨夫。"环环从石头上站起来,叫了赵镇一声。即使两个人在一起,她也叫他姨夫。

"是环环啊,你在这做什么?这么冷的天。"赵镇说。

"我等你哩。"环环说。

"有事?"赵镇四下看了看,狗大的一个人影也没有,便在石头上坐下,"来,坐下说。"

环环挨着赵镇坐下。环环的心咚咚跳了起来,脸突然红了。赵镇看着她的脸。

赵镇的气息扑在她的额头上,热热的。

"你说,环环。"赵镇说。

"你去北山的时候,老旦满村里胡说。"环环说。

"这我知道,说让他说去。他说那些话和放屁一样,不咋。"赵镇说。

"我姨没骂你?"环环说。

"骂我?没骂。你姨说老旦不是东西。"赵镇说。

赵镇没说实话。他从北山回来,一进家,婆娘就朝他的肚子蹬了一脚。他趴在炕边上想看看儿子，婆娘一伸脚正好蹬在他肚子上。婆娘说你到街上听去，满村人说你和环环睡觉的事哩！我真想用剪刀把你那东西割了狗改不了吃屎你。赵镇说有气待会儿撒我先看看儿子。赵镇拨开小棉被在儿子的嫩脸上亲了一下。赵镇一亲儿子，婆娘的气就消了许多。婆娘说你看这娃越长越像你了。赵镇说多亏你。这下，婆娘不但消了气，还添了许多甜蜜。赵镇坐在炕边上说，你别信老旦的话，他是个什么人你还不知道？婆娘说环环也不是好货，你弄去，弄烂她我才解气。赵镇说好，好，弄烂她弄烂她，世上的女人都烂了你就成了宝贝。婆娘被逗笑了，说，你总是没个正经。这些话，赵镇怎么能给环环说？

"老旦让我上吊，给你甩人命。"环环说。

"他真黑。"赵镇说。

"我说你再纠缠我我就再找他睡。"环环说。

"他是谁？"赵镇明知故问。他感到他身子里正一点点发热。

"还能是谁。"环环白了赵镇一眼。

赵镇用眼睛搜寻了一阵，不远处有个草庵子。

"走，咱去草庵里说话。"赵镇说。他给环环挤弄着眼睛。

"我就想气气老旦。"环环说。环环的心又咚咚跳起来。

"走。这里眼宽，让人看见又该胡说。"赵镇说。

一进草庵，赵镇就扑倒了环环。这时，环环的心不再跳了，她的身体里涌动着一股从来没有过的激情。以前和赵镇在一起，她也许还有些羞耻，现在没有了。她甚至渴望赵镇对她的蹂躏。她觉得赵镇对她越狠，她对老旦的报复也就越狠。我让你再满村里说去。她在心里叫唤着。大旦,这不怪我,这怪你爸老旦,他想让我上吊。我气死你老旦,你为什么不来看!

草庵门口的光亮突然被什么堵住了。赵镇和环环吃了一惊。

是老旦。他手里提着一块半截砖头。

坏了。赵镇想。

环环往上翻着眼睛,看着老旦阴森森的模样,不知该怎么办。她想老旦手里的半截砖头很容易砸到她的脸上。

"哈!"老旦叫了一声。

环环出门的时候,他就注意她了。这些天,他一直注意环环。他想环环也许会找赵镇。他一直看着赵镇和环环进了草庵。他觉得时间差不多了,就朝草庵摸过去,顺手提了一块半截砖头。他把他们堵在了草庵里。

"你要干什么?"赵镇说。他趴在环环身上不敢动。他也怕老旦手里的砖头。

"我要让全村的人来看。"老旦说,"你们别动,谁动我就砸谁的头。"

"你叫人去吧,我们穿上衣服。"赵镇说。

"不要动,你动我就砸。穿上衣服就不好看了。"老旦说。"总会有个过路的人看见我,我就让他叫村上的人来。"他说。

"你心太黑了老旦。"赵镇说。

环环捂着脸哭了。

"你还有脸哭啊,要哭等村上人都来了你再哭吧,哭个够。"老旦说。

赵镇蛤蟆一样突然一个前扑，从环环的头上跃过去，抱住了老旦的腿。老旦没想到赵镇会来这一手，手举起砖头朝赵镇砸下去。砖头砸在了赵镇的脊背上，赵镇哼了一声，但死不松手。

"环环，快，抱住他！"赵镇说。

环环翻身起来，抱住了老旦。他们把老旦压倒了。老旦失眉吊眼喊了起来。

"来人啊，要出人命了！"

赵镇和环环轮换穿好衣服。然后，赵镇骑在老旦身上，捂住老旦的嘴。

"环环你快走。"赵镇说。

环环闪出草庵，一溜烟跑了。

老旦努力想咬赵镇的手指头，怎么也咬不到，喉咙里呜呜响着。

"你现在舒坦了吧？"赵镇说，"是你家儿媳妇送上门来的，水从门前过，哪有不舀一勺之理。这是你常说的话，是不？我今天把话说给你。你现在舒坦了吧？"

"呜呜。"老旦想把嘴从赵镇手里挣出来。

赵镇松开了老旦的嘴。

"我说的是古人的话，"老旦说，"你让我起来。"

赵镇放开了老旦，老旦爬起来，拍拍身上的土。

"你现在喊吧，叫村上的人吧。"赵镇说。

老旦"呀"地叫了一声，一头朝赵镇撞了过去。后来的事实证明他根本不是赵镇的对手。赵镇拳脚相加，在他的屁股、大腿、肩膀上一下一下砸着，踢着。他抱着头缩成一堆。他很后悔他没能拿紧那半截砖头，他想砖现在要是在他手上该多好。赵镇的脚又抬了起来，这一次踢在了老旦的尾骨上。一阵剧烈的疼痛迅速滑过脊背，一直疼到了脖根。老旦呻吟了一声，栽倒了。醒过来以后，赵镇早已不见了踪影，被踢砸过的每一处都一揪一揪的疼。他想他确实被赵镇打了，而且打得不轻。赵镇打得很有章法，他不打人能看见的地方，专打身上有肉的地方。怒火在老旦的身子里燃烧起来，他很快就找到了一个简捷的办法。他先把手捂上脸，慢慢伸开五根手指头，然后一用力，从脸上抓了下去，那张瘦脸上立刻出现了五条鲜明的指印，逐渐由白变红，终于渗出了血珠。他并没有就此罢休。他把手又紧紧地攥起来，牙一咬，挥拳朝鼻子砸去。一股酸辣的眼泪从眼眶里挤出来，"唰"一声，鼻血如注。他胡乱一抹，那张脸就成了鬼脸。

"要出人命了！"

他叫喊了一声，从草庵里冲出去。

##

老旦在炕上整整躺了三天。他拒绝洗脸。

"我疼。"他说。

每顿饭前，大旦都要给他爸端一盆热水，让他擦脸。老旦总是那句话："我疼。"

"饭我吃，但我不擦脸。"他说。

大旦很为难。老旦在草庵捉奸反遭一顿狠打的消息很快在双沟村引起一阵骚动。人们又开始说赵镇和环环了，而且，旧事情翻出了新花样。老旦很满意。可大旦的心里却像钻进了毛毛虫，六神无主。被赵镇偷的是他媳妇，被赵镇打的是他亲爸，为男人为儿子都没了脸面，他不知道该怎么办。他揍了环环一顿，环环不哭也不闹，环环说大旦你打我不怨你。第二天起来，环环照样扫院做饭。她就是这么个女人。他想他总不能把环环捏死。

"爸，你擦擦脸，别人看了笑话。"大旦说。

"你嫌难看，是不是？"老旦说。

老旦的脸确实不好看，胡乱抹的鼻血已经干在了脸上，几条指印正在结痂，整个像做出来的一张假脸。

"我已打过环环了。"大旦说，"她像猫一样乖。"

"打她顶毬用。"老旦说。

"那就捏死她？"大旦说。

"我想捏死的是赵镇。你为什么不和他拼命？"老旦说。

"我打不过他。"大旦说。

"我明天就上街去，我让双沟村的人再看看我这张老脸。"老旦说。

"你这是逼我呢！"大旦说，"你想给我难看。"

"你难看什么？赵镇又没打你，你的脸没烂你难看什么。"老旦说。

大旦不敢想象他爸上街的情景。他爸再上街，他就没脸活了。

"你让我想想。"大旦说。

"你想你的，我上我的街。"老旦说，"明天一早我就去。"

大旦一夜没睡。

第二天一早，他把他爸堵在了屋子里。他满脸发绿。

前半夜他摸着环环的肚子，心里弥漫着一种哀伤的情绪。环环真像一只猫，卧在他的大腿跟前，时不时睁眼看他。后来，她便睡了。她睡着的时候也像一只猫，或许是一只猫精。大旦叹了一口气，然后便咬住牙关，开始想赵镇家的那只狗，那只狗凶恶地朝他瞪着眼一声不吭，让他骨子里发冷。不叫的狗才咬人哩，他这么想。整个后半夜他都这么想。

"我给你杀了赵镇。"他说。

老旦把儿子审视了一遍。

"你把卖白菜的钱给我，我去买几条狗。"大旦说。

老旦有些糊涂了。

"赵镇家有狗，我先学着杀狗。"大旦说。

老旦明白了。他从木柜里翻出来一包银钱，甩给了大旦。

"再买一把杀猪刀。"老旦说。

大旦很容易买来了十几条狗。他在双沟村周围查看了一遍，最后看中了那座草庵。草庵原是看瓜用的，现在是冬天，没人去那里。大旦本不想用它，因为一见它就会产生联想，后来又想，有联想也好，更能加深对赵镇的仇恨，他能在那里偷环环打人，我也就能在那里杀狗。他把十几条狗拉进草庵，又磨了几斗玉米，把它们喂了几天，然后，磨快了那把杀猪刀，便开始了他的杀狗试验。他把十几条狗一只一只牵出来，用窝窝头招惹它们，让它们向他做出各种扑咬的姿势，然后用那把杀猪刀插进狗的致命处。一只狗死于后扑，两只狗死于侧扑，三只狗死于前扑。他想他要去赵镇家，那只狗正面前扑的可能性最大，所以他在练习刺杀前扑的狗上花的本钱和工夫最大。他每天只刺杀一只。他想他不能让它们死得太容易，他要用尽它们的力气。每一只狗都是在做出各种扑咬的姿势之后死去的。有几只狗没伤着致命处，带着流血的伤口跑走了，一路上发出一声声痛苦的哀叫。大旦没追上它们，他为此很后悔。每天傍晚，他都会提着那把沾满狗血的刀子走回家去。

"事情弄大了。"双沟村的人说。

"真要出人命。"他们说。

老旦曾去草庵看过几次，他很振奋。

"大旦，这不只是学杀狗的技术，还练你的心肠呢！练你的胆气呢！"他说。

"杀，杀他个驴日的。"他说。

他感到赵镇的死期不远了。他恨不得赵镇就是那只挨刀的狗。

"大旦，到时候我跟你一起去。杀了赵镇，我立刻洗脸。"他说。

老旦怀着一种激动的心情熬着日子。他觉得时间过得太慢，他有些熬不住了。

"大旦动手吧，我熬不住了，再熬下去我会生病。"他说。

"狗还没杀完哩。"大旦说。

"为什么非要杀完？你就当赵镇是一只狗。"老旦说。"夜长梦多。"他说，"我看就把日子定在腊月初八，赵镇肯定在家。最好不要捅死他，捅他个残废。"

"也许就会捅死他。到时候人心急,刀子就没眼睛了。"大旦说。

"捅死他就便宜他了。捅死他说不定要抵命。"老旦说。

"要抵命你抵。"大旦说。

"我抵。"老旦说,"万一捅死他我就抵。"

腊月初八那天,双沟村的人在恐惧中喝完了腊八粥。赵镇果然回到村上。有人给他通风报信。

"大旦在草庵里杀狗哩。"那人说。

"噢。"赵镇说。

"他一脸杀气。"那人说。

"噢。"赵镇说。

"你出去躲躲吧。"那人说。

"躲了初一,躲不了十五,他要杀你,你没办法。"赵镇说。

"也是,你说的也是。"那人说。

喝粥的时候,赵镇想了一下刀子捅进他身体时的情景,他不知道刀子会捅进他的脖子还是肚子,也许是大腿。他感到他的牙齿有些凉飕飕的。他放下粥碗,进了村长马林家。马林喝得太饱,正抚摸着鼓胀的肚子。

"赵镇你来了。粥喝多了,肚子胀得难受。喝的时候只想多喝,喝胀了又难受,人真是个贱东西。"马林说,"你坐。"

赵镇说我不坐了,有人说大旦要杀我你知道不?马林说我只知道大旦杀狗我问过他他说他心里难受,杀狗开心哩。赵镇说他真要杀我怎么办我让双沟村的光棍都娶上了媳妇没功劳也有苦劳吧?马林说清官难断家务事大旦又没说他要杀你这事就不好管。赵镇说大旦的媳妇也是我给领回来的。马林说人不讲良心你有什么办法？赵镇说你要不管以后就甭想让我再领女人回来我领回来也不给双沟村。马林说村里的光棍差不多都有了女人剩下一两个没关系双沟村的香火断不了，再说你领女人你也没少要钱没少占便宜，你家盖大房的钱是哪里来的？赵镇说我听你说话和放屁一样。马林说我喝胀了还真想放个屁你走吧。

赵镇把马林的话给他婆娘转述了一遍，婆娘说马林算什么村长马林是屎蛋，然后愣眼瞅着窗户上的麻纸想了一阵，又说，大旦真杀了你，剩我们娘母子怎么办？话音未落，眼泪水已淌过了胭脂骨。赵镇半晌没话，突然抬起头说：大旦也是个屎蛋，弄不好我先杀了他。他走出屋门，在院里走了几圈，看着几年前盖的偏房上房，心里生出一阵辛酸。人都知道人贩子挣钱，人不知道人贩子的酸苦，更不知道人贩子要被人放血时的酸苦，人里头没一个好东西，人不如一只狗。他这么想着，走到狗窝跟前，蹲下去，对着那只狮子狗瞅了一阵。

狮子狗卧在一堆温热的细土里。细土散发出一股狗臊味，直往赵镇的鼻眼里钻，一直钻进了他的心里。狮子狗也瞅着赵镇，然后站起来摇摇身上的细土，走到赵镇跟前，用头在赵镇的膝盖上蹭着。赵镇把手埋在狗脖子的长毛里抓着。他说狗啊有人要杀我你怎么办？狗没答话。狗当然不能说话。赵镇解开了拴狗的铁链子。

赵镇没有白爱他的那只狗。当大旦提着那把杀猪刀挤进赵镇家的黑漆大门时，狮子狗一口就咬断了大旦的懒筋。它一声也没叫。

十二

刺杀赵镇的行动是从午夜时分开始的。吃过晚饭,老旦把碗一推,给大旦说,磨刀吧。大旦看了老旦一眼,便去提那把刀子。

"我看着你磨。"老旦说。

大旦把磨刀石放在上房厅里,老旦端来一碗水。环环在厨房一边洗涮锅碗,一边往上房厅瞄着。老旦说环环你弄你的事,弄完你睡觉去。

"磨吧。"老旦给大旦说。

大旦开始磨刀了。大旦一脸悲壮的神色。风一直刮着,冽冽的。后来,风小了一些,天上飘下来几片雪花。大旦打个冷战。

老旦看了大旦一眼。

"下雪了。"大旦说。

"冬天当然要下雪。"老旦说。

"冷。"大旦说,"我有些冷。"

"你害怕了。"老旦说,"你看你,一把刀磨了多长时间,半夜了。"

"有一瓶酒就好了。"大旦说。

"现在到哪里弄酒去?喝水吧,热水也暖身子。"老旦说。

"那就喝水。"大旦说。

大旦一连喝了两碗开水。

"走吧。"老旦说。

"走。"大旦说。

他们打开门,一前一后朝赵镇家摸过去。雪不知什么时候停了。

风依然刺骨,

往他们的脖子里钻着。

赵镇家的门紧紧闭着。他们站了一会儿。大旦冷得牙齿打架。

"前边是个大坑,咱父子俩也得跳。"老旦说。

"要先杀了那只狗。"大旦说。

"这是你的事。"老旦说,"撬门,你先把门撬开。"

大旦把刀从门缝里塞进去,没找到门闩。大旦的心突然狂跳起来。

"门没插。"大旦说。

"那就进。"老旦说。

大旦往握刀的手上使了使劲,轻轻推开门,跷进了一只脚,又跷进一只,用眼睛搜寻着那只狗,搜寻着赵镇睡觉的上房屋。院子里一片黑暗,上房屋的飞檐伸在空蒙的夜色里。

就在这时候,赵镇家的那只狮子狗朝大旦扑了过去,一口咬住了大旦的脚后跟。"咯噌"一声,大旦知道他的懒筋被咬断了。他没感到疼。他只感到他身上汗毛也"咯噌"了一声,全竖了起来。没等那只狗咬第二口,他就把那把刀子捅进了它的脖子。狗突然松开嘴,侧身跑了几步,倒了下去,浑身打着抖,喉咙里发出一阵含混的呜呜声,一会儿,就不动了。大旦死死地盯着它。他怕它再爬起来。他想它如果再扑过来,他就只有让它咬了,因为他没从狗脖子里拔出那把刀子。

狮子狗没有爬起来,大旦的脚腕却疼痛难忍了。这时,他才感到他白杀了十几条狗。那十几条狗没有一条与赵镇的狮子狗扑咬的姿势相似,它们扑咬是为了他手里的窝窝头,而赵镇的狮子狗扑咬就是为了咬他的懒筋。

老旦一进门，就看见了那只狮子狗。

"杀了？"老旦趴在大旦跟前，嗓子激动地颤着。

"它把我的腿毁了。"大旦说。

老旦伸手一摸，摸到一把热乎乎的东西，他知道是大旦的血，一阵揪心的悲哀从他的心底涌上来。他抱住大旦的肩膀放声哭了。

"我的儿啊，啊，啊。"

上房屋里的灯亮了。赵镇披着一件皮袄走出来，看看老旦和大旦，又看看他的那只狮子狗。他蹲在狗跟前，也摸到了一把热乎乎的东西，也同样产生了一股揪心的悲哀。他在狗毛上抹着手上的血。

"狗啊！"他叫了一声，抱着一条狗腿哭了，"啊啊啊啊……"

赵镇一放悲声，老旦立刻抹去了老泪。

"你驴日下的还哭？你摸摸狗脖子。那里边有刀子哩。"老旦说，"本来是给你准备的。"

赵镇哭得更伤心了。大旦说回吧我疼得身上冒汗。老旦说你忍着点我背你回。他背着大旦，拉开赵镇家的大门，从门槛上跷出去。赵镇止住了哭声：赔我的狗！

老旦没有回头，他背着大旦在街道上走着。他听见赵镇的喊声从他的耳朵边擦过去，一直传到村街的另一头。声音比人走得快，他想。

大旦一连贴了二十七贴膏药，伤口终于长出了新肉，但被狗咬断的懒筋再也没长在一起。他成了瘸子。

在他养伤的一个多月中，环环精心地服侍他，给他洗伤口，换膏药。环环的手指头像棉花蛋儿。大旦说环环你的手绵乎乎的。环环说以前更绵哩。大旦说噢噢,你偷男人我还觉得你好你看这事怪不?环环说不怪不怪,过去的事过去了你甭提说。大旦说噢噢,日他妈不提说了。下炕的那天,大旦瘸着一条腿在院子里走了一圈,然后给环环说,环环你看我以后就这样走路了你要嫌弃就另找个人过日子去。环环说我不嫌弃我就跟你过。大旦说你甭再找赵镇。环环说你看刚还说过去的事不提说了。大旦说不提说不提说我真后悔。环环说怎么啦?大旦说我是个笨人跟我爸学种白菜都学不成。环环说没成也好,种白菜也不是什么好营生,你爸种了一辈子白菜也没种出个好日子来。大旦说那咋办不种白菜咋办?环环说想想咱好好想想也许能想出个好营生。

几天以后,一个外村人牵着一只母狗来找大旦。大旦正跛着脚在院子里转圈子。他把那人从头到脚看了一遍,又看看那只母狗,一脸迷惑的神情。

"这母狗发情寻儿子哩。"那人说。

"发情寻儿子怎么寻到我家来了?"大旦说。他有些生气了。

"满世界找不到一只像样的公狗。"那人说。

"噢,噢,难道我家有公狗?"他想把那人赶出去,"你这不是糟蹋人嘛。"

"看你大旦说的话,"那人给大旦笑了一下,"像样的公狗都让你买走了。"

"噢,噢,"大旦想起来了。"有两只没杀现在可能饿死了。"大旦说。

"咱去看看也许没死,没有公狗咱方圆几个村子就会绝了狗种。咱看看去你就当行善积德哩。"那人说。

环环叫了一声,从厨房里跳出来,说,也许没死,给狗蒸的窝窝头要坏我觉得可惜就把它们倒在草庵里了那时候你的腿伤了没几天。

"看去看去。"外村人说。

他们到草庵去了一趟。草庵周围摆满了狗尸。没杀的那两只狗在草庵里,一只死了,另一只还真活着,只是成了一只瘦狗,已没了睁眼的力气。

"你看,它没用了。"大旦说。

"也许你能把它喂起来,"外村人说,"总不能没有公狗。"

大旦想了一阵,说,看你这人是个热心肠,我就试试,过些天你再来。

"一定?"外村人有些不信。

"一定。"大旦说。"你放宽心。怕就怕它不争气。"大旦指着那只公狗。

那人一走,大旦就急急地跛回家。他说环环有了有了咱要来钱了。环环不明白,直勾勾看着大旦。大旦说真有一只公狗没死咱只要一门心思养活它。环环还是不明白。

"配一只狗两块钱。"大旦说。

环环"噢"了一声,到底明白了大旦的心思。

"咱得先养活它。"大旦说。

"那不是个难事。"环环说。

大旦拖着一条瘸腿挖了一个大坑,埋了草庵周围的十几条狗尸。环环每天给那只公狗煮玉米粥。没几天,那只公狗就站起来了。又过些日子,那只公狗就变成了一只真正的公狗,一见母狗,就火烧火燎地扑过去，看得大旦和母狗的主人心里直发热。大旦给那外村人说我给你少要一块钱你给人传传话就说我大旦要办配狗站谁家母狗发情尽管来。

就这么，大旦很快就把那座草庵变成了配狗站，生意很红火，配狗的人络绎不绝，有时候排着长队。大旦说你们甭排队我家的狗不是机器一天只能配一个，最多两个。

大旦用他的公狗挽救了许多母狗，也挣了不少钱。环环说大旦人都说你是个木头你怎么就灵醒了？大旦用手指头搓搓脖子上的污垢，说，梆子也是木头，一敲怪响。环环说过去你不灵醒是缺敲。大旦说就是就是，多亏那个配狗的人，他把我敲灵醒了。他驴熊迟来几天就玄乎了，咱的公狗就饿死了。

后来大旦才知道，双沟村方圆几十里的人对养狗突然产生热情和他有很大关系。他杀赵镇被那只狮子狗挡住了刀子，许多人一提起就激动。他们说狗不但能看门还能救命。大旦说环环你听见了没有，环环说听见了。大旦说这世界真日他娘怪。环环说就是，我也觉得怪。

那时候，他们已正式从家里搬了出来，在草庵旁边盖了一间木屋。他们准备过两年就盖大房。那时候配狗的人依然很多。大旦的种狗已不是一只而是两只了，他从外地又买了一只。他给人吹嘘说是从内蒙古买回来的，是牧羊犬，不但跑得快，咬人也不惜力气，能下狠口。

他对他爸老旦和赵镇已没了一点兴趣。

十三

赵镇很难过地葬了那只狮子狗。他感到狗死得太悲壮了。老旦没有说错,狗脖子里确实捅进了一把刀子,是一把杀猪刀。为了把它拔出来,他很费了些力气。狗血已经凝固,刀子捅进的地方像一个黑洞。狗眼紧紧闭着,嘴却咧开了一点,露出来几颗牙齿,能想见它临死前经历了一段多么难熬的时间。他抚平了狗嘴,又用布条包住了狗脖子上的刀口。狗的死态变得温和了。他把它抱进挖好的坑里,然后填上土。

几天后,他领着外村的一伙地痞二流子来到了老旦家。

"赔我的狗。"他说。

老旦扑闪着眼,把赵镇领来的人扫了一遍。

"它咬断了大旦的懒筋,我找谁赔?"老旦说,"大旦要残废了。"

那时候,环环正给躺在炕上的大旦贴膏药。他们没有出屋。

"上房。"赵镇说。

两个人很快就爬上了房顶。两个人扛来了两根木橼,靠在房檐头。

"赔还是不赔?"赵镇说。

"你敢?你们敢?"老旦冲着房上的两个人说。

"溜瓦。"赵镇说,"谁敢拦就砸断谁的腿。"

"你们要打抢人!"老旦喊了一声。

"溜!"赵镇说。

房顶的一个人用脚把瓦蹬成一堆,另一个顺着木橼一个一个往下溜。老旦的眼睛黑了一会儿,又红了。他心里像猫爪子在挠,但没有一点办法。

"光天化日,你们打抢人!"他又喊了一声,然后跑了出去。

他一脚就踹开了村长马林家的门。

"赵镇溜我房上的瓦呢!"他说。

"他不会平白无故吧?"马林说。

"他让我赔他的狗。"老旦说。

"我就说嘛,平白无故他就不敢,他吃了豹子的胆?"马林说。

"他偷我家的女人,还要溜我房上的瓦。"老旦说。

"你杀了人家的狗。"马林说。

"他偷我家的女人就不算了?"老旦说。

"你家女人好好的,可他家的狗死了。"马林说,"两码事,这是两码事。"

"我忍不下这口气。"老旦说。

"忍不下气也不能杀人家的狗。"马林说,"你也气他嘛!也偷他家的女人嘛!有本事就偷他家的女人,有本事就气死他,但你不能杀他,更不能杀人家的狗。"

等老旦再回家的时候,上房屋上的瓦已没了。赵镇吆来了一辆马车,把瓦全装走了。院子里一片狼藉。老旦蹲在屋檐下,他很想哭几声。他捂着脸,没哭出来,他想起了马林说的话。马林给他说的时候,他感到那些话比屎还臭,现在想起来又有些道理。他想他无论如何也勾引不了赵镇的女人。但勾引不了他的女人不一定就找不到气他的办法。

他很快就有了办法。他做了一件双沟村的人想过却从来也没做过的事情。一天晚上，有人看见老旦扛着一把镢头和一把铁锨出了村。他们有些狐疑，他们说老旦这么晚了你扛着这些玩货做什么去？老旦没理他们，他已不想和他们说话了。后来他们才知道，老旦正在挖赵镇家的祖坟。

老旦的心里涌动着一股战斗到底的激情，他不舍昼夜，在乱坟岗里挖着。那些天，赵镇又出门了。有人给赵镇婆娘说了这件事。赵镇婆娘说我不管那是赵镇先人的坟。等赵镇回到村上的时候，老旦挖坟已经结束，他刨出了几根骨头，他把它们用绳子串起来，横挂在他家的门墙上。他手里还拿着一根。他用它拨弄着绳子上的那一串，挨个儿敲着。

"他敲着你先人的骨头玩哩。"有人给赵镇说。

赵镇的脸一阵红一阵白。过了一会儿，赵镇的脸松活了，他笑了一声。

"让他敲去。"赵镇说，"死了死了，一死就了，人死了要骨头做什么？他哪怕用那些骨头敲锣呢！"

赵镇的话很快就传到了老旦耳朵里。那几天，老旦敲骨头敲得已有些厌烦，一听赵镇的话，心里便"咯噔"响了一声，再也不愿敲了。他揪断了绳子，把那几根骨头扔进了村外的土壕里。

"我治不了他。"他想，他沮丧了一会儿。

"我一定要治他。"他想，两枚黑药丸一样的眼里闪出狼的目光。

他很快又有了新的办法。

他心气平和地找了一次赵镇。

"我想站在你家的粪堆顶上。"老旦说。

赵镇很奇怪，他像看怪物一样看着老旦。赵镇婆娘愤怒地叫了起来。

"不成，你站在粪堆上我怎么屙屎尿尿。"

"成还是不成？"老旦盯着赵镇的脸。

"你不嫌臭？"赵镇说。

"我不嫌。我想我会长成一棵树。粪堆里都是养分。"

赵镇笑了。赵镇说成，你去试试，我可不管你的饭。老旦说我不吃也不喝。赵镇说没准你真会长成一棵树，我把你砍了做箱子柜子。老旦说那得等多年以后，也许你已经死了。赵镇说那就让我儿子做。老旦说你儿子一打开柜子箱子闻到的全是我老旦的气味。

第二天，老旦就站在了赵镇家的粪堆顶上。双沟村的人像看景致一样一拨一拨来到赵镇家的茅厕跟前看老旦。他们抱着孩子领着孩子或者让孩子骑在他们的脖子上嘻嘻哈哈指手画脚品评着老旦站立的姿势。老旦和他们已无话可说。他感到他的脚纹正在开裂，从里边长出许多根须一样的东西，一点一点往粪堆里扎进去，头发则往上伸展着，如果他是一棵树，它们就会分成树杈或者树枝条儿。

（原载于《收获》1992年第2期）

干沟

没人来这条沟,虽然离村子不远,可没人来。沟里一满是梢林,就是那号不成材的树,叫不出名字,它们长在沟坡上,这会儿,它们没有叶子,成了干巴巴的枝条,勾着,挽着,缠着。站在山包子上,才能看见沟有多长。可站在沟口,就感到不吉利,就感到走进去就会出不来,会干死在里面。

他进沟的时候就这么想过。那时,他刚拔了几根鼻毛,鼻子里有些空空荡荡。他捏了捏鼻头,朝沟里看了一眼。听不见什么声音,有时候能听见狼叫唤,就叫那么几声,很远,听不出在哪一块。

天快亮了。

他感到有些冷,他知道天快亮了。天快亮的时候就有些冷。月亮像吊死鬼,在山包子上边忽忽悠悠,他能看见它。他听见那些枝条碰在他的脸上,划拉着,像划拉石头一样,一点也不动心。他用手拨它们。他想它们会把他绊倒,绊倒就起不来了。

他们得一会儿才能来。他想他赶天亮还能睡一觉。他拨开一个空隙,顺坡躺下来。他把手垫在头底下,看了一会儿月亮。月亮好像变得亮了些。他看着它,就睡着了。

"走。"他说。他看着拉能的后脑勺。拉能是他妹。他看见拉能转过脸,脸向上翻看着他。他们去地质队看电影,他看见拉能坐在塄坎上,一个地质队的人抱着她。地质队有这号人。他们抱这里的女人,他们给她们钱什么的,给她们尼龙袜子。他们的女人在城里,所以他们抱这里的女人。他们在山里找石头,他们能找出他们说的那种石头,他们说找出他们说的那种石头,这里的人就会发财。他们就是这么一群恬不知耻找石头的人。

他看见地质队那个人在拉能身上摸。拉能眼睛看着电影,不动身子,让那个人摸。后来,她也摸他。拉能不看电影了。

他一直没看电影,因为他一直想着罗子山那个人。上午,他来他们家了。拉能正在做饭,他看见拉能给罗子山那个人笑了一下。

他没吃饭,他出去了,他感到肚子里钻了个苍蝇。他到麻贵家窑里和麻贵打赌。麻贵让他吃冻豆腐,麻贵说他吃完就不问他要钱。他看着麻贵得意的脸,恨不得咬麻贵一口。他没吭声,他蹲在麻贵家灶窝里一口一口吃。他听见冰碴碴在他的牙齿上咯噔咯噔响。他感到牙里边像钻了许多虫子,舌头一层一层脱皮。他感到他把舌头上脱的皮一块吃到肚子里了。开始的时候,麻贵看着他笑,后来不笑了,麻贵脸上的皮也像挨了冷冻,和冻豆腐一个样子。他吃完了,吃了三斤。他想他千万不敢抹嘴,他想他一抹,嘴就会掉下来。他从麻贵家窑里出来,在沟底里跑了几个来回。后来,他跑到山包子上,在那里打滚,一直滚到天麻黑。他看见有人去地质队那里看电影,拉能也去了。他想他也去看。

"走。"他对拉能说。

拉能站起来,拍拍屁股上的土。他看见地质队那个人翻眼看他,他听见那人骂了一声:

"他妈的。"

他们骂人就这么:他妈的。

他们朝回走。他们听见有人在黑旮旯里动弹,在那里咬嘴。这地方兴找相好,不相识也能找,拉着辫子一拽就成。这地方民风纯正,女人不怕坏人。这地方没坏人。

"罗子山那人来了。"他说。

"嗯。"拉能说。

"我看见了。"

"嗯。"

"那人看着日脏。"

"嗯。"

"嗯,嗯!"他说。

"你要跟他?"他说。

"嗯。"

"我知道你要跟他。"

他出气的声音很大。他感到鼻眼里有些痒,有几根鼻毛长得太长了,他想他得把它们拔下来。

他们朝回走。那时候,电影还没完。那时候,他没想会出什么事。

大大睡了,听出气的声音就知道他睡了。他是个瞎眼。他们妈一死,他就瞎了眼。大大挨着炕墙,他们在另一头,他们家就一个窑。

"你甭跟罗子山那人。"他说。

"你甭跟。"他说。

拉能不说话。他们听见窗子上的麻纸不停响,没有风,可麻纸不停响。噼啪,噼啪。

"我不让你跟他。"他说。

"我跟他。"拉能说。

"他看着日脏。"他说。

"他说他们那里有麦子面。"拉能说。

"你跟他,你和地质队的人就好不成了。"

"我没跟地质队的人好。"

"他摸你。"他说。

"哥。"拉能叫了一声。他听见她叫了一声。她一叫,他心里就有些高兴。

"你也摸他。"他说。

"哥!"

"我看见了。"他说。他听见拉能拉棉被子,拉能把头往被子里埋。

"他一摸我,我就想摸他了。"拉能说。

"我不嫌你摸。"他说,"你甭跟罗子山那人,我不想让你跟他。"

"我跟他,我都想好了。我给他说了,我都想好了。"拉能说。

"你跟他,你就毁了。"他说。

"我想不来。"

"我知道你想不来。"

"我想不来。"

"我说你要毁了。"

"我可没想。"

他听见拉能睡着了。大大在炕那头翻身,大大出气的声音很粗。大大睡觉咬牙,像牛嚼草一样。有时候就紧咬一阵,像怀着仇恨。

他醒过来,听见有人说话。有人在他头顶上什么地方说话。他听出是他们村上的。

"也不盖上,抬出来也不盖上。"一个说。

"没见过女人的身子,我还没见过。"另一个说。

"都看哩,他娘的都看哩。"

"没流多少血,日怪,身子光光的。"

"就是眉眼难看,人死了就眉眼难看。"

"你看咪?"

"没,我看做什么。"

"没看你知道。"

"我没看。看你说的。"

拉能把一只胳膊甩过来,甩在他的肚子上。拉能胳膊上有什么味,他很熟悉,一闻见,他就难过,就不自在。他感到他的喉咙里干得厉害。他想把拉能的胳膊放在被窝里,他想放到被窝里他就会好受一些。可他没放,他把拉能的胳膊拉到他脖子底下。拉能醒了。拉能叫唤了一声:

"哥。"

他听见拉能叫他,他不搭话,他抱着她的胳膊,他跪在拉能跟前。他感到他想干什么。

"哥,你是畜生。"拉能说。拉能用手背挡着脸,她哭了。

"哥,你是畜生。"她说。

他跪在那里,看着拉能。他感到有什么东西正从他的眼睛里爬出来。

他不想用那把刀,可没有更好的东西,他就拿了它,就是拉能切菜用的那把。这是拉能不会知道的。他感到刀很凉。窗上的麻纸一下一下响,没有风,可它一下一下响。

噼啪。噼啪。

"我不想了,"他给拉能说,"我再也不想了。我没办法。拉能你不敢怪我,要不我就是畜生了。"他说。

他给她盖好被子。被子很烂,有一股呛鼻的汗臭味。他把被子一直盖到她脖子那里,他用手在那里摸了摸。

她被冰凉的刀激了一下,打了一个颤。这是她想不到的。她猛地伸开胳膊,朝他搂过来。他感到身子里有一股力量涌到他的手上,他朝下一压,她就把他抱住了。他感到她抱得很紧。他听见她呻唤了一声。

"拉能,你可不能怪我。"他说。

他把烂棉被往上拥,一会儿,就听见被子里有一种声音,他知道是她脖子里流出来的东西正往被子里边渗。

拉能就呻唤了一声。他记得她就呻唤了那么一声。

"大大。大大。"

他站在炕墙跟前,看着大大。他感到鼻眼里痒痒,气从肚子里出来,拨弄着鼻眼里那几根长毛。他把它们拔了。

"噌!"

他听见那几根鼻毛从肉里出来了,声音很响。那时候天还没亮,没什么响动,所以他听见拔鼻毛的声音很响。

"你甭找我。"他对大大说。

"看你,我一个瞎眼。"大大翻个身,他不停地咬牙。

"他肯定跑了。他钻在这里边做什么。"

那两个人坐着不走。他们坐在他头顶上什么地方,在那里说话。

"我看不一定。"另一个说。

"我尿些,我出来就想尿,都看拉能的光身子,就忘了。"

"你尿,尿嘛。"

他听见尿尿的声音从上边传下来。他感到喉咙里很难受。

"这沟里有些怕人,"尿尿的说,"我看这沟里有些怕人。"

"沟有什么怕?"

"你不怕?你想想。"

"我看他不会藏在这里边。"

"说不准。"

"我可不想让他把我弄死。你想,他突然出来,就会把我们弄死。"

"你听。"

"是野兔,肯定是野兔。"

他听见他们拨树枝，一会儿就听不见了。他想喊他们，把他们喊回来。是他们村上的，那两个人，他想他们还会来，说不定什么时候会来。

他想错了，后来他就知道他想错了。许多天后，他爬到那两个人说话的地方，那里有一块大石头。他想他们就是在石头上说话的。

他靠着那块石头，他感到他再也没力气爬了。他张着眼窝，想找见那个人尿尿的地方，没找见。他就这么靠着石头，一动不动。后来，他听见两只老鸦落在他的头跟前，翅膀扫着他的脸。他感到它们啄他的眼窝，啄得很重。后来，它们飞走了，他想它们很得意。他感到眼眶里往外流什么东西。那时候，太阳很红，虽然是冬天，太阳还是很红，半天工夫，他的眼眶干了，变成了两个圆坑。

（原载于《上海文学》1988年第6期）

万天斗

万天斗躺在他婆姨脊背后头,他婆姨感到耳根后边的那绺头发贴着枕砖不停地抖索。他打呼噜,他总是这么打呼噜,震得厉害。那时候,他想不到他会踩了胡太平家的玉米苗。第二天,胡太平站在窑门口喊他出来。

"你说我踩了你家的玉米苗?你说的?"

他看着胡太平的脸。胡太平有一只眼往下斜着,让人感到他老是偏着头看人。这会儿,他就这么看着万天斗。

"我怎么会踩了你家的玉米苗?你家的玉米苗在你家的地里长着,我怎么会踩?"他说。

胡太平的婆姨从背后闪出来,嘴巴咧成喇叭花那种样子,朝着万天斗。

"啐——"

万天斗听见了这么一声。万天斗看见一团什么东西从那个小窟窿里飞出来,粘在他脸上。他知道那是一种脏东西。她是个矮个子女人,为了让那东西有点准头,她把下巴往上翘了一下。

"你唾我?你这人。"万天斗说。他看见那女人的小嘴巴又想动，就用胳膊挡了挡。

"就说是我踩了，我又没到你们家的地里去，你说我到你家的地里去来？哎嗨，我到你家地里去来。"他说。

硷畔上站了几个人，朝他们这里拧脖子。万天斗看了他们一眼，然后把眼睛移回来，看着矮个子女人。

"那你说我到你家的地里去来？"他说。

"鬼知道。"矮女人说。

"那你说我踩了你家的玉米苗。"

"鬼知道。"

"我可没踩什么玉米。你想想，我去你家地里做啥，我又没想去你们家地里。"

"鬼知道。"

"鬼知道就鬼知道。"

"啐！"

万天斗赶紧抬起胳膊一挡。这一次，矮个子女人没朝他脸上唾，她把脸朝旁边一甩。他看见她把唾沫吐在地上，唾沫水打进土里，在那里弄出几个疤来。

"那你说我踩了？我连想都没想。"

他们就这么站在一起，要不是村长走过来，不知道他们会站到什么时候。村长知道是怎么回事，因为他在硷畔上站了好大一会。他原想这不是个什么事，可他突然改变了想法，感到这还是个事，所以就走过来。他让万天斗擦脸上的唾沫，然后，就叫他们三个人到村委会去。

万天斗用袖子在脸上擦了一下，他觉得袖筒里有他婆姨胳肢窝里的那种气味，好闻又不好闻。

"我的腿长，得是？我踩了玉米苗，我就没想过这事。"他说。

村委会在村子中间那块地方，在低处，对面就是一座山，背后当然还是山。山和山中间就像谁的脚后跟裂开了一道口子，人们零三八五地散落在口子里。山都是石头和土堆成的，各有各的模样。太阳一出来，山就有点发红，天上也有点发红。在村委会那里看天，就像吃奶娃的褯子印出的湿样样，这时候，太阳已经出来了，还看不见太阳，但太阳已出来了。

有几个人在村委会的院子里望着天。村委会的磕畔上围了一圈矮墙，所以就有院子。那几个人在那里看天。

"姑娘的奶奶是金奶奶，婆姨的奶奶是猪奶奶，我说。"坛子说。

坛子坐在石头上，一条腿压着另一条腿。他说话的时候，从不往人脸上看，而是看着上边，显出高深的样子。他坐下的时候，总爱把脚从鞋里拔出来，放在外边。这会儿，他挨地的那只脚就踩在鞋上边，五个脚趾头不停地支拧着，像五个胖瘦不一的虫子。

"村长，你说说。"他说。

坛子看村长从门里走进来，一会儿又看见胡太平和万天斗他们也跟进来。

"你们都说说。"他说。

"我说，姑娘的奶奶是金奶奶，婆姨的奶奶是猪奶奶。"

"噢。"村长说。

村长和胡太平、万天斗他们也站在院子里，他们都看着坛子。

"村长你坐。看你,那我就不起来了。"坛子看着村长的鼻子,挪了挪屁股。"婆姨一生娃,不管有人没人,噌一扯,奶奶就咕噜一下从那里吊出来,往娃嘴里一塞,让娃娃拱,猪就是那样,真不值钱,和猪一模一样。姑娘,你们谁看见过姑娘的奶奶,你敢把姑娘的奶奶捏捏?你不要命了。"他说。

"噢。"一个人说。

"噢。"另一个人说。

"噢。"村长说。

"噢。"胡太平说。

"噢。"过了一会,万天斗也这么说。

矮个子女人朝地上唾了一口。万天斗吓了一跳,胳膊往上一抬,他看见矮个子女人和大家一样,脸上和和气气的。她不是唾他。这女人就爱这么唾。

"啐。"那女人。

"玉米。"万天斗想。

"真是。"他想。

后来,他不想了,胡太平和矮个子女人也好像忘了,院子里的人都听坛子说话。

"有理的街头,无理的河道。"坛子说,他已换了个话题,"早些时候,摇船的都光着腚,波叽波叽,从水里上来,一丝不挂。坐船的婆姨女子把头一低,那可真是坐船,婆姨们就当没看见,也不说话。女子没见过男人那东西,也有偷看的。这不稀奇。她们好像费着大劲,比摇船的费劲还大,因为能听见她们喘气的声音。在街道,你敢光腚？谁敢在街道上光腚？"

他们听见坛子的声音在空气里拉着长丝丝。

"噢么。"那些人说。

"噢么。"村长说。

"噢么。"胡太平和万天斗都说。

"啐。"矮女人吐了一口。

刚好就有一只白脖鸟从他们的头顶上飞过去，他们都仰起头看它，他们的脸坑坑洼洼的高低不平，上面扑落了灰土一类的东西。他们都听见了鸟屎打在地上的声音，那只白脖鸟拉了一团屎，他们都把头低下来，朝那里看了好大一会儿。他们没有一个人说话。

白脖鸟一飞过去，天上就什么也没有了，又成了尿褯子印出的湿样样。什么声音都听不见。

后来，他们听见有人在远处喊："妈哎。"

他们看见矮女人把头拧过去。

"大哎。"又一声。

他们看见胡太平把头拧过去。胡太平和矮个子女人互相看了一眼，就走出去。

"我踩你家的玉米，龟孙子才踩玉米。"万天斗吼了一声。院子里的人看着他，不知道出了什么事。

"算了。"村长说。

"算了。"坛子他们说。

"她唾我。"万天斗说。

"她怎么就唾你。"坛子说。

"我都给他们说了,她唾我。"

"她怎么就唾你。"坛子说。

"噢么。"万天斗说。

"算了。"村长说。

"让人唾可不好。"坛子说。

"算了。"村长说。

"算了。"万天斗说,"我没踩,虽然她唾了,我没丢损什么东西,虽然她唾了,算了。"他说。

"算了算了。"他们都说。

万天斗从门里出来,踩着一块石头,脚崴了一下。石头怎么跑到门口来了。

"日他的。"他说了一声。

他把石头拨到硷畔下边去,他就想起了马跟。他突然想起了他。自从有了那事以后,他总是这么突然地想起马跟。一想起马跟,他就会不好受。

他看着马跟点钱。马跟点完钱,就递给他。马跟从羊脖子上解开绳子,又从腰上取出来一条,拴在羊脖子上,然后就看着他。

"你点点。"马跟说。马跟是个眨巴眼。

"点什么点什么,看你说的。"他说。

他看着马跟拉着那只羊走了,下了镇子街道尽头的坡坡。他蹴下来,把钱放在膝盖上,点了一遍,他倒过来,又点了一遍,少了一块钱。他怎么也想不到会少了一块钱。马跟的钱都是一块的,少了一张。他感到脖子上有一条筋好像短了，往里抽，抽得脖子发烧，汗直往外冒，鼻子上也冒，冒出来的是冰凉的水豆豆。他抬起头看了看，街道上的人全成了一堆模糊不清的东西，说话的声音好像离他很远。街道像轿一样一忽儿往上升，一忽儿往下陷。他站起来，往前走了两步，又站住了，望着马跟离去的那个方向。

"马跟。"他说。

他想着马跟的模样，他认识他。

"马跟。"他说。马跟是马泉子沟里的，离他家不远。

马跟让他点钱，他说点什么点什么，看你说的。马跟少给了一块钱。马跟让他点，他没点，他硬装了个大方，他找马跟说，马跟会不认账，马跟会说他得了想钱疯。他想着马跟的模样，他听见肚子里有什么在响，什么东西坏在肚子里了。他站在马跟拉走羊的地方，看着镇子街道尽头的坡坡。马跟就是从那里走的，拉着羊。后来，街道就剩下他一个人了。街道不长，但是只有他一个人，看起来就有点长。

"马跟。"他说。

"马跟不是人，是个毬。"他说。

他总要突然想起马跟，一想起马跟，脖子上有一条筋就会变短，往肉里抽，抽得脖子发烧。他听见肚子里有什么东西在响，他想事情能从头开始就好了，他想那天不卖羊就好了。他想了结这桩事情。他碰见马跟几回，可他没了结这桩事。所以，他总要想起马跟。

他想着马跟的模样，往他家窑里走。

"毬。"他说。

"他是个毬。"他说。

万天斗给他婆姨说，他不吃饭了。

"我去马泉子沟。"他说。

他婆姨在灶火窝里，瞪着眼看他。

"我去找马跟。"他说。

"没听说你要去。"他婆姨说。

"我有事，人有事总要把它办了。"他说。

"胡太平家婆姨她白睡你了？"

"算了算了。"他说。他听见他婆姨的喉咙里像卡了个什么东西。

他走了一身汗，终于进了马泉子沟。马泉子沟和别处住人的沟一样，就是那么一条沟。他找到了马跟家的窑洞。马跟已吃过饭了，他正躺在他家窑里睡觉，他家就他一个人在。马跟的屁股撅得老高，朝着窑门口。马跟睡着了，没听见有人进来。

他坐在炕沿上，坐在马跟跟前，用袖子抹了抹脸上的汗。他想把马跟叫起来。可他没叫，他想不出马跟起来后他会说什么，他想了好久也没想出，这会儿也没有。所以，他没叫马跟，他只看着马跟的脸。

"马跟。"他说。

他有点急，马跟的脸对着炕墙，一动也不动，他不知道该怎么办，他看见炕墙上放着一把剃头刀子。

"算了，我不要了。"他说。

他从炕墙上取过那把剃刀，他看见刀刃在他的鼻子下边闪了一下。他拿它在马跟的屁股上划了两刀，他听见刀子划进肉里的声音，有点发涩。然后，他听见马跟叫了一声。马跟坐起来，用手捂着屁股,两个眼睛圆圆的,看着他。

"算了,马跟,我不要了。"他说。

他看见马跟还那么看着他。

他把剃刀放在炕墙上,走了出来。

马跟没撵他。他原想马跟会撵出来,可马跟没有。他心里有点轻松,他想他总算了结了这一桩事,他以后再也不想这事了。人不要碰上这号事,碰上了真不好受。

他想。

天像裤子上尿水印出的湿样样。他在下边走着,往他家里走。

(原载于《收获》1989年第4期)

公羊串门

几只鸡正在村口觅食，灵巧的嘴不时啄几下，不知啄到了没有。大概没有，因为它们只是啄，并不仰起脖子来。一只公鸡突然伸开翅膀，向一只母鸡紧挨过去。母鸡趔了一下，意思很明显，它这会儿不想。但公鸡想，所以，公鸡并没有因为母鸡趔了一下就不挨了，它拉着一只翅膀，一次次挨着，死乞白赖的。

王满胜和他家的那群羊就是这时候走过村口的。羊们悠然自得的蹄脚搅扰了公鸡。它跳开了，收住翅膀，诚惶诚恐地看着那群羊。

领头的是只公羊，犄角上挂着红绫，很耀眼，还有一只铃铛，在脖子底下吊着。它扬着头，一副心高气傲的样子。它的神气完全来自它良好的自我感觉。它很重要。它不但是公羊，而且是种羊。世上的公羊很多，可种羊就难得了。它是种羊。

王满胜跟在羊群的后边，腰里系着一截草绳。不是系不起麻绳或者皮带，也不是舍不得，而是因为习惯。草绳有草绳的好处，断了就扔掉，再编一条。你每天在山上，羊一吃开草你做啥？吼歌？吼歌又不妨碍编草绳。所以，王满胜从来都系草绳。他三十多岁，粗糙的脸褶里扑着尘土。胡碴上也扑着，呈颗粒状，如果染成红色，会以为那里挂着的是酸枣或者枸杞豆。他迈的是八字步，背着手，攥着一根拦羊鞭。"回来了？""噢么。"他边走边和几个村人打着招呼。

很快就到家门口了。再走几步，他的羊群就会从他家半开的门里拥进去。可是，那只公羊站住不动了。王满胜有些奇怪。他看见公羊支棱着耳朵，在听着什么。他也支棱起耳朵。他很快就听见了几声母羊发情的叫唤。是邻居胡安全家的母羊。肯定。再看他的那只公羊，分明已经心猿意马了。它不愿进门。

王满胜很果断，扬起手中的拦羊鞭，在空中抽出一声脆响，鞭梢从公羊的头顶上掠过去。公羊打了一个激灵，贼一样从门里钻着进去。

狗日的想吃野食。王满胜骂了一句。

王满胜端起老碗开始吃饭了。他把嘴放在碗沿上，一转，就发出一串长长的吸声。他感到那一口温热的钱钱饭像小鱼一样，通过喉咙和食道，一头撞进了他的胃里，停在里边的某个部位，温柔地动弹着。噢，他说。日他妈舒坦，噢，他说。他不再吸了。他把老碗放在了石板桌上，似乎要好好享受那口钱钱饭在胃里轻轻动弹着的滋味。然后，他给婆姨说：

"胡安全家的母羊寻羔哩。"

"噢噢。"他婆姨说。

他说："你没听见？"

他婆姨说："这会儿好像不叫唤了。"

他斜了他婆姨一眼，说："它又不是机器，还能不停地叫唤？"他感到他婆姨很无知。他端起老碗又要吸了。他刚把嘴唇挨上碗沿，就发现他家的那只公羊不见了。他往羊圈里看了一眼,没看见那只公羊。他立刻产生了一种不好的感觉。"狗日的。"他骂了一句,放下手里的碗,从圈墙上取下那根拦羊鞭,风一样从门里吹了出去。他很有把握地推开了邻居胡安全家的门。

王满胜家的公羊早已骑在了胡安全家的母羊身上,两条后腿像弓一样绷着,屁股像一台小发动机,突突突抖着。红绫子闪着,铃铛响着。它正在使劲出力。王满胜急了,当然不是因为他家公羊犄角上的红绫和脖子上的铃铛,而是因为公羊运动着的屁股。他看得很分明,他家公羊的屁股再这么运动一会儿,就会产生重要的后果。他不能让它运动了。他晃着拦羊鞭,朝胡安全家的羊圈走过去。

胡安全蹲在羊圈跟前,很有兴致地看两只羊交欢。他看见王满胜走了过来。

他说:"你家公羊串门来了。"

王满胜说:"狗日的吃野食!"

王满胜的拦羊鞭刚举起来,就被胡安全拦住了。"哎哎还没成哩。"胡安全说,"你让人家把事做完嘛。"又说:"你不能动不动就用鞭子抽啊。"王满胜说我要抽。胡安全说要抽也不能这会儿抽。王满胜就要抽。胡安全说你和你婆姨正做好事谁突然抽你一鞭子你会是个啥感觉?这时候抽说不定会抽出病来的,以后再做不成这号事咋办?王满胜觉得胡安全的话有道理,就收起拦羊鞭,说,不抽就不抽,要配种把你家母羊拉到我家去。胡安全说,人家正在好处哩你非要人家挪个地方这不是成心折腾人家吗?你和你婆姨正做到好处,硬要你挪个地方,你想想。王满胜说这才叫奇怪哩你非要把羊和我拉到一起比。胡安全说那就和我比,我和我婆姨正做到好处就是皇上让我挪地方我也会往他脸上吐的。你看,你看,这不成了。

确实,两只羊好事已成。公羊的屁股一阵迅速的抖动,然后,从母羊身上溜了下来。母羊歪过头,用嘴在公羊身上挨了几下。胡安全一脸笑,走到他家的母羊跟前,说:"行了行了别骚情了。"又给王满胜说:"行了行了你把你家公羊拉回去。"他看王满胜没有走的意思,又说:"我家母羊寻羔寻了几天了,你家公羊真是个公羊,不打招呼就窜进来,一进来就搞上了嘀嘀嘀嘀。"胡安全说话的语气和神态似乎比他家的那只母羊还要舒坦。胡安全还说了许多话。后来,胡安全就看着王满胜,一个劲地嘀嘀。他不提配种费。

回到家,王满胜把那只公羊拴进了一个独立的羊栏,他抡起羊鞭,朝公羊狠抽了一阵子。每挨一鞭,公羊就会跳一下,然后,就直眼看着它的主人,一脸的迷茫。它不知道它为什么要挨这一顿鞭子。

但配种费是不能不说的。

几天以后,王满胜和胡安全在他们各自家门外的茅厕里相遇了。那时候是清早,他们都站在茅厕里撒尿。

王满胜咳嗽了一声。

胡安全叫了一声满胜哥,说:"我服你家的公羊了,一次就解决了问题。每天早上我都要去羊圈里看一眼,刚才也看了。我家母羊不叫唤了,卧在羊圈里,安静得像个菩萨。"

王满胜说:"我家公羊配种从来都一次成。"

胡安全说:"是的是的,我心服口服。"

胡安全系着裤带要回去了。王满胜"哎"了一声,他也系好了裤带。他走到胡安全家的茅厕跟前,说:"我家公羊不能白出力气。"

胡安全把眉毛往上挑了一下,说:"你这话是啥意思?"

王满胜说:"我家公羊配种收费,这你是知道的。"他跟在胡安全的屁股后边,进了胡安全家的院子。

他说:"我也不是非要今天让你给钱。你要是手头紧,缓几天给也行。"

胡安全的脸阴了下来,说:"我家母羊寻羔是事实,可它没寻到你家去是不是?是你家公羊找上门来的,你让我出钱有些说不过去吧?"

王满胜说:"听你的意思,配羔钱你是不想给了是不是?"

胡安全说:"不是不想给,是给了不合适,旁人听了会笑话我的。我家母羊让你家公羊弄了,我还得掏钱?"

王满胜说:"你给不给?"

胡安全答:"问你家公羊要去。"

王满胜知道他要不到钱了。他低头想了一会儿,然后转过身,向胡安全家的羊圈跑过去。等胡安全醒过来的时候,他家的母羊已挨了王满胜重重的一脚。又一脚。又一脚。每一脚都踢在了他想踢的地方。

王满胜朝外走的时候被胡安全挡住了。胡安全和他婆姨把王满胜压倒在他家的院子里,扇肿了王满胜的嘴。

王满胜没有回家,他去了村长李世民的家里。李世民给他倒了一杯水，说："啥事？"王满胜努力想了一阵，说："我先喝口水。"他喝了一口水。李世民说再喝再喝。王满胜说不喝了我就喝这一口。然后，他给李世民说了他家公羊和胡安全家母羊的事。

他说："我家公羊给他家母羊配了羔，我收钱该是天经地义的吧？他胡安全不但不给钱还扇我的嘴你说咋办？"

李世民说："你想咋办？"

王满胜有些惊异了，看着村长。村长说你别这么看我你一来就给我提了一串疑问号我才给你提了一个你就瞪眼。

王满胜说："反正这事你得管。"

李世民说："管么管么，交公粮收款修路出公差给女人戴环你说我啥不管？管啥我都能想到，就是想不到连公羊给母羊配羔的事也得管。"

李世民让王满胜先回去。李世民说你把你的嘴赶紧治理治理，这么肿着太难看，说话吐字也不清，听得我难受，费耳朵。

王满胜等了好几天，又打问了几个人，才知道李世民压根就没去找胡安全。他很生气，又找了一次李世民。

他说："你把我的事放在后脑勺上了是不是？"

李世民在后脑勺上拍了一下，说："就是就是不管在哪儿放着总还是放着哩又没丢。乡上来人搞计划生育我领着抓了几个妇女你没看见？还要找你婆姨哩。"

王满胜说："我婆姨戴环了。"

李世民说那也得看看环还在不在要是掉了和没戴一样要重新戴。王满胜说你别打岔你说我的事。李世民说你婆姨的环也是你的事。王满胜说你不管我的事我就让我婆姨取环我让她生一群娃。李世民说你敢,你再生一个我就把你家的羊全拉走。王满胜说你不管我就去乡上法庭告状打官司。李世民说哎你这主意不错去法庭也许是一条正路。

王满胜真到乡上的法庭走了一趟,然后又进了李世民家。

李世民说:"告了?"

王满胜说:"告个尻子。驴日的法庭嫌事情太小,不管。我说难道要出了人命再管不成?难道让胡安全把我打死了再管不成?法庭的人不说话,光给我笑。驴日的法庭。"

李世民仰着脖子笑了。

王满胜说:"你还笑啊!"

李世民又笑了一阵子。李世民说你回吧我晚上就去胡安全家。

李世民让胡安全拿两块半钱出来。李世民说:"就算满胜家的公羊是串门,可你家母羊怀羔了所以你要拿钱。就因为满胜家的公羊是串门,所以只给你要一半钱。"又说:"你打肿了满胜的嘴我不处理你了。"

胡安全拿出了两块半钱。

王满胜不同意,非要五块钱。李世民说,你好好的啊。又说:"我不出面你连一分钱也要不到说不定嘴还要肿。"王满胜说就因为打肿了我的嘴我咽不下这口气我要受疼钱。李世民说:"嘴是肉长的不是泥捏的肿了还会好的不是?疼当然要疼可疼是当时的现在不疼了不是?还疼不?还疼就让婆姨晚上给你舔舔。"李世民把钱撇在王满胜家的炕沿上,背着手走了。王满胜想追出去,被他婆姨拉住了。他看着他婆姨。婆姨给他笑了一下。为了公羊的事，这些天他一直没动过婆姨，虽然他婆姨是那种热爱男人疼男人的女人。

王满胜说好吧好吧就算他李世民说得有道理。他婆姨就收起了炕沿上的钱，往炕上铺被子。他们睡了个好觉。

第二天清早，王满胜出门去茅厕撒尿，又一次和胡安全相遇了。胡安全也在撒尿。他们能听见对方撒尿的声响。他们一个不看一个，说了几句话。

胡安全说："满胜哥，昨晚可睡好了？"

王满胜说："一倒下就睡过去了，踏踏实实的，睁眼就到了天亮。"

胡安全说："都是那两块半钱的作用。"

王满胜说："没错没错。兜兜里少了两块半钱，你睡得可踏实？"

胡安全说："开始的时候不踏实，在炕上翻来倒去的，后来又踏实了。我家母羊怀了羔，我又扇了人的嘴，两块半钱不算多。"

胡安全提着裤子走了。王满胜家的那群羊也从他家门里拥了出来，打头的依然是那公羊。王满胜的婆姨把拦羊鞭和干粮袋递给王满胜。王满胜表演一样，用拦羊鞭甩了一声脆响，跟在羊群的后边，上山了。

那时候，王满胜和胡安全都没想到他们还会发生事情。

胡安全家的母羊落羔了。胡安全蹲在母羊跟前，半晌没吭出声气。母羊卧在羊圈里，腿上沾满了血糊糊的脏物。

两个村民和胡安全蹲在一起,表情和胡安全一样沉重。他们想安慰胡安全几句。

一个说:"白出了两块半钱。"

另一个说:"那天我在窑背上看得清清楚楚,王满胜在母羊肚子上踢了几脚。当时我就想,这羔配不住了,配住了也得落羔。"

又说:"李世民能断个毬官司。公羊要是个人会是个啥情况?要判强奸罪。"

胡安全听不下去了。他噌一下站起来,很快出了村,上山了。他要找王满胜。他想把王满胜的嘴再一次扇肿,然后再和他说母羊落羔的事。但他很快又改变了主意。他一翻过沟坎,就看见了王满胜家的那群羊。它们正在吃草,散乱在沟坡上。然后,他就看见了那只公羊,就改变了主意。那时候,王满胜躺在一块石头跟前,好像睡着了。胡安全从他身边走过去,径直走到公羊跟前,抱起了它。

公羊的叫声惊醒了王满胜。胡安全抱着公羊已走远了。王满胜愣了一会儿,然后就失声了。他跌撞着追过去。本来能追上,可他太急了,脚不稳,从沟坡上滑了下去。等他从坡底爬起来的时候,已找不见胡安全的影子。他没再追,因为他还有一群羊在山上。

三天以后,王满胜又一次敲开了村长李世民家的门。

王满胜说:"我恨不得咬他驴日的一口。他家母羊落羔了硬说是我踢的,要我赔两只羊羔的钱。我跟他磨了三天嘴皮子,我没办法我只能找你。"

李世民说噢噢你先回去。王满胜不回。王满胜说:"胡安全把亲朋好友都发动起来了,满世界找发情寻羔的母羊让我家公羊配哩。"

李世民说:"是不是?"

王满胜说:"赶紧你赶紧。"

李世民边够鞋边说:"狗日的胡安全亏他想得出来。"他觉得事情变得有意思了。

胡安全家的院子变成配种站了。那只公羊骑在一只母羊的脊背上,很卖力地工作着。母羊的主人在口袋里摸着钱,准备给胡安全付账。还有几个人各牵着一只母羊在旁边等候着。

配过种的顾主拉着母羊要走了。胡安全边装钱边说:"给你们村的人宣传宣传,母羊寻羔就往我这儿拉,配一个三块,童叟不欺。下一个——"

下一个主顾磨蹭了一会儿,似乎不愿意把母羊给公羊跟前拉。他说:"胡安全你怕是过高估计了你的公羊了一天配这么多就算它能撑住可它有没有那么多东西?"胡安全说:"不多不多你这是第三个配不上我给你退钱你怕啥?"

在场的人都看着那只公羊。他们都以为它不行了。可是,他们很快就知道他们错了。那只公羊先用鼻子在母羊身上蹭了蹭,也许是闻到了什么气味,也许是好事做红了眼,它突然一用力,跳起来,把两条前腿搭上了母羊的脊背。"噢!"他们都发出来一声惊呼。

胡安全说:"牛皮不是吹的,火车不是推的。今天我打算让它配五个。"

他们又发出一声惊呼。

胡安全说:"我要试试。我想看看一只公羊到底有多大的能耐。"

但公羊的后腿明显不如前一次有力了。

胡安全说:"这是正常情况。好像你们没做过这号事一样。让你们连做三次,看你们的腿打抖不打抖。"

王满胜和村长李世民就是这时候从大门里走进来的。王满胜一眼就看见了他家的那只可怜的公羊。他撕心裂肺地叫了一声,要扑过去,被李世民抱住了。

王满胜说:"他会累死它的!"

他痛苦地吼叫着,要从李世民的胳膊里挣脱出来。他要和胡安全拼命。李世民更紧地抱着他,说:"你往石墩上看——"

院子里有个石墩。石墩上放着一把杀猪刀。胡安全在石墩跟前蹲着。

李世民说:"你扑着扑着挨刀啊?"

王满胜立刻安静了。他想抢救公羊,但更怕挨刀,所以,他站着不动了。

可怜的公羊,它在出着大力。

王满胜给拉着母羊的人说:"求你们了,你们走吧。他想把公羊往死里整。"

胡安全说:"你把我看扁了。整死公羊我拿啥挣钱?我不过是想多配几个,你听清了没有?"

王满胜转过脸,可怜兮兮地看着李世民。李世民给他摆摆手,让他离开这儿,他要和胡安全说话。王满胜不想走。李世民说你不走我没法说话。王满胜不情愿地走了。

李世民说:"安全……"

胡安全说:"这事你别管我自个儿处理。你去告诉王满胜,我不想占他的便宜。我挣够我的钱就把公羊还给他。他把我家母羊踢落羔了我得把损失补回来。"

又说:"上回那两块半钱我出得窝囊。他家公羊串门搞了我家母羊该是强奸,你看,我还懂点法律。你是村长连法律也不懂还给人说是了非。你要说是了非就拿法律来咱依法办事。"

李世民的脸发烧了。胡安全没有说错,他确实不懂法律。官司断不成了。

但村长李世民决计要断这个官司。

乡上法庭的老刘歪着脖子把李世民看了很长时间。老刘说我都不敢认你了我在法庭工作了这么多年没见过哪个村长主动上门来要学习法律。老实说法律书的种类很多植树造林环境保护计划生育都有法律你要哪一种?李世民说我要管男女关系的那一种。老刘说没有这种专门的法律。李世民说间接的也行。老刘就给了李世民一摞子法律书。

李世民把自己关在他家的一间屋子里,不让任何人打扰他。"我要读书。"他说。他像虫子一样,一页一页蛀着那些小册子。他相信他能从这些小册子里找出办法,不但能把胡安全说倒,也能让王满胜心服口服。

那些天,胡安全用王满胜家的公羊又配了几次羔。王满胜几次找李世民,都被李世民的婆姨挡在了门外。李世民的婆姨把脸笑得像核桃一样,说:"世民在屋里念书哩,不让打搅。"王满胜跳起来了。王满胜说:"李世民你听着你再这么念下去我家的公羊就被胡安全折腾死了。"李世民的婆姨把王满胜友好地推到了街道上,说:"世民不会出来的。他的脾气你知道他不会出来。"

王满胜没心思上山了。我的心像毡戳哩,我没有心思上山,他给他婆姨这么说。就在他难熬的那些日子里,每天都有人拉着母羊去胡安全家配羔。胡安全已经检验出了那只公羊的能耐,它一天最多只能配三次,到第四次就是用鞭子抽也不肯上了。世上也许有一天连配五次六次的公羊,但这一只不行。

每有一位主顾拉着母羊从胡安全家出来,王满胜的婆姨都要向王满胜报告。王满胜到底憋不住了。他咬了一阵牙根,从炕沿上跳下来。他一直蹲在炕沿上抽烟,现在,他从炕沿上跳了下来。

"日他妈我等不得李世民了。"他说。

"日他妈我自个儿处理!"他说。

他很快就叫来了王满堂王满光王学魁王学文一帮王家人,提着镢头铁锨铁锹一类长把儿家伙,来到了胡安全家。

王满胜说:"把公羊交出来!"

胡安全的婆姨惊叫了一声,抱着头钻进了窑里,关上了门。

胡安全没想到王满胜会这么做。王满胜做得太突然了,不给他一点准备的时间。他把杀猪刀攥在手里,直勾勾地看着王满胜一伙。

王满胜威严地说:"放下屠刀!"

胡安全说:"谁过来我捅谁,捅个血流满地,捅出他的肠子来。我照准一个往死里捅。"

当然,他们没打起来。许多天以后,人们还能想起村长李世民冲进胡安全家院子里的情景。他英勇无比，把一只手举在空中，对着院里的人喊了一声："都给我站住！"正要往上扑的王满堂王满光王学魁王学文们被村长李世民的气势震住了，站住不动了。李世民并不放下他举在空中的五指划开的手。他转头看着胡安全，说："把刀放下！"他看着胡安全放下了杀猪刀，才把他的手从空中收了回来。

他说："你们听着。只要你们一动手，就不是我李世民能管的事了。我念了好几天法律书。你们看我的眼。"

确实，李世民的眼睛像鸡屁股一样，鼻子底也像抹了一道锅黑。

他说："我熬夜了，停电了我就点着煤油灯熬，我到底熬出来了。法律不是唬人的是正经东西，出了人命就得去公安局说事。县法院三天两头毙人哩，难道你们不怕毙？怕毙就给我退山去。"

王满堂王满光们心虚了。他们怕毙，就一个跟着一个退出了胡安全家的院子。

王满胜不愿意走。王满胜说我要我的公羊。李世民给王满胜吐了一口。王满胜也出去了。

现在，李世民走到胡安全跟前了。

李世民说："你说我能不能断这官司？"

胡安全说："能。你断吧你能。"

李世民说："明天一早就在这儿，我来断，用法律断。"

全村的人都拥到了胡安全家的院子里，心情都一样的兴奋和激动，等着观赏村长李世民用法律断公羊串门的官司。

院子中间空出来一个大圆圈，扎了两根木橛，分别拴着王满胜家的那只公羊和胡安全家的那只母羊。它们听不懂围观者们热闹的话语，偶尔抬一下头，支棱着耳朵，它们的主人王满胜和胡安全分别蹲在它们跟前，低着头。

圆圈的一边放着一张木桌，一条木凳。村长李世民和乡上法庭的老刘从人圈外走进来，坐在了木凳上。李世民咳嗽了一声，把夹在胳肢窝里的一摞法律书放在了木桌上。

人们鸦雀无声了。

李世民一脸严肃，说："这位是咱乡上法庭的刘同志，叫他来是作个见证，他不断官司，我断。"

人们哄一声笑了。李世民说你们笑，笑完了我再断。人们立刻收住了笑声。李世民又咳嗽了一声，开始断官司了。

他说："王满胜胡安全两家险些闹出人命，是由这两只惹是生非的羊引起的。我就先说羊。母羊寻羔当然要叫唤，公羊听见叫声就串了门。公羊的主人王满胜要收配种钱，母羊的主人胡安全说公羊犯了强奸罪。这就是矛盾，母羊的主人说是送上门的，配羔钱不该出，公羊的主人说母羊用叫声勾引公羊，钱一定要收。这也是矛盾。矛有矛的说法，盾有盾的道理。法律呢？按照法律，强奸要在二十四小时以内报案才能立案。还有，母羊不情愿，以公羊自身的条件和能力，也不可能强奸成功。所以，强奸不能成立。事实只能是，两只羊互为邻居，长期见面，声息相闻，产生了感情，应为通奸。法律不管通奸，胡安全，不信你看法律书去。"

李世民把桌上的法律书扔在了胡安全的脚跟前，说："你要找出一条来，我把村长让给你当。"

胡安全说："我不看我也不信，法律不管通奸让世上的人都通奸去。"

李世民不理会胡安全,继续断官司:"但是,两只羊违犯家规,私自幽会,引起两家主人的矛盾,并造成一定的后果,法律就要管了。按照法律,不满十六岁的儿童和智力不全的人,行为后果由监护人负责。以此推理,羊是畜生,不通人事,行为过失应由主人承担责任。根据以上论证,现对公羊串门一案宣判如下——"

老刘拨了一下李世民的胳膊,说:"是调解不是宣判。"

李世民说:"现对公羊串门纠纷案调解如下:第一,公羊强奸既不成立,母羊家应全额给付配种费。第二,母羊落羔是因公羊的主人脚踢所致,公羊家应给予一定补偿。第三,公羊在母羊家受到非法拘禁并强行被迫劳役,劳役的收入,除去饲料费,全数退还公羊主人,这是一笔细账,要坐下来慢慢算。"

官司就这么断了。满场的人"嗷"一声叫了起来,给李世民拍了好长一阵巴掌。

王满胜和胡安全又在茅厕相遇了。也许王满胜不该多嘴,可他喉咙有些发痒,就叫了胡安全一声,说:"我一直不知道,你告我家公羊强奸啊,亏你能想得出来。我一想起来就觉得好笑。法律不承认是强奸,是通奸。你虽然想得绝,可就是白想了。"又说:"我还得感谢你。我一直不知道我家公羊能配三次羔,现在知道了。但我一天只让它配两次,我的心没你那么贪。"

胡安全一句话也没说。那些天,胡安全一直很少说话。他满脑子都想着"通奸"这两个字。他的喉咙里像卡了一样东西,咽不下又吐不出来,很难受。就在那天,在许多天以后的那天正午,他去了王满胜家。他知道王满胜和他的羊群在山上。他给王满胜的婆姨说他喉咙里卡了一样东西想让她看看能不能取出来。他说他婆姨回娘家了要不他不会找她。他说得很认真，甚至还咳了几下。王满胜的婆姨信了，她让他张开嘴。他没张嘴。他一把抓住了她的手腕。她说安全你把我的手攥疼了快放开。他说一会儿还有更厉害的进去！他一用力，就把女人的手拧到了背后。女人哼了一声，肚子立刻挺了起来。他把她推进了窑里。女人挣扎了一下，他又加了点力，女人的肚子挺得更高了。女人说安全你让我给你取喉咙里的东西你让我取。他说我不让你取了我要弄你。女人拧过脸看他。他说别这么看我。女人说我看你有没有脸。他说噢噢你看，看一会儿我再弄。他又用了一下力，女人不看了。女人大口地喘着粗气。

他说："我知道你不愿意，但你不能喊叫，你喊叫我就掐死你。"

女人不想死。胡安全再没费什么口舌就睡了她。临走的时候，他看了一眼躺在炕上的女人。女人歪着头，眼睛睁得大大的，看着炕墙。

他说："这不是强奸，是通奸。"

胡安全揣着杀猪刀睡了一夜。也许王满胜的婆姨会告诉王满胜。也许王满胜永远不会知道。最好是王满胜知道了却不张扬。不管王满胜知道还是不知道，揣着杀猪刀总比不揣好。

王满胜没找他。第二天早上去茅厕尿尿的时候，王满胜也没扑过来。王满胜尿完尿赶着羊上山去了。王满胜甚至看也没看他一眼。他放心了，然后兴奋了，便从茅厕里跳出来，进了王满胜家。

女人正在梳头。女人好像给他笑了一下。

女人说:"你不怕满胜回来?"

胡安全亮了亮怀里的杀猪刀说:"我有这东西。"

他没来得及用那把刀,王满胜就用镢头把他砸平了。他骑在王满胜婆姨的身子上,听见门响了一声,回头就看见了王满胜。王满胜举起镢头,斜着朝他抡过来,砸在了他的腰上。他哼了一声,再也没爬起来。女人把她的身子从胡安全的身子底下抽出来,说:"我把事情给满胜说了。"

王满胜说胡安全你起来。胡安全努力了几次,说:"我的腰断了。"他的脸上布满痛苦,又说:"你应该找李世民啊,他有法律。"

王满胜说:"我想自个儿解决。"

王满胜又要举镢头了。

胡安全说:"我以为你不知道,我还想弄一次。"

王满胜说:"说得好我也想再砸一下。"

这一回,他砸在了胡安全的头上。

他婆姨说:"你把他砸死了。"

他扔下镢头,蹲在窑门外点了烟吸了一口,说:"找李世民去。"

那时候,李世民已经成了名人。先是县上的记者找他,然后是地区的记者,他们让他谈体会。李世民说我没体会我按法律办事我没体会。记者们兴奋了,说这就是最好的体会接着说。李世民受到鼓舞,就把他点着煤油灯熬眼念法律书的事抖了出来,就进了广播上了报纸,很可能还要上电视。王满胜的婆姨找到他家的时候,他正和婆姨商量上电视该穿什么衣服。王满胜婆姨说快快快满胜把胡安全砸死了，李世民愣了。李世民说你慢点说我没听清。王满胜婆姨又说了一遍。李世民到底听清了。

他说:"快个毬这得找公安局。"

公安局的人问王满胜为什么砸了一镢头还要砸另一镢头,王满胜说第一镢头砸在了腰上我想砸的是头而不是腰。

"知道不知道会砸死人?"

"知道。"

"知道会砸死人你还砸?"

"你这话问得怪。他活着我难受。难道你们要让我难受地活着?"

公安局的人笑了。

枪毙王满胜的那天,村上的人都去了县城看热闹。王满胜家的那只公羊大摇大摆地走进了胡安全家的羊圈。

(原载于《文友》1999年第10期)

棺材铺

一

杨明远在蛤蟆滩袭击了一队做丝绸生意的商人之后，回到了老家新镇，敲开了他弟杨明善的门。那时候天刚麻亮，街道上没有人影。他在他弟的破门上敲了几下。新镇前后两条长街，中间一条马道相连，他弟杨明善就住在马道里。他听见他敲门的声音像豌豆一样滚出去老远，然后，他听见了几声咳嗽。他弟杨明善光着脚拉开一道门缝，仰着脖子，从门缝里看着他的脏脸。他弟小时候害过一场病，以后的四十多年里没怎么长个子，就成了现在这么个矮男人。他弟的眼珠子偏偏长得很大，从鼻梁的两边挣出来，时刻都会从眼眶里蹦出去一样。他眨眼的时候，就会眨出一阵"啪叽啪叽"的响声。

这会儿，他仰着脖子，神情认真，从门缝里"啪叽啪叽"看着他哥杨明远。

"你回来做甚？"他说。他没有让他哥进门的意思。杨明远当了土匪以后，他们兄弟之间很少来往。

"你回来做甚？"他眨着眼，啪叽啪叽。

"你让我进去。"杨明远说。

"你说,你说你回来……"

杨明远把手伸进门缝,张开五根粗硬的指头,箍在他弟杨明善的脑顶上,一使劲,杨明善的头就从脖子上转了过去。杨明远挤进门,把一包袱白花花的银子放在柜盖上。杨明善的女人正在炕上穿衣服,她从来没见过这么多的银子,身子立刻软了,嘴巴噘成了一截竹筒。

"噢!"她呻唤了一声。

杨明善一脸鄙夷的神色,瞄了他女人一眼。他感到他女人太有些见钱眼开了。

"顺墙靠着我说,悄悄地别出声,别给我丢人现眼。"他说。

然后,他把脸转向他哥杨明远。

"我不要你的钱。"他说。

"我不要来路不明的钱。"他说。

女人用鼻子哼了一声,耸耸肩,紧好裤带,顺炕墙坐了下去。她觉得她男人像一块生姜疙瘩。

后来,杨明善就知道了那一包袱银子不是给他的。他哥杨明远要收心洗手,回新镇当一名规矩的镇民。

"我不想在外边胡跑了。"土匪杨明远说。

"跑么,你跑么,"杨明善说,"我又没拉你的腿。"

"咱可是一个娘裤裆里倒出来的。"他哥说。

"你听你说的话,一个裤裆!"杨明善说。

"你给我弄一块地皮。"他哥说。

"地皮?我为什么给你弄一块地皮?"

"你是镇长。"

"我可不是你的镇长。"杨明善说,"我是个毡不顶的镇长。"

"毡顶毡不顶你给我弄一块地皮。"杨明远说,"一笔写不出两个杨字。"

"新镇可都是规矩人家。"镇长杨明善说。

"我不给你惹是生非。"他哥说。

"这可是人话?"杨明善说。

"人话!"他哥说。

杨明远的身子背后传出来一阵溜吸鼻涕的声音。杨明善的女人又呻唤了一声。她看见杨明远的身后站着一个脏兮兮的鼻嘴娃,进门的时候她竟然没看见。

"我的后人。"杨明远说,"我和你嫂睡了一觉就有了他,好歹是杨家的种,我留了他。"

"噢。"女人说。

"你嫂命不长,死了。"杨明远给他弟和弟媳妇笑了一下,把他的后人坎子,从身子背后拨到他弟跟前。

"叫叔。"他给坎子说。

坎子叫了一声叔。

"叫婶。"

坎子叫了一声婶。杨明善的女人从炕上跳下来,摸着坎子的头。

"多乖。"女人说。她朝柜盖上的包袱瞄了一眼。

"你给我照看坎子几天。"杨明远说。他给柜盖上留了一把碎银,提着包袱走了。

女人兴奋得像一只下了蛋的母鸡,她飞快地收起银子,包好,放在一个牢靠的地方。

"他留了我就收,我不嫌来路不明。"女人说,"我不嫌少。坎子,你好生在婶子这里待着,婶子给你烙油饼吃。"

镇长杨明善眨巴了一阵眼睛,没说什么。

许多天以后,土匪杨明远在新镇城外盖起一座深宅大院,做起了棺材生意。人们看见一截截带着树甲的圆木从马车上卸下来,抬进了杨明远家漆黑的大门,出来的时候,就变成了一口口崭新的白木棺材,散发着一股木香味,老远就能闻见。杨明远成了新镇的三家富户之一。他没惹是生非。他和新镇的人来往很少,棺材铺成了新镇最神秘的地方。新镇人不知道杨明远是怎么用棺材发财的,他们猜测了很久,有人说,杨明远的棺材是给队伍上的,队伍上用那些白木棺材给挨了枪子的士兵收尸,这种猜测一直没有得到证实。后来他们又为杨明远一直不娶女人的事嘀咕了一段时间。再后来,他们什么话也不说了,他们想杨明远还会发财。他们没想到杨明远的棺材会有卖不动的时候。他们更想不到杨明远非要把卖不动的棺材卖给新镇的人。

镇长杨明善到那座深宅大院里看过他哥一次。他老远就听见了凿子刨子锯子和木头接触的那种"叮叮当当""噼噼啪啪"的声响。他踩着满地的刨花从一群潜心做活的伙计中间走过去。他看见他哥杨明远坐在一把黑漆木椅子里,手里焐着泥茶壶。他哥的脸刮得白白净净,白净得让他有些接受不了。他哥给他笑了笑。他感到他笑得有些怪模怪样。他没和他哥说生意兴隆不兴隆的事情,他觉得一个正派人谈生意很下贱,和一个生意兴隆的人谈生意的事情更下贱。"他很得意,他肯定很得意,我偏不和他说他得意的事情。"他一路上都这么想。

他和他哥说了几句娶不娶女人的话。

"你不给你弄个女人?"他说。

他哥往喉咙里灌了一口茶水,没有说话。

"嗯?不弄?"他说。

"女人伤身子。"他哥说。

"说发你就发了。"他朝那些做棺材的伙计们看了一眼。

"噢么。"他哥说。

"看你得意的,我可不是眼红你。"他说。

"噢么。"他哥说。

"你还要发,得是?"他说。

这回,他哥没说"噢么",他哥端着泥茶壶看了一会儿天,他们好长时间没有说话,他们听了一阵锯子切割木板的声音。后来,他听他哥说:"棺材卖不动了。"

"做生意都有卖不动的时候。"他说。

"我可不想让我的棺材卖不出去。"他哥说。

杨明善"啪叽啪叽"眨了一会儿眼睛。他觉得他哥有些可笑。

"棺材可不是什么好东西,你总不能硬往别人家里抬吧?"他说。

"我可不想让我的棺材卖不出去。"他哥又说了一句。

"熊话。看你说这熊话。"他说。

他哥扭过脸又给他笑了笑。他哥往喉咙里灌了一口茶水。他哥咽茶水的声音很响。他哥仰着脖子,他看见他哥的喉结滑动了一下。他哥的喉结很大。

那时候,镇长杨明善和新镇所有的人一样,没有多想。

"啪叽啪叽",他眨着眼。

二

事情发生得有些蹊跷。那天傍晚,杨明远端着那把泥茶壶出了他家的黑门,他想出去走走。最近一段时间,他总爱这么端着泥茶壶出去走走。离他家不远处有一个土壕,一会儿,他就蹲在了土壕边上。他看见坎子和另外两个一般大小的孩子在土壕里"过家家"。他认识他们,一个是地主的儿子人头贵贵,另一个是当铺掌柜的女儿花花。他们和坎子一样,都穿着开裆裤。他们玩得很潜心。坎子当轿夫,"抬"着新娘花花忽悠忽悠走了一阵,然后,新郎贵贵扶新娘下轿。

"亲一口,贵贵,要亲一口。"坎子说。

大头贵贵愣眼看了坎子一眼,突然转身抱住花花,在花花脸上亲了一口。他让花花躺下,花花不躺,花花说地上有土。

"你是新娘,新娘要上炕。"贵贵说。

贵贵把花花扳倒,然后骑上去,竟撅着小屁股晃了起来。花花不让贵贵晃,她说贵贵你晃我就不和你玩了。贵贵说新郎都这么晃,不信你问坎子。坎子说就是就是。花花不说话了,任贵贵一下一下晃着。上壕岸上的杨明远笑失了声。贵贵一抬头,看见有人笑他,便受了鼓舞似的,小屁股晃得越上心了。当铺的女用人刘妈来喊花花吃饭的时候,贵贵正晃在了兴头上。

"嗨哎！嗨哎！"刘妈喊叫着从土坡上颠了下来。

"他们玩耍哩。"杨明远说。

刘妈没听见杨明远的话。刘妈一直颠到大头贵贵跟前，在贵贵一晃一晃的屁股上扇了一把。贵贵扭过头，很不服气地看着刘妈。

"你扇我？"贵贵说。

刘妈拧着贵贵的耳朵，把他从花花身上提起来。

"你拧我耳朵？"贵贵说。

刘妈本来想笑，可她没笑。

"小小年纪就知道弄这种事，谁教你的？"刘妈说，"我看看你的牛牛有多长。"

刘妈说着，就从贵贵的裤裆里拉出贵贵的小牛牛，贵贵挺着肚子，一脸英雄气概。

刘妈在贵贵的小牛牛上捏了一下。

贵贵叫唤了一声。

贵贵把头仰在脊背上，斜眼看着刘妈。刘妈拽着花花走了。

"你捏我！"贵贵捂着裤裆喊了一声。

刘妈没有回头。刘妈怎么也想不到她会捏出事来，会把贵贵的小牛牛捏肿。

第二天早上地主李兆连的女人贵贵他妈让贵贵下炕，贵贵不下，女人以为儿子恋炕，便揭了被子。

"下去下去我要扫炕。"女人说。

女人突然瞪圆了眼珠子，她发现她儿贵贵的两只手非常可疑。一拨开贵贵的手，她就失声了，贵贵的小牛牛肿得像棒槌一样，直乎乎竖在两腿之间。

贵贵哇一声哭了。

"她捏我。"贵贵说。

"刘妈捏我,她说她看看我的牛牛有多长她就捏我。"贵贵看着他妈的脸,

他怕他妈揍他。

贵贵妈半晌没有喘气,她突然叫了一声,像挨了戳的鸡一样从门里奔了出去,喊叫着,跳着,满院子转。

"啊哈,她捏我娃!啊哈,她捏我娃牛牛!"女人的眼泪像断了线的珠子。女人拍着屁股,打着脸。

地主李兆连正在马房里调理牲口,他是个四十多岁的瘦男人,长得像个书生。

他以为他女人让开水烫了肚子,女人让开水烫了肚子的时候才会这么喊叫。他和几个长工从马房里跑过去,他甚至给一个长工说:"去油房舀些清油。开水烫了肚子抹点清油就好受了。"女人一见李兆连,立刻止住了哭声。

"贵贵的牛牛肿了。"女人说。

李兆连松了一口气,说:"我当是开水烫了你的肚子,听你那腔调。"

"驴!"女人跳着喊了一声,"你去看,贵贵的牛牛让人捏肿了!"

李兆连和长工们跑进屋,围在炕跟前,要看贵贵的牛牛。贵贵乐了,从来没有这么多的人对他的牛牛这么关心过。他们说贵贵你甭捂

你把手放开让我们瞧瞧。贵贵放开手,躺平身子,让他的肿牛牛直直地竖进他爹李兆连和那几个长工的眼睛里。

开始的时候,李兆连并没有把这件事放在心上,肿了就肿了,过几天就会好的,可没多长时间,他就不这么想了。贵贵的牛牛被当铺女用人刘妈捏肿的消息惊动了李家户族的男男女女和许多佃户,他们提着鸡蛋瓜果一类贵贵爱吃的东西,成群结队地来到李兆连家看望贵贵。这阵势使四十多岁的地主李兆连突然产生了一种激动的情绪。他越想越觉得刘妈捏的太不是地方了,他越想越觉得事情有些严重。当他想到他只有贵贵这么一个宝贝儿子的时候,他浑身的血好像烧开了一样,在他的身子里"咕咚咕咚"直冒泡儿。他感到刘妈的那一捏简直是个阴谋。

"叫去,"他给几个长工说,"叫户族里的人都来看看。"

更多的人来到了李兆连家,他们都怀着激动的心情。贵贵平展展躺在炕上,啃着人们送来的好东西,听他们激烈地谈论他的牛牛。李兆连的女人已平静了许多,她趴在贵贵跟前,一脸怜爱的神情。

"贵贵你尿不?"

贵贵摇摇头。

"疼不?"

贵贵摇摇头。

"妈知道你疼,疼也要尿些,你不尿就会让尿水憋死。尿不?"

贵贵还是摇摇头。

"多可怜。"有人说。

"她怎么敢捏娃的牛牛!"有人想起了刘妈。

"她那么大的胆！"他们愤怒了。

就这么，地主李兆连产生了一种激动的情绪。他想他要干一件什么事情。他想他在干这件事情之前应该到棺材铺去一趟。

"我问问杨明远去。"他说。

杨明远知道李兆连会来找他，一看见李兆连从门里走进来，他的眼珠子就亮了一下，然后，就做出一副沉重的样子。他把手里的泥壶递过去，让李兆连喝茶。李兆连不喝。杨明远叹了一口气。

"我说兆连，一口气好忍。"他说。

他看见李兆连的瘦脸拉长了。

"你没做什么对不起当铺家的事吧？"杨明远问李兆连。

李兆连没吭声。

"刘妈下手也太狠了，"杨明远说，"她怎么能下那么重的手。"

"他当铺家想让我李兆连断子绝孙。"李兆连说。

"重了，重了，话说得重了。"杨明远说。

"他胡为想让我李兆连断子绝孙。"李兆连又说了一句。

"用人是用人，不敢往人家掌柜的身上扯。"杨明远说。

"他胡为眼黑我。"李兆连说。

"牛牛是根，怎么能捏人的根嘛。"杨明远把目光从李兆连脸上移开，看着远处，像自言自语，"放在谁身上，这口气也难忍。"

"呼——"李兆连吹了一口气。

"呼——"李兆连又吹了一口气。

"我日胡为他妈的腿！"李兆连突然跳起来骂了一句，走了。

杨明远看着李兆连的背影,往喉咙里灌了一口茶水。伙计们停了手中的活,听他和李兆连说话。杨明远把手里的泥壶朝他们扬了扬。

"做你们的活去。"他说。

刨子凿子斧子锯子一齐动了,棺材铺一片热闹的响声,一直响到深夜。

三

那天晚上,镇长杨明善被请进了李兆连的家,他看见院子里站着许多人,大都是李家的长工,他们提着镢头铁锨一类家伙,手里点着火把,脸上布满激动的神情。

"我要砸胡为的当铺。"李兆连说。

杨明善的心在胸膛里颤了一下,他没想到李兆连会这么干。他看着李兆连的脸,眼睛啪叽了半晌。

"我给你招呼一声。"李兆连说。

"啪叽啪叽"。

"我不能蔑视政府。"李兆连说。

"差矣!"镇长杨明善终于想出了一句合适的话。"差矣!"他说。

"我现在就砸。"李兆连说。

"差矣!"杨明善说。

没等他再说什么，砸当铺的队伍就呼啦啦出了大门，上了镇街，空荡荡的院子里只剩下杨明善一个人。

"差矣！"他喊叫了一声，追出门去。

当铺掌柜胡为正躺在炕上抽烟。有人把李兆连要砸当铺的消息传了过来，他不信。他想刘妈捏牛牛的事与他胡为没有干系。牛牛是刘妈捏的，我没让她捏，李兆连不能胡拉被子乱扯毡找我胡为寻事，他这么想。他想，捏肿了又不是捏死了没什么大不了的，他想实在不行把刘妈辞退就结了，刘妈手脚不净，老偷东西，他正想辞了她。他很快就想出了结束这件事的办法，他觉得事情很简单，用不着大惊小怪，所以，他没把这件事放在心上，他一直躺在炕上抽烟，他用六根手指头捏着烟枪。他一只手上长了六根指头。当铺的生意红火起来以后，他老感到是那根多余的指头给他带来的运气。高兴的时候，他总要用舌头舔舔那根与众不同的指头，它像一根弯弯拧拧的树根一样，从大拇指的旁边伸出来，紧紧贴着，显出一种乖巧而又多情的样子。抽烟的时候，他喜欢用那只六指头的手捏烟枪，不为别的，就因为他喜欢。

"咣"一声，门开了，一个伙计从门外撞进来。那时候，胡为刚在那根可爱的指头上舔了一下，沾在指头上的唾沫水还没干。

"来了。"伙计说。

胡为瞪着伙计，一脸不高兴的神气。他最讨厌的就是舔指头的时候有人打扰。

"他们打着火把。他们叫你出去哩。"伙计说。

胡为燥气了。

"你给李兆连说去，就说我不出去。"

"他们说你不出去他们就砸。"伙计说。

"他敢!"胡为说,"他敢!"

李兆连和长工们围在当铺门口,火把在空气里烧出阵阵"哗哗啪啪"的响声。当铺伙计跑出大门,给李兆连说:"我家掌柜不出来,我家掌柜说你敢!"李兆连也燥气了,他指着当铺的木板门说:"砸!"提家伙的长工们一拥而上,木板门立刻发出一阵欢快的呻吟,然后就破裂成许多碎片。长工们拥了进去。

"砸!"李兆连指着当铺里的柜台说。

当铺伙计不敢拦挡,在一边来回跳着:"你敢!你敢!"

"砸!"李兆连说。

又一阵欢快的呻吟之后,当铺的柜台变成了一堆废物。当铺伙计不跳了,他看看被砸倒的柜台,又看看李兆连。"好。"他说。"好,"他一下一下抖着下巴壳,"你砸得真好。"他突然扭过头,撒腿跑了回去。

"差矣!差矣!"镇长杨明善甩着两条短腿从街道上跑过来,他还想说一句"差矣",他猛地收住腿,看着被砸倒的一堆东西,把最后一个"差矣"和唾沫一起咽进了喉咙。他歪过头,在人堆里搜寻着李兆连。他看见李兆连领着砸当铺的队伍越走越远,他能听见火把在空气里划过的那种忽啦声。后来,他又听见了一阵脚步。当铺伙计领着胡为从屋里走了出来。他想胡为肯定咽不下这口气,胡为也不是省油的灯。

胡为没和他打招呼。胡为跨过被砸成碎片的木板门,在当铺里转了几个圈子。

他听见胡为笑了一声。

"日他的。"胡为说。

杨明善有些糊涂了。他猜不透胡为的心思。他没想到胡为会笑。

"一口气好忍。"他给胡为说。他想探探胡为的深浅。

"我没气,"胡为说,"他李兆连就砸了我一扇门嘛,就砸了我一个柜台嘛,我以为他要砸我的过活哩。"

镇长杨明善兴奋得两眼放光了。"哎嗨!"他叫了一声,"我没看出你的肚量,你胡为日他妈真算个人!我以为你也要砸李兆连家的什么哩。"

"我不砸,"胡为也为自己表现出来的大度感动了。"又没人捏我家谁的牛牛,我砸他我吃多了得是?我不砸。"他说。

"你知道,我就怕你也砸李兆连家的什么,我就怕你们两家你砸我我砸你砸得拉不住闸,砸得昏天黑地的,你知道,尽管我毬不顶可也算个镇长,好坏得管点事。"

"我不砸。"胡为说。

"你真好。"杨明善说。

镇长杨明善和当铺掌柜胡为在一瞬间沟通了。他们越说越高兴,越说越投机。

开始的时候,杨明善不断地吹捧胡为宰相一样的肚量,后来,他们就互相吹捧。他们吹得浑身发热,吹红了眼。他们感到站在大街上这么吹没有意思,他们手拉着手进了胡为的家。胡为让伙计热了一壶酒,他们对着酒壶继续吹,一直吹到了天亮。眼看着要发生的一起殴斗就这么让他们吹得烟消云散了。镇长杨明善很有些得意,他感到他一个晚上没有白吹,要不然,嗨嗨,胡为叫上一帮子人往李兆连家一冲，日他妈这镇上就得死人！

"胡掌柜你看，天亮了。"杨明善说。

"噢么。"胡为说。

"说亮就亮了。"杨明善说。

"天亮了你就走我睡一觉。"胡为说。

"你睡。我出去走走。"杨明善说。

杨明善迈着两条短腿从胡为家摇了出来。镇街上空落落的，风从街口灌进来，扑在杨明善的额颅上，像年轻女人纤巧的手指头，像母猫软乎乎的舌头。出门的时候，他想他应该回家睡一觉，可这会儿，他突然感到在这么好的时辰把头蒙在肮脏的被窝里有些不划算。他没有回家，他顺着街道走了出去。

他听见了一阵叮叮当当乒乒乓乓的响声。

响声是从他哥杨明远的那座深宅大院里传出来的。伙计们在那里制造着白木棺材。

"日他妈真是越富越贪。"他想。

他朝他哥家的那扇大黑门摇了过去。他想和他哥随便聊几句什么。人不是什么时候都有好心情，人心情好的时候就想和谁随便说几句什么话。

他哥家的黑门敞开着。他哥家有一摊猪屎正等着他，这是他想不到的。

他甩着两条短腿摇过来了。

四

棺材铺老板杨明远一夜没睡。地主李兆连领着长工在胡为的当铺一开砸,杨明远就来了精神,他把已躺进被窝的伙计们叫起来。他说不出几天镇上就会有一场好戏,李兆连和胡为要开火。他们都是镇上的大户,他们一打起来就会死人。他说要赶紧把棺材准备好。他说这几天大家都少睡点觉,工钱嘛不会亏了大家。他把那把黑木椅子搬进了工房。

"我和你们一起熬眼。"他给伙计们说。

他给工房的梁上吊了一盏耀眼的汽灯。

"把活做得精细些。"他说。

刨子锯子斧子叮叮当当响了起来,他每天都能听到这种响声。他感到过去的这种响声没有今天的好听。他感到他很兴奋,兴奋得想流泪水。日他妈人兴奋得想流眼泪水的时候就知道什么是幸福。日他妈这就叫幸福!他想。

"我不是想挣钱。"他说,"我觉得用我的棺材装死人有意思,要不我就不开棺材铺了。""做什么都能挣钱,挣不来钱你就去抢,去偷。那没意思。"他说。

"我还没亲眼见过用我的棺材装死人哩。"他说,"我想亲眼看看。"

天亮的时候,他感到有些困,他想在椅子里打个盹。他弟杨明善从大门里走了进来。他打了个激灵,呼一下从椅子里坐直了身子。

"要来事了。"他想。

他没说话。他直直地看着杨明善朝他走过来,他想他一定会给他说点什么,他等着他开口说话。

杨明善一脸得意的神色,什么也不说。

杨明远有些狐疑了。

杨明善拿过他哥的泥壶,美滋滋呷了一口茶水,圪蹴在他哥的木椅跟前。

"日他的,喝了几盅酒,口渴得很。"杨明善又呷了一口茶水。

"你忙你的,我没事,我来转转。"杨明善说。

杨明远看着他弟杨明善的模样,想把他一脚踢倒。

"我不想喝酒,胡为说喝喝,这么好的时辰有酒不喝是傻蛋,我就喝了,喝了一夜。"杨明善说,"酒喝多了口渴。"

"胡为呢?"杨明远问。

"胡为?在他家睡觉哩,"杨明善说,"那驴日的真是宰相的肚量,我以为他

要和李兆连开一火哩。"

"不开了?"杨明远问。

"不开了不开了,我和他说了一夜话,我把他劝住了。我刚才给你说你就没听,我和他喝了一夜酒,你闻。"他努起嘴,朝他哥吹了一口气。

"你狗咬耗子。"他哥说。

杨明善觉得他哥的话说得有些怪。

"关你什么事?"他哥说。

"啪叽啪叽",杨明善飞快地扑闪着眼。"你这话说得就不对了,我是镇长。"他说,"我是镇长我不管?你要是镇长你管不管?"

"你是个毬。"他哥说。

杨明善好像不认识他哥一样站起来,朝后退了一步,"啪叽啪叽。"

"你骂我?做什么你骂我?我该你骂,得是?"他对他哥吼着。

"我看你该吃些猪屎。"他哥说。

"凭什么?凭什么我该吃些猪屎?"

杨明远不吭声了,他歪着头,在他弟的脸上扫描着,人又气又没办法的时候就会有这么一副古怪的神气。杨明善有些胆怯了,他不知道他哥想干什么。

"你看我做什么?"他说。

"给你吃些猪屎。"杨明远说。

"凭什么?"杨明善说,"真是天知道。"

杨明远把脸转向那些伙计:"过来,过来两个人。"

两个拉锯的伙计走过来。杨明善的眼睛不再扑闪了,他看着他哥。

"你看你,你还能把事弄成真的?"他说。

他往大门口退着,他想他只要能退到大门跟前,就转身撒腿跑。

"甭让他走。"杨明远说。

一个伙计走过去,挡住了杨明善的退路。杨明善慌失了,他感到他腿上的关节正在皴裂。

"真是天知道!"杨明善喊了一声。

"去,到猪圈弄些猪屎来。"杨明远给另一个伙计说。

伙计很乐意干这件事，这比锯木板有意思多了。他飞快地拐了几个弯，进了猪圈，又飞快地跑回来。杨明善看见伙计的手里真抓着一把黏稠的东西。伙计的袖口高高挽着。

"哥，你怎能这么干！"杨明善又喊了一声，他还跳了一下。他看见他哥端起泥壶回屋去了，他哥头也没回，他哥不给他一点希望。他感到这猪屎非吃不可了。挡他退路的那个伙计抱住了他的胳膊，拿着脏物的伙计正一步一步朝他走近。他咬紧牙关，憋住气，他知道他们要掰他的嘴，他知道要掰开他的嘴唇是很容易的事，而牙齿不容易，所以他使劲咬着牙关。他闭着眼。他听见伙计说镇长你就忍着点你哥让我们给你吃这玩货我们当伙计的没办法这不怪我们。他想反驳伙计几句，他想说去你妈的甭给我说客气话要弄你就快点弄。他没说，他想他不能张嘴。他想他们给他说客气话也许是为了惹他开口，他一开口他们可就好办多了，所以他没说话，他感到有一根手指头在他的嘴上抿了一下，把那种脏东西抿进了他的嘴里。然后，他们放开了他。

"噗哟——"杨明善朝上吹了一口。

"呸！"他弯下腰，朝地上吐着。

"噗——呸！你想让镇上死人得是？你日弄人哩！噗——"他感到他嘴里的脏物怎么吐也吐不净。他看见他哥从里屋出来，手里端着泥壶，站在台阶上看着他。他哥脸上的皮肉平顺多了。

"你还算个人！"他对他哥喊着。

"以后你少管闲事。"他哥说。

"你还算个人！"他说。

他甩着胳膊，从大门里摇出来。

"你还，还算个人！"他扭过头又喊了一声，然后进了城门洞。

已是早晨的时光了，他看见当铺门口有几个人在清理那些被砸烂的东西。他从一边绕了过去，他不想和他们打招呼。他感到他的牙齿上还有些那种黑绿色的脏物。他很快拐进了家门，在厨房门口的瓮里舀了一马勺凉水，认真地漱了一会儿口。这时候，他才想起他一夜没有合眼，真有些累了，他走进屋，看见他女人直乎乎在炕上，头发像一堆干草，衣服半开着，胸膛上吊着两个肉葫芦。女人一脸忧郁的神色。

"你才起身？"他问。

"我没睡。"女人说。

"没睡？"他显出吃惊的样子。

"我睡不着，你不回来我睡不着。"女人说。

"我去当铺喝酒了，"他说，"后来我去棺材铺转了一趟。"

"你哥没留你吃早饭？"女人说。女人朝窗户上看了一眼，太阳光已照到窗纸上了。

"没，没有，我不吃他的饭。"他说。他蹬掉两只鞋，爬上炕。"睡，咱睡一会儿。"他说，"脱了，脱了睡舒服。"他在女人的两个肉葫芦上拨了一下。

他们一块钻进了被窝里。他没给他女人说猪屎的事，他觉得给女人说这种事不好，男人不一定把什么事都告诉女人。

五

地主李兆连每天早晚都要去马房看看。马房单独一个院子，拴着几十头牛马骡子一类牲口，由两个长工饲养。早上下地的时候，牲口们就摇着尾巴从圈里出来，队伍一样走过新镇的街道，在地上踩出一阵结实的蹄脚声，晚上，它们再排着队走回来，踩出的蹄脚声同样结实。李兆连喜欢听这种声音，他感到自在，熨帖，日他妈的，好听！所以，他每天都去马房。贵贵的牛牛肿了以后，他被耽搁了几天。现在，贵贵的牛牛消肿了，胡为当铺也砸过了，他想他该去马房看看。穷人爱娃娃，富人爱骡马，这是胡话，李兆连是新镇的富人，他可是娃娃骡马都爱。那天早上一醒来，他给他女人说我去马房呀。女人搂着贵贵，在被窝里哼了一声。他蹬上鞋，穿着那件白布褂，边扣纽扣边往外走。

他没看见他的牲口们。马房的院子里围了一堆人，正嘈嘈着什么。他们看见李兆连走进来，就闭住嘴，朝他脸上看。他们给他闪开一条路，他看见了那两个长工。两个长工一脸沮丧，手里提着两截缰绳，可怜巴巴的，要上吊一样。李兆连心里咯噔响了一声。

"日他妈出事了。"他想。

两个长工叫了一声"东家"。

"牲口没了。"长工说。

李兆连感到他大腿上的肉好像被剃头刀子割了一下。

"有人割断了缰绳，把牲口全放跑了。"长工说。

李兆连的眼前立刻出现了一幅情景：有人趁长工睡觉的时候溜进牲

口棚，用刀子割断了缰绳，把牲口们一头一头赶了出去。李兆连的脑袋里忽一下乱成了一锅粥。李兆连的脑袋里忽一下又变成了一盆清水。

"日他妈还不给我找去！"他朝长工们吼了一声。长工们像受惊的野兔一样从门里跳了出去。一会儿，新镇方圆几里的沟岔和河滩上就响起了长工们吆喝牲口的叫喊声。

事情太明显了。李兆连想也没想，就走进了马道，推开了镇长杨明善家的门。

杨明善在猪圈里正给他家的猪逮虱子。那是一只老母猪，刚下了一窝猪崽。它功臣一样躺成一个自在的姿势，把它的十几个奶子亮给它的儿女们，让它们肆意拱着。它似乎很舒服，不时发出几声幸福的哼哼。

李兆连站在杨明善的跟前了。李兆连的脸像一枚青茄子。

"我给猪逮虱子哩。"杨明善说。

"逮个毯！"李兆连说。李兆连脖子上的筋硬成了两根筷子。

"咋啦咋啦？"杨明善说。

"有人放跑了我家的牲口！"李兆连说。

"笑话。"杨明善又要逮虱子了。

李兆连往前走了两步，抬起脚，朝那头猪踢过去。猪叫唤了一声，从杨明善的手底下跳了出去，猪蹄子刨起的粪土花甩了杨明善一脸。

"你怎么踢我家的猪？真是，不是自家的就不心疼。"杨明善心疼地看着那头母猪在粪堆上哼哼着转圈子。"真是，要是你家的猪你踢不踢？"他说。

李兆连抓住杨明善的胳膊，把他从门里拉了出去。

"你甭拉你甭拉,大清早起来就踢我家的猪,还拉人,有没有个天理良心!"杨明善说,"你松开我。"

李兆连不松手,一直把杨明善拉进了他家的马房。

"你看看,你睁眼看看。"李兆连说。

几间牲口棚空荡荡的。

"你听,你听听。"李兆连说。

杨明善竖着耳朵。长工们吆喝牲口的声音像风筝一样从镇子外边飘了过来。

"少一头牲口,我和他胡为完不了。"李兆连说。

杨明善没吭声,扭身走了。

"我和他胡为唱火炮戏!"李兆连朝杨明善的背影吼叫着。他追出门,看见杨明善拐过马道,进了当铺家。

胡为的心情看上去很好,他正在火炉上温酒,心情好的时候,他总喜欢把酒温热喝。他已经喝了好大一会儿了。他一见杨明善就说:"好,镇长,好。"他的脸红扑扑的,他说热酒上脸,可热酒不伤胃。他给杨明善倒了一盅。

"来,喝一盅,热酒不伤胃,我不骗你。"

杨明善没接胡为递过来的酒盅。他觉得胡为很恶心。

"你这人真恶心。"他说。

"我心里高兴。"胡为说。

"我以为你真是宰相的肚量哩,你这人真恶心,"杨明善说,"我不喝你的酒。"

"你不喝我喝。"胡为说。胡为把酒盅贴在嘴上,一扬脖子,那盅热酒全进了喉咙。他放下酒盅,咂咂嘴,哈了一口气。

"有本事你和人家李兆连明着来,你做什么日弄人家的牲口?"杨明善说。

"我日李兆连他先人哩我日弄他家的牲口!"胡为说。

"李兆连说你把他家的牲口放跑了,"杨明善说,"你听,李兆连家的长工满河滩吆喝着寻找牲口哩。"

"我听见了,我就是听见了我才热酒喝哩。我管毬他,我没放他家的牲口。"胡为说。

"李兆连说是你放的。"

"他爱说他说去,我没放。这是报应,他砸了我家柜台,这是报应。他家的牲口全跑丢了才好,跑丢了我就热一老瓮酒喝。"

"他要和你唱火炮戏!"杨明善说。

"嫖客日的放他家牲口。"胡为说。

"李兆连把长工佃户都叫到他家里了,在石头上磨刀子哩。"杨明善说。

胡为不喝酒了,他觉得事情有些不对头,他把眼睛瞪成了两个酒盅,脸上的皮肉颤着,颤着。他突然从地上跳了起来。

"他李兆连欺侮人哩!他凭着他有长工有佃户欺侮人哩!"他说。

"我没放他家的牲口!婊子养的放他家的牲口!"他说。

"那你给他说去。"杨明善说。

"我不说!我胡为的玩货在我胡为的大腿根长着哩,软硬由我自己。"

胡为抡开胳膊,把手里的酒盅朝墙壁上摔过去,一声短促的碎裂声,酒盅变成了许多瓷片。胡为的鼻尖和耳朵也变红了。

"火炮戏就火炮戏,我没长工没佃户可我能叫镇上的光棍地痞二流子。他李兆连磨刀子,我就磨镰!"胡为说。

杨明善没想到胡为会突然变脸,他看见胡为像一只愤怒的公猫,从门里跳了出去。

"差矣!"杨明善说。

"日他妈,弄!"胡为说。

人真是怪物,说起性就起性了。胡为动了真格的。没多大工夫,二十多个光棍地痞二流子就聚进了当铺掌柜胡为的家。胡为神气得像个将军。

六

光棍地痞二流子们推举出一个叫稀泥的人当他们的头目,稀泥听胡为的,他们听稀泥的,免得打起来的时候乱阵脚。他们每人手里真提着一把镰刀,在院子里喊叫着,一脸好事的神情。

"稀泥,问掌柜的怎么个弄法。"

"要弄就干脆些。"

"把人弄死了谁承担?"

"好,我给咱问去,你们等着。"稀泥说。

稀泥进了胡为的屋子,眼睛直勾勾看着胡为。"弟兄们等你说话哩。"他说。

"磨镰!"胡为说。

稀泥把脖子伸出门外,朝院子里喊了一声:"掌柜的说了,磨镰——"

"进来一个撂倒一个。"胡为说。

"进一个撂一个——"稀泥说。

光棍地痞二流子们吆喝着纷纷寻找石头瓦片,一会儿,院子里就响起了一阵酣畅的磨镰声。事情闹大了。

胡为突然有些后悔了。他本来没想把事情闹这么大,只是和杨明善话撵话,撵出了一肚子火气。院子里吆喝声和磨镰声不时从窗口灌进来,塞满了他的耳朵。他不时地朝院子里看一眼,他想他实在有些冤枉,不知是哪个龟孙儿子放了李兆连家的牲口,早不放晚不放偏偏在李兆连砸了当铺柜台的时候放。他想他得给院子里的那伙光棍地痞二流子们管饭,还要发两块大洋,要是打死一个两个,还要办后事。他越想越觉得后悔。他想人日他妈说不定什么时候就会碰上倒霉事,人倒霉的时候喝凉水也会中毒。他心里乱极了。他想打退堂鼓,想让光棍地痞二流子们各回各家。他想李兆连他娘的一定是吃错了药,他想咬李兆连一口;他想他只能有尿没尿撑住尿了。

"李兆连,你驴日的把我害苦了。"他对着墙壁这么说了一句,他一肚子晦气怨气恨气。

"日他妈磨镰!"他说。

"进来一个撂倒一个。"他说。

"往脖子上撸!"他说。

他踩着摔碎的酒盅碴儿走了几个来回。他听见光棍地痞二流子们提着磨利的镰刀涌到前院去了。他抬起脚,在他温酒的小火炉上踢了一脚,然后,倒在炕上睡着了。稀泥撞开门喊他起来的时候已是傍晚的光景了。

"来了!"稀泥说。

他"呼"一声从炕上直了起来,他看见稀泥的脸上没了一点血色。

"你狗日的害怕了!"他说。

"来了!"稀泥说。

他跟着稀泥跑进前院。他看见光棍地痞二流子们紧攥着镰刀,眼睛圆嘟嘟睁着,从大门里往外瞅着。

"来了?"他问。

"来了。"有人说。

他听见一阵牲口的蹄脚声。

"进来一个撂倒一个。"他说。

他看见一头牲口从他家门口的街上走了过去。又一头。又一头。牲口们排着队,摇着尾巴。李兆连家的一伙长工跟在牲口队的后边,一边走一边说着笑话,很轻松的样子。

他们把牲口找回来了。

什么事情也没有发生。

光棍地痞二流子们空紧张了一阵,他们你看我我看你,互相看着,一脸迷茫的神色。后来,他们就把目光放在了胡为的脸上。

胡为长长地出了一口气。"杨明善把我哄了,"他说,"杨明善说李兆连让长工们磨刀子要和我唱火炮戏。"

光棍地痞二流子们把攥湿的镰刀把儿别进腰里，等着胡为说一句他们想听的话。

"回，你们都回家，这里没事了。"胡为说。

他们没有走的意思。他们看着稀泥。

稀泥给胡为笑了一下。

"日他的，害我们等了整整一天。"稀泥说。他又笑了一下。

"就是，日他的，你们回。"胡为说。

"你看这……工钱。"稀泥说。

"杨明善把我哄了。"胡为说。

"哄是哄了，可工钱……"稀泥说，"人说不定什么时候就会遇点麻烦事，你说是不？"他把头转向他的同伙们："你们说，是不？"

"是，当然，"胡为说，"看你稀泥说的，我胡为还能做亏人的事……"

他看着稀泥他们每人拿着两块银圆走了。他在那只火炉上又踢了一脚，他听见火炉呻吟了一声。他飞快地抖抖脚，他用的劲大了些，踢疼了脚趾头。然后，他让伙计把摔碎的酒盅碴儿扫出去，他觉得它们惹眼。他想李兆连要是一个酒盅就好了，他就把李兆连摔碎，摔成瓷碴碴，然后扫出去，扔在城壕里。李兆连偏偏不是酒盅。他想他说不定什么时候会捏死李兆连。他想象着他的手掐在李兆连脖子上的情景，李兆连蹬着腿，李兆连的眼珠子鼓着鼓着就从眼眶里蹦出来，掉在鼻子两边，像两个软软的麻雀蛋。他想那时候他什么话也不说，咬住牙往手指头上用劲就行了。他把他捏人的情景想得很瘆人。他出了一头汗。人想这种事的时候浑身都用着力气。

"他驴熊哄了我。"他又想起了杨明善。他想他再见到杨明善就给他脸上吐一口。

杨明善没有说错。地主李兆连真让人磨了几把刀子,他说如果找不回牲口他就割当铺掌柜胡为的耳朵。他一直守在马房的院子里,等着牲口的消息。

"胡为说牲口不是他放的。"杨明善说。

"我不管。"李兆连说。

"人不能这么弄事。"杨明善说。

"少一头牲口我也和他弄事。"李兆连说。

牲口们一头接一头回来了,李兆连气消了大半。牲口们没跑远。

"你看,牲口找回来了。"杨明善说。

"一头不少。"长工说。

"胡为叫了一屋光棍汉,是些不要命的货。"杨明善说。

李兆连看着长工们给牲口饮水、拌草,然后,又听了一阵牲口嚼草的声音。

"算了,牲口都回来了那就算了。"李兆连说。他出了马房院子,进了家门。

"算了。"他给跟过来的杨明善说。

李兆连把门关上了。

杨明善以为李兆连会留他吃晚饭,李兆连把门一关,他才知道他想错了。他听见他肚子里有一种咕咕的响声。

"日他妈人越富越贪。"他说。

他顺着街道来到当铺家门口,他想进去看看,摇摇门,也关了。

"日他妈人……"

天黑了,街道上一只狗也看不见。他回到家,摸进厨房,吃了一碗凉水泡馍。

他感到那些被水浸泡过的馍在肚子里化开来,变成了一股又一股热乎乎的东西,顺着他的身子流开去,流过胳膊和腿,一直流到指头梢。他感到他很快就有了力气。他猫一样跳上炕,钻进被窝,抓住了他女人胸脯上那两个百捏不厌的肉葫芦。女人睁开眼看看他,又闭上眼,嘴里发出一声声轻微的呻吟。他伸开一条腿,顺着女人的肚子搭过去。

"日他妈还是自己的女人好。"他想。

七

棺材铺老板杨明远从来没这么背运过。他不太喝茶水了。他常常坐在那把黑木椅子里看着做棺材的伙计们发呆。伙计们做工的热情已明显不如以前。有几口棺材已经做好,整齐地排列在工房里,散发着一股木香味,直往人心里去。

他们没打起来,狗日的。

那天,他又搬出了那把木椅,坐了进去。他看看伙计们,伙计们也看看他,都没有吭声。他们已懒得吭声了。

"曤——"使刨子的伙计在一条木凳上没滋没味地刨着，木花从刨眼里卷出来，像裤带。

"哧——哧——"是锯子切割圆木的声音。拉锯的两个伙计面无表情，身子一倾一仰地拉着，锯屑顺着锯齿掉下来，落在他们的腿上、脚上。

"叮，叮叮。"是凿子。

他听得有些心烦。好多天以来他心里一直很烦。他想去镇街上走走，他甚至想去当铺和地主家转转，他感到他已经没有耐心等待了。每天早晚，街道上都会响起李兆连家牲口们上地或下地的蹄脚声。当铺门前说不上红火，但总有人去典当东西，也不能说冷清。他们没打起来，他们都平静地做着他们各自的事情。他们就这么不动声色地折磨着棺材铺老板杨明远。他弟杨明善也有好长时间不来棺材铺了。

一进镇街，杨明远立刻有了一种扫兴的感觉。镇街上几乎没有人影。那时候是正午，太阳正旺，人们都躲在自家屋里的晾房里睡觉歇晌。几只狗卧在墙根底下的阴凉处，伸着舌头喘气。远处走过去一个人，一会儿，又走过去一个，一样无精打采，好像被太阳晒软了。他认不出他们是谁。

当铺的门大开着，被砸倒的门面和柜台早已修复起来，两个伙计正枕着胳膊在柜台上打盹，有一个抬起头，看了杨明远一眼，又把头埋进了胳膊里。

"如果打起来，也许他们已装进我的棺材里了。"杨明远远看着那两个伙计这么想。他这么一想，立刻就想起了排列在工房里的那几口白木棺材。

狗日的他们没打。

他来到了李兆连家的马房院跟前。他从门里往进瞅了一会儿。一个长工从牲口棚出来,在大水缸里提了一桶水,又走进去,把水倒进牲口槽。他能听见他倒水的声音。

他又想起了那几口白木棺材。

他想他得把他们装进去,他想他一定要这么做。他很快走完了两条街道,从西城门走出去。他要从城外绕回棺材铺。

和所有的镇子一样,新镇城墙外也有一圈护城壕。杨明远就是在护城壕里看见地主李兆连的儿子贵贵的。他一看见贵贵,心里就"咯噔"响了一声。他以为他花眼了。阳光太旺的时候,人头脑发热,眼光容易缭乱。他摇摇头,仔细看了看:是贵贵。贵贵在城壕的塄坎上刨一种叫作小棒槌的东西吃。

他想和贵贵说几句话。他突然产生了这种欲望。他叫了一声贵贵,朝贵贵走过去。

"贵贵。"

贵贵没有抬头,继续用手指头在土里剜着。

"贵贵,你不和我家坎子玩了?"

"我妈不让我和别家的娃们玩。"贵贵说。

"你的牛牛好了?"杨明远蹲下来,朝贵贵跟前凑了凑。

"我妈不让人动我的牛牛。"贵贵说。

"我不动。"杨明远说。

"我剜小棒槌哩。"贵贵说。

"你剜,你剜你的。"杨明远说。他扭着脖子朝周围看了一圈,狗大个人影也没有。

"你一个人出来了?"他问贵贵,他看着贵贵剜土的手指头。

"嗯。"贵贵说。

"唰——"贵贵剜着。

"唰——"

贵贵的手指头像虫虫一样,在土里伸屈扭动着。贵贵剜土的声音很大。杨明远咽了一口唾沫。他感到贵贵剜土的声音正压迫着他。

"唰——"

他感到胸口憋得慌。贵贵剜土的声音越来越响,越来越急。

"唰——"

他又一次想起了那几口白木棺材。他的手朝贵贵的脖子伸过去。

"我先把这小狗日的装进去。"他说。

贵贵没听清他说什么,想扭过头来。他没让贵贵扭,他掐住了贵贵的脖子,把贵贵的头塞进了土窝里。他感到贵贵的脖子一下一下鼓着,好像要咳嗽一样,他给手上加了点力气。贵贵到底没咳嗽出来。贵贵的手被压在了身子底下,贵贵只能蹬腿。贵贵使劲蹬着,蹬掉了一只鞋,脚趾头弓着,努力往土里抠进去。后来,贵贵的身子发冷似的猛抖了一阵,抖出了一泡尿水,就一动不动了。

他松开手,他感到他身子里的血急剧地向他的手指头上涌过去。他抬起头朝天上看了一眼。他坐在贵贵身边,等贵贵的身体一点一点凉下来,然后,他捡起贵贵蹬掉的那只鞋给贵贵穿好。他感到时辰差不多了。

他抱起贵贵的尸体,朝镇子里走进去。他想他必须这么做。他一直走到地主李兆连家门口，一脚踢开了门。

"兆连！"他叫了一声。

他站在院子里，等李兆连出来。

"兆连！"

他听见了一阵"呱唧呱唧"的声音。李兆连拖着鞋从屋里走出来，站在台阶上朝他这里看着。李兆连看了好大一会儿，才看出他怀里抱的是贵贵，他以为贵贵在哪儿睡着了。

"不让他狗熊出去他偏要出去，睡着了得是？"李兆连说。

"你狗日的睁眼看看！"杨明远说，"有人把他掐死了！"

李兆连的身子硬在了台阶上，然后，李兆连就像鹞子一样朝杨明远扑了过来。

"贵贵！"李兆连惨叫了一声。

"我的儿啊！"李兆连的声音像被风撕开的布条。

李兆连的女人穿着一件薄绸衫，出门没走几步，就像掉进水里一样，胳膊扬了扬，摇晃着软了下去。

后来，李兆连家门里门外拥满了人，屋里屋外乱成了一锅粥。有人在上房厅里支了一架木板床，把贵贵放了上去。李兆连的女人被抬进了里屋，几个女人在她身上搓着，揉着，用指甲掐着人中，想让她呼出一口气来。李兆连坐在台阶上，眼睛直直地看着前面，没有人敢动他，敢和他说话。

"啊，啊——"里屋的女人终于呼出气来了，然后是一长串悲痛欲绝的哭嚎声，"哎嗨嗨嗨嗨……"

"啊，啊！"李兆连受了感染似的，脖子一扬一扬，人们以为他的喉咙里堵了一口痰,都紧张地看着他,等着他把那口痰吐出来。

"啊——"李兆连拖长腔叫了一声。人们看见两股眼泪水从他干巴巴的眼窝里涌了出来。他喉咙里没有痰。

"我就这么一个儿啊!"李兆连说。

"可怜死了。"人们说。

"我娶了三个女人,我四十岁才有这么一个儿啊……"李兆连说。

李兆连的腔调像唱歌一样。

八

棺材铺老板领着两个伙计,把一口白木棺材抬进了地主李兆连的家。他劝说了李兆连几句。李兆连像霜打了一样。

"人死不能复活,给贵贵办后事要紧。"杨明远说,"棺材钱我不要,贵贵死得太可怜了,那么小点年纪,还不懂世事哩。"

李兆连家又响起了一阵悲痛的哭声。哭声小一点的时候,杨明远又感叹了一句:"大人的事有大人在嘛,狗日的对小孩子下这黑手。"

有人给杨明远端来茶,杨明远不喝,他看着李兆连红肿的眼窝说:"我不喝了,你家里有事,我走呀。"

"走。"他给两个伙计说。

这时候,杨明善在棺材铺里正等着他哥杨明远。杨明远一进门,就看见杨明善坐在他的那把黑木椅里,一脸怪眉怪眼的神气。

"大清早你来做甚?"杨明远说,"你坐在我的椅子上像个人一样。"

杨明善不说话。杨明善朝他哥扑闪着眼睛。

"啪叽啪叽"。

"看我做甚?看我不认识我?"杨明远说。

"你掐死了贵贵!"杨明善突然说了一句。

那天早上,他女人端尿盆去猪圈倒尿,刚进去就叫了一声:"猪死了!"他没听清,女人又喊了一声:"猪死了!"他慌慌失失跑进猪圈,看见粪堆顶上躺着一只死猪崽。

"看你大声野气的死了一个我以为全死了。"他说。他感到女人太有些大惊小怪了。"一窝十几个猪崽还能不死一个两个?"他说。

"你快把它埋了去我看不得死猪。"女人说。

"埋粪堆里得了,沤粪。"他说。

"不成不成我一进猪圈就想粪堆里有死猪我害怕。"女人说,"你不想让我屙屎尿尿了,得是?"

"那就埋咱的树根底下,树能长旺。"他说。

女人叫得更急了,"不成不成晚上我睡不着你不想让我睡觉得是?去,埋城壕里去。"

他同意了,可他不同意现在就去。他说不急不急吃了饭去,我走到城拐角手一抡就会把它抡到城壕里,你去做饭。

他还没抡,就看见了他哥掐死贵贵的情景。他被他看见的那一幕吓坏了。他趴在一个树坑里一直看完了整个过程。他感到他大腿上的肉像遭虫蛀一样。他张着眼窝一动不动,一直看着他哥杨明远抱着贵贵的尸体进了镇子。他坐在树坑里揉了好大一会儿眼睛。他攥着拳头在头顶上砸了一下,又伸开巴掌在脸上扇了一下,他才知道他不是在做梦。然后,他走到他哥掐死贵贵的地方看了一会儿。他看见了几截小棒槌和一堆零乱的湿土。

"呀咦!"他咬着牙从喉咙里挤出来一声短促的怪叫。

他感到他不是在跑,而是在飘。他从他家门里飘了进去,眼睛直直地看着他女人。女人光着上身,正在屋檐底下的阴凉处洗脖子。女人一眼就看见了他手里提着的那只死猪崽。女人的眼睛也直了。

"你没扔?"女人的湿手停在脖子上,一股脏水从她的指缝里流下来,又顺着奶头之间的肉沟里流了下去。

"呀咦!"他又挤出了一声。

他飘到水缸跟前,一头扎进去,使劲吹了起来,水缸里响起了一阵激烈的水泡声。女人一脸迷惑,鹅一样伸着脖子,看看他撅起的屁股,又看看扔在院子里的死猪。

"这怂人疯了。"女人说。

他从水缸里拔出头来,使劲摇了几下,摇出了一圈水花。

"呀咦!"

女人看见他从屋门里奔了进去。

"疯了。"女人说。

女人没理他,继续洗她的脖子。女人倒脏水的时候又看见了那头死猪。死猪躺在阳光里,很惹眼。她想她一定得让他把死猪扔到城壕里去。她进屋一看,才感到事情有些麻烦。她看见杨明善像死了一样,平展展躺在炕上,眼睛和嘴大张着。女人慌了,她在杨明善的额颅上摸了摸。

"你病了。"女人说。

"难怪,这么热的天,你病了。"女人说。

杨明善平展展一直躺到晚上。女人给他做了两大碗饸饹面,他吃得通体冒汗。然后,他在院子里转了好长时间,然后,又躺在了炕上。他的脸从来没这么严肃过,严肃得像一堵墙。他感到他脸上的汗毛像操练的士兵一样,噌噌噌倒了,又噌噌噌竖了起来。女人守在他跟前,不时在他的额颅上摸一下。

"可怜的人。"女人说。

"你看,眼睁睁瘦了一圈。"女人说。

早上一醒来,他就提着院子里的那只死猪崽出了门,很轻松地把它抡进了城壕里。后来,他就坐在了他哥杨明远的那把黑木椅子里。

"你掐死了贵贵。"他说。

"我没有。"他哥说。

"我看见了。"他说。

"我的棺材不能白做。"他哥说。

"是你掐死了他。我要给人说。"

"起来你起来你坐在我的椅子里像个人一样。"他哥说。

"起来就起来。总有一天我会给人说。"

"没人信你的话。"他哥说。

"土匪。"他说。

"我不过想卖几口棺材。"他哥说。

"看么。"他说。

"看么。"他哥说。

这回,他哥没让伙计给他喂猪屎。

九

棺材铺老板杨明远又开始喝茶了,他到当铺掌柜胡为家去的时候就端着那把泥壶,边走边往嘴里灌着茶水。胡为坐在凉房底下摇着扇子。他多少有些诧异,杨明远从来没来过当铺,可他往进走的时候就像进他自己的家一样,摇摇摆摆就进来了。杨明远一落座,就说了一句让胡为瞪眼睛的话。

"胡掌柜,你做得也太盖不过眼了。"杨明远这么说。

"什么我做得盖不过眼?"胡为说,"你这人真怪,到我家来给我说这话。"

"李兆连家贵贵死了。"杨明远说。

"死了死了去。"胡为说。

"他们说是你掐死的。"杨明远说。

胡为急眼了。他已听到了一些风言风语,他最怕人说这句话。

"扯他妈的闲蛋!"胡为说。

"镇上人都这么说哩。"杨明远说,"你说过你要杀李兆连全家的话,得是?"

胡为的喉咙像塞了半截胡萝卜,喉结滑着滑着,半晌没说出话来。杨明远的话太噎人了。杨明远神里怪气地看着胡为。

"我说是说过,那时候我在气头上,可我没杀。"胡为说。

"你看你看,这事非闹大不可。"杨明远说,"你怎么能说杀人家全家的话。"

"那天中午我一直在家里睡觉,你知道天一热人就害瞌睡,我在我家炕上掐他家贵贵?"胡为说。

"你看你看。"杨明远说。

"我说过我要杀他全家可我没说我要掐他家贵贵。"胡为说。

"你看你看。"杨明远说。

"你老说,你看你看,你说这话是什么意思?我不想听你这话。"胡为心里发毛了。

"你看你看。"杨明远说。

"你说我掐死贵贵了?我告诉你,我没掐。我为什么要掐死他家贵贵?"胡为说。

"这话你得给李兆连说去。"杨明远说。

"我不去,我不说,你走,我不想和你说这些话。"胡为说。

"我知道你心里乱。"杨明远说。

"我不乱。"胡为说。

杨明远一走,胡为就坐不住了,他像吃了苍蝇一样。他发现这几天镇上的人一直用一种怪异的目光看他,当铺的伙计们总背着他窃窃私语。他想他一定要和李兆连说清楚,他想他和李兆连不说清楚他心里憋得慌,他睡不踏实。这可不是捏肿牛牛,这是人命关天的事。那天吃罢晚饭,他提了几盒烧纸去了李兆连家。

李兆连家的院子里挂着一盏汽灯,亮得耀眼。贵贵已经入殓。那只白木棺材上了油漆,停放在一个竹箔搭起的棚里,棚里设了灵堂,点着几排蜡烛,看样子,地主李兆连要大张旗鼓地给他儿子贵贵办丧事。

送烧纸的人很多,他们排着队,一个执事的人在方桌上登记礼单。胡为一声没吭,悄悄跟在队伍后边。

有人看见胡为了。

"我给贵贵送几盒烧纸。"胡为说。他感到他头上正在冒汗。他在额颅上抹了一把。

"天真热。"他说。他觉得在这种境地里说什么话都不合适,他恨不得地上裂开一条缝,让他缩进去,他想为人不做亏心事,半夜不怕鬼敲门,可有时候人不做亏心事鬼偏偏要来敲你的门。

"胡掌柜来了!"有人喊了一声。

胡为的身子颤了一下。他看见院子里的人都把头朝他扭过来,他们好像看见了一只狼。胡为在额颅上又抹了一把。"嗬,嗬嗬。"他给他们做了一个笑模样,扬扬手里的那几盒烧纸,"我给贵贵送几盒烧纸。"他说。

登记礼单的人从二门里跑进去,一会儿又跑了出来。

"东家不让收你的烧纸。"那人说。

胡为急了:"为什么不收我的?我不是新镇的人,得是?"

"东家让你回去。"那人说。

"我不回,我和你东家有话说。"

"东家说等办完丧事他和你慢慢说。"

胡为傻眼了,院子里没有一个人说话,只有汽灯发出的那种

"咝咝"声。

"贵贵不是我弄死的！"胡为突然说了一句。胡为的脸憋得通红。

"这里正办丧事，你甭打搅。去，把他搛出去。"

两个人朝胡为走过来，搛住了胡为的胳膊。

"那天中午我在家睡觉，我能在我家炕上掐死贵贵？"胡为说。

两个人搛着胡为的胳膊往外走，他们把胡为扔在门外，"咣"一声插上了门闩。

"李兆连你听着！"胡为把头仰在脊背上，朝天上吼着，"我没弄死你家贵贵！"

胡为低着头想了一会儿，又抬起头。

"李兆连，你想弄事咱就弄，我胡为日他妈豁出去了！"他说。

胡为把那盒烧纸扔在了街道上。他摇晃着往回走，长长的镇街上响着胡为的脚步声。他没想到事情会弄到这种地步。他想他说不清楚了，他想他就是说烂舌头李兆连也不会相信。满世界的人都说贵贵是我胡为掐死的，那一定就是我胡为掐死的，人舌头上有毒哩，人能把假的说成真的，人真他妈的不是东西。他恨死了李兆连。他想一脚把这个镇子踢翻。他真踢了一脚，镇子一动没动，他没踢翻它，他踢起了镇街上的几片树叶。

后来，他去了稀泥家。

"我说不清楚了，我也不想说了，我要留一手。"他给稀泥说，"你把你那伙

人叫到我家来，我一天给你们三块银洋。"

光棍汉稀泥在胡为肩膀上拍了一巴掌，"人活一口气，人不能当

孙子。"

"就是就是。"胡为像遇到了知己一样。一会儿,他就把心里的烦恼一扫而光了。

那时候,棺材铺的刨子锯子凿子斧子声响得正欢,又有几口白木棺材做好了。

"就这么弄,"杨明远给伙计们说,"到时候把棺材抬到街上去。"

十

地主李兆连不露声色地给他儿贵贵办着丧事。他好像忘记了贵贵是怎么死的。他好像给他儿贵贵做生日一样。他很舍得花钱。他甚至亲手做一些具体的事情。他不像几天前那么悲痛伤心了。他虽然不太说话,但脸上偶尔会出现一点笑容。他一句也没说起过当铺掌柜胡为。几个长工用忧虑的口吻给他说胡为又把镇上的光棍地痞二流子叫到当铺商量事情的时候,他也没有吭声,他甚至连头也没抬,依旧做着手里的事情。人们对这个长得有些文弱的地主投注了巨大的同情,他们不时地朝这个穿着白布褂的不幸的男人脸上看一眼,他们总觉得他肚子里埋着一颗炸弹。他们卖力地为他忙碌着。

"看着么。"他们私下这么说。

"看着么。"他们说。

一队和尚敲着木鱼在停放棺材的棚子里整整念了一天经文。李兆连坐在旁边听他们念,他听得很认真,他把两只胳膊交叉着放在膝盖上,把头放在胳膊中间,一动不动地看着那些唔唔啦啦的和尚。

"你看,他眼珠子动也不动。"人们说。

"整整一天没动。"人们说。

后来又来了一队乐人,在李兆连家整整吹了一天。人们看见李兆连和前一天一样。把下巴颏放在胳膊上听乐人们唱"祭灵":

营帐外三军齐挂孝
白人白马白旗号……

他们一直唱到夜深人静的时候。乐人们收拾家伙准备歇息了,人们看见李兆连不声不响地进了他和他女人睡觉的那间屋子。这些天,李兆连的女人一直躺在炕上,没有出门。

女人明显瘦了。女人的眼眶里没有水分。女人总干巴巴地看他。他坐在炕沿上,拉住女人的一只手,在手背上摸着。他从来没这么拉过女人的手。他想给女人说明天一大早就起丧,可他没说。

"你给我再生一个儿子。"他这么说。

他看见女人的眼眶里有了些水一样的东西,好像不是自己流出来的,而是别人给里边滴进去的。

"我生不成了。"女人说,"我伤心透了。"

"叭叽"一声,"叭叽"又一声,他褪掉了两只鞋,从女人身上爬过去,挨着女人睡了。他们再没说一句话。

所有的佃户和长工以及李家户族的男男女女都参加了贵贵的葬礼。他们把那口棺材放进墓坑，用土填起来，给那里堆了一个坟堆。唢呐声在黎明的空气里欢乐地叫着。李兆连没有动手，他一直站在旁边看着。坟堆堆起来的时候，唢呐声戛然而止。李兆连把一张白纸放在坟堆顶上，压好。人们把铁锨放到肩膀上，要回家了。

"等等。"李兆连留住了他们。人们看李兆连的脸红得像女人的指头蛋。

"你们都看见了，"李兆连站在他儿贵贵的坟堆跟前给人们说，"我李兆连没儿了，我李兆连快五十岁的人没儿了。"

人们把铁锨插进土里，平心静气地听李兆连说话。

"我李兆连就是有三十万的过活没人接香火半个钱的事也不顶。我李兆连对不起李家的先人。"李兆连说。

"我要弄一场事。"他说，"我要和当铺掌柜胡为抗战到底。我要把胡为的皮扒下来扔在房顶上让太阳晒干。"李兆连咽了一口唾沫，继续说，"长工佃户你们听着，我把话说在明处，跟我干的，我李兆连给他好吃好喝，打死了我给他买柏木棺材做寿衣唱大戏给他送终，不愿跟我干的，就甭在我家里干活，甭种我李兆连的地，就这。"

李兆连一甩袖子走了。

"哦！"人们叫了一声。

"噢！"他们看着李兆连的背影。

那天晚上，地主李兆连在他家上房厅里摆了一桌酒菜，请来李家户族的几位长者。他觉得这是大事情，他得和他们通通气，也许他们还能给他出些好主意。一杯酒上去，几位长者就心火上攻了。

"要弄事就往大的弄,弄出气派来。"他们溅着唾沫星子给李兆连说。

他们确实想出了一个好主意。

"打兵器。"他们说,"大刀,长矛。"

他们觉得这主意不错,并为此激动了一会儿。"每人发一把刀,或者长矛。"他们说。

事情就这么定了。几天以后,人们看见李兆连家的大门口支起了两个铁匠炉。李兆连家的长工套了一辆马车,从县城请来了两位打铁的高手,他们把铁砧铁锤铁钳和风箱一类的家伙从马车上搬下来,当天就点着了炉火。人们都听见了铁匠炉传出来的风箱声和铁锤撞击铁器的声音。铁匠炉跟前放着两口大水缸。

"嗞——"铁器在水里发出一声尖厉的呻吟后,立刻改变了颜色。两位铁匠的功夫确实不浅,动作熟练而有力。

镇长杨明善知道李兆连支起铁匠炉的消息以后,痛苦得一夜没有合眼,他下决心要阻拦这件事。

"这么大的事你不和我商量?"他问李兆连,"嗯?"

"去,弄你自个的事去。"李兆连说。

"你不能这么弄,这么弄要死人。"杨明善说,"我虽然毡不顶,可好坏也算个镇长。"他说,"我不能眼看着镇上死人。"

"贵贵已经死了。"李兆连说。

"你知道是胡为掐死了贵贵?"

"我不管,我就知道贵贵死了,我没儿了。"李兆连说。

"这事里有鬼。"

"有鬼没鬼我不管，我就认准他当铺掌柜胡为。"李兆连说。

"我不能让你支铁匠炉，"杨明善说，"你把炉子拆了，让铁匠回去。你嫌话不好说我去说，我让他们走。"

"小心铁匠把你做了。"李兆连说。

"哎！"杨明善在铁匠炉跟前喊了一声，"你们赶紧把炉子拆了，回你们县城去。"

铁匠从炉膛里夹出一件烧红的铁器，在杨明善鼻子底下晃了晃。杨明善朝后退了两步，说："小心你手里的东西，那可是烧红的。"铁匠没吭声，朝镇街那头指了指。杨明善不明白铁匠的意思，"啪叽啪叽"眨了一阵眼。铁匠又指了指，杨明善这才看见当铺掌柜胡为家门口也支起了两座铁匠炉，两个伙计正卖力地拉着风箱。杨明善不眨眼了。

"乱套了。"他咕哝了一声。

"他们疯了！"他说。

胡为一见杨明善，就做出一副嬉皮笑脸的模样。杨明善说："你看你，还笑哩。"

"我说不清了，"胡为说，"这不怪我。"

"不怪你不怪你把事情越弄越大了。你不动，看他李兆连能把你怎么样！"杨明善说。

"你说的，李兆连扒我的皮不扒你的，看你说的。"胡为说，"我还有好玩货哩。稀泥你过来，让镇长看看。"

稀泥和几个光棍汉正摆弄着几支火枪。

"啊！"杨明善叫了一声。

"我花银子从土匪手里买的。"胡为说。

"噢!"杨明善又叫一声,他用手捂住脸,痛苦地蹲了下去。

"当,叮叮;当,叮叮。"两家的铁匠像比赛一样。

"嗞——"是铁器淬火的声音。

新镇弥漫着一种死亡的气息。人们站在远处,恐惧地看着铁匠们手中烧红的铁器。

"只要给钱,什么样的玩货咱都能打。"李兆连家的铁匠说。

"就是就是。"胡为家的铁匠说。

许多住户已悄悄地弃家远去。

"当,叮叮;当,叮叮。"

"当——"

那场痛快淋漓的打斗是从黎明开始的。

"哐!"李兆连家的门打开了。

"哐!"胡为家的门打开了。

他们像商量过一样。他们扛着崭新的铁器,潮水一样从门里涌出来,在马道里相遇了。他们没有急着开打。他们像两群鳖一样互相瞅着。黎明里响起了一阵紧张的喘气声。

"动手吧。"李兆连看着胡为说。

"动手吧。"胡为看着李兆连说。

镇长杨明善从他家门里跳出来。

"不能动手！"他失眉吊眼地喊了一声。他满脸喷红，站在两支队伍中间。

"把他扔进去。"李兆连给长工说。

两个长工走到杨明善跟前，把他抬起来，从门里扔了进去。杨明善的女人不知道外边发生了什么事，刚一探头就叫了一声爹，飞快地关上了门。杨明善爬起来，还要出去，女人一把揪住了他的耳朵。

"没看见他们拿着刀？"女人说。

"我要出去！"杨明善说，"你把我的耳朵揪疼了。"

女人不理他。女人抿着嘴，把他揪进了屋。

一个长工突然发现了稀泥手里的火枪，他挤到李兆连跟前说："他们有火枪哩，你看。"李兆连说："甭吭声。""火枪。"长工又说了一句。李兆连说："顾不得了。"

这时候，他们听见一阵脚步声。他们看见棺材铺的伙计们抬着十几口白木棺材从镇街口走了过来，在街道边上整齐地排列成一排。杨明远端着那把泥壶，坐在一口棺材盖上，朝马道里看着，他儿坎子趴在他爹的脊背上。

"他们唱戏哩，得是？"坎子问他爹。

"噢么。"他爹说。

杨明善把女人美美地捶了一顿，他从女人的裤腰上抽下那条线裤带，把她绑在柜腿上。女人老实了许多，他搬来一架木梯，爬上了他家的屋顶。他激动地在屋顶上走了几个来回，踏得瓦片梆梆响。

他一眼就看见了他哥杨明远。

"就是他!"他指着他哥喊了一声。

"就是他!"他又喊了一声。

没有人听懂杨明善的话。光棍稀泥觉得杨明善有些讨厌,便举起火枪,朝杨明善瞄了瞄。"叭"一声,枪响了,杨明善一个前扑,趴在屋顶上,直着眼瞪着稀泥。

"他狗日的想打死我。"他说。

他顺墙溜了下去,再也没有露面。

稀泥的枪声使所有的人都吓了一跳,他们感到浑身的血突然停止了流动,又突然在他们的身子里奔跑起来,冲上了他们的脸。他们的头发像公鸡毛一样燥了,硬了。

"砍了!"有人喊了一声。

"嗷——"李兆连的长工和佃户们叫喊着朝胡为的队伍冲了过来。

"叭——"又一支火枪响了,铁屑像无数个豌豆一样从枪口喷射而出。跑在最前边的几个长工踉跄着栽倒了。李兆连猛地捂住脸,短促地叫了一声。

"我的眼睛瞎了。"他说。

他弯曲着跪了下去。红了眼的长工佃户们从他的身边呼啸而过,勾倒了他。他感到有一只脚踩在了他的肋骨上,又一只脚。他听见了一阵肋骨断裂的响声。他没想到会死得这么快,也没想到他会这么死。

马道里"哗啦啦"一片铁器戳穿肉体的声音。一个光棍汉举起砍刀朝一个长工砍过去,"噗"一声,砍刀深深切入了头骨。光棍汉乐了。他感到砍刀砍透头骨的声音和砍透水葫芦差不多。他张开嘴,想笑一声,一柄梭镖从他的后背心戳了进来,他很快又有了另一种感受。他感到梭镖戳进肉里和把冰块吃进喉咙里一样,都有一种凉飕飕的感觉。他没笑出声,他哼了一声,摇晃着歪在了地上,他感到马道里的打斗声离他越来越遥远了。

稀泥蹲在墙根下急得满头大汗,他正往火枪里灌火药。这会儿他才感到火枪没有砍刀和梭镖方便。他朝人堆里看了一眼,他看见许多人已躺倒了,脸上血肉模糊。他到底装好了火药和铁屑,他想他马上就可以站起来向人群瞄准。这会儿他又感到火枪很可爱。"咣"一声,他的脸上挨了一刀。"咣",又一刀。他不知道是谁砍的,两刀砍得都很准。他没有站起来。他抱着那杆火枪倒了,肥胖的脸被严重地改变了形状。

当铺掌柜胡为也挨了两刀,一刀在大腿上,一刀在脖子上,他仰面躺着,好像长了两张嘴,上边的一张嘴泛着青色,下边的一张正顽皮地吹着气,不时吹出来一个又一个粉红色的血泡。

打斗进行了整整一个时辰,马道里摆满了尸体。几个活着的人扔下手里的铁器,疯了一样号叫着跑出城门。那时候太阳正在上升,阳光优美地穿过空气,从墙头斜射而下,落在马道里的那些尸体上,像一群抖动着翅膀的金色蝴蝶。没有风。血腥味无声地盘旋着。

坐在棺材盖上的杨明远有些索然寡味,他感到人杀人并不像他想的那么好看。他眯着眼朝马道里看着,他知道那些尸体正在一点一点变凉,变硬。他想如果有一具尸体突然坐起来对着他开口说话,他就不会感到乏味了,他也许会大吃一惊。

他真大吃了一惊。他看见有个什么东西在死人堆里蠕动着。他突然睁大了眼睛。

是坎子。

坎子不知什么时候跑进了死人堆,像兔子一样跳着,跳过许多尸体,跳到了墙根底下,那里是稀泥倒下的地方。坎子看中了稀泥手中的那杆火枪,他摇着,抽着,把枪从稀泥手里拔了出来。他不知道火枪为什么会发出一声脆响。他亲眼看见它放翻了几个人,他感到它比砍刀神气多了。他摸着它,用手指头抠着。他把一只眼睛贴在黑洞洞的枪口上,想看看里边是个什么样子。

杨明远突然感到了什么,他撕心裂肺地喊了一声:"坎子!"

他听见了一声沉闷的枪响,坎子像惊飞的鸽子一样扇着翅膀,向空中一跃,又跌了下去。

无数个铁屑全部从坎子的眼睛里射了进去,又从脑后飞了出来。火药熏黑了坎子的眼眶。

"坎子。"杨明远跪在他儿坎子跟前叫了一声,这一声叫得很轻。

他把目光从坎子的脸上移开,穿过马道。他看见他的那些白木棺材,它们整齐地排列在那儿,散发着一股夺人的木香味。

伙计们不见了。

阳光如柱,它永远都是那种金黄的颜色。

十二

几天后,杨明远敲开了他弟杨明善的门。杨明善和他女人正往一辆独轮车上装东西，好像要出远门的样子。

"我走呀，"杨明善说，"我不在这儿待了，你待着吧。"

东西捆绑好了，女人坐了上去。猪圈里传出来一阵猪的哼哼声。杨明善朝猪圈那边看了一眼，手抓起独轮车把。

"你离开点，让我过去。"他给他哥说。

杨明远挪挪脚，靠边了一些。

"我猪圈里有一窝猪还活着，你要觉得难受你把它们也弄死算毬了。"杨明善说。

杨明远看着他弟推着女人出了门。他知道他弟再也不会回新镇了。他弟没有回头，也没给门上挂锁。

那时候，新镇已成了空镇。杨明远挨家挨户推着门扇。他好像老了许多。

"收尸啊！"他叫着。

又推开了一扇：

"收尸啊！"

街道很长，远远看去，他像一只蚂蚁。

（原载于《小说家》1991年第2期）

赌徒

一

脚夫骆驼拉着两匹真正的骆驼在戈壁滩上走着,时不时地吐几口唾沫。干巴巴的风不时扬起一股沙土,直往他的鼻眼里和牙缝里钻,他吐出来,它们再钻进去。它们让他的眉毛、胡子和宽板牙齿都变成了那种浑黄的沙土色。他嚼几下,牙齿间就会磨出一阵"咯噌咯噌"的沙子声。每一次上路的时候,他都要挨个儿拍拍两匹骆驼软乎乎的厚嘴,说:"咱上路吧。"这回也一样。"咱上路吧。"他说,他们就上了路,就走进了戈壁滩。两匹骆驼用那种居高自傲目空一切的眼神看着前面,迈开了蹄脚。路是熟路。

"呸……呸!"他吐着嘴里的沙土。

天像个瓦盆。在这种走几天见不着村庄见不着人影的地方,天就是个瓦盆。你以为你用不了多久就可以走到天尽头,可是,你耐着性子走吧,天永远是个瓦盆,你永远在瓦盆的正中哩,清一色的沙土,一堆又一堆骆驼草像石头一样往眼窝里砸着。

"呸!"他又吐了一口,"人说坐在井里天有瓦盆大,睁着眼胡说哩。走在路上天也是瓦盆大。"他说。没人和他说话他就一个人自言自语。

"这不是地上走哩,这是在月亮上走哩。狗大个人影也没有。"他说。

"噢么,"他说,"没人和你说话你还憋死不成?你不和你自个儿说话你和石头说去?石头又没耳朵。骆驼有耳朵哩,骆驼是畜生。你好好一个人你和畜生说话?"

然后,他就想甘草。他总能想起她。他要甘草的身子,甘草不给。他说甘草你就给我吧我想。甘草看他一眼,不恼也不笑。他说甘草你看我等了这么多年。甘草抿嘴笑着。甘草说你个没成色地吃着碗里想着锅里。他说甘草你胡说,我一口也没吃,你怎么说这话?难道我吃了?你说我吃了?甘草说我给你缝缝补补,生的做成熟的,你还说你没吃。他鼓着眼珠子说那能叫吃?那不叫吃。甘草说把身子给你,八墩怎么办?

"八墩是个毬毛!"他说。

他不愿提起八墩,他恨不得把八墩掐死。他想总有一天他要用半截砖头把八墩的头砸成烂泥塞进炕洞里,和炕灰搅和在一起,让人看不出哪些是八墩的烂头肉哪些是炕灰,或者扔在粪堆顶上,让狗叼着满街转。他驴日的吃白食,还要和甘草睡觉。

"他是个毬毛!"他说。

甘草看他一眼,依旧抿着嘴笑。他说甘草你让我摸摸,你不让我摸我就羞死了,村上人都说我和你睡哩,可我连摸也摸不成。甘草说:"一下?"他说:"两下。"甘草说:"一下。"他说:"一下就一下。"他就摸了甘草的奶子。他的手心里像钻进了虫子。甘草说行了行了够了。他说不行我还想摸一直摸到天亮你说摸一下又没说多长时间。甘草摘开了他的手。甘草就是这么个人。甘草只和他好，不和他睡。她和八墩睡。

再长的路，一想女人就变得短了。骆驼感到他的心像软肉一样泡在热水盆里，手指头上一满是捏着甘草胸脯上那两堆奶子时的感受。

"隔着布衫哩，咦，要是没布衫隔着，咦！"

他想不出那样他的手指头会有什么感受。

"咦——"他把两排结实的宽板牙齿咬在一起，接连咦出来一串声音，然后，把灌进嘴里的沙土远远地吐了出去：

"呸！"

他看见那一团浑黄的唾沫落在了一堆骆驼草上。草猛烈地抖了一下，抖起来几缕干燥的烟尘。

"这是在月亮上走哩。"他说。

要不是甘草，他就不走这条路了。他就走得远远的，随便走到什么地方。人不能让尿憋死。可人有时候就让尿憋死了。世上好女人多着哩，怎么就偏偏舍不得甘草？人他娘的就是这么个贱东西。好女人多好女人多去，我就想甘草的身子。

突然，他扬起脖子，唱出了几句歌：

　　百七子百八子青稞哟
　　二百子街道过了
　　年轻轻的时上没欢乐哟
　　到老来把脚步儿错了……

他感到他的声音不是从喉咙里,而是从脚板底下发出来的,离他很远。他不像在唱歌,他吼着:

> 雪雹子冰雹子掉下来哟
> 好端端的庄稼砸了
> 眼睁睁地看着没对象了哟
> 尕妹子把哥哥儿撇了……

天像个大瓦盆,他在天底下走着。没有村庄,也看不见人影,他拉着两匹真正的骆驼。

二

甘草有一片生动的上嘴唇,从深深的鼻凹处伸出来,像一片肥硕而热烈的嫩白菜叶。那时候她十七岁。一伙骑马的队伍驻扎在她的村子里,那个长胡子的伙夫班长被她的那片嫩白菜叶撩拨得横竖不得安睡。他说甘草你到伙房来我给你吃白面馒头和马肉,大块的。他说得很诚恳。甘草感到她的舌头根上涌出来一股酸酸的口水。她咂着嘴,看着班长满脸的硬胡子,一动不动。班长说你来。她把口水咽进了喉咙,就跟他进了伙房。她坐在灶窝里,吃了三个白面馒头,两大块马肉。班长舔了她的嘴,然后又解开了她的裤子。她挡住班长的手,说:还有我爹妈。班长说,走的时候你拿。她放心地松开手,让班长弄了她。她没觉得她吃什么亏。她每天都去伙房和那个班长幽会。队伍开走以后,她的肚子大了,生下了野种琐阳。她爹说:"甘草,你弄这种丢人事,让我和你妈怎么活人。"甘草没想到她爹会说这种话,她瞪着眼看看她爹,又看看她妈。她妈坐在炕沿上淌眼泪。甘草急眼了:"你们也吃了馒头和马肉。"她爹说:"吃是吃了,谁知道你能弄下这事。"甘草说:"你们真不要脸。"就这么,她离开了家,在一个叫胭脂铺的地方落了脚,过上了随心所欲的寡妇生活。她给人做鞋,挣点小钱谋生。时间长了,有人问她,怎么没见过琐阳他爹?她说:"挨枪子了。"然后,就把那片惹是生非的嫩白菜叶好看地合在下嘴唇上,做出一种高深的笑样子。没有人知道她的过去。

骆驼回来的时候,甘草正坐在土炕上刮鞋底。她把一堆五颜六色的碎布一层一层糊起来,再依鞋样剪好。鞋底子已刮了许多,在炕头上整齐地摞着,层次分明。她刮得很娴熟,眼睛张得大大的,目光专注。她抹糨糊不用刷子,而是用手指头,右手的食指上沾满了面浆。那真是一根灵巧多变的手指头。

她听见一阵骆驼的蹄脚声。野种琐阳把他的脏脸从门外伸进来,说:"干爹回来了。"她没抬头,依然在碎布上抹着面浆,听骆驼和琐阳在院子里说话。

"干爹,我拴,我拴骆驼。"琐阳说。他已经七八岁了,剃着光葫芦头。

"你拴,你拴,你能拴出个花。"骆驼说。他从驼背上抱下来一个鼓囊囊的驮子,进了柴房。琐阳拉着骆驼进了后院。

"拴牢实。给它抱些草吃,待会儿我给它上料。"骆驼说。

他拍拍手上的土,进了甘草的屋子。甘草好像不知道出门一个多月的骆驼已经站在了她的眼前,等着她问一句什么,或者说一句什么话。她哼起了一首歌,头顺着歌的节奏一下一下点着,抹糨糊的动作有些夸张了。她平展展地伸着腿。

"咣啷"一声,一块圆圆的东西落在了女人的两腿之间,又弹起来,在炕席上滚着不动了。甘草抹糨糊的手停了下来。

"咣啷!"又一声。

女人的眼睛张大了,放光了,满脸喷出了红色。银圆!

"咣啷!"又一块。

她到底抬起了头,她看到了一张得意的脸。

骆驼不扔了,他用两根手指头捏着一块,在上边弹了一下,放在耳朵跟前,歪脸瞅着甘草。银圆发出一阵悦耳的金属声,拉着丝丝,直往甘草的耳朵里钻。

"没成色的。"甘草说,"挣了多少?"

没成色的。嚯,没成色的。骆驼想听的就是这句话。他心里熨帖了许多。他不言语,手在口袋里摸索着,把里边的银圆弄出了一阵响。他看见女人的喉咙动了动,费力地咽了一口唾沫。这时候,他才把它们全部掏了出来,放在炕上。不是七块,也不是八块,而是十几块!十几块银圆没有一点假。女人使劲蹾了一下屁股,张开嘴,发出来一串惊呼。她看见骆驼把手又伸进了口袋。

"还有?"女人的眼睛睁圆了。

骆驼不动声色，在女人的鼻子底下抖开了一块鲜艳的衣料，绸子的！女人一个蹦子从炕上跳了下来，一把夺过去，贴在她浑圆的胸脯上。

"挨刀的，没成色的货。"女人说。

骆驼装了一锅旱烟，点着，美滋滋地吸了一口，然后，把半个屁股放在炕沿上，又搭上去一条腿。

"数数，你数数，看那是多少。"骆驼努着下巴。

女人把炕席上的银圆拢在一起，摆好，一块一块数了起来。数完一遍，又推倒，再数。

"要是数不完多好。"女人说，"数不完不要紧，我给咱坐在炕上慢慢数。你笑什么？笑我爱钱得是？我就是爱钱。人有钱了腰硬，心里踏实。"

女人笑了，她笑得很开心，鼻尖上渗出了许多细小的汗珠。骆驼的心被她笑乱了，他感到有个什么东西在他的身子里动弹着，他突然想起了琐阳。

"琐阳。"他叫了一声。

他没让琐阳进门。他把琐阳堵在门口，从腰里抽出一把精巧的短刀。

"给你，到外边玩去，我和你妈有话说。"

他返回身，轻轻地插上门，站在女人的身后。他感到他的心轻轻跳了两下。女人已收好银圆，重新抖开那块布料，在身上比试着，一副陶醉的样子。

"琐阳出去玩了。"他说。

女人没吭声。

他把两只手试探性地从女人的腋下伸过去。

"哪儿弄的？"女人问。

"凉州城。"他说。

他捂住了女人胸脯上那两个高挺的东西。女人的身子一动不动。他的胆似乎壮了，手指头像抽筋了一样，鸡啄米似的在女人的胸脯上弹敲着。他有些不知热冷了。他不停地咽着唾沫。突然，他把女人抱了起来，放倒在炕上，粗蛮地压上去。女人仰着脖子，张着嘴。

"甘草。"他说。他好像要哭了一样。

"甘草，我要解你的裤带了。"他说。

"我解了，我可真要解了。"他两只手急促地寻找着，紧紧捏着女人的裤带头，看着女人的脸。他没想到女人会重重地蹬他一脚。他一点也没有防备。女人先屈腿把他顶开，然后用力一伸，就把他踹到了墙上。她蹬得太突然了。他靠在那里，看着女人，一脸诧异的神情。他看见女人从炕沿上直起身子，整整衣服。女人没有恼。她好像还给他笑了一下。

"没成色的。"女人说。她又比试起那块布料了。

一声马嘶从什么地方传了过来，女人支棱着耳朵。

又一声马嘶。她立刻变了脸色，叫了一声，甩下衣料，奔了出去。

骆驼像一只挨了打的狗，痛苦地抱着头，顺墙溜了下去。

三

一出村,就是那种亘古不变的戈壁滩。

每一次赌输之后,他都要在戈壁滩上纵马疯跑,然后,再把他埋进甘草的怀里,酣畅地睡一觉。那是一匹好马,浑身上下没有一根杂毛。他打马不用鞭子,他用他那只木碗一样蛮横的拳头。他先让它在戈壁滩上跑出一个巨大的十字,然后再绕着圈子跑,一直跑到肌肉鼓硬,眼睛发蓝。这会儿,他就这么跑着,等甘草喊他的时候,已是黄昏时分了。他勒住马,用那双蒙眬的醉眼搜寻着甘草。

他看见甘草远远地向他摇摆着手。

他在马臀上砸了一拳,向甘草奔过去。马绕着甘草转了一个圆圈。甘草像一只兴奋的母鸡,朝他扑打着手脚。他突然伸出手,把她挟了上来。女人淋漓地"噢"了一声,紧紧抱住了他的脖子。

马收住蹄脚,喷着粗气。人汗和马汗混杂的腥味在空气里纠缠着,迟迟不肯散去。甘草一脸爱怜,手指头动情地在他油腻的脖子上滑动着,摩挲着。

"你又输了。"甘草说。

一股燥热从心底里拱了上来,在他的骨头里胡乱钻着。他两腿用力一夹,马突然放开了蹄脚,朝村庄奔去。女人身子激烈地晃了一下,又"噢"地叫了一声,两臂搂紧了他的脖子。

这就是八墩。他是个赌徒,甩刀子,搬赌砖。骆驼想用半截砖头把他砸碎。

骆驼在屋里和琐阳玩着割地的游戏。他已忘掉了刚才的一幕,他忘得很容易，好像什么事情也没有发生过，一脸宽厚祥和的神态。他知道甘草进屋了。他没抬头，依旧和琐阳玩着。

甘草有意把门推出了一声响。

"我和琐阳玩哩。"他说。

甘草靠在门框上，有些难堪。

"八墩来了。"甘草说。

骆驼看了甘草一眼，又扭过头去。

"我知道他来了。我和琐阳玩哩。"骆驼说。

"你和琐阳去柴房玩。"甘草说。

这回，骆驼的目光定在了甘草的脸上。他觉得她太有些不要脸了，麻雀还有指甲盖大小一点脸哩。他想说一句很厉害的话，让面前的这个等着和男人睡觉的女人难受难受，可一时半晌想不出来。女人迎着他的目光，给他微笑着。

"雀儿还有些脸呢！"他说。

女人依然给他笑着。

"走，咱给人家腾地方。"他说。

甘草侧过身子，让骆驼和琐阳出门。甘草用手在琐阳的光葫芦头上摸一下。

"雀儿还有些……"骆驼说。

八墩正在拴马，骆驼朝院子里狠狠地吐了一口。他看着八墩。他看见八墩把头扭了过来。

"你吐谁？"八墩说。

"爱吐谁就吐谁。"骆驼说，他一脸闹事的样子。他想和八墩闹点什么事,不闹点什么事就太便宜他们了。

"咋啦?我吐啦,你看怎么办?"他冲着八墩说。

八墩好像要发作的样子,可他没有。他似乎看穿了骆驼的用心,立刻换上了一副嬉皮笑脸的赖模样。

"嗬,气不顺,嗬嗬。"八墩说。

骆驼瞥了甘草一眼,说:"你凭什么?你说。"八墩又笑了两声,说:"如今的世道就是这。有能耐你让她和你睡,去,你给她说去,说好了我让给你一个晚上——模样,瞧你那毬模样。"

"你骂谁?"骆驼朝前走了两步。

八墩不理他。八墩歪着鼻子,一脸轻蔑。他从马背上取下马鞍,提着,进了甘草的屋门。

"哐"一声,门关上了。

"你骂谁?嗯?你敢说你骂谁?"骆驼朝门扇吼着。

甘草已点亮了灯。她坐在摊开的被子中间,等待着八墩。八墩把一只脚点在炕沿上,腿一用力,就立在了炕上,向女人横过去。女人轻轻地呻吟了一声。女人软活的身子消化着八墩一肚子的晦气。他晦气,可有的是力气。一会儿,屋里就传出来一阵令人迷醉的响动。他们不说话,在癫狂的情爱中展筋舒骨。

骆驼抱着琐阳坐在柴房的干草铺上,哄琐阳睡觉。甘草屋里的那种响动直往他的耳朵里钻。琐阳睡不着,他不知道八墩为什么要和他妈睡一个屋,也不知道他妈的屋里为什么会有那么大的响动。

"干爹你听,八墩和我妈玩摔跤哩。"

"噢么。"骆驼说。他睁着眼,像干草铺上长出的一截木桩。

"我帮我妈去。"琐阳说。

"你甭去,"骆驼说,"你娃家不懂。"

"我懂。我抱住八墩的腿,把他往倒扳。"琐阳说。

"你甭去。"骆驼说。

"要不你去。"琐阳说。

骆驼感到他的心像被什么东西刺了一下,他看着琐阳的脸。

"睡,你睡吧。"他说。

琐阳闭上了眼睛,他确实有些瞌睡了。他躺在骆驼怀里,骆驼轻轻摇着,念着一段歌谣:

  小小子,坐门墩儿

  啪啦啪啦眼儿

  想媳妇儿

  想媳妇,做什么

  点灯说话儿

  吹灯做伴儿……

念着,竟湿了眼眶,鼻根处涌出一股辛辣的酸味。

甘草屋里的灯早已灭了。

四

村庄有个好名字：胭脂铺。村庄不大，直直一条东西街道，房屋像杂乱无章的东西，随便堆放在街道两边。

回到胭脂铺，脚夫骆驼就变成了背包袱的货郎。每天早上，人们就会看见他从甘草家出来，把手里的那把破旧不堪的货郎鼓摇得嘣嘣响，从街东头摇到西头，从西头摇到东头，然后解开包袱，靠墙根铺开一块方布，把那些花线、顶针一类女人用的东西一一摆好，等着人们光顾。这都是他赶脚时在凉州城弄的，他不放过每一个挣钱的机会。

方布上还放着几双新鞋，是甘草做的。

往常，八墩和甘草睡一两个晚上就走，可这回竟住了几天还没有走的意思。骆驼说甘草你不让那驴日的货走你想让他住到甚时？甘草说他不走我还能赶他走？你做你的营生你管毬他。他说我不想看他的毬眉眼，看他说话的神气，好像八墩是个不受欢迎的住客而他是主人似的。甘草说你不想看他你就摆你的摊子去，到饭时你回来吃饭。所以，每天一大早，不等甘草和八墩起身，他就出门摆摊了，吃饭的时候再回去。在甘草家，只有吃饭的时候他才觉得气顺。我吃我自己挣来的哩，你八墩吃谁的？你吃的也是我挣的，你个驴日的货，要不是甘草，你能吃白食？你吃鸡屎去！

甘草怎么就情愿和这么个驴熊货睡一个炕头？他想不通，气不过。你看她，睡得还怪上心哩，早早就关了房门。"琐阳，你跟你干爹睡柴房。"甘草给琐阳这么说。她好意思，连脸都不红，也不发烧，咦，她……

更让他气不过的是村上人，他们都以为甘草也和他睡，穿的、戴的，都是甘草做的，还能不睡？只是八墩在的时候，甘草才把他从炕上赶下来。他感到他太冤枉了，胭脂脯的人按他们通常的想象力来猜测甘草屋里所发生的男女之事。"骆驼，甘草把你穿得像个官人。"光顾小摊的女人们说得意味深长，眼睛一忽一闪着。

"嗬嗬，嗬，嗬嗬。"骆驼笑得很含糊。他不看她们，他不时地捱着脚脖子。他的脚上穿着甘草做的布鞋。

"骆驼你说实话，甘草和你睡没睡？"

"嗬嗬，看你说的。"他不承认，也没否认。

"你敢不敢喝凉水？"有人说。

骆驼看了那女人一眼，做出一副意味深长的表情。他知道她们想试他。晚上和女人干了那号事，第二天早上断不能喝凉水。

"我不喝，我又不渴。大清早我做什么喝凉水。"他说。

"你敢喝？"她们说。

"我好好的，喝凉水？我不喝。"

"他装他不懂。"

"给他端碗凉水来。"

"端来我也不喝，端来了你们喝去。"骆驼说。

"哈！"女人们笑了起来。

"就是嘛，干柴烈火还能不着。"她们说。

"嗬，嗬嗬。"骆驼也笑。他笑得很节制。

他爱听她们说这些话。她们和他说这些话的时候，他感到心里很滋润。他不能把实情说给她们，她们一知道实情，就再也不会和他说这些话了，就会看不起他，说他没本事，窝囊。这是他最受不了的。

他捩着脚脖子，让她们注意他脚上的新布鞋。

可是，八墩是什么东西。他凭什么和甘草睡！

他想他什么时候一定得和八墩打一架。人不能老这么把气窝在肚子里。

他没想到他会打八墩的那匹马。

那天，他收摊收得早了点，饭还没做好。他看见甘草在厨房里忙活着。琐阳弓着小腿，努力地拉着风箱。后院里传来一声又一声飞刀扎中靶子的声响。

是八墩，他扎得很准，扎上去，拔下来，再甩。他每天都要这么不厌其烦地甩一阵飞刀。他受雇于柳林镇的大赌主麻九，甩飞刀赢羊赢骆驼，然后和麻九分成，然后和麻九搬赌砖，把分来的羊和骆驼再输给麻九。他就弄这种营生。

"驴日的。"骆驼在心里骂了一句。一看见八墩，他总要在心里这么骂一句。

甘草做的是一种叫作搅团的饭。她两手抓着擀杖，在锅里用力搅着，屁股一摆一摆，浑身的肉都在动弹。骆驼走进厨房，她让他帮着烧火，骆驼不烧。

"烧，火太欠。"甘草说。

骆驼把眼珠子滚到眼角处，乜斜着后院里的八墩。

"咋不让他烧？"他说。

"他正忙哩。"甘草说。

"我也忙哩。"骆驼说，"我要给我的骆驼上料。"

他从墙上取下一只木勺，进了柴房。他一看盛精饲料的口袋就鼓圆了眼：口袋空了。他不用想就知道是怎么回事。他把料口袋提起来，摔进了墙脚，转身进了马棚。马槽上边的横杆上吊着一只草料袋，八墩的那匹马正悠闲地吃着，并不时地伸过嘴，在小石槽里喝一口清水。

他把手伸进草料袋摸了摸，里边装的全是精饲料。

骆驼的脸一下一下歪了，嘴斜了。这个八墩太不要脸了，他吃白食，马也跟着吃！他想跳起来骂几句恶毒的话。他想冲进后院，在八墩的脸上抓一把，把八墩的脸皮抓下来贴到墙上。他愤怒至极，一下想出了许多主意。

他没骂，也没去后院抓八墩的脸皮。他突然改变主意。他用那把木勺在马嘴上砸了一下。马激烈地摆了一下头，把嘴从草料袋里抽了出来。

骆驼在草料袋里狠狠剜了一勺精饲料。

他走了两步，又回过头来，从横杆上解下那只草料袋。他想把精饲料倒进自己的料袋，然后就把八墩的这只顺墙扔到村外的土壤里去。

"我让他驴日的找去，我看他驴日的还偷我的精饲料。"

那是一只皮制的草料袋。

八墩的马可真是一匹好马，它飞快地抬起后腿，朝骆驼炮了过来，准准地踢在了骆驼的屁股上。骆驼不禁这突然的一踢，呻唤了一声，平展展趴在了地上，手里的木勺和草料袋一齐飞了出去。

骆驼怔怔地看着那匹马。马打了一个响鼻，嘴伸进小石槽，安闲地吸着石槽里的清水，好像什么事情也没干。

骆驼慢慢地爬起来，捡起那把木勺，朝马走过来。他在马头上轻轻拍了一下。

"好，你真能踢，你踢得真好。"他说。

他甚至给马笑了一下。

他突然抡起木勺，朝马头上砸了过去。他想他要狠狠砸它一阵。他紧紧咬着牙齿。他用的劲太大了。

"咔"一声，木勺断成了两截。

马似乎没感到疼，只仰起脖子，摇了摇耳朵。骆驼攥着半截木勺把儿傻眼了。他感到他的肋骨里憋满了恶气。他想他得把它们放出来，他得想个办法。

他看中了手里的那半截木勺把儿。

他摊开手看了一会儿，又攥起来，然后，又朝那匹马走过去。

这回，他正儿八经地给那匹马笑了笑，并且，在马臀上拍了一下。马似乎也不计前仇，没有一点敌意，温顺地站着。

他把马尾巴提了起来。

他飞快地把那半截木勺把儿朝马屁股里塞进去。

他拾起地上的草料袋，重新挂在横杆上。

"你吃吧。"他给马说。

他大模大样地进了厨房。

"琐阳你起来，让干爹烧火。"他说。

五

马的狂跳终于惊动了八墩。

起初他并没在意。他想它跳几下就好了,没想到它会越跳越狂,越跳越凶。他有些慌失了,以为马得了什么急症。他想喊甘草过来。他想实在不行就要请个兽医来。

马跳着,扬着尾巴,他无法接近它。他不知道马正在进行着一种艰苦的努力,他从来没见过马的这种样子。他急眼了。他不能没有这匹马。

他听见马屁股那里发出一声钝响。他受了惊吓似的打了一个颤,他看见一样东西从马屁股里弹了出来,在空中划出一道弧线,掉在了地上。

"咣啷!"

他怔了。他无论如何也想不到马屁股里会飞出来一样怪东西。

马到底挤出了那半截木勺把儿,立刻安静了许多。八墩能到它跟前去了。他仔细查看了一遍,马屁股没有什么异常,也没有什么损伤,便放下心来。

他走到那件怪东西跟前,用脚蹭了蹭。他很快就认出了它。他咬着牙根,朝厨房走过去。

骆驼烧火烧得很卖力气。他看八墩朝厨房来了,便扭过头去,把风箱拉得呼呼响,身子一前一后地摇着。

"干爹,他瞄你哩!"琐阳叫了起来。

他不能不看八墩了。他看见八墩手里拿着一把飞刀正朝他瞄着,晃着。八墩阴着脸，一声不吭。他心虚了，从灶火窝里站起来，朝后捱着身子，用胳膊挡着脸。他知道八墩真要把飞刀甩过来，他怎么挡也挡不住。

"你别，你个驴……你看你这人……"他有些语无伦次了。

八墩依旧瞄着。

"我又没惹你。"骆驼说。

"甘草，你看他……"他看着甘草。

两个男人的这种事甘草已看得多了，她懒得管，也管不了。她头也没回。

"烧火。"甘草说。

"他瞄我哩。"他说。

"烧火。"甘草说。

骆驼弯下腰，在地上摸着柴火，眼睛不敢离开八墩的手。

"扎，扎吧，扎死算了，我不活了。"他突然直起身，闭上眼睛，脸朝屋顶喊了起来。

"你给我的马尻子里塞木勺把儿。"八墩说。

"我没塞。"骆驼说。

甘草觉得事情有些稀奇，她看看骆驼，又看看八墩。

"你到马棚看去。"八墩给甘草说，"他把木勺把儿塞到马尻子里了。"

甘草一见那半截木勺把儿，就笑得拉不住闸了。

"啊哈！"她仰头笑了一声，从马棚里跳进院子。

"啊哈，好你个骆驼，亏你能想出来，哦哈……"她笑得上气不接下气了。

"我没塞。"骆驼不笑,他很严肃。

"哦哈……"甘草笑倒了,眼里直流泪水花花。

八墩不禁甘草的感染,也想笑。他没笑出来。

"你还嘴硬。"八墩说。他走到骆驼跟前,用刀尖逼着骆驼的鼻子。

"你想吃人不成?"骆驼说。他看见八墩想笑,他想八墩不会把他怎么样,所以胆壮了许多。

"你还吃人呀。"他说,他飞快地扑闪着眼睛。

八墩的脸突然绷紧了。八墩伸出一只脚轻轻一勾,把骆驼勾倒了,炉膛里燃烧的硬柴被碰出来,几粒火星灌进了骆驼的脖子。那是一种钻心的疼痛,他来不及叫喊,只用手在脖子里胡乱刨着,嘴里发出一阵短促的吸气声。

"木勺就是我塞的,咋?看你能把我咋?"骆驼趴在地上,叫了起来。

八墩骑在骆驼身上,一只手抓住骆驼使劲捏了一下。骆驼腿硬硬地鼓着,杀猪一样发出长长一声尖叫。八墩抬起脚,朝骆驼的大腿上踩下去。骆驼"噢"一声,便躺平了。

八墩把骆驼提起来,出了厨房。他在院子里搜寻了一阵。他看中了黑洞洞的火炕烟囱。他提着骆驼朝烟囱走过去,骆驼失眉吊眼了。

"不!"他叫着,使劲摇着头,"我不!"

八墩硬是把骆驼的头塞进了烟囱。骆驼闻见了一股浓烈的烟油味,他不敢喊叫了。他知道炕洞里有灰,他想他再喊的话就会被炕灰呛死。他紧紧地闭着嘴,憋着气,往外挣扎着。

"你别动。"八墩说。

骆驼撅着屁股,一动不动了。

八墩在骆驼撅起的屁股上踢了一脚,走了。骆驼朝前一拱,哼了一声。他拔出头,仰着脖子朝天吹了一口,脸上沾满了烟油和炕灰。他用手在脸上、在鼻眼里飞快地刨了一阵,然后,就冲进厨房,抓起一把菜刀,又冲了出来,满院子寻找八墩。

"八墩,我日你先人!"他叫喊着。

"八墩,你个驴日的!"

甘草拦住了他。

"没成色的,你治了他的马,他打了你几下,两顶了。"甘草说,"吃饭吃饭。"

"我不吃。"骆驼说。

"不吃你还咋呀?"

"我要杀了他。"骆驼说。

"看把你能的,你还杀了他?八墩你甭动弹,你让他杀,越说你越能了,你杀,你今天杀给我看看。"甘草说。

"我不吃。"骆驼说。

"不吃你饿着,你甭说你杀人的话。"甘草说。

"我走呀。"骆驼说。

骆驼甩下菜刀,进了后院。一会儿,他真拉着那两匹骆驼出来了。琐阳急了,叫了一声干爹。

骆驼头也不回,径直出了大门。

"我不让干爹走！"琐阳朝甘草喊着。

"他还会回来的。"甘草说。她从蒸笼里取出几个窝窝头塞给琐阳。

"去，让他路上吃。没成色的。"她说。

六

八墩提着一块磨刀石进了后院。那里有一堆飞刀，他想把它们磨得更锋利一些。琐阳圪蹴在他跟前，手一阵一阵发痒。他不喜欢八墩，可他喜欢八墩的那些飞刀，总想摸摸。

"倒水。"八墩说。

琐阳舀来一碗水，放在八墩的手边。他想他现在可以摸那些飞刀了。

"别动。"八墩说。

琐阳缩回手，朝八墩眨着小眼睛。他感到八墩有些蛮不讲理。

"我也有刀哩。"琐阳说。他从腰里抽出骆驼给他的那把藏刀，"谁稀罕你那些破刀子。我也磨。"

他在墙根下捡来一块瓦片，蹲在八墩对面磨了起来，手指头不时在水碗里蘸点水。

"小心你的手。"八墩说。

"你管。"琐阳说。

天黑了，甘草叫琐阳睡觉。琐阳说我不睡我要磨刀。甘草说："小娃家磨的什么刀，快睡。"琐阳说："是藏刀，我干爹送我的，我不稀罕八墩的那些破刀。"甘草提着琐阳的胳膊，硬把他拉上炕，塞进了被窝。

"睡！"她说。

她不能不让琐阳早些睡。骆驼在的时候，琐阳和骆驼睡柴房，骆驼一走，琐阳死活不睡柴房，要和甘草睡炕。甘草不想让琐阳知道她和八墩的事，不想让他看见什么，天一黑她就要琐阳上炕。

"我睡不着。"琐阳说。

"闭上眼，闭着闭着就睡着了。"甘草说。她给琐阳掖好被子，反拉上门，去后院。

"睡就睡。"琐阳说。

甘草自己也不知道她为什么就喜欢八墩。一看见八墩，她就浑身发胀。八墩很野，八墩想和她睡的时候不低三下四求她。八墩一声不吭，把她扳倒就解她的衣服。八墩很有力气。八墩一会儿是蛤蟆，一会儿是鹞子。她是一只兔子，或者是一匹马，她驮着八墩。她想她总有一天要让他娶了她。她说八墩我要你娶我，你一定得娶我，她说得很动情。八墩依然是一只鹞子或者是蛤蟆，八墩不说话。他一鼓作气，一直把她弄成一堆快乐的软泥。八墩从她的身上滚下来，躺在她的旁边，这时候，八墩才说我不想娶女人，我养不了，我要甩刀子，和麻九搬砖。八墩就这么让她恨不得离不得，让她没有一点办法。

"八墩，你是个鬼。"她瞪着眼睛，声音软软的，好像很遥远。

"我是个赌棍。"八墩说。

"我不信我就化不开你的心。"甘草说。

八墩不吭声了。他睡着了。她坐起来，看着八墩睡实的脸，她觉得八墩像个孩子。她用手在八墩结实的胸膛上抚摸着，心里弥漫着一种复杂的感情，她说不清。

这会儿，八墩正磨着飞刀。

"琐阳睡了。"甘草说。

"噢么。"八墩潜心地磨着。

"咱说说话。"甘草说。

"说么。"八墩说。

"我一点也不稀罕骆驼，走了就走了，我不拦他。没成色的，用不了几天他还会回来。"甘草说。

"毬，我是他我就不回来。"八墩说。

"不回来？"甘草把嘴巴撮成一朵喇叭花，"看你说的，他不回来你和我喝西北风，得是？吃的，用的，都是骆驼挣的。他还偷呢。他也是个人，心也是肉长的。你睡女人，他看着眼馋。倒过来，你是骆驼，你试试。"甘草说得心热了，"他心里想着我，他和你一样，也是个无牵无挂的人，不是想着我，他早走了。"

"你不和他睡，多亏。"八墩说。

"他给我钱，我对他也不坏。我给他缝缝补补，生的做成熟的，两顶啦。"甘草说。

"你作践人家骆驼呢！"八墩说。

甘草脸热了，在八墩肩膀上捏了一把。

"看你，占便宜还嚼舌头。"她说。

"此处不留爷,自有留爷处,偏要在一棵树上吊死,谁知道他图个啥?"八墩说。

"啊哎!"甘草张大眼窝,一脸吃惊的神情。她感到八墩说了一句糊涂话。

"你说图了个啥?"她说,"你说人活着图了个啥?就图有个想头。我是他的想头,你是我的想头,就图了个这!人都要在一棵树上吊死哩!"

"想头,想头。"八墩说。他终于磨完了那堆飞刀,他站起来,想伸伸腰。他把着甘草的肩膀。

"我说的不对?"甘草说。她定定地看着八墩的脸。

"对,对。"八墩说。

甘草把八墩的手从肩膀上拉下来,握在手里。她突然产生了一种强烈的欲望。她想咬八墩一口。

"八墩,我想咬你。"她说。

"咬吧。"八墩说。

"我可是真咬。"

"你咬。"

甘草真咬了。她把八墩的手贴在嘴边,咬住了八墩的手背。她一点一点往牙齿上用着力气。

"呀——"她从牙缝里挤出来这么一声。

她咬烂了八墩的手背。

她突然跳开来,像一只发怒的母鸡。

"我要你娶我!"她喊着。

"听着,我死也要嫁给你!"

"啐!"她吐出了一口带着血丝的唾沫。

八墩一扬手,一把飞刀从手里飞出去,扎进了挂在半墙上的靶心里。

"我的想头是和麻九搬砖头,赢他!"八墩说。

第二天一大早,太平庄的大赌主老五派人给八墩送来一副马鞍。"这是老五专门给你定做的,你可看清了,鞍背上镶着银哩,白银。"来人说。

八墩知道,老五要和麻九开赌了。老五的马鞍子不会白送人。

"不说你也明白,老五想让你给他甩刀子,赢了麻九,他和你三七分成。"来人说。

"我要给麻九甩,甩完刀子,我和他搬砖头。"八墩说。

"老五说你不给他甩也成,可也不能给麻九甩。你出去逛几天,等他们甩完刀子你再回来。赢了麻九,老五照样和你分成。"

"我不想逛。"八墩说,"你把马鞍拿回去。"

"老五是个什么人你知道。开赌那天你要是去赌城的话,事情可就不好办了。鞍子你留着,我走呀。"来人说。

老五的人一走,八墩就牵出那匹马,去了柳林镇。

"我去找麻九。"他给甘草说。

七

麻九家清房屋里充满着那种羊毛烧焦的气味。除了好赌,麻九还爱吃羊头肉。他家的墙上总挂着几只生羊头,清闲的时候,他就把它们取下来,用烧红的烙铁去毛,泡在清水里洗,再放在锅里煮,然后,用斧头把它们破开,挨个儿吃羊的嘴唇、羊的舌头和羊耳朵,吃羊头上一切能吃的东西。他说羊身上最好吃的就是羊头。吃羊头肉要讲究章法,不能大口大口吃,要一丝一丝啃着吃,剜着吃,这就叫细吃。细吃才能吃出味道。

"你说羊头上最好吃的是什么?"他问他手下的那些跑腿们,"羊舌头?屁!最好吃的是羊眼珠子。这没什么可怕的,羊眼珠摸着软不溜丢,嚼起来很筋道,不信你们嚼去。眼珠子不是尻子,不屙屎不尿尿,有什么肮脏的?不脏。吃羊杂碎的人才肮脏呢!我不吃那东西。"

八墩找他的时候,他刚破开了一只羊头,正在那些骨头里剜着,啃着,啃得满脸流油。他说:"八墩,你吃羊头肉不?案板上有,你自己拿。"八墩摇摇头。他说:"想吃你就吃,不吃是傻熊。"

八墩看看案板,又摇摇头。

"我知道老五找你了。"麻九说。

"他让我出去逛几天。"八墩说。

"他驴熊输怕了。"麻九从一块骨头里抠出一只羊眼珠子,递给八墩,"羊眼珠,你不吃?"八墩还是摇头。

麻九把那颗眼珠塞进嘴里嚼着,手指头抠着第二颗。

"老五让人给我拿了一副马鞍子。"八墩说。

"他给你你就收下,给你个金人也要,你管毽他。"麻九说。

"甩完刀子,我和你搬砖头。"八墩说。

"这是老规矩,不说。"麻九说。他开始嚼第二颗羊眼珠了。

"说不定老五要翻脸。"八墩说。

"不咋,你放心,咱和他老五耍一回,你就给人说你这回不甩刀子,你要出一趟远门。到时候咱和他老五耍耍。"麻九说。

事情就这么定了。

那天一大早,麻九就领着一伙人赶着羊和骆驼浩浩荡荡来到了赌城,他让人给他抬来了一把黑漆木椅。他要坐在椅子上看着老五输给他。他给八墩说:"你找个地方睡觉去,叫你你再出来。"

八墩真躺在了一堵残墙背后,用毡帽盖住脸,睡了。那里有许多残墙断壁,长满了乱草。

"我管毽他。"八墩说。

正午时分,老五的人马到了,和麻九摆出一副两军对垒一决雌雄的架势。唱赌的人站在正当中。

"还是老规矩?"老五问麻九。

"老规矩。"

"唱赌。"老五说。

唱赌人扯开嗓子唱了一声:"开赌——刀手上场——"

从老五身后走出来一个刀手模样的人。他提着几把飞刀。唱赌人问刀手扎手还是扎耳朵,刀手说:"扎耳朵。"

"扎耳朵——"唱赌人扭过头又唱了起来,"扎中耳朵,得羊二百只,骆驼四十匹——"

麻九那边迟迟没有动静。

"麻九,你这回请的是哪路高手?"老五得意地瞟着麻九,"听说八墩游山玩水去了,得是?没有八墩,你麻九就没辙了,得是?认个输也行,我把羊和骆驼吆回去,咱另选个日子。"

"我可没听说八墩要游山玩水,叫八墩出来。"麻九说。

八墩从残墙后边站了起来,他用手里的刀子刮着脸上的短毛。老五的脸立刻变得乌青。他鼓着眼珠子看着八墩不紧不慢地走进了场子。老五请来的刀手急了,冲老五喊着:"你骗我!你说八墩不会来。我不甩了。"

麻九坐在黑漆木椅上摇着二郎腿。

"八墩!"老五突然叫了一声,脸上的肉突突跳着。

八墩好像没听见一样,用手指头试着刀刃。

"我看你活腻了!"老五说。

麻九从木椅里站起来,说:"老五,这就是你的不对了。"

"不关你的事,我和八墩说话。"老五说。

麻九说:"这又是你老五的不对了,八墩是我请来的,我可不愿让人说三道四。"

老五的脸色柔和多了。"不说也行。"他说,"八墩,你过来。"

八墩有些迟疑,不知老五要干什么。

"咱生意不成交情在。"老五说。

老五戳得真利索。他一把夺过那个刀手的刀子,朝八墩的大腿戳了过去。"噌——"他们都听见了刀子插进肉里的声音。八墩感到他的大腿根好像钻进了一股冷风，他短促地叫了一声，蹲了下去。

老五把刀子抽出来，扔了。他就戳了那么一刀。

"日他妈不赌了，回！"老五说。

麻九眼睁睁看着老五一伙赶着羊和骆驼呼啦啦走了。麻九没让他的人动手，他亲自把八墩送到甘草家，又提了几个羊头，让八墩养伤补身子。

"你安心养伤，好了再说。"他给八墩这么说。

甘草一听，立刻瞪大了眼，"这玩命呀？"

麻九没理甘草。他说八墩我让人拉几只活羊来，算我麻九给你的报酬。几天后，他真让人拉来了十几只羊，拴在了甘草家的羊圈里。那时候，八墩的大腿上已没了钻风的感觉。他感到有几根针正在他的肉里边一下一下挑着。

八

骆驼没出远门，他在一个叫双旗镇的地方住了十几天，给人拉了几趟小脚，晦气得很，交过房钱伙食和两匹骆驼的草料费，手中就没几个钱了。他有些着急，他想他不能这样回去见甘草。他从来没空手回去过。他想他得想个办法。后来，他把主意打在了两个做药材生意的人身上。那天晚上，他偷了生意人的几节虎骨，不辞而别了。他骑在骆驼的背上，一路走得很快，天大亮的时候，就看见了胭脂铺，甚至能看见甘草家后院里的那棵枸树了。他心里一阵舒坦。他把手伸进怀里摸了摸,"在哩。"他说。他甩开两腿,在骆驼的肚子上打了一下,又加快了脚步,他想他再走一程就到甘草家了。他想他吃过饭就出手,把那几节虎骨变成白花花的银圆,银圆保险。他想那两个生意人把时间看得贵重,他们不会追他,有追人的工夫还不如做一笔生意去。

他想错了。世上偏偏有那种不惜跑路追贼的人。他眼看着那两个生意人在后边叫喊着追了上来。他心里咯噔响了一下。他知道跑也没用,他们在一块住了十几天,互相都知道了根底。他干脆勒住骆驼,等着他们追上来。

"熊人咯,我以为你们不追呢!"他说。他给那两个人笑了一下,他看见他们跑得直喘气。"给你给你。"他说着,从怀里取出一个小布包,扔给了生意人,"不知道你们这么小气。"

生意人气歪了脸,让他下来,他看见他们手里拿着绳子。

"你下来。"他们说。

"我到家了,我回呀。"骆驼说。

"你下来不?"生意人说。

骆驼从驼背上跳下来。

"你把手伸开。"生意人说。

"虎骨给你们了。"骆驼说。

"伸开!"

骆驼伸开手,生意人抡起绳子,在骆驼的手心狠劲抽了一下。骆驼疼出了两眼酸泪,他像得了鸡爪风一样胡抖着手,歪着脚脖子。

"伸开!"生意人说。

"我疼。"骆驼说,"我的眼泪都疼出来了。"

"你伸不伸?"生意人说。

"好我的爷哩……"骆驼不想伸。

他们把骆驼扭到村口,绑在了碾盘上。他们大声野气朝村里喊着,让人出来看贼。一会儿,碾盘跟前就围了好多人。

"他说是你们村的。"生意人说,"你们村怎么出这货。"

"不是我们村的,是我们村的嫖客。"有人说。

"叫甘草去。"有人喊着。

"来了……"

他们给甘草让开一条路,都看着她。他们不知道甘草会怎么样。琐阳叫了一声干爹,从甘草身后跑过去,要解骆驼身上的绳子,被生意人喝住了。

"谁放了他敲断谁的腿!让他背几天碾盘,看他还偷。"

生意人解下骆驼的裤带,提着走了。人们"嗷"一声笑了起来。他们看见甘草绷不住脸,也笑出了声。

甘草一笑,骆驼的心轻松了一截,他低下头,也做出了一副笑的样子。

"没成色的。"甘草说。

她走过去,麻利地解开了骆驼身上的绳子。骆驼在裤腰上摸索着不敢起来,甘草把绳子扔过去,"就系这个。"

琐阳把绳子抢过来,说:"干爹,我给你系。"

人们又一阵哄笑。他们看见琐阳拉着骆驼的手走了。

"八墩在吗?"骆驼问琐阳。

"在哩,"琐阳说,"他让人扎了,在院里晒太阳哩。"

一进门,骆驼立刻把胸膛挺了起来。他想他不能在八墩跟前装熊样,不能气短,他甚至没看八墩。他坐在院子里的台阶上扭着脖子胡乱看着。吃饭的时候他有意把喝粥的声音弄得很响。他努力地嚼着酸菜,像嚼猪耳朵一样咯噔咯噔响,他想,人就要这么自己给自己鼓气。

"三只手。"他听见八墩这么说了一句。

骆驼把粥碗停在嘴边,瞪着八墩。

"看我不认识我?我说三只手。"八墩说。

骆驼突然产生了一种想哭的感觉。他想谁都可以说他是三只手,而八墩不能说。他感到八墩太卑鄙了。他驴日的是个吃白食的!他驴日的!骆驼的嘴唇一点一点变青了,剧烈地抽动着,越抽越厉害。

"你驴日的再说一句。"骆驼说。

"三只手!"八墩又说一句。八墩一副嬉皮笑脸的样子。

骆驼跳了起来,一伸胳膊,就把手里的那碗稀粥一点不留地扣在了八墩的头顶上。"叭"一声,稀粥碰开了一朵花,虫子一样脏兮兮地从八墩的额颅上、后脑勺上流淌下来,爬进了脖子。没等八墩醒过神来,骆驼又一个猛扑,扑倒了八墩,骑了上去。他把两只大手抡得很开,在八墩黏糊糊流满稀粥的脸上脖子上扇了起来。八墩腿上有伤,动作不灵便,骆驼从来没遇到过这么个好机会。他想他这次一定要扇美,要好好扇这个吃白食抢夺了甘草的狗熊男人。他想人有机会的时候就不能放过去。他想这和挣钱偷人是一样的道理,过了这个村就没这个店了。扇,扇这个驴日的。

骆驼一声不吭扇着,手上一阵阵发麻。八墩一声不吭忍受着,喉咙里不时发出一声浑浊的呻吟。琐阳看骆驼占了上风,从后院里搬来半截砖头,说:"干爹,我给你砖头砸他,往他后脑勺上砸。"

甘草一把抡倒了琐阳,朝两个男人扑过去,鹰一样扑打着翅膀,把他们拉开了。

"打,往死里打!我让你们往死里打!"甘草喊着。

两个男人喘着粗气,恶狠狠地一个盯着一个。

"打呀,你们打呀!"甘草喊着。

骆驼拾起地上的空碗,盛了一碗饭,蹴在院子里大口大口地吃了起来。他胃口很好。

"滚!"八墩吼了一声。

"让他滚!"八墩冲着甘草吼。

甘草收拾着碗筷。她谁也不看。琐阳眨巴了一阵小眼睛,溜进了后院,把那半截砖头放在了原来的地方。

八墩一颠一跛冲进柴房,把骆驼的褡裢衣服等什物一件一件扔了出来。

"让他滚!"

八墩跛进甘草的屋,碰上门,埋头睡了。骆驼和琐阳把八墩扔在院里的东西一件一件收起来,抱回柴房。骆驼到底出了一口恶气,心里平顺了许多。晚上,当甘草屋里传出那种熟悉的响动的时候,他似乎也没了过去的那种难受。他和琐阳胡说了一些话,就睡了过去,一觉睡到了天亮。

九

院子里平展展铺着一张苇席,甘草盘腿坐在席当中剪鞋样。剪碎的"背子"花呈各种形状纷纷飘落,落在她的怀里、腿上。骆驼抱来一堆柴火,在墙脚处给八墩熬汤药。那里支着一只药罐,药汤已滚开了,咕咚咕咚打着泡儿。

"我就不想给他驴日的熬这药,"骆驼说,"不是看你甘草的脸面,我给他熬药?我去河里洗炭去!我给他熬个毬!"

甘草不说话,翘着那片嫩白菜叶一样的上嘴唇,任骆驼唠叨着。

门轴一声轻响。一个上了些年纪的女人从门里走进来,手里拿着一块红布料。"婶子你来啦。"甘草说。她进屋拿出来一双新鞋,说:"做好几天了,正要给你送去。"女人贼眉鼠眼地看着骆驼,又朝屋里瞄了一眼,她知道甘草的炕上还有一个男人。"知道你忙,两个大男人,够你忙活的。"女人说。她把手里的那块红布料递给甘草:"又给你拿活来了,我表侄女出嫁,非要你给她做两双嫁妆鞋,你看这,做好了工钱一块算,成不?"

"有活你尽管拿来,就怕我做不好。"甘草说。

"看你,多会说话。"女人说。

"不送了,婶子慢走。"甘草说。她又坐在了苇席上。

骆驼把药熬好了。

"给,让他驴日的喝去。"骆驼说。他看着甘草端着汤药进了屋里。"琐阳,和干爹到戈壁滩剜蚂蚁窝去。"他把琐阳架在脖子上走了。

八墩喝完药，跟甘草出屋，坐在一截树根上，看甘草剪鞋样。院子里就剩他们两个人了，甘草的心情很好。

"你看这多好，"她说，"我就喜欢你这么坐在我眼前。"她不看八墩，她已沉浸在一种情境里了。"只要你肯，我就嫁给你，咱走得远远的，到个没人的地方去。"她说，"不嫁你也成，反正你是我的人，就这么一辈子，我愿意，谁爱说谁说去，我自个儿愿意。"

她剪好了一只鞋样，翻来覆去端详了一阵，她好像很满意。她扭过头，瞅了八墩一眼。她看见八墩正没滋没味地玩弄着他的刀子。他压根就没听甘草的话。

"我说你甭玩你的刀子了。"甘草说，"你以为麻九对你好？他让你给他卖命呢！我再也不让你跟他玩命了。不去，八头牛也拉不动我的脖子。"她说得很自负。

突然，她的眼睛直了，看着门口。

一个男人走了进来，叫了一声八墩。甘草认得他，是麻九的一个跑腿。

"麻九要和刘大头开赌了。"来人说。

甘草看见八墩的眼睛放光了，身子从树根上直了起来。

"什么时候？"

"后天正午。麻九问你伤好了没有。"

"你给麻九说去，八墩不去。"甘草说。

"刘大头请了凉州城有名的贼刀李，麻九说你知道这人。我说八墩，这回你要二八分成，麻九准答应，赢了刘大头，你就得三十匹骆驼，还不算羊。"

"给个金人也不要。"甘草说。她摇着八墩的胳膊，"八墩，你说你不去，快说。"

"我去。"八墩说，他阴着脸，"你给麻九说，甩完刀子，我和他搬砖。"

甘草决心要拦挡八墩。那天早上，她跟着八墩一起进了马棚。八墩解开了马缰绳，甘草抓着八墩的一只手不让他走。

"我不让你去。"甘草说，"我说过了，我不让你去。"

"我要去。"八墩说。

"不。"甘草说。

八墩要拨开甘草的手，甘草抓得更紧了。八墩用另一只手捏住了甘草抓他的手指头，一下一下用着劲。甘草疼得直缩身子。

"不！"甘草叫了起来。

"不！"她松开手，跳了一下。

八墩把马牵出了马棚，出了大门。甘草抓住了马笼头。

"不！"甘草说。

骆驼和琐阳不知道发生了什么事情，从柴房跑起来。

"咋啦？你们这是咋啦？"骆驼说。

琐阳一看见八墩要去赌城，想跟着看热闹，说："我也去。"话未落音，甘草抬起腿朝琐阳踹过去，琐阳翻着白眼，就地旋了一个圈子，被骆驼抱住了。

八墩已骑上了马，甘草两眼发红，死抓着马笼头不松手。

"要走就拖死我。"她说。

八墩两腿一夹,马头一摆,甘草打了个趔趄。

"你拖死我。"她咬着牙。

八墩动了真的,两腿用力一夹,马甩开蹄脚跑了起来。甘草被拖倒了。骆驼失声喊着:"松手!甘草你松手!他驴日的想害你哩!"

没坚持多久,甘草的手到底松开了。八墩在马臀上砸了一拳,马飞跑着出了村口。甘草用手捂住脸,身子慢慢蜷了下去,喉咙里挤出来一连串短促的呜咽。

骆驼硬把甘草拉进屋里,让她靠炕墙坐好,然后,就在屋里来回走着,很激动的样子。

"他八墩还算个人?"他溅着唾沫星子,"他鬼迷心窍了!我骆驼再不好,也做不出这种没心没肝的事,驴日的,你不让他走远,留他做甚?哎嗨!"他在自己的头上砸了两拳,满肚子的委屈和愤怒不知该怎么说才好。

"你怎么就看上他?他能吃!吃屎!"他说。

"驴!"他叫着,"狗!"

他没想到甘草会冲着他发火。

"闭嘴!"甘草鼓着劲喊了一声,"我的事我自己会管,不用你操心!"

骆驼梗着脖子,喉结上下滑动着,半晌没说出话来。他看见甘草从炕上跳了下来,他以为她要打他,赶紧退了几步。

"你看你,我说错了?难道我说错了?"他说。

"驴!"甘草冲着他喊着,"狗!"

甘草风一样刮出了门。

骆驼听见大门狠狠地响了一声。

十

八墩一刀就扎掉了贼刀李的半只耳朵。赌城里像炸开了一样,爆发出一阵狂热的呼喊。

"扎中了——噢!"

"麻九赢了——噢!"

一伙人欢呼着朝一群迷茫的羊和另一群同样迷茫的骆驼跑过去。羊和骆驼们乱了蹄脚,踏出一片翻卷的烟尘。它们归麻九了。刘大头一脸晦气,拂袖而去。

八墩捡起飞刀,在裤腿上抹了两下,抹去了刀尖上的血丝,给贼刀李说:"你不能怨我。"贼刀李愣愣地看着他被扎掉的那半只耳朵,羞愧得忘记了疼痛,血顺着他的脖子往下爬着,像一条红虫。他一句话也没说,他甚至也没看八墩。他一直盯着他掉在泥土里的那半只耳朵。他走过去,把它捡起来看了一会,他看见那半只耳朵上沾满了泥土,然后,他手一抬,把它扔了出去,像扔瓦片一样。

八墩和麻九二八分成,得到了四十匹骆驼、六十只羊,可这不是八墩想要的。他要和麻九搬砖。

"麻九,我和你搬砖。"他给麻九说。

"你赢不了我。"麻九说。

"你搬不搬?"八墩说。

"搬。"麻九说。

那里有一张赌台,赌台上堆满了一块又一块结实厚重的赌砖。"搬砖喽——"有人喊一声,飞快地抹着那些雕着图案和数码的砖头。

阳光正旺,赌局很快白热化了。八墩上身一丝不挂,闪着一层油光。他神情专注,眼仁发绿,紧紧盯着摆在他面前的那一长溜赌砖。赌台太大了,他不能坐,他得站着。他猫着腰。

"六饼!"八墩推倒了一块赌砖。

"不吃,来砖!"麻九伸手,有人按顺序递过来一块,麻九把它插进去,"条子!"他推倒了一块。

"白板!"

"八万!"

"风!"

"杠!后边搬一块。"麻九说。

"啊哈!"麻九跳了起来,"杠底开花!"

"哗啦"一声,麻九把他面前的那一排赌砖全部推倒了。他瞄着八墩沮丧的脸。

"来水!"八墩说。

有人提着一桶水,朝八墩的头上浇下去。八墩像狗一样耸身一摇,摇出了一圈水花。

"你就是把青海湖的水全泼到身上也没用。"麻九说,"我看你还是给咱甩刀子吧。"

"我会赢你的。"八墩说。

"你赢不了我,这是命。"麻九说。

"再开一局。"八墩说。

一阵砖头的撞击声。他们又摆开了一局。

甘草来了。她看到的是一张走火入魔的脸。八墩用两只手抱着一块赌砖,两只慌乱的眼珠子警惕地看着赌台上已经推倒的砖头,迟疑着不敢出"牌"。他大汗淋漓,干燥的嘴唇上炸开了一层薄皮,暴起的筋像几条青虫在手背上爬动着。

"出牌。"麻九催促着。

甘草像一只狂躁的母狗,拼力撕开了几个围观的赌徒。她站在八墩身后了。她揪住了八墩的两只耳朵。她咬着牙齿。八墩的耳朵发出一阵响声,耳根裂出了半圈血痕。

"回去!"甘草从喉咙里抖出来一声喊。

八墩努力转过脸来,翻眼看着他身后的女人。他似乎看清楚了,她是甘草,甘草在喊他回去。甘草好像很生气。

"回去?"八墩说,"回去……回……"他的声音含混不清。

甘草松开手。八墩的头又转过去,盯住了赌台上的砖头,手指在抱着的那一块赌砖上烦躁地弹着。

"等一会儿……再等……"八墩说。

"出牌。"麻九说。

"出……我这就出。"八墩说。

甘草气愤已极。她伸开手,朝八墩的脸扇了过去。

啪!一个。八墩的脸摆了一下。

啪!又一个。八墩的脸又摆了一下。

"回去！跟我回去！"甘草说。

八墩的头扭了过来。他感到身后的这个女人有些讨厌。他想应该先处理一下他和女人的事。他放下手里的赌砖站直了身子，他突然抓住了女人的头发，把她抡倒了。他感到女人是一件什么东西，头发是拴东西的绳子，他紧攥着，抡着，让女人的头在地上撞着。他一声不吭。女人抱着头，蜷缩成一团，不时发出一声痛苦的呻吟。他松开头发，后退了一步。他抬起一只脚，朝前跳了一下，朝女人撅起的屁股踢了过去。女人哼了一声，滚了几圈，终于不动了。

"滚！"八墩鼓起全身的力气，朝女人吼着。

"我又不是你的男人，你滚！"

麻九的脸上一满是阴毒的小圆坑，他说："八墩，我看是这，咱改天再来，咋样？"他瞄着八墩的脸。

"来水！"八墩说。

又一桶水从八墩的头上浇了下去。这回，八墩没摇身子。他伸开两只大手，在脸上抹了一下，然后，抱起了那块赌砖。

"条子！"八墩终于打出了那张"牌"。

"吃一砖。二万！"麻九说。

甘草从地上爬起来。摇晃着离开了赌城。

"老饼！"八墩叫着。

"眼镜！"是麻九的声音，他推倒了一张二饼。

乱草枯黄，阳光正烈，甘草跌撞着往回走。

十一

骆驼舀来一盆清水,给甘草清洗鼻子和嘴角的血迹。甘草半倚在卷起的被子上,脸上没有一点表情,任骆驼擦着,洗着。琐阳不懂事,在院子里翻跟头玩,一个,又一个。

一阵杂乱的脚步声从大门外响了进来。两个男人风风火火地跑进院子,用眼睛搜着。

"羊呢?在哪儿?"

"问甘草。"

是麻九手下的两个赌徒。他们跑进羊圈,打开棚栏,把麻九送给八墩的那十几只羊一只不剩地赶了出来。

骆驼站在屋门口,一脸迷茫的样子。

"是八墩让我们来的,他输急眼了。"他们给骆驼说。

他们看见了骆驼的那两匹骆驼。

"嗬,这儿还有骆驼哩。"一个说。

"拉走。"另一个说。

骆驼急了,"你妈的腿!那是我的!"

赌徒们一脸赖样,给骆驼笑着。"嗬嗬,嘿嘿,我们不知道。我们以为是八墩的。不知不为过,你甭生气,你在,你在,我们走了。"他们说。他们赶走了那群羊。

琐阳从门里溜出去,跟着那两个赌徒走了。骆驼想喊,心里一燥气,就没喊。

"去，让他去，狗日的娃没记性。"

他骂骂咧咧地进了屋。他突然卡住了声音。他看见甘草用一种怪样的目光看着他。他心里有些乱了。他端起水盆，想出去。

"骆驼。"他听见甘草叫了一声。他站住了。他不敢转身，不敢碰上甘草的目光。

"琐阳去，去赌城了，我没喊他。"他说，言不由衷。

"你转过来。"甘草说。

骆驼转过身，他看见甘草直了身子，正一个一个解着纽扣。他感到他身上的汗毛一排一排竖了起来，端水盆的手颤抖着，腿上的骨头正一点一点变软，他快支持不住了。

"不！"他喊了一声。他把眼睛瞪成了两个圆坑。

女人解着纽扣。

"不！"骆驼说。他好像要哭一样。

"骆驼你甭怕，"甘草说，"你想了我多年，我这就把我给你。你来，你想怎么就怎么，我不怪你。"

骆驼被女人的神色吓坏了。他一点准备也没有，他突然转过身，从门里跑了出去。他端着水盆在院子里转圈子跑着。

"不！"他说。他跑了好几个圈子。

"我知道你心里难受，甘草，我……不！甘草。"他跪在甘草的屋门口。他已经泪流满面了。

"哦，啊，啊……"他喉咙里像堵住了什么东西。

他再也没敢进甘草的屋子。傍晚时候，他看见甘草从屋里出来，进了厨房。他知道甘草要做饭了。他像一只胆怯的猫一样溜进灶火间,瞄了甘草一眼,把一把柴火塞进炉膛,生着了火。

"咣"一声,大门被撞开了。两个赌徒搀扶着八墩从门口晃了进来。

"他喝醉了。"赌徒说。

"我没醉。"八墩甩开两个赌徒,给甘草笑着,"我,没醉,我,输给了麻九……我,赢不了他。我,没醉。"他摇晃着走了几步,指着骆驼的那两匹牲口,给赌徒说:"你们把、把它牵走。"

骆驼的眼睛鼓起来了。

"你让他们,牵走。我把它输给麻九了,以后我赢了,还你……"八墩说。

骆驼蒙了。他看着两个赌徒牵走了他的骆驼,竟然没挡。

八墩对骆驼笑着:"嗬,嗬嗬,赌场上不能赖账,嗬嗬……"他看见骆驼朝他走过来,骆驼脱下一只鞋,在手里提着。

"啪!"那只鞋重重地落在了八墩的脸上,给那里打出了一个清晰的鞋样。八墩身子一歪,软了下去,软在地上的八墩依然是一副嬉皮笑脸的模样。骆驼还要扇,往八墩的嘴上扇。他想把八墩的嘴扇肿,扇烂,扇成烂肉,然后,再扇他的牙齿。

甘草拦住了他。甘草一脸哀求的神情。

"你,别打了……"甘草说。

甘草没有强夺他手里的鞋,甘草没嫌他打了八墩,她只是哀求他,让他再别打了,"你,别打了……"甘草这么说。甘草让他恨不得怜不得。他看着甘草那张痛苦的脸,真打不下去了。可是,他窝着一肚子气,他不知道该怎么办了。

"呀！"他叫唤了一声。他抡起那只鞋往他自己的头上扇了起来，扇出了一串清脆的响声。

"骆驼，你甭糟蹋你自己。"甘草说。

"呀！"骆驼还在扇着。

甘草捂住脸，呜呜哭了起来。

躺在地上的八墩早已睡了过去，鼾声大作。他睡得很幸福。

那天晚上，骆驼把自己的东西捆成一卷，背在肩膀上，他给甘草说："我走了，我再也不回这儿来了。"没等甘草醒过神来，他就出了大门。

他真的没有回头。

十二

八墩去戈壁滩遛马，看见几个赶羊的从赌城那边走了过来。他们给八墩说："麻九栽到老五手里了，输得一塌糊涂。"他们还说："麻九蔫了。不信到他家看去。"

八墩真去了一趟麻九家。麻九没心思吃羊头了，他干巴巴坐在椅子里，一脸晦气。

"老五赢了，他风光成熊了。"麻九说。

"我给你赢了他。"八墩说。

"这回三七分成。"麻九说，他来精神了。"我不在乎输赢，我为的是圆气。"他说,"赢了老五,你要愿意,我就陪你搬砖。"

"我和你甩刀子。"八墩说。

麻九有些意外。他没想到八墩会起这种心思。

"你甩不甩？"八墩说。

"不搬砖了？"麻九说,"你不就是想赢我一次嘛,咱还是搬砖。"

"甩刀子,就这一次。"八墩说。

"我的耳朵也不好扎。"麻九说。

"你说你甩不甩？"八墩说。

"甩。"麻九说,"你得先给我赢了老五。"

"一言为定。"八墩说。

麻九没有说错,八墩就是想赢他一次,他做梦都想着这事,再没有比赢麻九一次更大的事情了。一回到甘草家,他就疯狂地练起了飞刀。甘草慌失了。她抱住八墩的胳膊,仰脸看着八墩："八墩,你就不能听我一句话？我求你了,甭玩你的刀子了,好吗？"八墩拨开甘草的手,说："我不和麻九搬砖了,我和他甩刀子,我要赢他。"

"你这是赌命呢,八墩！"甘草叫了起来。她跑过去,用身子挡住了靶子。

"要扎就往我身上扎吧。"她说,她盯着八墩手里的刀子。她看见八墩的手越抬越高,八墩咬着牙,鼓着腮帮,突然抡开了胳膊。

甘草尖叫了一声。她闪开了。

"咣"一声,刀子深深地扎进了靶心。

八墩疯狂地甩着。

许多年以后，还有人记得八墩和麻九在赌城甩刀子的事。那天，赌城里黑压压人头攒动。八墩提着那把不知扎掉多少人耳朵的刀子，和麻九隔开三十步相对而站，他威风得像个将军，能不能赢麻九，就看这一次了。麻九的耳朵已染上了红颜色，因为八墩要扎的就是麻九的耳朵。

"咱还是搬砖吧。"麻九一直想让八墩改变主意。"有种咱就搬砖。"他说。

八墩不吭声，他已铁了心。

"我知道你想赢我一次。"麻九说。

"你知道就行。"八墩说。

"那我让你一次，你甩吧，我不甩了。"麻九把手里的刀子扔到了地上。他想八墩会把这看成是对他的侮辱。八墩会跳起来。八墩真跳起来，事情就好办多了。

八墩没跳。

"你不甩你不甩，反正我要甩。"八墩说。

麻九没一点辙了。"好吧好吧，你甩，甩。"他说。

唱赌人高声唱着："三刀为限——扎错地方，罚羊五十只，骆驼二十匹；扎成重伤，罚羊一百只，骆驼八十匹；扎死人，偿命——"

"我没那么多牲口，就麻九分给我的那些。"八墩说。

"那怎么成？"唱赌人为难了。

"加上他那匹马。"有人在人堆里喊了一声。

他们都知道，八墩有一匹好马。

"咋样？"唱赌人问八墩。

"不行就不甩了。"麻九说。

"马就马。"八墩说。

"扎错地方,加赔公马一匹——"唱赌人又唱了一句。

麻九圆睁着眼,朝八墩吼一声:"你狗日的,动手!"

八墩紧盯着麻九脑袋上的那两只红耳朵。他想他一定要稳住神,他想他最好一刀过去就能削掉它。

"动手!"麻九又吼了一声。

"嗖——"一把飞刀从八墩的手指上飞了出去。人群里发出了一阵惊叫声。

偏了。刀子贴着麻九的肩膀飞过去,在衣服上划开了一道口子。还好,没伤着皮肉。

"哈!"麻九兴奋地叫了一声。

"嗖——"一刀,又落空了。

"哈哈!"麻九叫了两声,他甚至跳了起来。

八墩慌神了,手掌上渗出了一层汗水。

"还有一刀——"他听见唱赌人又唱了一声。

八墩费力地咽了一口唾沫,脸渐渐扭歪了。

"我要赢他——"他拼力喊了一声。

他甩出了最后一刀,刀子沿着八墩沙哑的喊声向麻九射了过去。

"噌!"人们都听见了这一声,很短促,很结实,是刀子扎破障碍的声音。然后,他们又听见了麻九的那一声惨叫:

"噢——"

刀子没扎中麻九的耳朵。刀子从麻九的一只眼眶里扎了进去,一股黑白相杂的东西和血水一起从麻九的指头缝里流了出来。麻九"噢"了一声,扭着身子蹲了下去。

八墩又一次输给了麻九。

明晃晃的月亮升上来,照着空荡荡的赌城。八墩一个人躺在那里,像一只断了气的死狗。他不想回去。他浑身已没有一点力气了。他赢不了麻九,他一点办法也没有。他不知道他这会儿该做点什么,他把他身上那件沾满汗臭的布衫撕成了许多布条,塞在嘴里嚼着。后来,他听见一阵枯草断裂的声音。有人朝他走了过来。

是甘草。他看着她一步一步朝他走近了。

"八墩。"甘草叫着他。

八墩抬起头,眼巴巴看着甘草的脸。他能看清她黑钻钻的眼睛。他突然产生了一种温柔的情感。

"我输了。"他说,"我赢不了他。"

"咱回。"甘草说。

"我没马了。"八墩说。

"你忘了它。"甘草说,"我用我的热身子陪着你。"

那时候,八墩怎么也想不到甘草会偷那匹马。直到麻九领着一伙人找上门的时候,他才知道甘草干了这事。她不知使了什么手段,从麻九家偷出了那匹马,把它拴在了一个山洞里。"你忘了它。"那时候甘草是这么说的。

十三

麻九的那只瞎眼用黑布包着。他一脸恶相,在甘草的院子里走来走去。一大早,他就领着一伙人踏开了甘草家的木门。他们拿着各种家伙。

"狗日的黑心人,扎了我的眼,还要偷马。让八墩狗娘养的出来!"

甘草和八墩还没起身,屋门紧紧闭着。

"不出来就放火烧。"有人喊着。

一只鸡从架上扑扇着翅膀飞下来,一个提短棍的矮个子跑过去,他敲得很准,"嘭"一声敲倒了那只鸡。他把它提在手里扭着,扭出了一股血水。

门开了。八墩从门里走出来,站在门口,他好像还没有睡醒。

"我没偷你的马。"八墩说。

"叫女人出来!"麻九说。

甘草从八墩身后挤出来。她端着尿盆。

"我麻九要开杀戒了,我要杀人!"麻九说。

矮个子胳膊一抬,把那只死鸡甩在了甘草的脚跟前。琐阳用手拨了几下,给他妈说:"妈你看它,头断了还动弹哩。"

甘草从人伙堆里挤出去,把那盆尿水泼进了羊圈。

"你们两个谁死都行,你们商量商量。"麻九说,"三天后我来领人。"

他们走了。八墩和甘草看着麻九他们出了大门。

"领人就领人！"甘草喊了一声。

"土匪！"她又喊了一声。她手里提着那只空尿盆。

"你偷了马？"八墩问她。

"噢么。"她说。

八墩急了，"你看你怎么能弄这事！麻九不杀你才怪。他说杀就真杀，他杀人眼也不眨一下你不知道？"

"你就看着让他杀我？"甘草说。

八墩不吭声了。甘草好像没事一样，"回屋去回屋去，看把你难肠的，他麻九谁也杀不成。我都想好了，咱走，咱离开这鬼地方。天一黑咱就走。琐阳，回屋来。"她要给琐阳换件干净的衣服。"你也换一件。"她给八墩说。八墩说："我不换。"他觉得他眼前的这个女人太可笑了，又可气又可笑。

"你走哪儿去？"他问甘草。

"走得远远的。"甘草说。她飞快地收拾着衣柜里的东西。她把它们扔在炕上，拣有用的东西包在一个包袱里。她从柜角里取出来一包银圆，给八墩晃了晃，然后把它夹在包袱中间。"这是我攒下的，我一直没舍得花。我想说不定哪天会有个急用，你看是怎么着，咱到了生地方不花钱还成？这些事是女人的事，我给咱想着哩。你把你的心宽宽地放在肚子里。"她说。

"你说毬哩！"八墩说，"你说毬哩！"

甘草的手停住了，她抬起头看着八墩的脸。

"你能走到天尽头？麻九是吃草扇料的，得是？"八墩说。

八墩看见两行清水一样的东西从女人的眼眶里滚出来。一闪一闪地滑过胭脂骨,"啪哒"一声掉在了地上。

"你们两个谁死都行。你们商量商量。"麻九这么说。

"啪哒!"是泪水花花掉在地上的声音。

他们没商量出一个结果,因为他们都不想死。

"我不想死,我也不想让你死。"甘草说,"我好好的为什么要死。"

"谁都不想死,可麻九要让你死。总要死一个。"八墩说。

"你总说死,死,我不想听。"甘草说。

"看你这人,事情明摆着,说不说都一样。"八墩说。

"明摆着明摆着去,你甭说。反正我不想死。"甘草说。

"不说就不说,反正要死一个。"八墩说。

要是没有骆驼,事情就会变成另外一个样子。那天晚上,骆驼突然回到了甘草家。甘草想关门睡觉,她看见骆驼在门口站着。她说骆驼你看我的笑话来了得是?骆驼说我渴了你让我进屋喝口水。她把骆驼让进屋里,给他倒了一碗开水。骆驼一口气喝完了那碗水,然后就一动不动地看着甘草。甘草说骆驼你看我做甚,麻九要杀我你知道不?骆驼点点头。骆驼的眼眶里涌满了泪水。

"马是我偷的。"骆驼突然说了这么一句。

甘草说骆驼你甭和我说笑话我是快死的人了。骆驼说我没和你说笑话,我活够了也不想活了不怨天不怨地怨我娘把我生错了时辰让我碰上了你。我找过几个女人可我就是忘不了你我拿自己没办法。他这么一说,甘草就捂着脸哭了起来。骆驼把脸转过去,看着八墩。

"八墩,你带着甘草和琐阳走吧,你离开这熊地方,另找个营生去。"他说,"甘草是个好女人,这是你驴日的福气。我想了她多年,我也不怨她,你们远走高飞去。你驴日的甭忘了我就成。能遇到一起,还算咱们有缘分。"

"到你周年,我和琐阳给你烧香化纸。"甘草说,她已哭成了泪人。

"烧个毬。死了死了,人一死就了了,好好过你的日子比甚都好。"骆驼说。

驴日的八墩靠墙坐着,一句话也没说。

第二天清早,骆驼大摇大摆从甘草家走了出来。

"我是偷马贼!"他大声野气地喊了一句。

"我把马卖给蒙古人了!"他一边走一边喊着,一直喊出了村口。

他到柳林镇找麻九去了。

十四

麻九在柳林镇专门给骆驼摆了一桌"送行饭"。

"吃牛肉拉面?"麻九用那只独眼看着骆驼。

"我要吃肉。"骆驼说。

"好,上肉,要肥肉。"麻九说。

店主端上来几碗肥肉。骆驼无所顾忌,用手抓过来一块塞进嘴里,大口嚼了起来。他吃得很香。几个陪饭的给骆驼劝酒,骆驼不推不挡。

"骆驼，喝。"

"喝！"骆驼说。他仰起脖子，往喉咙里倒了一盅。两盅酒下去，眼睛就呛红了。

"日他的这酒和水一样，喝。"骆驼说。

"骆驼。"是麻九的声音。

"哦。"骆驼应着。他已吃喝得满嘴流油了。他不看麻九。

"我知道马不是你偷的。只要你说一声，我就饶了你。"麻九说。

"是我偷的。"骆驼说。他又咬开了一块肥肉。

"那就不怪我麻九了。"麻九说。

"怪你？我不怪你。看你麻九说的。马是我偷的，我把马卖给蒙古人了。"骆驼说，"不信，你到蒙古打问去，兴许你还能看见那匹马。"

"按规矩，杀贼娃子要先剁手。"麻九说。

骆驼一只手端着酒盅，另一只手往嘴里塞着肉。

"剁，你剁。人死了还要手做甚。"骆驼说。

"剁了手再送你上路。"麻九说。

"我管毬你怎么弄。"骆驼说。

"你想怎么个死法？"麻九说。

"你把我吊死算了。"骆驼说。

"我把地方选在赌城了。"

"赌城就赌城，我不管。"

"我用麻绳给你挽了个圈圈，到时候把你的脖子往里一套就行了。那滋味可不太好受。"

"我不管。我管毬它。"骆驼说。

骆驼吃饱喝足了。他扯起袖子，在油嘴上抹了几下。

"死到临头了，你还有什么话说？"麻九问他。

骆驼认真地想了一会儿。

"我爹妈早死了，没有人和我沾亲带故，我没话说。"骆驼说。

"没话就不说了。"麻九说。

"我这人一辈子没畅快过，这你知道。我想畅畅快快尿一泡尿水。"骆驼说。他说得很诚恳。

"我成全你。"麻九和骆驼一样诚恳。

"这就走？"骆驼说。

"你说呢？"麻九问。

"走。"骆驼说。

他们一会儿就到了赌城。骆驼老远就看见了麻九给他挽好的那个麻绳圈。他们拥着他朝那个绳圈走过去。当他被吊起来的时候，他才想起麻九骗了他。他们没等他尿就把他的头塞进了绳圈里。他想骂麻九一句。他想说麻九你狗熊咱说好的我没尿你就动手了。他张了张嘴，没喊出声。他感到他的耳朵和眼珠子正在发胀，舌头正一点一点往外挤。他努力睁开眼，看见麻九正用那只独眼往他这里看着。他想你狗熊没让我尿我现在尿也不迟。他这么一想，下身就松了劲，一股带着辣味的热水从他的身子里流了出来。然后，他浑身一阵轻松，有了一种飞的感觉。

十五

甘草和八墩拢了一堆硬柴,把骆驼的尸体抬上去。他们把他烧了。甘草和琐阳戴着孝,跪在火堆跟前,看着那堆火越烧越旺。

"琐阳,给你干爹磕头。"甘草说。

甘草突然叫了一声:"八墩!"她看见八墩把一只手塞进火里,手上已燎起了许多泡,正在破裂。她跳起来,朝八墩扑了过去。

"我不赌了。"八墩说。

几天后,甘草用八墩的飞刀给八墩和琐阳剃短了头发,又给他们换上了几件干净衣服。他们真的要离开这个家,这个地方了。甘草把刀子甩进了羊圈,又叫过琐阳,摸出了骆驼送的那把藏刀,也扔了进去。琐阳被甘草的脸色吓住了,没敢吭声。

"你把马收拾收拾,我回来咱就走。"甘草给八墩说。她从屋里抱出一堆鞋和鞋底,出了门,和邻居们道别去了。

八墩抱着马鞍子进了马棚,那匹马已从山洞里拉了回来。八墩把马鞍放上马背,他看见琐阳朝他走过来,很神秘的样子。

"去,到柴房把马肚带拿来。"他说。

琐阳不去。他晃着脑袋,手背在身后看着八墩。

"去,拿去。"八墩说。

琐阳朝后跳了一下,猫着腰,把一只紧攥的小拳头伸到八墩的跟前。他手里攥着什么东西。

"你猜几个?"琐阳说。

八墩不知道琐阳让他猜什么。"去拿肚带去。"他说。

"猜,几个?"琐阳说,"猜对了我给你拿肚带。"

"一个。"八墩随口说了一句。

琐阳的小手伸开了,手心里滚动着两颗鲜红的枸杞豆。琐阳跳起来,一把抓走了八墩头上的毡帽,戴在自己的头上。

"你输了!噢!你输了!"

八墩怔了一下,脸突然阴了下来。他看见琐阳的手又背在身后,捣鼓着。

"几个?"琐阳的小拳头伸了出来。

八墩听见他的头里边"嗡"地响了一声。他瞪大了两眼,紧紧盯住了琐阳的那只小拳头。

"几个?"

"一个。"八墩说。

他又一次猜错了,琐阳的手里仍然是两颗。

八墩的赌火被烧起来了。他脱掉上衣,甩给了琐阳。

"再来。"他说。

"几个?"

"一个!"

又是两个。琐阳把八墩的衣服刨了过去。八墩恶狠狠地盯着琐阳。这回,他脱下了靴子。

"几个?"

"一个!"

还是两个。

八墩不相信琐阳老出两个,可琐阳偏偏出的是两个。一个越赌越兴,一个越赌越背。他们坐着赌,趴在地上赌,头抵着头赌。八墩把身上的衣服全输给了琐阳。

"再来!"八墩说。

"你输光了。"琐阳说。

八墩急了,把眼睛转向了他的那匹马。

"还有那匹马。"他说。

琐阳精神大振,又一次伸出了他的小拳头。

"最后一次。"琐阳说。

"你来。"八墩的眼里喷着干火。

"输了不能耍赖。"琐阳说。

"来你的,兔崽子。"八墩说。

"几个?"

"一个……不,两个……"八墩有些心虚了。

"几个?"

"两个!"八墩终于下了决心。

这回,琐阳偏偏出的是一个。

"马是我的了——"琐阳从地上跳起来,冲进了马棚。

八墩被彻底打倒了,他感到眼前一阵阵发黑。他晃晃悠悠从地上站了起来,从甘草家走了出去。

琐阳还在喊着:"马是我的了——马是我的了——"

甘草进门的时候,琐阳牵着那匹马,抱着八墩输给他的一大堆衣服正从后院里往外走。

"我赢了!"琐阳给他妈说,小眼睛里闪着兴奋的光彩,"八墩输给我了,你看,都是我赢的,还有马。"

甘草的身子摇晃了一下。

"八墩呢?"

"他输光了,走了。"琐阳说。

甘草一口气跑到村外。她没看见八墩。她看见的是一片苍茫的戈壁滩。

"八墩——"

甘草绝望的声音一截一截往远处延伸着。从此以后,她再也没见过八墩。

她把那匹马拉进马棚,拴好。她拴得很结实。然后,她给它添草,倒水,又舀了一勺精饲料搅进去。她看着它吃。它吃得不紧不慢,悠闲自在。琐阳不知道他妈的心思,他感到他妈的脸有些怪。他看见他妈进了羊圈,捡回了那两把刀子。他有些害怕了。

"妈……"他叫了一声。

他妈不说话,也不看他,径直进了马棚。他看见他妈举着那两把刀子朝那匹马刺了过去。他妈像疯了一样。

"那是我的马!"琐阳朝他妈喊了起来。

甘草胡乱刺着。刺进去,拔出来,又刺进去。

"我的马!我的马——"琐阳拖着哭腔跑了。

甘草终于戳死了那匹马。她提着两把血刀,对着死马大口大口地喘着粗气。

琐阳在村外的戈壁滩上奔跑着:

"我的马!我的马……"

一九九〇年十月再改

(原载于《收获》1991年第1期)

杂嘴子

一

他们嫌我话多,叫我杂嘴子。

最先叫我杂嘴子的是黑三。他是个木匠。他和他的儿子们像老鼠一样,把一根又一根带皮的圆木从他家的大门里叼进去,在院子里没日没夜地哨,把它们弄成门窗或者桌椅或者箱子柜子,有时候,也会弄成一口棺材。我妈说黑三的手艺是祖上传下来的。黑三的几个儿子也跟着他爸学,看样子还要往下传。

那天,我看黑三做活,看着看着,嘴痒痒了。

"三爷,你家的木头哪来的?"我说。

"买的么。"黑三说。

"我听村长在喇叭里说,水渠岸上的树让人偷了,我看你和二叔在水渠岸上转悠过几回,怕是偷来的?"

黑三把脖子拧过来,脸上像抹了一层酱。

"去,去,"黑三说,"你这熊娃咋是个杂嘴子,挣着挣着说话。"

吉祥村的人把憋屎憋尿屙不下硬使劲叫挣。

后来,黑三到处给人说,张清林家的二窝子是个杂嘴子,话比屎还多。后来,有人见了我就叫杂嘴子。我把两只贼圆的眼睛扑闪了半响,然后撒腿往家里跑。

"妈!他们叫我杂嘴子!"我对我妈喊叫着。

"谁叫你往谁脸上吐。"我妈王玉梅给我这么说。

我真吐了几次,但不管用。

"妈,我吐了,可他们还叫!"我给我妈说。

我妈把手攥在围裙里看了一会儿天。我妈说叫就叫巴掌捂不住众人嘴,谁让你老多嘴多舌?让他们叫去,杂嘴子就杂嘴子,杂嘴子又不是三只手不丢人。

就这么,我成了杂嘴子。

我妈不管,我也就不管了。其实听惯了并不刺耳。我依然爱说话,想说的时候嘴就痒痒。

后来,他们突然不让我说话了。

二

那些天,我发现我哥群生总和邻村一个叫燕麦的姑娘幽会。他总是在我睡下后,不声不响地溜出去。那天晚上,我把脚从被窝里伸过去,没找见他的大腿,我立刻想到了村外那座废弃的砖瓦窑。被窝里弥漫着一股浓重的汗臭味。我陶醉在无边的想象里。我想跟踪他。我很快就把脚从被窝里抽出来，蹬上了裤子。

我爸张清林和我妈王玉梅正在上房屋里说胡话。

我怕门轴太响，便提开门槛，把我的头从门底下送出去。夜色里的村街像一幅陈旧的布景，倾斜着横在我的眼睛跟前。一片树叶像硕大的气球，朝我颠过来，发出一阵嗞啦嗞啦的响声。没有一个人影。鸡不叫，狗不咬。

我一缩身子，从门底下爬出来，贴在大门旁边的墙壁上，那片树叶正好在我的脚跟前。它不像气球了，也不再滚动。

我顺墙根朝城门溜过去。我没走城门道。我从城门旁边的残墙上翻了过去。

我感到脚上的几根筋麻了一下，然后就听见我跌倒的声音从屁股底下钻出来，又伸出去，水漂一样漂成一溜。我用眼珠子追寻着那一溜响声，一直到它沉没在黑暗的尽头。

我很快来到了一个空场跟前，那里堆着许多草垛。月光很亮。我像一只灵巧的猫，在草垛之间闪着、嗅着。我选择了一个最合适的草垛爬进去。草垛里有一个草窝，是我事先堵好的。

一股干燥的草味和土味扑过来，拐线虫一样钻进我的鼻眼。我险些打出几个喷嚏。我赶紧捏住鼻子，往鼻根那里使劲，把喷嚏堵回去，然后，我又搅了一阵舌头。我感到残留在鼻腔和喉咙里的土味和草味被我搅出来的唾沫濡湿了。我放心了一些，把眼睛对准了不远处的砖瓦窑。

我正好能看见敞开的窑口。

窑口黑乎乎的，什么也看不清。但一会儿就看清了。我看见两个黑影一点一点从黑框里显现出来。

我的胸膛里像飞进了一只欢快的麻雀。我憋了一会儿气，让它跳腾得小了一些。我把眼珠子固定在眼眶的正中，让它们一动不动。

那两个黑影也一动不动，像两个鼓硬的口袋，一高一低，一粗一细，直直地站着。他们不吭声。好长时间他们一声不吭，就那么直直地站着。

他们在喘气。

我听见了他们喘气的声音。他们喘气的声音越来越大，身子里好像有一个吹气筒。人在渴极了的时候才会这么喘气。他们焦渴了？

突然，我看见高大的黑影向低矮的黑影扑过去，低矮的黑影发出一声短促的呻吟。我没听过这种呻吟。我妈腰疼的时候也呻吟。我妈呻吟的声音和我这会儿听到的不一样。我妈呻吟的时候我心烦，也难受。可这会儿，我心里有一种说不清是恐慌还是激动的感受。那一声呻吟像受了惊吓的母鸭子发出来的，好听得让人怜悯。

他们纠缠在一起了。他们撕扭着，抖动着，发出一阵更大的喘息声。他们好像要挣脱，却纠缠得更为紧密。他们的脚像撒欢的牛犊，踩踏着地上的砖头，叭叭乱响。高大的黑影好像要干什么，低矮的黑影却一下一下弯曲着，躲闪着。

"燕麦，哦，燕麦……"高大的黑影痛苦地叫着。

"哦，群生，哦，不……"低矮的黑影比高大的黑影更为痛苦。

我被他们奇特的扭打看呆了，浑身的骨头像硬柴一样。咔啦一声，我压断了胳膊底下的一根玉米秆。我听见玉米秆的断裂声像鸽子一样从草窝里飞出去，在夜空里拍打出一串啪啦啦啦的脆响。我恨不得把它抓回来,捂进我的怀里。

"谁?!"一声威严的喝问从窑口传过来。

我看见他们猝然分开了,高大的黑影也挺成了一根硬柴。我紧紧盯着他。我想他也许会走过来。

没有。他们谛听了一阵。

"猫。也许是谁家的猫。"高大的黑影说。

"回,我得回了。"是燕麦的声音。她好像有些害怕了。我看不见她的模样。我能想见她害怕的样子。

"坐。"群生说。他搬了两块砖头。

他们坐在窑门里边了。他们好长时间没有说话。月光里的砖瓦窑像一块安静的石头。

我看不见他们的影子,也听不见他们说话。一会儿,一股热乎乎的睡意从远处向我飘过来。我瞌睡了。干草叶蝴蝶一样纷纷飘落,落在我的脸上,身上……

三

早晨是从村口那根木杆上的高音喇叭开始的。

"啪哒"一声,喇叭开了,然后是一阵嗞啦嗞啦的声响。然后是村长吹话筒的声音。

"嘭嘭。喂。嘭。注意了,咳——我说个事情。刘存道家的羊丢了,唉,谁看见了,就给人家送回去,唉,一只羊富不了日子。为一只羊动嘴动手打个血嘴青鼻子不划算,唉,就这。"

"啪哒",喇叭关上了。

我就是这时候醒来的。我的脚不知怎么伸到了草窝外边,我感到脚有些湿凉。我知道露水湿透了我的布鞋。我把脚动了动,又动了动。然后,我往腰上使了使劲,坐了起来。我看见落在我身上的草叶像开放了一样,猛烈地飞起来,又慢慢落下来。

我很快就想起了群生和燕麦。

在窑门里边,我看见了两块竖着的砖头。它们面对着面,很滑稽的样子。

窑里边装着半窑的废砖。

我挠着头顶上脏乱的头发,对着那两块砖头笑了一声,然后,又笑了一声。

它们不理睬我。

我走过去,伸出一只脚,拨倒了左边的那一块。我瞅着它们。我伸出脚,拨倒了另一块。

我把它们胡乱拨了一阵。

一会儿,我就走在田野上了。

太阳还没出来。雾像姑娘脖子上的纱巾,这里一块,那里一块,展着,抻着,不往上升,也不往下落。已经有人下地了,在雾里动弹着,影子一样。

"扑嗒。扑嗒。"有人拉着架子车,在路上不紧不慢地走着。

"唰——唰——"是扬粪的声音。

有人拼力咳嗽着，清理着淤积了一夜的喉咙。

刚刚醒过来的早晨像一碗清汤面。

我走得很不安分，在田野里斜着走。我险些滑了一跤。我以为踩上了脏物。吉祥村有好多人清早起来不愿上茅房，爱在地里屙。你不小心，就会踩上一堆新屙的脏物。

不是脏物，是蔓菁。我蹲下去，飞快地揪了几把，塞进裤腰里。我感到蔓菁上的露水湿上了我的肚子。

"早上有雾，后响捶布。"我蹦着，颠着，走出了蔓菁地。我从城门道里走进去。我看见典典妈和几个女人头挨着头，鬼鬼祟祟地说着什么。典典妈是个臃肿的女人，套衫下总是露出一截花布棉袄，纽扣拼力扣在一起，把她勒成一个鼓胀的棉花包袱。

"啵叽啵叽。"我听不清她们说的话。

她们看见我走过来，嘴巴像突然冻住了一样。

"啵叽啵叽。"我朝他们撇撇嘴。

她们像几只母羊，突然甩开蹄脚跑散了，眨眼工夫，就窜进了她们的家门。

我想不通那些母羊们。

一只猫窜了过来。是王婆家的那只米猫。我一弯腰，就抓住了米猫尾巴。米猫尖利地叫了一声，卧进了我的怀里。我立刻就忘了那些母羊。

我感到我的嘴痒痒了。

没进王婆家的大门，我就喊叫了："王婆，你家的米猫跑了！"

王婆颠着一双小脚从二门里摇出来，一脸惊慌。她是吉祥村最后一个小脚女人。那双脚像两个坚硬的饺子。

"跑哪了跑哪了？"王婆只顾着急，没往我怀里看。

"我逮住了。"我说。我得意地在猫的脊背上抚着。

王婆提起肩膀，从嘴里放出一口长气。

"看你这娃，我当猫真跑了。"王婆说。

"不是我逮住，就跑到后街了。"我说。说话的时候，我的嘴和吃肉一样愉快。"后街的娃坏，逮住猫光拔猫胡子，猫没胡子就逮不住老鼠了。有绳绳没有？我给你拴住它算了。"

我把膝盖并在一起，夹紧，从裤腰上抽出一条脏兮兮的裤带，咬在嘴里，一撕，裤带就分成了两条。我用裤带在猫脖子上套了一个圈，又在后腿上挽了一个环。

"你要勒死它！"王婆叫起来了。

"勒不死！"我说。

"唰啦"一声，什么东西掉在地上了。

"你偷蔓菁菜！"王婆的眼珠子险些滚出了眼眶。

我只顾拴猫，忘了裤腰里的蔓菁。

"噢么，"我说，"我给我家猪揪了几把。我在草窝里睡了一夜，揪些蔓菁菜回去我妈就不骂我了。给你猫。"

我把拴猫的绳头塞给王婆，在她的手指头上缠了几圈。

"拴到你家柱子上。"我说。

我系好裤子，拾起蔓菁叶，塞进裤腰，走了。

"你拴在我手指头上了！"王婆顿着那两只饺子一样的小脚，在我后边嚷嚷着。

我没理王婆。我想立刻见到我哥群生。我没想到他会揍我。他一翻身就抽了我一个耳光。

四

我随手把蔓菁叶扔进猪圈，进了群生和我睡觉的屋子。群生平展展趴在炕上，好像睡着了。我又想起他和燕麦扭打的情景，还有那两块砖头。

我跳上炕，坐在群生的头跟前。他的两只耳朵直直地挺着，长满了茸茸的细毛。我在他的耳轮上拨了一下。

他没动。

我又拨了一下。当我弯曲着手指头要拨第三下的时候，群生像打别虫一样，突然从炕上弹了起来。我没看见他的巴掌是怎么扇过来的。我听见了一阵急促的风声，那只粗大的巴掌就贴在了我的耳朵上，啪一声。然后，我的耳朵里就像钻进了一只马蜂。

他打得太狠了。他从来没这么打过我。我感到我的耳朵变成了一只酱红的辣椒。我捂着半个脸，恐惧地看着群生。一会儿，我的眼珠子里就迸出了火星。

"你打我！"我说。

群生看也不看我一眼，像木桩一样倒下去。这回，他没趴。他仰面躺着，眼睛大张着，看着屋顶上的木椽。

我在挨打的那只耳朵上揉捏了一阵，把目光从群生的脸上移上去，也看了一会儿屋顶。我愤怒了。

"你打我！"我喊叫了一声。

群生连眼毛也没动一下。我从炕上跳下来。

"你敢打我！"我又喊叫了一声。

我看见了炕仓里的两把笤帚。我提着它们，双手抡开，朝群生的大腿抡过去。

"你打！"我大叫着越抡越狠。

笤帚在群生的大腿上欢快地跳着。有几下打在了膝盖上。群生躁气了，肚子一缩，从炕上跳下来。

我们对打起来了。

"妈你来看我哥打人呢！"我喊着。

我妈没像过去那样跑过来，用笤帚敲群生的头，给他吐唾沫。群生把我夹在腰里，夹到后院的井跟前，用脚踢开了井盖。

"妈！"我感到我要尿裤子了。

群生没把我塞进井里。他把我甩在了井跟前，回屋去了。我真想追过去，在群生的小腿肚上咬一口。

我没有。我朝井口里看了一眼。我闻见了一股凉水的气味。我知道井很深。

"妈！"我仰着脖子，朝上房屋里喊着。

我妈王玉梅从屋里走出来，看着我，半天没说话。我看见她把两只手捂在了脸上，一会儿，肩膀就剧烈地抽动起来。

"呜哇！"我妈王玉梅突然放声大哭了。

本来我想哭。我想用眼泪水夸大群生打我的后果。我想说群生要把我塞进井里淹死。我想我妈王玉梅看见我坐在大张着口的井跟前,就会尖叫一声,就会变成一只愤怒的母鸡,扑进屋去,在群生的脑顶上扑打,一直把群生打出屋,再从院子里打到村街上去。

可是,我妈王玉梅哭了,剧烈地抽动着肩膀。

我很快就知道我家发生了重大的事情。我爸张清林被一辆三轮摩托车带走了。一副铁铐子铐住了我爸的手腕。他把县上拨下来的修路款借给了王三。王三进了几次赌场,屁股一拍跑了。我爸成了贪污犯。

我妈王玉梅又一次哭软了身子。她还在哭,眼泪水从她的指缝里往外渗。我妈哭了整整一天。

我感到我的心里像塞进了一截潮湿的木头,正生长着霉菌。我一会儿感到肚子饿,一会儿又想吐。

我哥群生烦躁得像一只刺猬,不是碰倒这个,就是撞翻那个,人到哪里,哪里就会发出一阵稀里哗啦的响声,要不,就干干地坐着,一下一下咬牙根。

第二天早上,我妈让我和她去乡上看我爸张清林。我妈说他们要把我爸带到县城的监狱里去。

五

我妈挎着一个小包袱。我们走了很长的路。快到乡政府大门口的时候,我妈停住了脚步。她看着我的脸。我感到我妈的目光沉重得像铁。

"管住你的嘴。"我妈说。

我没听懂她的意思。

"甭乱说。甭哭。记下了?"我妈说。

我点点头。

"要不我撕烂它。"我妈说。

我又点点头。我抿了抿嘴。

我妈说话和她生孩子一样简洁有力。她生了五个孩子,伤了三个。我是最后一个。生我之后,我妈给我爸张清林说:不生了吧?我爸想了想,说:不生就不生了,由你。我妈就不生了。我妈一天一天发胖,成了一个胖女人。但我妈绝不臃肿。

我点了两次头,我妈还不信任,眼睛直直地盯着我的嘴。我又点点头。这回,她好像放心了。

乡长和乡干部正在一个大屋里开会。我妈拉着我在门外等着。我听见乡长在讲话。他是个粗喉咙大嗓门的人,每一次到吉祥村,都要来我家吃擀面条。他看见门外有人,便探出身子,给我妈点点头,又折回去,继续讲。

"不抓紧春灌,小麦就分不好蘖。"他说,"你们下去,要协助村长组织,再发现有人在村上死吃大喝,我就让他背着铺盖卷回家。散会。"

我嘴痒了。我没管住它。我突然产生了一种说话的欲望。我要给乡长说句话。

乡长把我妈王玉梅和我领进他的屋,搬过一把椅子给我妈说,坐。我妈没坐。我妈眼红了。乡长倒了一茶缸水。我妈说，乡长你甭倒了我不渴。乡长说你看清林这人当了半辈子出纳当糊涂了，怎么能把钱借给王三？王三说做生意你就信？那是个赌棍嘛狗能改了吃屎？乡长说到了这地步乡上也没办法那是法律一进局子就成了法律的事。

我插不进嘴。人想说话又插不进嘴的时候很难受。我的喉咙里好像钻进了一只蚂蚁，蚂蚁的腿残缺不全，它在我的喉咙里挣扎着，要爬出来。

"我想看看人。"我妈说。

"嗨！你看。"乡长一副遗憾的样子，"你来早一些就好了他们把人弄到县上去了。"

我妈哭了。人哭的时候脸很难看。

乡长说甭哭，哭也没用，等着判吧。在县监狱会受些罪，判了就好了，现在的劳改农场不像过去。乡长的话没止住我妈的眼泪。乡长的两根手指头在办公桌上敲着。

我终于把那句话吐了出来。

"我看见刘干事在我们村喝酒了。"我说。

"嗯？"乡长扭过头看着我。他好像没听清我的话。

"死吃大喝。"我说。

我妈突然抬起脚朝我踢过来，踢在我的脚弯上。我险些跪在地上。

"真的。"我说。

乡长笑起来。"哈哈哈哈！"他仰着头笑。

我妈抓住我的胳膊，把我从屋里拎出去。我妈说：走。

我妈没见上我爸。我说了一句话，我妈踢了我一脚。这就是那天在乡政府发生的事。

六

我妈突然就会爱我一下。我刚学说话的时候,我妈抱着我给我指太阳,让我说蛋。

"蛋。"我说。

我妈立刻会惊叫一声,一张脸会兴奋得红成鸡冠。我妈大声说他爸你听你儿说太阳是鸡蛋你听。没等我爸回声,我妈就在我的脸蛋上吞一口。爱死了爱死了,我妈说,又吞一口,恨不能把我再吞回肚子里去。

现在,我说一句话,她就给我一脚。

"你千万把我的话听一些民生。"我妈说,"咱家和人不一样了,要忍着,甭说话,别人往脸上吐也甭还嘴。"我妈说这些话的时候一脸痛苦。我妈恨不得给我下跪。

"一句话也不能说?"我问她。

"少说。"我妈说。

一个多月后,我爸张清林被判了五年刑,到一个叫马栏的地方劳改去了。听他们说我爸赶到风头上了,要是平常,最多判两年。我不懂什么是风头,只记住了马栏和五年。我觉得马栏叫起来很顺口,也好听。

我妈一听见马栏两个字就满脸难堪。她很少说马栏。她总把马栏叫那地方。

那天，典典妈抱着一堆衣服布料给我妈说燕麦她爸要退婚。燕麦她爸是偬熊人这媒说不成了。她说。我妈给典典妈化了一茶缸糖水。典典妈喝了一口，说，咱有胳膊就会配上袖子。我妈摇摇头，没说话。

我用粉笔在地上画了一个圈。

"燕麦她爸是个驴粪蛋！"我说。我看着典典妈。

我看见典典妈瞪圆了眼。看着我，又看着我妈。我妈说出去！我在圆圈上吐了一口，又踩了一脚。

"我又不是燕麦她爸。"典典妈说，"我说媒说出晦气来了，我走呀。"

典典妈刚要抬脚，我哥群生堵在了门口。典典妈以为群生要打她。

"群生，嗬嗬……"典典妈说。

群生走到炕跟前，抓起一块布料。吱啦一声，布料被撕成了两截。吱啦吱啦，群生一下一下撕着。一会儿，布料全变成了布条。

群生把它们全扔进了猪圈里。我和群生站在圈墙外边，看着猪一下一下拱着那些布条。我听见典典妈咕咕哝哝从我们身后出去了。

"啥人嘛，不尿泡尿水照照。"典典妈出门的时候说。

群生要找燕麦。我妈说你甭去。群生说我要找。我妈说你甭给我丢人。群生说我的事你甭管。我妈说我要管。群生一甩门走了。

"咦！这狗日的。"我妈说。

我想往外溜。我妈眼尖手快，揪住我的耳朵。

"待着！"我妈说。

"我要屙屎!"我说。

群生把燕麦叫到一个土壕里。群生说燕麦你爸是个小人。燕麦顺着眼不敢说话。群生说我给你说话哩!燕麦抬眼瞄了一下群生,瞄得很小心。

"我听着哩。"燕麦说。

"小人!"群生吼了一声。他像一只狂怒的野兽,来回走着。"你说,"他逼到燕麦跟前,"你爸是不是小人?你说。我要你说!"

燕麦的眼里突然涌满泪水。

"你甭骂了群生哥。"燕麦说,"我愿意跟你好我都快急死了。我是偷着来的,我爸知道我和你见面会打断我的腿,有话你快些说。"

群生没话了。

燕麦捂住脸,身子一拧,跑了。

"燕麦!"群生叫了一声。燕麦没回头。

我从麦地里爬起来,看着我哥群生。他像霜打了一样。他也看见了我。他没说话。

"我拔草哩。"我扬着手里的草给他说。

七

我家的大门紧紧闭着。村街上有人放爆竹。

群生在前院不声不响地擦着他的手扶拖拉机。那些天,他很少动它。村上有人风传说要收缴，抵我爸张清林的贪污款。群生一直等着他们把它开走。

我妈王玉梅像蚂蚁一样，一会儿从厨房出来，一会儿又走进去，一脸焦灼。她夹着菜刀，提着围裙。

群生轻蔑地瞟着我妈。

我知道我妈的心思。她等着娶媳妇的人家来请她，请她去帮忙。她在锅台上是一把好手，村上有人过事情都要请她。

街道上的爆竹声和吵嚷声没有了。我妈还不死心，不时地朝虚掩的大门那里瞄。

群生扔掉沾满油污的棉纱，阴着脸朝我妈走过来。"噌"一声，他把我妈手里的围裙撕过去，手一扬，围裙鸟一样飞出去，搭在了晾衣的铁丝上。

"烧了去！"群生说，"快把它烧了去！"

我妈没说话。她木然地看着铁丝上的围裙摇来摆去。

"再也没人请你了，你记着。"群生说。

群生扭身往前院走。我妈的脸一点一点涨红了。

"我是你妈，群生！"我妈拍打着胳膊吼叫起来，"你管起我的事来了？我在村上活不了人，在家也不行了？你去把我的围裙烧了，你试试看。你敢！"

"我看着难受！"群生说。

我妈急了，顺手抓起抬水棍朝群生抡过去。群生要躲几下，我妈就不打了。可群生不躲。我妈没台阶下，就一个劲打。群生被打到疼处，就抓住木棍。我妈使劲往回抽，抽不动，就松开手，一头朝群生撞过去，然后，就张开嘴，要放声大哭的样子。她没哭，她怕被人听见，就把哭改成出气。她张着嘴，一口一口出长气。

那些天，我哥群生和我妈王玉梅就这么怄气。怄完气，他们就安静一些，各自做各自的事情。我们家的门日夜闭着。没有人来我们家。

后来，他们不太怄气了。我发现他们总背着我咕咕哝哝说什么，他们总用一种怪异的目光看我，好像我是一个小怪物。再后来，我妈王玉梅就把我的嘴撕了一回。

那天，他们在屋里又咕哝了一阵，然后叫我进去。

"你知道你爸把钱借给王三了？"我妈说。

我摇摇头。我不知道我妈的心思。

"你把你爸的事给人说了，得是？"我妈说。

我眨巴了半天眼。

"说。"我妈说。

我又摇摇头。

"你说不说？"我妈撕住了我的嘴。

"我没有！我不知道！"我叫了起来。

"村上有人说是你说出去的。"群生说。

"狗！"我叫喊着。

我妈一用力，就把我的嘴唇撕长了。我疼出了眼泪。

"狗！"我喊着。

我妈松开手，看着我。我跳了一下。

"为什么撕我？"我说。

我妈说不管是不是我害了我爸，撕我的嘴没什么坏处，嘴疼了就会少说话。

八

吉祥村小学在后街西头,很简陋。一间小屋是老师的卧室和办公室。小屋旁边搭了一间草棚,有些简单的炊具,老师嫌派饭不可口,就自己做一顿换换口味。一间大屋是教室,四个年级三十多个学生共用。教室后边是羊圈,养着几只羊,由学生轮换拔草喂养。羊卖来的钱买笤帚粉笔墨水,不给学生家摊派。老师说这叫勤工俭学。羊圈也是茅厕,男女学生按时间分别使用。老师给村长说专门搭个女茅厕。村长说鼻嘴娃懂个什么不够麻烦的工夫。村长扛着犁正要下地。老师气得肚子疼。村长一抬脚,老师就骂了一句:牛蛋。村长扭过头说:就办?老师说牛蛋,村长说噢噢,我会小心的,戳了一辈子牛屁股,还能毁了牛蛋。

老师叫王文凯,是个半土不洋的人,走路大大咧咧,爱喝几盅酒,是个吃商品粮的,和燕麦一个村。

那天,他给我们讲《温暖》那一课。他说他喜欢启发式教学法。他一边讲,一边掐粉笔头,打那些做小动作的学生。他总能打到他们的额头,嘭一声,很准。

"下雪的时候,你的手冻红了,肿了,冷吧?"他像背书一样,在讲台上走来走去,"你把手塞进热被窝里试试,什么感觉?温暖!

这就叫温暖！明白吗？"

"明白！"我们齐声说。

"嘭"。粉笔头打中了。

"你冻得浑身打战，牙齿咯抖抖响。你从锅里摸一个热红薯咬一口，热红薯从喉咙里往下滑的时候，什么感觉？"

"温暖！"我们已懂了。

"对！"老师说，"这也是温暖。我刚才讲的温暖一样也不一样，一个暖手，一个暖肚子。世界上有各种各样的温暖。你对一种温暖有体会，其他温暖就好理解了。我们课文上讲的温暖是另外一种。"

"嘭"。又打中了。

"把课文念一遍，一，二！"

我们齐声念起来。老师在教室走了几个来回，然后走出教室看屋檐下太阳的影子。

"下课。"他朝教室里喊了一声。

教室里立刻乱了。有人叫喊着急急地钻进了羊圈。

我又想说话了。我看见典典和根舍几个人正要出教室门。他们一走，教室里就没几个人了。

"不对！"我喊了一声。

典典几个人站住了，看着我。

"手冻肿了塞进被窝一点也不温暖，是痒痒！"我说。

根舍仰着脖子想了一会儿，说：是痒痒。典典在根舍屁股上踢了一脚，说：对个屁。典典轻蔑地看着我。

"你把手冻肿试试，塞到被窝里试试。"我说。

"不许你说话。"典典说,"你敢说老师的坏话。"

"我没有。"我说。

"你爸是贪污犯!"他说。

"你爸是猪!"我说。

"把他绑了!"典典说。

根舍几个人嗷地叫了一声,扑过来,扭住了我的胳膊。

"审判。"典典说。

我伸腿朝后蹬了一下。根舍叫唤了一声,抱着肚子倒在了长凳上。

"把他勾倒。"典典说。

一只脚伸过来,把我勾倒了。根舍爬起来,骑在我身上,像扇打葫芦一样扇我的头。我一下一下闭着眼睛。

"老师来了!"

典典喊了一声,从门口跑了出去。根舍松开我,也要跑。我恨不能咬他一口。我抓过一把小板凳,朝根舍甩过去。我听见根舍哎哟了一声,然后就看见他抱着脑顶蹽下去。我站起来,咬着牙齿。我想根舍要过来,我就咬他一口。

根舍没有过来。他的脑顶上起了一个大包。

九

根舍一见他妈就呜哇一声哭了。他妈说咋啦咋啦。根舍说杂嘴子打我了。他妈一下就摸出了那个肉包。他妈惊叫了一声,就拉着根舍上街上了。

"看呀!"根舍他妈在街道上大声野气地喊着,"是猫是狗也欺侮人呢嘛哎……"

我妈王玉梅站在院子里听着。我看见我妈的脸越来越难看。我抱着书包坐在台阶上,不时往我妈的脸上瞅一眼。根舍他妈的唱扬声越来越大。我感到根舍他妈是世界上最丑恶的女人。

街道上一定围了许多女人。

"多险,再重点就砸透了。砖头,石头?"一个说。

"砸透了可了得。是谁?杂嘴子?啧啧。"另一个说。

我妈听不下去了。她朝我走过来。

"他先打我。"我站起来,往后退着。我怕我妈撕我的嘴。我脸上的表情一定很可怜,要哭了一样。

我妈的手朝我的嘴伸过来了。

我妈的手又停住了。我妈走到猪食槽跟前,取出搅食用的小木板。

"拿着。"我妈说。

我不敢不拿。我颤悠悠接过搅食板。我的眼一直看着我妈的脸。

"自己扇。"我妈说。

"不。"我给我妈说。

"你扇不扇?"我妈说。

我迟疑着,不知该怎么办。

我妈转身走了。我妈走到了井跟前。

"扇。"我妈说。

"妈！"我叫了一声，扑过去，抱住了我妈的腿。

"不怪我，妈。"我说。我感到我的眼里涌满了泪水。

"扇。"我妈说。

我松开我妈的腿，慢慢站起来。我看着那个小木板。它有两寸宽，一尺多长，上边沾满了猪食。

泪水从我的眼眶里流出来，虫子一样往下爬着。

我把搅食板抬起来，朝我的嘴扇过去。我没闭眼睛。我听见"啪"的一声，然后就感到一阵火烧一样的疼痛。

"啪！"我又了扇一下。

"我恨你！"我对我妈喊着。

我更恨根舍他妈。我想了许多整治根舍他妈的办法。我想在她家门口挖一个深坑，让她出门的时候踩进去，折崴她一只脚。我还想养一只狼狗，我要训练它，让它专咬根舍他妈。

十

在以后的许多天里，我没说过一句话。我经过憋尿憋尿的滋味，也经过吃得太饱憋胃的滋味，我感到憋住话不说比憋尿憋尿憋肚子更难受。我的喉咙里像塞了一把猪毛。我常常想吐。我一吐就会吐出胃里的酸水。我常常发呆。有人问我什么，我就愣愣地看着他，然后摇摇头，然后走开。我妈说抱些柴火来，我就抱些柴火。我妈说抬桶水,我就跟她抬桶水。我妈说脱衣服睡,我就啪叽啪叽蹬掉鞋爬上炕脱衣服,钻进被窝睡觉。那些天,群生早出晚归,开着手扶拖拉机跑小生意。我不说话,家里就只有我妈一个人的声音了。开始的时候,我妈还有些高兴,后来,她就担心了,她问我是不是病了。我摇摇头。我能看出她心里有些难受,可又实在不想让我说话。她叹了一口气,说:

"民生,不是我不让你说话,你爸的事把妈吓怕了。妈再也经不起折腾了。你一句话说得不是地方就会惹事。你就憋着吧,你实在憋不住了就对墙说,就一个人自言自语。屎尿能憋死人,话憋不死。世上的哑巴一层一层的,还活人呢。"

每个星期天,我都出去拔猪草。草笼拔满后,我就坐在塄坎上自言自语。一股风从我的鼻尖上吹过去,我就说,这是夏天的风,夏天的风凉快,要是冬天的风,就该叫寒冷。凉快和寒冷是不一样的。远处的山根下有一片电网,远看着和蛛网没什么两样,我就说,那不是蛛网,那是秘密工厂,在地下哩。

有时候,我也和地里的草谈话。我说你看你多好,你没有嘴,你不为嘴发愁。和草说话很安全,想说什么就说什么。

回家的时候,我就说再见了,下个星期我再来。我看见满地的庄稼和草在风里摇摆着。如果天上飞过一只鸟,我也会给它说:再见。

一到村口,一碰见人,我就憋住了。

"话憋不死人,"我妈王玉梅说,"哑巴还活人哩。"

我不是哑巴。我到底没有憋住。

十一

那天放早学回来,我看见群生正给手扶拖拉机加油,加完油,又开始擦车。他擦得很仔细,擦得手扶拖拉机通体透亮。我知道他要去永寿县给猪贩子拉脚,猪不通人性,又屙又尿,擦车厢是白擦。可群生连车厢也擦。我张张嘴,想问他,又把话憋了回去。

"站这不嫌腿困?去!"群生赶我走。他忙乎了好多天,没挣到几个钱,心里窝火,说话像吃了火药一样。

我妈王玉梅正在厨房烧火做饭。她好像没看见我进来,仰着脖子,一下一下拉着风箱。我蹲在她跟前,看着炉膛里的火。火里的碳像一块块红透的金子。风箱单调地响着,一声,又一声。

"村长来咱家了。村长把手扶车给了黑三家。"我妈说。她依旧仰着脖子,像自言自语。人在无可奈何的时候,就会这样。

我立刻想起了我哥群生擦车的样子。买车回来的时候,群生把我和我妈抱上车厢,在村外转了两圈。他太爱那辆车了。我感到他太可怜了。他正在前院里擦车。

"丑娃一会儿来开车。"我妈说。

我心里有些发热。我想看看群生。

群生已加完油。他仰面躺在手扶拖拉机的肚子底下,用扳手上着一颗螺丝,渗满汗水的脸上满是油污。我看着他,心里很难过。我很想给他说几句什么话。

他用油污的手背擦了擦鼻子上的汗,又挠挠脸,继续上螺丝。他很用力,一下一下咬着牙。

丑娃就是这时候从我家大门里走进来的。他拿着一把玉米花，一边走一边吃。他不用嘴在手里吞。他一颗一颗往嘴里扔，扔一颗，嚼一阵子，再扔。

"群生，村长给你说过了？"丑娃给群生说。

群生没说话。他上好螺丝，从拖拉机肚子底下爬出来，提着扳手，愣愣地看着他刚刚收拾一新的车。

丑娃走过去，在车头上摸摸，拍拍车把。

"你还擦它？还值得擦？"丑娃说，"村上让我掏三千元，我思量了几个晚上，实在不想要它。这可是心里话。"

我真想在丑娃的脸上扇一把。

群生一抬手，把扳手扔进车厢里。他没理睬丑娃的话。

"我把车收拾了一遍，你试试。"群生说。

丑娃把手里的玉米花全塞进嘴里，拍拍手，坐在车座上，摇摇车把，拉拉离合器，一副懂行的模样。

"你看这离合器，不灵光了。这闸，你看这闸，还管用吗？"丑娃说，"我敢说这车开不了几天就会变成一堆废铁。群生，你把它发动着，我听听声音。"

群生没动。群生的眉毛跳着。

"噢，我明白，"丑娃说，"我知道你心里难受。其实我心里也不踏实。可又一想，做木匠活买木头送货，弄辆手扶也好。三千块就三千块，一咬牙的事情。世上的许多事就是个一咬牙，一咬牙也就办了。"

群生脸上的肉抖起来了。我想群生会扑过去，揪住丑娃的头发，把他从车上揪下来，再从门里踢出去。

群生没有。群生看着丑娃，一下一下咬着牙根。

丑娃在车座上颠屁股晃着。

"你看这，到底不如新车，像臭毡老汉的尻子，没弹性了嘛。"丑娃说。

塞在我喉咙里的那一把猪毛一点一点变硬了，长了，要从我的嘴里长出来一样。我想喊叫。我想对丑娃说一句刻毒的话。

"呀！"我怪叫了一声。

丑娃和群生被我突然的怪叫声吓了一跳。他们扭过头来，直直地看着我。

我肯定说了一句什么话。在我的那句话惹祸以后，我怎么也想不起我说了什么。但我肯定说了。我的话使丑娃大丢脸面。然后，我就发出一串干笑。我笑出了眼泪，笑酸了肚皮。我好像要笑傻了一样。

"嘻嘻嘻嘻……"我笑着。

"哈哈哈哈……"我还在笑。我故意这么笑。

我看见丑娃的脸色红了，又白了。我妈从厨房跑出来，在我头上拍了一把。我立刻止住了笑声。这时候，丑娃的脸已板了起来。他把脖子朝群生扭了过去。

"群生，"他说，"你兄弟俩想把我当猴耍，得是？难道我是猴？不是我非要这车不可，是村长三番五次来找我嘛。你不愿给，我还不稀罕这烂熊东西呢！"

"咣"一声，丑娃提着搅把，在车头上敲了一下。

"甭敲！"群生说。

丑娃拖长腔哎了一声，说："现在这车是我的了，我爱敲就敲。

我把它敲成一堆烂铁由我哩。你厮屎毬动弹甭鼓那闲劲。"

"你，你甭欺人太甚。"群生说。

丑娃扬扬手里的搅把，越说越刺人："群生，我不欺你，我让给你敲，咋样？你给村上拿出三千元钱，你把它敲烂就由你了。咋样？"

群生的脸变成了猪肝。群生突然转过身，从猪圈背后掂一把镢头，朝手扶拖拉机抡过去。他像一只张开翅膀的大鸟。

"群生！"我妈王玉梅悲惨地叫了一声。

镢头重重地砸在手扶拖拉机的头上，"哐嚓！"那里立刻出现了一个难看的坑，油漆碎片飞蹦起来，又纷纷跌落。"哐嚓！"又一声。

群生一下一下砸着，手扶拖拉机迅速地改变着形状。眨眼的工夫，那辆擦得油光锃亮的手扶拖拉机就真的变成了一堆废铁。

我感到群生砸得很痛快。我甚至也想提一把镢头和群生一块砸。我还想，车要是丑娃的脑袋就好了。

砸！砸！我在心里叫着。

镢头声突然停止了，群生大口地喘着气。

群生抡镢头的时候，丑娃大睁着眼，鼓着眼珠子一动不动。这会儿，他把鼓圆的眼珠子慢慢收进了眼眶里。

"好。"丑娃说，"你砸得好。三千块钱听了几声响，好。"他说："这与我不相干。你砸，接着砸。我走呀。"

丑娃一边说一边从我家门里退了出去。

群生一甩手，镢头飞到了墙根底下。他回屋去了。

我妈王玉梅变成了一截木桩。她愣愣地看着那堆废铁。院子里突然没了一点声音。

我有些害怕。我感到一股冰凉的东西在我脊背上爬动。我朝我妈跟前靠了靠。

我妈的身子抖了几下,又抖了几下,然后,我妈浑身的肉都抖索起来。

我妈突然抓住我的头发,尖叫了一声:"怪你!"

我的头皮收紧了,一阵阵疼。我的鼻眼里像塞进了一根辣椒。我的眼向上翻着。

"怪你!"我妈又叫了一声。

我愤怒了。我恨不得踩我妈一脚。

"他砸的,赖我!"我也叫了一声。

"你……你!"我妈王玉梅的舌头好像缺了一块,咬不清字了。她松开我的头发,风一样刮进二门,回屋了。

我蒙了。

十二

我在院子里站了整整一天。没人搭理我。

早饭没有吃成。中饭我妈没做。我妈和群生一直关在各自的屋里。他们一声不吭。傍晚的时候,我看见我妈进了厨房。饭好了,我妈和群生吃饭。群生趿着鞋,慢腾腾从屋里出来,蹲在小木桌跟前,抱起粗瓷大碗呼噜呼噜喝粥，不时夹几根咸菜，咯噜咯噜嚼着。

我定定地看着我哥群生和我妈王玉梅。我的肠子里时不时滚过几个气泡，咕咕响。我站了一天，又累又饿，我希望我妈和群生叫我进去。我想他们不管谁叫我一声，我就会走进去抱起粥碗。可是，他们不叫我。他们看也不看我一眼，好像家里根本就没有我。他们喝着，吃着。稀溜，咯噜咯噜，稀溜。他们不管我。

天很快黑下来。群生又进屋了。我妈喂过猪，把围裙搭在铁丝上，也进屋了。

院子里又剩下我一个人。天越来越黑。街道上已没了人的走动声。

我的心里突然生出一股仇恨。我恨群生，也恨我妈。他们是故意的。我想站死在院子里。我想我能站死就好了。我想我真的站死了他们就会后悔，就会哭。我想出许多我站死以后的情景。我想我妈会哭得像泪人一样。哭，你哭。你一辈子会哭的。

屋子里没有一点响动。

我想弄出些响声来。我要让他们听见。我咬紧牙叫唤了一声。我攥着拳头在我的头上胡乱打。我狠狠抓着我大腿上的肉。我撕着我的嘴，撕得老长老长，让喉咙挤出一声声痛苦的叫喊。我想我妈和群生一定在听。

屋里还是没有响动。我看不出他们会把我叫进去的一点点迹象。我已折腾得很累了。我停下来，只一声一声呻吟着。我把头放在脊背上呻吟。

"群生。"我妈在屋里喊着。

我立刻停住了呻吟。

"二门关了没有？"我妈的声音很平静。

"没有。"群生在另一个屋里说。

一阵响动后，我看见我妈披着衣服走出来，站在二门跟前看着我，好像问我进去不进去，不进去她就关门。

我什么也不说，可我真怕她关门。她真关了门，我就是怎么折腾也不顶用了。

我妈王玉梅合上了一扇门，又要合另一扇了。

我再也坚持不住了。我感到我的腿突然软了。

"妈！"我大叫了一声，跪下去。

"妈！"我叫着，"我再也不多嘴了！啊，啊，啊……"我哭喊着朝我妈王玉梅爬过去，顶住了没合上的那扇门。

"啊，啊啊……"我哭着，泪如雨下。

十三

我撕嘴的时候并没感到怎么疼，可第二天就感到了，我照镜子一看，才知道我的嘴肿得翻了起来，像遭了马蜂。

我没去学校。

我一个人在村外的水渠岸上溜达着，踢着渠岸上的爬地草。我踢断了许多根。后来，我不踢了，我顺着水渠岸胡乱走，不知怎么就走到了那个堆草垛的空场跟前。我在我曾经睡过一夜的草垛边上坐了一会儿,然后,走进了那座破瓦窑。

我站在窑里,看着那些烂砖头。我突然产生了一种奇怪的欲望。我想把砖头刻成人的模样。

我一连刻了好多天。每天放学回家,我都要去砖瓦窑,坐在那里刻砖头。我刻了一大堆。我把它们放在我的周围。它们围绕着我。我也不知道我为什么要这么做。

那天,轮我们班给学校里的羊拔草。我知道一个草多的地方,很快就拔满了草笼。正要回去的时候,我看见典典和根舍提着草笼朝我走过来。自从那次打架以后,我没和他们说过话。我不想理他们。他们走到我跟前了。

"杂嘴子,"典典看着我草笼里的草,"知道这里草多,为什么不叫我们?"

"砸了我一板凳,还没还你哩。"根舍说。

我看着他们,不说一句话。

"把你的草分我们一点。"典典说。

"不给就抢。"根舍说。

"把他的嘴糊上,甭让他喊叫。"典典说。

根舍从衣袋里掏出一卷黑胶布。典典伸出一条腿,放在我腿后,把我推倒。根舍撕开胶布,往我嘴上贴。

我的嘴上贴满了胶布。我没动,也没喊叫。

典典和根舍分了我草笼里的草。根舍说给他留点吧。典典说不留,让他再拔去。典典朝我的草笼尿了一泡尿水,说:"甭给老师告我们。"

他们走了。

我没再拔草。我一条一条撕着嘴上的胶布。我听见胶布离开我的嘴皮时发出一种"吱吱"的声音。我把它们捏成了一个圆疙瘩,放在手心里看了一会儿。我提起空笼朝砖瓦窑跑去。我好像疯了一样跑着。

我站在窑门口,看着我刻好的那些砖头。我哭了。我的眼泪悄儿没声地往下淌着。我想给那些砖头们说些话。我想求求它们。它们用各种表情看着我。

突然,砖头们在我的周围动弹起来,它们不是砖头。它们变成了许多人脸。它们都是我认识的人的脸,我妈,我哥,还有典典和根舍,也有王老师和燕麦。它们朝我围拢而来。

我不停地咽着唾沫。我感到我的喉咙很干。

我抱起一块砖头。"你为什么不让我说话?"我说。我挨个儿问它们。我听不到一句回应。它们又硬又涩。

我把手里的砖头使劲甩了出去。砖头砸在其他砖头上,发出一阵空洞的断裂声。

"哗啦啦啦——"我推倒了一排砖头。

"哗啦啦啦——"又一排砖头倒了。

我在窑里乱砸着。砖头们倒塌着,碎裂着。我已经精疲力竭了。我趴在砖头堆上喘了一会儿气。后来,我慢慢闭上眼睛。我感到从窑顶洞口射进来的阳光悄悄向我移过来,落在我的脊背上,又从我的脊背上滑了过去。

我妈找见我的时候,已是半下午的时辰。

"你一个人钻在破窑里做什么你?"我妈说。

我眯着眼,不说话。

"我问你话哩!"我妈说。

我用舌头舔着嘴唇,依然没说话。我妈拽着我的胳膊,一直把我拽到饭桌跟前。

我没动筷子。我不想吃。

"给你留了半天了,不吃等我给你喂呀,得是?"

我站起来,走进屋,头朝炕墙躺下。我妈跟进来,在炕跟前站了一会儿,又出去了。

"咋啦?"群生问我妈。

"看墙哩。"我妈说。

我妈没说错。我一直看着炕墙。我紧盯着一块地方。一会儿,那里就会现出各种各样的图画,不停地变换着。也许是一张脸,也许是一顶帽子,也许是一棵树,甚至是猫的一条尾巴。我就这么看着炕墙上的一块地方。我感到我身体里的水分正一点一点流失。我的肚子里空空荡荡。

后来,他们说我病了。

十四

群生和燕麦又见了一面。群生说丑娃日他妈腰里有钱口气大粗话太伤人我受不了我把手扶拖拉机砸了。燕麦说你看你一点气也不受还能收拾不？群生说我把它砸成了一堆废铁只能拆零件卖了。燕麦说你看你真是的。群生说一砸我就后悔了，本来是给我爸顶账的几镢头就砸没了。燕麦说那咋办那可咋办？群生说我出去打工呀。群生仰头看着远处，喉结一动一动，一脸悲壮的神情。燕麦看着鞋尖半晌没说话。群生说没啥难肠的我不连累你。燕麦急了，毛毛眼上闪出几星泪花。燕麦说你就会说这种话伤我的心。群生说你爸没找你的茬？燕麦说他要给我找婆家让他找去找下了让他跟人家去。群生说我不能娶你了我得出去挣些钱，挣点钱再说。燕麦说这我管不了你反正我死活是你的人。群生放心了。第二天，他去外县的一个水泥厂打工去了。

群生是天麻亮的时候走的。我妈王玉梅给他烙了一袋面饼。我妈说钱难挣屎难吃遇事嘴软一点。我妈还说甭死心眼儿伤了身子骨是一辈子的事。

我跳下炕，提着书包一直追到村外。群生已走远了，像一个黑皮球，在水一样波动的庄稼上边飘摇着，越漂越远，不见了。我想象着群生背水泥时的样子。我为他伤了一会儿心，我在城壕边上转了一阵，然后拐进了学校。我感到头有些疼，沉甸甸的，像在盐水缸里泡过一样。后来，我感到我不只是头疼，腿也有些酸软，浑身发困。我很想在什么地方睡一觉。上自习的时候，我不停地打盹。我感到有人走到我跟前了。我努力地睁着眼。我睁不开，我的眼皮又重又涩。我脖子一软，头碰在了木板凳上。

"哄"一声，满教室的人笑起来。

我抬起头，张大眼睛看着他们，不知道发生了什么事情。

"咳，咳。"王老师在我身后咳嗽了两声。

我站起来，等着挨批评。

"咋啦。"王老师说。他没骂我。

"我，我困。"我说。

王老师皱了一会儿眉头，说："你回去吧。"

正是做饭的时候。我妈王玉梅在院里抱柴火。她看见我提着书包站在门口，立刻把眼睛瞪成了圆环。

"你，逃学了？"她说。

我顺着眼。我感到我的脖子像软面一样。

"说！你，逃学了？得是？"我妈说。

"我困……"我说。

我妈放下抱着的柴火，摸摸我的头，又用嘴唇在我的额颅上贴了一会儿。她总是用这种方法看我是不是发烧。如果我发烧，她就会惊叫一声。

这回，她没有惊叫。她眨了几下眼。

"不会是怪病吧？"她说。

"我困。"我说。

我妈眨着眼朝天上看着。然后，我妈给我请了两个人。

十五

先请来的是村上的医生殷凉亭。

我困乏极了,可躺在炕上怎么也睡不着。我的头里边塞满了许多稀奇古怪的东西。恍惚中,我好像走进了一条长街。那是我从没去过的一条长街。街道上拥满了人。他们的脸上没有表情。他们不说一句话。他们排成队在街道上走着,看不见头,也望不见尾。他们像衣服架子。衣服的摆动是街道上唯一的声音。

我被我看见的情景惊呆了。我很害怕,我突然产生了一种想尿尿的感觉。

"啪哒!"什么东西掉在我头顶上了。

是鸟屎。一只黑色的鸟从我的头顶上飞过去。它没有鸣叫。衣服架子的队伍还在街上无声地走着。

"民生,民生。"有人摇着我的肩膀。

我睁开眼,殷凉亭已坐在炕沿上了。他正从药箱里取针盒子。

"倒水。"殷凉亭说。"针管要消毒。"

我妈倒了一碗开水。

殷凉亭取出针管,又取出一支体温计,夹在我的腋窝里,然后拉过我一只胳膊,把两根手指头压在我的手腕上。我感到我手腕上有一条筋在殷凉亭的指头底下蹦蹦跳着。

"张嘴。"

我张开嘴。

"啊——"殷凉亭说。

我啊了一声。殷凉亭说再啊。我又啊了一声。

"舌头。"殷凉亭说。

我伸长舌头。殷凉亭看了一阵,说:"嗯。"

"屙稀不?"他说。

我摇摇头。

"屙屎硬不?"

我又摇摇头。殷凉亭嗯了声,做出一副沉思的样子。

"没胡吃?"殷凉亭问我妈。

"没有,没有么。"我妈说。

殷凉亭取出体温计,举在空中看了一阵,又嗯了一声。"没病。"他说。

我妈一脸狐疑,张了张嘴,想说什么。

"没病。"殷凉亭说。他把取出的针管又装进了盒子。

"娃说他困。"我妈说。

"春天么,人都发困。这叫春困。"殷凉亭说。"我也发困哩。"他已背好药
箱。"没打针没吃药不给你要钱了,你把碗里的水倒了去。"

殷凉亭背着药箱走了。我妈抄着手想了一会儿。

"能看病,能看个熊。"她说。

她出去不长时间,就请来了王婆。

十六

王婆看也不看我,一进门就说:"倒水倒水。"

"水早倒好了。"我妈说。

王婆说噢噢取筷子去。

我妈取来一双筷子。王婆说香,香。我妈从墙壁上的镜框背后取出一把香,吹吹上面的灰土。

"一根。一根就够了。"王婆说。

王婆从怀里取出一张折叠成三角的纸,用香挑起来,在我的头上绕圈子,嘴里啵叽啵叽念着什么。

门口一黑,王老师从门外走进来。他给我妈摆摆手,不让我妈招呼,怕打搅王婆。我妈给王老师挪过一把椅子。王老师从口袋里摸出一个纸条卷烟卷。

"娃没去啥地方?"王婆问我妈。

"去砖瓦窑了。"我妈说。

"噢噢。"王婆说。她爬上炕,两只小脚碰了几下,抖掉小鞋上的土,爬到炕墙跟前,挑着那张三角纸在墙壁上划圈子。

"啵叽啵叽啵叽……"

划着划着,那张纸竟粘在了墙上。

"你看你看,"王婆说,"娃的魂跑得老远了。你看娃蔫了嘛,蔫成啥了嘛。火。"

我妈把火柴递给王婆。王婆烧了那张纸,然后跳下炕,把那根筷子竖在水碗里,又啵叽啵叽念起来。

"立住。立住。"王婆给筷子说。

筷子竟直乎乎立在了水碗里。王婆说你看你看。我妈说就是就是。王婆拨倒那两根筷子,横放在碗上,说:"西边小鬼东边神,放了我家小人人，骑上驴，跨上马，想上天就上天，想入云就入云。"

"好了。"王婆说。

"我给咱做饭。"我妈说。

王婆说不了不了。这时候，她才和王老师打了一声招呼。王婆说你们识字人不信这。王老师说信，咋不信。他们笑了几声。我妈说你看这事把你整的我给你化缸子糖水喝。王婆说不了不了，我家那只米猫总往外溜，猫不是狗谁给它吃它就爱谁。我妈说你看你一口水也不喝。王婆说娃要紧你看娃，不送了我能回去。说着，小脚就跷出了门槛。我妈说送送，送送，看你说的。

王老师蹴在椅子上抽烟。他到人家里聊天的时候总爱这么蹲在椅子上。我一直在炕上躺着，瞪着眼，一会儿想那条长街和长街上的衣服架子，一会想那滴鸟屎。"啪哒"一声，滴在我的头上。那是一只黑鸟。

我妈一进门就给王老师说：殷凉亭看病总没个长劲，请王婆来捻弄捻弄，也许会顶些事。

"哦。哦。"王老师点点头。

"许是娃心累了。"我妈说。

"哦。哦。"王老师说。他好像琢磨着什么。

我妈说民生你看你整了多少人老师也来看你。王老师说："没啥我没啥快考试了娃没病就好我也走。王老师把烟把儿扔在地上，用脚蹭蹭。他看了我一眼，走了。

我怎么也想不到，许多天以后，我会像一头暴怒的狮子朝王老师软活的肚子撞过去。

十七

我依旧憋着,不说一句话。

那天,王老师在讲台上发考卷念分数。我很紧张地盯着王老师的脸,等他念我的名字。

"刘胜利,81分;赵典典,49分……"

学生们领过考卷,都到院子里去了。教室里的学生越来越少。我感到我的心一点一点往喉咙眼蹦着,越蹦越快。早该念我的名字了,可王老师没念。他看也不看我一眼。

最后几个学生走出教室,只剩下我一个人了。我的心猛烈地跳着。王老师收拾着粉笔盒,要走的样子。

我不知道我的考卷出了什么事情。我支撑不住了,从座位上站起来。我感到我脸上的皮一阵阵发紧。我张着嘴,想问王老师一句什么,又想不出要问的话。我想哭。

"放学了放学了。"王老师朝院子里喊了一声。

学生们轰一声涌进教室。又轰一声涌出去。

我直直地站着。我不知道我该怎么办了。这时候,王老师才对我说了一句:到我屋里来。

我来到王老师的那间小屋。王老师好像并不急着和我说话。他慢腾腾收拾着桌上的东西，然后倒了半盆开水，开始刮胡子了。他给胡子上抹上肥皂，坐在椅子上一下一下刮着，刮得很仔细。他不看我。学校里很安静，偶尔能听见几声羊叫。

王老师刮到一半的时候，突然开口说话了。

"你说，你考得好不好？"

我想不到他会提这么个问题。我不知道该怎么回答。他突然的问话使我拿不准我自己了。

"说么，好不好？"王老师问一句，刮一下胡子。

"嗯……啊……"我说。

"好？你说好？"王老师站起来。

我摇摇头。

"不好？"王老师的声高了，又朝我跟前逼了一步。

我不吭声了。我感到我的心里正聚积着什么东西。

"想想，想好了再说。"

王老师又刮他的胡子了。他在折磨我。我到底受不住了。我的脸憋得快要涨破了。

"我不知道！"我突然冲着他吼了一声。

王老师愣了一下。他走到我跟前，在我的屁股上踢了一脚。我趔趔身子。他又踢了一脚，又踢了一脚。他看着我的脸。我的眼眶里渗满了泪水。

"嘭！"又一脚。

豁出去了！豁出去了！我咬着牙，在心里喊着。

王老师定定地看着我。

我鼓足力气，一头朝王老师撞了过去，撞在他的肚子上。他经不住我突然的一撞，朝后退了几步。刮胡刀从他的手里飞出去。

我咬着嘴唇。我想他再踢我，我还要撞。

他没踢。他像猫逗老鼠一样。

"来，再来一下。"他说，"有胆量就再撞。"

撞！撞！我一低头，又撞过去。我撞着，踢打着。我一声不吭。王老师躲闪着，瞅空子在我的身上拍一巴掌。

就这么，我们打起来了。我们从屋里打到屋外，一直打到羊圈里。后来，我们都没了力气，我们趴在羊圈里互相瞅着，喘着粗气。我们趴了好长时间。

"噗——"王老师吹着气。他没刮完胡子，像怪物一样，给我笑着。

"噗——"我也吹着，像一只小兽。我不笑。

"民生，"王老师上气不接下气，"我告诉你，嘘，噗，你考得很，很好，嘘，是你们班最好的，噗，最好的一个。"

然后，他放声笑了。

"哈，哈，哈哈哈哈……"他翻过身，仰面朝天，笑出来一串声音。

我感到我脸上的皮一点一点松了。我咧开嘴，也笑起来。嘿，嘿，嘿嘿嘿嘿……我感到我心里有什么东西正在开放。

我爬起来，跑了。

王老师还在笑："哈哈哈哈……"

我一直跑到北坡上。我的心里装满了幸福。我平展展躺着。我把一块碎玻璃放在眼睛上看天。天又高又远。太阳很亮。几只雁在天上飞着,伸着翅膀。

我听见了几声牛叫。我产生了一种奔跑的欲望。我跳起来,抡着布衫朝一群牛跑过去。

我爬上一头牛的脊背,在牛肚子上砸了一拳。牛猛地一下扬开蹄子奔跑起来。

"下来!下来!"

我听见有人失眉吊眼地喊着。我不管。我又在牛肚子上砸了一拳头。我在牛背上嗷嗷叫着。

一群牛跟着我奔跑。我们跑上了另一道山坡。

土坡下是一片又一片麦田。麦子在金灿灿的阳光里起伏着,摇动着。

"嘿嘿,嘿嘿。"我对着麦田笑着。我不知道我为什么那么高兴。我真想跳进麦浪里打滚。

我真感激王老师。在以后的许多日子里,我都怀有一种温馨的心情。

十八

我妈王玉梅在地头掐了个麦穗,两手揉了几下,吹去麦壳,手心里就滚出十几颗金黄的麦粒。我看见她脸上的喜色没爬上眉梢梢,又退了下去。

已经有人开镰收割了,能听见麦垄里嚓嚓的镰声。

"再不割就搭不住镰了。"我妈忧虑地看着满地的黄麦,又看着远处。突然,她的眼睛直了。

"民生你看,那是不是你哥?"她说。

我顺着她的目光看过去。我看见群生扛着一把大扫帚从远处的土坡上走下来。

"民生,是你哥。"我妈王玉梅变成了一只肥胖的雀儿,"回,咱回,让你哥甭来地里,回家去。"

晚上,群生把屋里的灯挂在了窗棂上,照得院子通亮。我妈王玉梅把收割打碾用的农具全翻腾出来,摆了半个院子。我给群生端来一碗凉水,蹴在他跟前看磨镰。我妈站在门后一张一张数着群生打工挣来的钱。她数了好几遍。她揭开箱子,把钱夹在包袱里,给箱子上挂了一把锁。然后,又翻腾出几个麻袋,坐在台阶上补缝老鼠咬破的小洞。她一边补缝,一边问群生背水泥的事情。群生说他有些不想去水泥厂了。我妈看了群生一眼,说一月挣二三百块钱,咋不去了哩?群生说这么挣,几年也还不了爸的欠账。

"那咋办?在屋里待着一分钱也没有。"我妈说。

"有人卷花炮挣了大钱,发了财。"群生说。

我妈想了一会儿,摇摇头,说:"那是个危险事情,不成。"

"出死力不危险可挣不了钱。人喝凉水也会噎死哩。"群生说,"人家咋就不怕危险?"

我妈又想了一会儿,说:"人家是人家,咱是咱。"

"我就这么说说，"群生说，"卷花炮要买火药买纸还有其他东西，咱也没那么多钱。"

"就是嘛。"我妈说，"咱没那么大肚子就甭吃那么大的馍。"

群生没再说话。我妈缝好了一个麻袋，嘣一声咬断了线。

然后是收麦，运麦，打碾。学校放了十天忙假。

割麦的时候，群生在前边割，我妈在后边捆麦捆。我提着草笼捡遗落的麦穗，找黄鼠窝，用瓦罐提水灌黄鼠。

扬场了。群生用木锨扬麦，我妈戴一顶大草帽，用群生买回来的那把大扫帚掠着麦堆。麦壳被风吹走了。麦粒像珠子一样落下来，在我妈的草帽上、麦堆上蹦跳着，发出一阵阵散乱的脆响。我提着一把小笤帚，把蹦到远处的麦粒扫回麦堆。我不时地看着我妈和群生，我感到他们劳动的样子很好看。那些天，我们全家人的头发眉毛和耳朵鼻眼里都沾满了灰土，每次都会洗出几盆黑水。我妈蹴在脸盆跟前，用浸满水的毛巾在脖颈上拉着。水像愉快的小虫子一样从她的脖子上淌下来，一直淌过胸脯。群生洗脸的时候总是胡吹气，扑哧扑哧，很响。群生的头发又黑又厚，他洗完头不用毛巾擦，他用手捋几下，然后像狗一样使劲摇头，摇出一圈又一圈水花，很气派。

然后是交公粮。那天清早，村长把吉祥村交公粮的人集中在一起，拉着挑着推着，还动了几辆手扶拖拉机，浩浩荡荡出了村子，朝王乐镇粮店去了。我一直跟到城门外。我想我哥群生也在里边，有我家的粮食，我的心里就一热一热的，直想淌眼泪。

十九

我到南仁村去了一趟。群生让我找燕麦。

"民生,你给哥到南仁村跑一趟,叫燕麦今晚去砖瓦窑,我有话给她说。"他这么给我说的。

"她爸打我咋办?"我说。

"你甭让他撞见。"他说。

南仁村离吉祥村不远,二里地,抬脚就到了。

我没撞见燕麦她爸。我从燕麦家的后墙上翻上去,看见燕麦正在后院里簸麦,拣麦子里的土坷垃。我朝她扔了一个土块,正好打在她怀里的簸箕上。她吓了一跳,抬起头看我。我给她笑笑,用手划了一个大弯。一会儿,我们就坐在了村外池塘边的柳树上。

"你爸呢?"我说。

燕麦掩住嘴笑了。

"你这么大个人还你爸呢好像你是个大人。"燕麦说。

"我哥不让我撞见你爸。他让你去砖瓦窑,"我说,"老地方。"

燕麦又笑了。"你哥给你说是老地方了?"

"我哥没说。我知道我哥总让你去砖瓦窑。"我说。

"咯儿,咯儿。"燕麦笑得很好听。

"你甭笑,你死活得去,我哥明天就去水泥厂。"

那天晚上,我没去砖瓦窑偷听。我躺在炕上想着他们说话的情景。我妈在厨房烙面饼,让群生带着路上吃。后半夜,我被尿憋醒了。我起来撒尿,看见我妈已睡了。自从我爸张清林走了以后,我就和我妈一个屋睡。我不知道群生回来没,就到他的屋门口听了听,里边有群生睡熟的呼吸声。

天还没亮,我就被一阵惊慌的砸门声惊醒了。我看见我妈王玉梅忽一下坐了起来,边穿衣服边问:"谁?来了来了。我的爷呀,不知又出了啥事。"

我妈跑出屋,朝群生屋喊着:"群生起来快起来我听像是燕麦。"

门刚开了一条缝,燕麦就急急地撞进来,她披着一头乱发,满脸蜡黄。她说她和群生见面的事让她爸知道了。她爸打了她一顿,要找群生闹事。燕麦说完了就哭。我妈也有些怕了,看着群生,说:"这可咋办这可咋办?"群生阴着脸,半晌没说话。

"你可不能打他,再说他也是我爸。"燕麦说。她怕群生管不住性子揍她爸。

二十

燕麦她爸一脚就踢开了我家的门,一把揪住了群生的头发。他是个五十多岁的男人,又瘦又小,手上的劲却很大。我妈说亲家,有话慢慢说你把娃放开。燕麦她爸说:屁,谁和你是亲家,我揪的是抢人的土匪。群生说六叔你放开我人看见了笑话。燕麦她爸说你还怕人笑话你勾引我女儿还怕人笑话？怕人笑话我就不来了。

燕麦她爸揪得更紧了。群生猫着腰，疼得直闭眼睛。

"我就是要揪着看你咋办，"燕麦她爸说，"彩礼退给你了你凭什么还勾引我女儿你还算不算人？"

群生说："六叔你这么揪着我直不起腰我没法和你说话。"

"我和你没话说，我要和吉祥村的人说，走，咱到街上去。"燕麦她爸把群生往大门外揪。

群生往后使着劲，说："我不去。"

"我揪着你去。"燕麦她爸说。

燕麦急了，从屋里跑出来，要拉她爸的胳膊。

"走开！"她爸说，"不走开就蹬你一脚！"她爸横着眉毛。

我妈拉住燕麦，说："你甭言语你回屋去。"燕麦不回。

"爸，你放开他你把他的头发揪掉了。"燕麦说。

"我要揪！我要把他揪成秃子！"她爸说。

燕麦她爸到底把群生揪到了村街上。

"吉祥村的人哎！"他大声野气地喊着，"你们给我个公道哎！吃屎的把屙屎的困住了，吉祥村的人哎！有没有说公断直的人！"

村街上很快围了一堆人。燕麦她爸揪着群生的头发不松手，喊得嘴里泛着白沫。

我妈把我拉到一边说："快去学校喊王老师，小厨房冒烟哩许是来了。他们是一村人，也许能息事。"

要不是王老师，谁也说不准燕麦她爸会闹到什么时候。王老师走出拐巷就高声嚷起来："大清早谁在街道上喊叫哩哦？"

人们给王老师让开一条道。

"是马六啊，"王老师说，"有啥事屋里说不成，得是？大街上这么喊怕人不知道你马六喉咙高嗓门大，得是？"

"你是教书先生你来说说，"马六说，"社会主义治不治勾人拐人的？"

王老师说，社会主义也不兴揪人头发，你赶紧把人放开。

"我不放。"燕麦她爸马六说。

王老师说，你在咱南仁村撒泼没人管可这是吉祥村，你再这么揪着不放吉祥村的人就不答应了。"

马六愣住了。王老师的话真有些管用，人群里果真有人说话了。

"把人放开！"

"叫村长去！"

村长就在人群里站着。他不能不出来说话了。

"马六，"村长说，"你把人先放开，有话给我说。"

"你给我保证让他不勾引我女儿我就放开。"马六说。

"我保证不了。"村长说，"社会主义兴结婚自由娘老子也不能强扭国家有法哩。"

人们哄笑了。燕麦她爸扑闪着眼睛。

"我给他甩人命！"他跳着叫了一声。

村长走过去，摘着马六的手指头："为这事你就是上吊也没人管你，你快松开。"

马六一步就跳到了土堆上。

"我要在他家门口碰死！"他喊着。

"群生，把你丈人叫到屋里去喝碗水消消气。"村长说。他给群生挤着眼。

群生拍打着头发，看了马六一眼。

王老师走上土堆，拉住马六的胳膊说："走，到我那里去我给你熬茶。"

王老师拉着燕麦她爸走了。

二十一

燕麦她爸一闹，倒把群生和燕麦的事闹成了。

主意是王老师出的。他说：群生，你跟燕麦结婚算毬了。群生和燕麦都吃了一惊。王老师说：把生米做成熟饭，燕麦她爸就没辙了。

事情就这么定了。群生和燕麦领了一张结婚证，一人买了一身新衣服。我妈缝了一床新棉被，给群生屋的窗子上糊了一层纸，贴了一个红喜字。结婚那天，群生请王老师给他们举行了一个仪式。我妈炒了几碟菜，一家人围着小桌吃了一顿。吃着吃着，我妈流了泪。

"这么大的事，也没给他爸说一声。"我妈说。

王老师往喉咙里灌了一盅，看了我妈一眼。

"六二年把人饿糊涂了。"王老师说。他给我们讲他去北山换粮的事。

"我推着车去北山换粮，"他说，"端端地就碰上了一只狼。那时候到处都有饿死的人。狼也饿，它跟上我了。我走它也走，我停它也停。走着走着，我躁气了。我说狼你吃我没意思我身上没几两肉。我说话的时候，它蹲下了。它给我叫唤了两声。我心想这驴日的狼还通人性哩。我这么一想不生气了。我给狼说，咱都是可怜人一路走就一路走做个伴儿。我这么一说，它站起来，给我摇摇尾巴，走了。你说怪不怪。它一走，我推着车撒腿就往山外跑，险些跑断了肠子。那次狼要吃了我，今天这酒就喝不成了。"

王老师张开嘴，又灌了一盅，"吱"一声，从喉咙里滚了下去。

"我就是那年娶的媳妇。"王老师，"我媳妇一进门就倒了。我以为她太激动。我想我也得有个表示，就赶紧抱住她。后来才知道她不是激动，是饿昏了。"

"咯咯！"我笑了，笑得很响。

"现在你们看去，我媳妇身上的肉足有两寸厚。"

"咯咯咯咯。"我笑得肚皮疼。

"看这娃，笑傻了。"我妈说。她也笑。

我很长时间没这么开心地笑过了。

第二天，群生和燕麦硬着头皮去南仁村回门。燕麦她爸把他们推到门外，关住门不让进去。他们在门外站了很长时间。他们听见燕麦她爸在屋里哭。

"哎嗨呀嗨，我马六上辈子亏了人哎嗨。"他这么哭着，很伤心。

燕麦她妈把门开了一道缝，说："你们快走，你爸哭哩，我不敢让你们进屋。你爸就是这号人，过一阵子就好了。抱个外孙回来，看他认不认。"燕麦脸红了，说："妈，那我走了。"燕麦她妈说："好好过日子。"

群生没去水泥厂。他决计要卷花炮挣钱。王老师给他写了张条儿,让他去信用社找人贷款。他选中了那个砖瓦窑。他找村长,村长说你弄去,砖瓦窑废了村上要它没用。群生和燕麦把窑里的烂砖头搬出来,把它收拾成了一个卷花炮的作坊,然后,他就联系着买火药,骑着自行车转村子收购废书废报纸。

那年秋天,我上了四年级。他们好像不怎么管我的嘴了。我说话渐渐多起来。不知为什么,我总爱和燕麦说话。我叫她燕麦姐。我妈说叫嫂子。燕麦说就叫姐,叫姐听着亲。

二十二

我妈王玉梅到马栏农场看过我爸一次。我妈说我想去马栏看看你爸。我说我也去。我妈说念你的书。燕麦说家里有我哩,你放心去。群生说要不我去。我妈说你忙你的,我去。燕麦给我爸炒了一袋面饼豆豆。

那天下完课,王老师问我卷花炮的事。我说我哥收废纸哩。王老师噢噢点着头。我说我妈要去看我爸。噢噢,王老师又点点头。晚上,他拿来两盒金丝猴烟,让我妈给我爸带去。清林爱抽这烟,王老师这么说。

我妈走了七天。回来的那天晚上,我们全家坐在炕上,听她讲马栏农场的事。我妈的气色很好,我妈说你爸在农场受了优待,不干重活,一个人在一个地方看场子,没人管制他。我不知道什么是场子。我妈想了一会,说:我也不知道。一间大木房里堆着许多大木头,大木房隔了一间小屋,是你爸睡觉的地方。你爸自己做饭吃。

"远吗?"

"远死了,坐两天汽车哩,还要倒车。"我妈说。

"他们不打人?"

"你爸说只要不逃跑不胡生事就不打。"我妈说,"有个犯人想逃出去,腿上挨了枪子,又给拖回去了。我给你爸说,你可甭弄傻事情,家里好好的,你安心地改造。他们那里把劳动叫改造。改造就改造,不给人家改造咋办?"

"我爸见你高兴死了,得是?"我说。

"你爸一晚上就抽了两盒烟。你爸听了群生和燕麦的事,高兴得直抽烟,一边抽一边咳嗽。我说你少抽些行不。你爸说我一高兴就想抽烟。他把王老师给的两盒烟抽完了。"我妈说,"你爸让我捎话给你们,卷花炮要小心。你爸看的那个场子在大沟里,一到晚上很安静。白天也安静,看不见狗大个人影。"

马栏,马栏。我感到马栏的名字很好听。我想象着那条大沟。我感到那地方很神秘,也很吓人。

在冬天的头场雪到来之前,我用竹竿挑着一长串鞭炮走上砖瓦窑顶。那是我哥群生卷出来的第一串鞭炮。鞭炮声响亮干脆,开的纸花像五颜六色的羽毛纷纷飘落。我挑着爆响的鞭炮在窑顶上转着圈子。我感到我不是在窑顶上,而是在云上边。我感到鞭炮的响声像欢乐的鸟叫，离我很近，又很遥远。

吉祥村的人都听见了那一串响亮的鞭炮声，看见了纷纷扬扬的纸花。他们感叹着我们一家人过日子的心劲。

典典和根舍跟我套近乎。典典说："杂嘴子，咱和好。"我不信任他们。我想起他们给我嘴上贴胶布的情景。典典说："真的，我和你拉钩。"他不管我愿意不愿意，就把指头勾在我的指头上摇了几下，然后给我嘿嘿笑。根舍说我也和你拉钩。他学着典典的样，和我拉了勾。他们都很真诚。典典说过年的时候你把你哥的花炮偷些来，咱到城外放。我说行。我一直以为我一辈子也不会理他们，我恨他们。现在我才知道，我需要他们的友情。

然后，就是那场大雪。

二十三

雪下了几天几夜，等太阳从云里挣扎出来的时候，地上的一切都变得臃肿了。田野啦，房屋啦，水渠岸上的树啦，都裹着一层绵乎乎的白雪。远处的北山好像远了，在柔和的太阳光里蹲着，像一群穿着翻羊皮袄的老头。

上课的时候，我就感到肚子饿。王老师一说放学，我就第一个跳出教室，踩着厚厚的积雪朝家里跑。我想我妈要是蒸馍馍就好了，我一进门就抓两个热乎乎的软蒸馍吃，如果噎住，我就喝开水。

我家的门上挂着一把锁。

那些天,群生和燕麦没日没夜在砖瓦窑里卷花炮,一进腊月就能卖了。我妈有时候也去砖瓦窑给他们帮帮手。

"腾腾腾"。典典妈端着一盆脏水从她家门里出来,朝街道上泼去。

"你妈在桂莲家里。"她朝我喊着,"桂莲兄弟娶媳妇,请你妈帮忙去了。"

村上又有人请我妈王玉梅过事情了。

桂莲家的院子里又热闹又忙乱。竹箔子搭成的棚下摆着几个大方桌,娘家客正在吃喝。厨房门口盘着土炉子,两口大锅里烩着肉菜。鼓风机呜呜叫唤着。

"来了!油!"有人端着盘子朝棚里去了。

新房门口围着一堆人,吵嚷着要耍新媳妇。

我妈和几个妇女在厨房里蒸馍馍。蒸好的馍馍又白又软,在蒲篮里冒着热气。一笼蒸好了,她们抬着倒进蒲篮,再搭一笼。桂莲递给我妈一茶缸红糖水,我妈喝水的时候看见了我。出去快出去这里忙,她说。桂莲一把拉住我,在蒲篮里抓了两个热馍馍,说:甭走,给你夹个肉夹馍。我妈说甭夹,娃们家不能惯毛病。我想吃,又不敢要。

"我哥呢?"我说。

"在窑上哩,要去你就去。"我妈说。

桂莲夹好了肉让我吃。我妈说你先给你哥送去回来再吃。桂莲说也成。桂莲把夹肉馍馍放在一个细瓷碗里,说:"叫你嫂子甭做饭了,来这儿吃。"

夹肉馍馍本来是我的，转眼又成了群生的。

我端着两个夹肉馍馍朝砖瓦窑走着。我太想吃它们了。我的舌头底下直往上泛酸水。我听见我的肚子里有什么东西往下滚着。咕，咕，滚一截就这么叫唤一声。我揭开一页馍馍，我看见那几块肉片很大，肉香味直往我的鼻眼里钻。只要我一伸嘴，它们就会钻进我的嘴里，再从喉咙钻进我的肚子。

吃一个吧。我想。

我抬头看看砖瓦窑，不远了。

走五十步我再吃。我想。

我一步一步数着，数到五十了，离砖瓦窑还有一大截。

吃吧。我想。

我想走十步咬一小口，到砖瓦窑一定能给群生剩一个。我只吃一个。

我拿起一个夹肉馍馍。我朝砖瓦窑看了一眼。然后，我在夹肉馍馍上咬了一口。我没想到一咬就收不住了。我几口就吃掉了它。

我接着吃掉了另一个。我抻长袖子擦擦嘴，大步朝砖瓦窑走去。我端着空碗。

"哥！"一进窑门我就喊了一声，"妈叫你和燕麦姐去桂莲家吃饭哩。"

燕麦看看我手里的空碗，又看看我的嘴，说："怕是让你送饭吧？看你嘴上的油。"

"我吃了两个肉夹馍。我饿了。"我说。我没说那两个肉夹馍是给群生的。

群生正在卷炮。群生给燕麦说你去吃我不饿。燕麦说一块去吃了再来。群生说不去。燕麦说你不去,我也不去。

我吃了两个夹肉馍馍,肚子里滋润了许多。我说不去就不去我也卷。

"别动!"群生说,"小心炸了你。"

"走不走?走不走?"我躁气了。

燕麦说兄弟你别惹他,他和我刚吵了几句嘴。燕麦伸伸懒腰,看着群生。

"我心里咋瞀乱得很,一块走吧。"燕麦说。

"你这人咋啦?啰啰唆唆真是个婆娘!"群生瞪眼了。

燕麦并不生气。她冲我挤挤眼,说:"好好我是婆娘我是婆娘兄弟咱走让他一个人待着狼吃了他。"

出窑门的时候,燕麦又看了群生一眼,张张口,想说什么,又怕群生嫌她啰唆,把要说的话咽了回去。

群生跟我们一块走就好了。他没有。

二十四

我和燕麦在雪地上走着。我挨她很,我喜欢跟燕麦在一起。我喜欢看她,喜欢和她说话,喜欢听她咯咯的笑声。燕麦的身上有一股香味,我以为是雪花膏。后来我才知道不是,她从不抹那东西。我不知道那股香味是从哪儿来的。

"燕麦姐,我就爱和你一起。"我说。

"咯儿,咯儿。"燕麦笑了,"为啥?"

"你好。"我说。

"咯儿,咯儿。哪儿好?"

"不知道。"我说。我确实说不出她哪儿好。

"你比我哥好。"我说。

"咯咯。"燕麦笑得更响了。"你哥看着凶,其实心眼不坏。"她说。

"我看你比他好。"我说。

燕麦又笑了。她搂住我的脖子,看着远处。

"明天早上姐带你去落雁滩打雁去。"她说。

"打雁?"我不信,"我又没土枪。"

"不要枪。"她说,"咱把地上的雪扫开,泼上水,雁落下来,到第二天早上,雁毛就冻在地上,咱拿木棒去,悄悄溜过去,总能打住几个,打回来炖雁肉,喝雁汤。"

我看着远处的落雁滩。那里铺着厚厚的白雪。我想着打雁的情景。雁扑闪着翅膀,很好看。

"哥去吗?"我说。

"不要他。"燕麦说。

"我也不想要他。"我说。

"咯咯。"燕麦又笑了。

就是这时候,我们听到了那声巨响。

"轰"！一声。紧接着的是一阵欢快激烈的鞭炮声。不是一串是许多串。噼噼啪啪。噼噼啪啪。

"轰"！又一声。

我看见燕麦的身子猛烈地抖了一下，突然定住了。

一股浓烟夹杂着砖头的碎片从砖瓦窑那里腾空而起。仅仅是一眨眼的工夫。砖瓦窑不见了，没有了。

我蒙了。我瞪大眼珠子朝砖瓦窑那里看着。我感到我的手被燕麦甩开了。我看见她像疯了一样朝砖瓦窑跑去。

我没有跑，我还没想清楚到底发生了什么事情。我好像在梦里一样。我茫然四顾。我看见田野啦，村庄的房屋啦，水渠岸上的树啦，仍旧裹着一层绵乎乎的白雪。世界很大很大。北山是一群穿着翻羊皮袄的老头，它们一声不响。照在雪地上的阳光很安静，也没有声响。

可是，砖瓦窑没有了。

一群人叫喊着从村口奔跑出来。我看见跑在最前边的是我妈王玉梅。她挽着袖子，胳膊上沾满了面粉。

全村的人都涌到了砖瓦窑。那里已成了一片废墟。我妈王玉梅和燕麦趴在废墟堆上，一块一块刨着砖头。那时候，硝烟还没有散尽。偶尔有一声鞭炮从砖头缝里蹦出来，"啪"，一声，"啪"，又一声。

傍晚的时候，他们刨出了我哥群生的尸体。

他们都走了。我一个人在那堆废墟跟前站着。这时候，我才发现我一直拿着那只空碗。那是一只白色的细瓷碗，碗边上有几朵精巧的花。

我想起了那两个肉夹馍。我看着那只细瓷碗。两行眼泪水从我的眼眶里流出来。

"哥,我把你的肉夹馍吃了。"

我给那堆砖头说。

二十五

我妈和燕麦给群生糊了许多纸衣服,还有纸鞋和纸帽。她们糊得很仔细。

"吱扭"一声,门开了。是典典妈。她悄儿没声地坐在我妈跟前,和我妈一起糊。

桂莲来了。根舍妈来了。许多女人都来到我家。她们都不说话。她们和我妈和燕麦一起糊着纸衣。

王老师也来了。他在院里站了一会儿,又走了。

只有村长一个人说了一句话。他坐在门槛上抽了一锅旱烟。他叹了一口气,站起来,在鞋底上蹭掉烟灰,说:"可惜娃了。"

烧纸衣的那天,我妈王玉梅在我哥群生的坟头放声大哭了一场。

燕麦没哭。她呆坐着,像冻僵了一样。

我跪在那堆纸衣跟前,看着燃烧的纸火。我又想起了那两个夹肉馍馍。

王老师用铁锨把坟堆拍了一圈。他用手托着腮帮,像害牙疼一样。

"哎嗨嗨嗨……"我妈的哭声传得很远。

典典妈摇着我妈的肩膀说:"二婶,你甭哭了。他能狠心舍下你,你还哭他做啥……"

典典妈捂着嘴,到底没忍住,吼着吼着哭起来,眼泪水一溜两行。

从此以后,我很少说话。不是他们不让我说。我没话说。我总会想起炸药和火药把砖瓦窑掀上空中的那种情景。鞭炮噼噼啪啪地响着,砖头和瓦砾纷纷跌落,埋没了我哥群生。那时候,太阳正照射着白雪,没有一点声息。

我觉得那一切好像一个虚幻的故事。

但群生真的没有了。

燕麦的脸上像抹了亮油,闪着凄惨的泪光。她不再咯咯笑了。她说话的声音很弱。我老偷偷地看她。我很想给她说点什么。我没说。

群生过二七那天,我们从坟地烧纸回来,燕麦和我妈走进厨房做饭。

"你歇去,我做。"我妈说。

燕麦没说话,提着水桶出去了。

"民生,拿棍跟你姐抬水去。"我妈给我说。

我拿着抬水棍走进后院,看见燕麦扶着辘轳把儿,要吐的样子。

"妈,我姐吐哩!"我喊了一声。

我妈跑过来,扶过辘轳把儿,看着燕麦的脸色。

"找殷凉亭看看去,甭耽搁出大病。"我妈说。

燕麦看了我妈一眼,想说什么,又没说。

我妈的眼睛突然放光了。

"燕麦,你有身子了?"

我妈好像很激动,忘记了吊在半井里的水桶。她撒开手,抱住燕麦的肩膀摇着。

"你有身子了，燕麦！"

"哒哒哒哒"，辘轳飞快地转着。"通"一声，水桶落在井底了。

我看着我妈和燕麦，愣了一会儿。一股热乎乎的东西在我的身子里猛烈地冲撞起来。我想哭。我想放声哭一次。

我跑到前院的墙拐角。我往墙拐角跑的时候就抽噎了。我对着墙，肩膀抽动着。

"呜！呜！"我仰着脖子。我感到喉咙里很堵。

我抹了一把泪水。我感到我的眼泪是热的。

我妈听见我哭，在二门口看了一会儿。

"好好的哭啥？"她说。她不知道我的心思。

"呜！呜！"我哭着。

我妈没有再问。那些天，一家人的心都像烧化的蜡烛一样，说不定谁突然就想哭。想哭就哭了。

晚上，我妈王玉梅翻来覆去睡不着。她坐起来，披上布衫，两只手托着脸想着什么，想一会儿又躺下，躺下又坐起来，一直折腾到后半夜。

她终于受不住那种熬煎了。她拍着我，轻声唤着："民生，你睡了没？"

我一骨碌从被窝里坐起来。我没睡着。我一直听着她翻腾的声音。

"你轻点声，妈想和你说说话。"她说，"披上布衫，甭着凉了。"

我披上布衫，等着她说。她没点灯。我和我妈王玉梅坐在黑暗里。

"你燕麦姐怀孩子了。"我妈说。

我点点头。我以为她还要说什么。她叹了一口气,歪低着头,不说了。我们坐了好长时候,她把布衫取下来,放在炕头,说:睡吧。

她抻抻被子,躺下了。

我猜不透她的心思。后来,我发现她老打量燕麦姐,好像要从燕麦的脸上看出什么异样来。

二十六

几天后,我妈王玉梅和我哥的媳妇燕麦谈了一次话。

我妈站在燕麦的屋门口犹豫了一会儿,终于鼓起劲,挑开了门帘。

"妈,你坐。"我听见燕麦说。

"嗯,坐,我坐。"我妈说。

我妈的口开得很艰难。

"燕麦,妈想和你说件事。"我妈说。

"妈你说,我听着哩。"燕麦的声音弱弱的。

"群生,群生去了,"我妈说,"这家里留不住你,你迟早也得找人……妈不是不明事理的人。你要走,我不拦挡你……"我妈又顿住了。突然,她提高了声音:"你看在妈的老脸上,把肚子里的娃给我生下来。我要这个娃。我一定得要这个娃呀,燕麦!"

我妈哭了。我妈和燕麦哭成了一团。

又过了几天,燕麦突然说她想回娘家看看。我妈愣了一下,说:"看看你爸你妈,散散心。去,你去,妈的心大着哩!"又说:"让民生送送你。"

"不,不用。"燕麦说。她好像有些慌张。

我妈一直把燕麦送出大门。

我脱下一只鞋,朝天上抛。鞋像鸟一样,在空中划出一道弧线。"上是男,下是女。"我说。

"啪哒。"鞋落下来,鞋口朝上。

"男娃!"我叫了一声,"妈你看,鞋口朝上,我燕麦姐一定生男娃。"

我妈没看鞋。她皱着眉头。

"民生,快穿上鞋,跟你燕麦姐去。"

我不明白我妈为什么要这样。

"去,甭让她看见你。她进了南仁村,你再回来,知道不?"我妈说。

燕麦没去南仁村,她拐上了另一条路。她匆匆走着。

她在乡卫生院门口站住了。她犹豫着,一脸痛苦。

"燕麦姐!"我喊了一声,从墙拐角背后朝她跑过去。

燕麦吃了一惊。她没想到我会跟着她。

"你?……"我看着她的脸。

燕麦蹲下来。她拉住我的手,可怜巴巴地看着我。

"兄弟,"她说,"姐也不愿走这条路……"

"我,我恨你!"我想甩开她的手。她死抓着不放。

"姐没办法啊，"她说，"姐不能要这个娃，生一个没爸的娃，太可怜了。姐还要活人。娃要受人的白眼……"她流泪了。"甭给妈说，她知道会受不了。"她说。

她站起身，朝卫生院的大门走进去。

我没动。不知为什么，我没动。我看着她往里走。

我一口气跑回家。我妈问我："去南仁村了？"

"嗯。"我说。

"你看着进了南仁村？"

"嗯。"我说。

"咋去这么长时间？"

"……嗯。"我说。

天快黑的时候，燕麦回来了。我妈有些诧异。

"我待不住……"燕麦说。

我紧张地看着我妈，心里咚咚跳。

"回屋快回屋甭累着了。"我妈给燕麦说。

我松了一口气。燕麦感激地看了我一眼，进屋了。

"啊噢！"我叫了一声，把一只鞋朝天上抛去。

第二天，我妈就知道了燕麦堕胎的事。

我妈做了两个荷包鸡蛋让燕麦吃。燕麦不敢看我妈的脸。她说她不想吃。

"挣扎着也要吃。不为你，也得为肚子里的娃。"我妈说，"吃，趁热吃。"

燕麦吃得很痛苦，像吃药一样。

我妈拿着一件衣服,坐在炕沿上。她要把它改成小孩的衣服。她一边做,一边给燕麦讲她的经验。

"女人生头一个都害怕,"她说,"其实没啥怕的。我生群生的时候和你这会儿一样,害怕得吃不下饭,睡不好觉。我生了五个,伤了三个,是过来人。有我在,不会让你吃亏。"她说:"老天爷造女人,就是让她生儿育女。"她说:"怀着娃,不能气着、累着,也不能饿着。要多吃。娃的衣服裤子我给你弄,你甭操心。"

燕麦一口也咽不下去了。

门帘"哗啦"一声被挑开了。典典妈像一只红脸鸡,愤怒地盯着燕麦。她来得很突然。

"二婶,你还给做好吃的?你该给她吃老鼠药!"

我妈王玉梅茫然地看着燕麦。燕麦低着头一声不响。

"二婶你咋这么糊涂,她把肚子里的娃刮了!"典典妈说。

我看见我妈的身子摇晃了一下。

燕麦"扑通"一声跪在地上,抱住我妈的腿。

"妈呀!"她哭叫着,"我对不住你啊,啊啊……"

我妈闭上了眼睛。

"我伤了儿子,又伤了我的孙子,孙子……"我妈王玉梅像说梦话一样。

"啊,啊,啊……"我妈的喉咙像卡进了什么东西。她抽搐着身子,朝后倒下去。我妈的手碰倒了柜盖上的鸡蛋碗。碗跌在我妈弯曲的膝盖上,翻下去。那两个荷包蛋在地上蹦跳着,像两个活物。

二十七

一个月以后,燕麦去了南仁村。我看见她在群生的坟跟前站了好长时间。她弯下腰,朝坟堆磕了一个头,走了。她什么东西也没拿。那时候是清晨,风吹得坟地里的树枝吱吱响。

她再也没有回来。从来到走,只有多半年的时间。

两年以后,我考上了县城的一所重点中学。

我爸刑满释放后,在家待了三个月,便患肝癌去世了。我从学校赶回来,他已躺在了棺材里。我看了他一眼。他穿着一身整齐的衣服,戴着一顶帽子,很安详。

借我爸钱的王三看过我妈一次。他发了财。我妈给他的脸上吐了一口。王三说嫂子你吐我害了你们一家你就是用刀砍我也不躲。王三给我妈掏出一叠钱。我妈把钱塞进王三怀里,说:你走吧。我妈的脸上布满皱纹。她老了。

就在那一年,我考上了外省的一所大学。临走前,我突然想看看燕麦。我见她的时候,她拉着一辆架子车,车上装着许多南瓜,还坐着一个三四岁的男孩。燕麦眨了好大一会儿眼,才认出是我。"这不是民生兄弟么你看我个笨眼听说你考上了大学?"她说。我点点头。车上的男孩喊着:"鼻,鼻。"燕麦在他的鼻子上捏了一把,把鼻涕甩出去,在衣襟上擦擦手指头,说:"妈好吗?"我说:"好,好着哩。"燕麦说拿几个南瓜给妈吃,自家种的,成实了。我没拿。她拉着架子车走了。我看着她的背影。我感到她说领我去落雁滩的话好像是上一辈子的事。

我妈坚持要把我送过北坡,还要送。我拦住了。我妈用浑浊的目光看着我。

"民生,你爸的事不是你给人说出去的?"她突然说了这么一句。

我不知道该怎么回答她。

"管住你的嘴。"她说。

(原载于《花城》1992年第5期)

买媳妇

一

根兰的肚子在后村人的眼皮底下一天一天往外鼓，鼓圆了。那天，村长天泰和玉柱扛着纤绳从河滩上往回走。天泰不时瞄着玉柱，想和玉柱说几句有关根兰肚子的话，硬是没说成。因为玉柱的眼睛不和他对光。虽然玉柱的心思也在根兰的肚子上，可就是不和他对光。玉柱一直把头仰在脖子上，看着远处的天。人在得意的时候就会这样，眼睛看着远处，自个儿和自个儿说话。到村口了，天泰抽手在玉柱的脖子上扇了一把。天泰说，瞧你那毬眉眼想和你说几句话你瞧你那眉眼。玉柱缩了一下脖子，眉眼一折，就把一脸的得意折成了笑，嗬嗬，嗬，玉柱看着天泰。天泰说，你甭给我笑你的喜也是咱后村人的喜根兰撇腿的那天你可得意思意思。

玉柱脸上的笑没了。

"咋？难道你想悄儿没声地让根兰给你下崽？没个响动？"天泰说。

玉柱吭哧了半晌，脸憋红了。

"要是，要是……"玉柱说。

"要是个毬！"天泰说。

"要是再生个……"

玉柱又憋住了。

天泰明白了玉柱的心思。根兰生过一胎，没落住，玉柱的心有些虚。可是，村长天泰很快就缓过神来，找到了说辞。他把眉毛一拧，教训了玉柱几句。天泰说你还是七尺男人！天泰说蛇咬了你一口连麻绳也怕了，难道说……哎？天泰觉得底下的话不便说出口，就打住了。他看见玉柱紧闭着嘴唇，用力一吸，嘴唇像柳叶一样发出来一声响。

"哎！哎！"有人朝这边喊。是村长的婆娘。她总这么叫村长天泰。天泰听见了，却不回头，依旧看着玉柱。难道咱不能往好处想？他说。

玉柱说嫂子叫你哩。

天泰说咱不能……哎？

嫂子叫你哩！玉柱说。天泰说听见了，毬眉眼，去去，回去摸根兰的肚子去。

玉柱要走。天泰说哎，问你话哩。玉柱又站住了。

"多少天了？"天泰说。

"不知道。"玉柱说。

"你扳着指头算么，"天泰说，"从种上那天起，二百八十天。这跟种庄稼一

样，八九不离十。难道你不知道哪天种上的？"

玉柱说："这又不是种庄稼眼睛瞅着往犁沟里埋种子。"

天泰跺着脚说哎嗨！你真是个哎嗨！

玉柱说:"再哎嗨!也不能把这事和种庄稼混在一起,天天晚上都种,谁知道是哪天晚上种上的。"

"你问根兰嘛。"天泰说。

玉柱还是不懂。天泰的婆娘又喊了。天泰比玉柱年长几岁,是种孩子的把式,

婆娘进门五年,下了四个崽。天泰说这事给你一时半会儿说不清,我婆娘又喊叫了,去,摸根兰的肚子去。

天泰耸耸肩膀,把纤绳挪挪好,走了。

根兰是老梅从贵州领来的,和村长天泰的婆娘一样,也是个漂亮女人。每天晚上,玉柱都要摸根兰的肚子。只有玉柱知道根兰的肚子有多好。他感到根兰肚子里的孩子不是一天天长大的,是他一天天摸大的。他躺在根兰的臂弯里,把一只厚重有力的手放在根兰的肚子上,眼睛瞪着屋顶上的木椽,一声不吭,像捂着一样不小心就会弄坏的东西。根兰的肚子没大的时候,他天天晚上骑她。他有使不完的力气。他爱听根兰在他的身子底下给他呻吟,难过得像一摊软泥。他说根兰你难受了?根兰说不,不,根兰把他抱得更紧了。根兰的脸像发烧的柿子。现在,他摸根兰,根兰像一只猫,安静地躺着让玉柱摸她。根兰感到玉柱的手把一股温热的东西传给了她。根兰说玉柱你天天这么摸咋就摸不够。玉柱说唔唔我也不知道咋就摸不够。根兰说我的肚子就这么好?玉柱说我觉着好越摸越好不信你摸。玉柱拉过根兰的手让根兰摸。根兰没摸。根兰把手抽走了。根兰说我摸不出好来。玉柱说这就怪了我咋摸咋好你咋就摸不出来?根兰掩嘴笑了一下。根兰笑的时候老爱掩嘴,其实根兰的嘴很好看。玉柱说也许自个儿的肚

子自个儿摸不出好来要别人摸,女人的肚子要男人摸才能摸出好来吧。根兰说那你就摸,你觉着好我也就觉着好了。玉柱说根兰快了吧?根兰说快了。玉柱说我听天泰说能算来日子。根兰说我心里算着哩。玉柱说狗日的天泰。根兰说天泰咋啦?玉柱说不咋他干活是能手养孩子也是能手,一种一个准他狗日的。根兰又要笑。玉柱说根兰你这回……根兰立刻捂住玉柱的嘴不让玉柱往下说。根兰说你甭说本来我就害怕。玉柱说不怕不怕你生个鸡蛋我也认。玉柱想起天泰的话。玉柱说狗日的天泰教训我让我往好处想。根兰说你看你人家天泰是好心你骂人家。玉柱说我没骂我是感激他狗日的。根兰不再说什么,把手放在玉柱的手背上。就这么,根兰捂着玉柱的手,玉柱的手捂着根兰的肚子,一直到他们睡过去。

几天以后,根兰喊肚子疼。玉柱没忘记天泰的话。他让他哥金梁去找天泰。

"你就说咱给村上叫一场电影。"玉柱说。

金梁大玉柱五岁,是个光棍。他娶过一房,死了,所以成了光棍。玉柱比金梁有主意。其实金梁也是个有主意的人,死了女人后有些蔫了,显得没主意,脾气出奇的好。

根兰在里屋的炕上一声一声叫唤。金梁说我找天泰你去叫二女。二女是个单身女人,会接生。玉柱说根兰你给咱坚持住我去叫二女。金梁和玉柱都从大门里跑了出去。根兰咬着牙根,躺在炕上,眼睛瞪得像死鱼一样。

二

"玉柱想叫一场电影。"金梁给天泰说。

村长天泰正蹲在炕上,嚼白萝卜咸菜吃粥。他把脖子一拧,说:"撒腿了?根兰撒腿了?"

金梁不好答话。

"噢噢,"天泰说,"你是他哥不能胡说走走到镇上去。"

天泰叫了几个船夫,和金梁一起去了镇上。镇上有一台放映机。

这时候,单身女人二女已经坐在了根兰的炕上。手跟前放着水盆和剪脐带用的剪刀。根兰撒着腿,挺着肚子,叫唤着,呻吟着。二女用毛巾擦着根兰头脸上沁出的汗水珠子,教导着根兰,让根兰鼓劲,用力。

"这是力气活,根兰,"二女说。"生娃没有不出力使劲的。"二女说,"有人生娃前要饱吃一顿,为的就是生娃的时候出力,你吃饭没?"

根兰使劲点头。

"那你就得使劲,甭惜力气。"二女说。

玉柱蹲在屋门外。二女不让他进去。二女说生娃不是亲嘴,用不着男人。玉柱几次想进去,因为根兰的叫唤声猛一下就很揪心,二女还是不让。二女说你要进来你就给接生。玉柱觉得二女的话比根兰的叫唤声更吓人,就只好蹲在门外。他咬着嘴唇,黑着脸,好像根兰不是要给他生娃,而是在给他上吊。

根兰整整叫唤了一天，硬是没让二女的水盆和剪刀派上用场。根兰每叫唤一声，玉柱都想冲进去扇二女一个耳光，然后把手塞进根兰的肚子，掏出那一块迟迟不肯出来的东西。当然他没有冲进去，他只是想。他知道生娃和在鸡窝里掏鸡蛋不一样。

天麻黑了。金梁和天泰扛着丝绳从门外走进来。他们已经把放映机和放映员一起放在了村委会的院子里。他们朝紧闭的屋门看了一眼，挨玉柱蹲下来。他们知道事情有些麻烦，没和玉柱打招呼。玉柱像害牙疼一样。金梁从耳朵背后取下一支卷好的烟卷，递给玉柱。玉柱没接。金梁把烟卷叼在嘴里，在衣袋里摸火柴。天泰已点着了烟，把火递给金梁。金梁摇摇头，继续摸着，到底摸了出来，正要划，屋里突然传出一声喊叫。三个男人立刻扬起脖子，朝屋门看去。

没有婴儿的哭声。

孩子们很兴奋。银幕已挂起来。放映机支在人堆里，旁边竖着一根竹竿，吊着一只电灯泡。放映员是个年轻的小伙子，正在教光棍汉万泉发电。万泉把一截麻绳缠在发电机轮子上，拉了几次，没成。万泉并不气馁，反而觉得好玩，一次次缠着，拉着。

孩子们等得没耐心了，喊着：放！放！

"放你妈个腿！"万泉说，"没电咋放？再喊叫把你们扔到房上去。"

孩子们不吱声了。他们都怕他。光棍万泉娶不到媳妇，肚子里有火，燥气了会真扔的。

"去，到玉柱家看去。"万泉给孩子们说，"他婆娘一生，就立马回来报告。"

一伙孩子们跑走了。万泉又一次把麻绳缠上轮子，用力一拉，发电机响了。

竹竿上的电灯泡嘭一下亮了。

"咋样？"万泉一脸得意，看着放映员。

"关了先关了。"放映员说，"掏钱的人没给话不能放。你先把绳子缠上，放的时候再拉。"说着，就要关发电机。

万泉不悦意了。万泉说关了发电机灯泡就灭了。放映员说就是不让灯泡亮才要关灯泡亮着费电。万泉说天黑成毯了你让大伙儿亮亮堂堂的多好。放映员说看电影又不是看大伙儿的脸要看脸叫我来做什么关了关了。

几个孩子从门外跑进来。

"生了？"万泉问。

"生着哩。"孩子们说。

万泉说你妈的腿我知道生着哩去去再看去让她快点生。

孩子们说二女把擀面杖都用上了在根兰肚子上擀哩。

放映员说这事还麻缠关了关了。

又一伙孩子从门外跑进来说生了生了！

"你看，你关不成了。"万泉给放映员说。

"关不成就放。"放映员说。

咔啦啦啦，放映机转动起来，放映员说万泉你往银幕上看你看我做什么电影又不在我脸上。

电灯灭了，一道光束朝银幕射过去。万泉和满院的人都像雁一样伸长了脖子。

"关了关了！"有人失眉吊眼地喊着跑进院子。

是金梁。他拨开人堆，堵在了放映机前边。

"关了！"金梁说。

放映员眨巴着眼。他没关放映机，因为他省不过神来。放映机咔啦啦啦转动着，那束光全在金梁的胸脯上。"关了。"金梁说。

"为啥？"放映员说。

"孩子死了。"金梁说。

放映员把眼睛大张了一下，又缩小了。他咽了一口唾沫，很为难的样子。

"你看，你把钱都交了，不放咋办？"放映员说。

金梁的胸膛上放着光芒。要不是他的胸膛，光芒就会在银幕上放射。

"咋办个毬。"天泰从人堆里挤过来，嘭一下拉亮了电灯。"不放就不放了，还咋办？都回家睡觉去，听见了没有？"

满院的人都站起来，提着椅子板凳往外走。万泉屁股底下坐着一摞砖头。他抬起脚，朝它们踹过去。砖头倒了。

"小心你狗日的脚腕子！"天泰冲万泉骂了一句。"你婆娘生个死娃你放不放电影？"他说。

"我要有婆娘我给村上唱大戏！"万泉说。

"有一头母猪给你，你回家躺在炕上等着去。"天泰说。

万泉不敢回嘴，但万泉的样子很傲气，手背起来，胸脯一挺，从大门里走了出去。

"毬眉眼。"天泰说。

放映员一直愣着。天泰说你还愣什么把你这一摊子收了去。

当天晚上,金梁和玉柱在村外的野地里挖了一个土坑,埋了死婴。他们在那里蹲了很长时间。

"玉柱……"金梁说。

他想安慰他兄弟几句,却找不到合适的话,显得比玉柱还熬煎。

"玉柱……"他说。

他这么说了几次。

后来,老梅就来了。

三

河水从深山大岭中喷涌而出,到平缓的地带后就变得温和起来,不紧不慢地随山势蜿蜒,向远处流去。阳光照下来,给水波里弄出一块块闪光,也给河滩的沙石里揉进一层淡漠的红色。

后村人除了种庄稼,也吃这条河。他们不捞鱼。河里没鱼。他们给山上送货。

山顶上有座古塔,突然热闹起来,许多人去那里烧香,还有许多人去那里看风景。

后村人用船把货从山后的河水里运上去换钱。他们踩踏着河滩上的沙石,拖着木船逆流而上。船上装着食品和日用百货。船夫都是青年男人。他们送完货物点完钱之后,有婆娘的就各回各家,没婆娘的光棍们无处可去，就跟在村长天泰的屁股后头，到天泰家去吹牛聊天。他们不缺胳膊不少腿，谁知道咋弄的，就是找不到女人。没女人的男人一个人待着太恓惶，也着急，所以，他们都去天泰家。

那些天，他们总说根兰，说着说着，就说到他们自己了，然后就想起了老梅。

天泰的婆娘坐在炕上补衣服裤子。她有补不完的衣服裤子。她的脸上总有一种满足的笑。天泰也很满足，蹲在炕沿上抽旱烟。他不太插嘴，只听光棍们张嘴胡说。

是玉柱不会弄，还是根兰不会生？两个了，都是死的。他们想不通，所以，他们每一次都从这儿说起。然后就有人反驳：娃在根兰的肚子里，根兰撇腿生哩，咋能怪玉柱？咱不能掂个臭嘴胡说吧。然后——

"我看也不全是胡说，老梅弄来的女人都是外地的，不保险。"有人这么说。

万泉也在。他瞄着天泰婆娘说："咱嫂子也是老梅弄来的，咋生一个成一个？难道是咱村长会弄？让村长给玉柱教教。"

天泰婆娘说："臭嘴"。依旧是满脸笑。她不到三十岁，身段很好。她是老梅领来的女人中最好看的一个。

"老梅狗日的眼里有水哩，捡好的给村长。"有人说。

万泉不同意。万泉说老梅眼里有水能看见漂亮不漂亮可老梅再能也不能看出会不会生娃吧？

光棍们说那不一定，说不准老梅就有这眼力，母马能不能下驹牲口贩子一搭眼就能看出，老梅弄这事多年没这点眼力还能是老梅？让村长说。

天泰不说,只是个笑。

呼啦啦,门外撞进来四个光葫芦,一个比一个矮一点,清一色长牛牛的。他们都是村长天泰的光荣。最高的一个挪过一条板凳站上去,把手伸进吊在屋梁上的馍笼里,抓出一个馒头,又抓出一个,再一个,分给几个兄弟,然后给自己抓了一个,跳下板凳,又呼啦啦跑了出去。

光棍们正在想着老梅。他们突然想起,老梅好长时间没来村上了。

"老梅咋这么长时间不闪面了?"他们说。

"咋?都把钱攒够了?"万泉说,"钱够了就在本地找嘛,明媒正娶,一不操心跑,二不怕像根兰一样光生死娃。"

一个光棍撇撇嘴,说:"钱是屁股流油磨豆腐一样一分分挣的,不是在路上捡的。这账我可算过了。找本地的女子,从订婚到娶进门,至少也得这个数,"他用指头比画出一个六,"六千块。"他说:"从老梅手里买,最多也就三千。"

其实,这笔账光棍们都算过,所以,腰里的钱差不多了,就会想起老梅。

"找本地的知根知底嘛。"万泉说。

"买到屋里过一段日子就知根知底了。"光棍们说。

"问村长,看他知不知嫂子的根底。"他们让天泰说。

天泰还是个笑,不说。

几天后,他们就知道了老梅进村的消息。他们送完货收了船,从河滩上往回走,二女把他们堵在了村口。

"老梅来了!"二女说。

他们愣了一下,有些不信。

"来了?"他们说。

"来了真来了。"二女说。

二女的脸上泛着红色,像下完蛋的母鸡。老梅每次来都住在二女家,老梅说二女干净。也许他们还有别的事,要不老梅一来,二女就像吃了喜娃他妈的奶一样,连大腿上的肉也兴奋得发颤。

"三个。"二女说。

光棍们"嗷"地叫了一声,撒腿向村里跑去。

"老地方。"二女冲着他们的背影说。

他们很快就看见了老梅,看见老梅领来的三个女人。

他们没想到玉柱也会来。

四

老梅是猎户,女人就是兔子。老梅是钓户,女人就是鱼。他总能打到兔子或者钓到鱼。他把她们弄到一起,然后再弄到后村,分配给这里的光棍们。这就是老梅。

老梅知道什么叫商品经济。老梅说商品经济就是做买卖。买啥卖啥?老梅说啥赚钱买卖啥。在多的地方买,在缺的地方卖;在价钱低的地方买,在价钱高的地方卖。这就是商品流通。

"我流通女人。"老梅说,"你们这儿缺这东西。"

就是就是,光棍们说,咱这地方啥也不缺就缺女人你多给咱流通些。

老梅说这事情越来越难做了。过去叫牵线红娘现在叫人贩子弄不好要坐班房。

光棍们说放娘的狗臭屁说这话的都是有女人的人让他们打十年光棍看他们还说不说。买媒人的就合法买人贩子的就犯法了?媒人就近找人贩子从远地方弄就是个远近的不同啥是个远啥是个近?一百里二百里?一百里以外犯法你就给咱在九十九里的地方弄。

当然当然,老梅说,让紧箍咒箍住的话就不是老梅了。老梅吸了一口烟,又吐出来,歪着头,眯着眼,让吐出的烟雾,从鼻子前边一直飘浮上去。

这就是老梅。

这回,他弄来了三个。他给她们说找工作,先去煤矿做饭,然后做统计员。因为她们里边有识字的。他们走了许多天,女人们不放心了,要回去,老梅的同伴就变了脸。老梅有一个样子很凶的同伴,是个青年男人,脸上有一块刀疤。刀疤说谁也走不成,领你们逛世界来了是不是?一路上坐火车汽车蹦蹦车还有住宿吃喝的花费你们掏是不是?想回去就留一条腿,他说。老梅没有变脸。老梅说别生气别生气她们没出过远门想家了这也是人之常情对不对?女人们害怕了,给老梅直点头。老梅说就是嘛跑这么远的路哪能不工作就回去。老梅也有变脸的时候。老梅一变脸就让女人脱衣服,然后自己也脱。然后,老梅的同伴就会压住女人,让老梅和女人干那事。老梅也压女人。老梅压女人的时候，干那事的就是刀疤。老梅觉着这么弄女人没意思，他觉着二女好，所以他压女人，让刀疤弄。他要把心情留给二女。这也是老梅。他知道怎么能把女人的毛抚顺，让不听话的听话，让听话的更听话。

二女说的老地方是她家的一间空房子。老梅和刀疤把女人们推进去，让她们脱掉长衫长裤，挨着墙壁站好，让光棍们看。

"看吧，"老梅说，"看仔细些。"

蹲在另一面墙壁底下的光棍们立刻睁大了眼。

"高矮胖瘦脸面身材胸脯屁股胳膊和腿都在这儿了，"老梅说，"你们随便看。"

现在，女人们已经明白了，后悔了，可是也来不及了。她们站在一排光棍们的面前，努力收缩着自己，捂着脸，抽泣着。她们头顶的墙面上，用白粉笔写着她们各自的价钱。年龄最小的一位，价钱最高，三千五。

"她叫小艾，"老梅说，"是县城的高中毕业生。"

光棍们开始盘算挑拣了。有的被价钱吓了回去，决定不买了，就品头论足。

"这么高的价，是金子，还是银子？"一个说。

"价高不一定实用。咱花钱买的是女人，不是绣花枕头。"另一个说。

"我看三千五那个，也许是头不会生养的骡子。"另一个说。

玉柱就是这时候走进来的。他轻轻推开门，蹲在一个光棍的跟前，给老梅点点头，然后，把目光放在了三个女人的身体上。

"你来弄啥？想买二房啊？"光棍说。

玉柱不吭声，专心地审视着女人。

万泉从始到终没说一句话。他是光棍们里边看得最认真最细心的一个。经验丰富的老梅知道，这才是真正的买主。他笑吟吟走到万泉跟前，掏出一根纸烟递过去。

"万泉，别把眼看花了。"他说。

光棍万泉挡过老梅递过来的纸烟，站起来，朝年龄大一点的女人走过去。女人立刻把脸埋到了手里。

"我是结了婚的人，"女人说着要哭了，"我有男人，有娃。我被人骗了。"

女人真哭了。

万泉没有诧异，也没有生气，好像没听见女人的话。他上下打量着，然后，把女人拨过身去，又打量了一阵，然后退回来，看着女人，思量着。

"咋样？"老梅说。

这回，万泉接了老梅的纸烟，点着，吸了一口，喷出一股白烟。

"这个我要了。"万泉说，声音不大，却掷地有声。

"二千五的我要！"一个光棍喊了一声，好像怕喊迟了别人会抢走。

老梅一脸得意，扫视着光棍们。

紧挨玉柱的光棍，用胳膊捅捅玉柱说：剩一个了，再不拿主意就迟了。

玉柱把下巴颏抵在搭起的胳膊上，思考着。

"钱不顺手的，过几天也行。"老梅说。

玉柱还在思考。

那天晚上,玉柱不停地翻身。他睡不着,好像被什么难缠的事情纠缠住了。他哥金梁早就睡实在了,鼾声不时地往玉柱的耳朵里钻。他坐起来,在黑暗里瞪着眼。

嘭,灯亮了。根兰也坐起来,给玉柱披上衣服,担心地看着玉柱。她不知道玉柱为什么睡不着。她已经恢复了许多,额头上绑着一块红布,怕受风。

"咋啦?"她说。

玉柱愣着眼,一动不动。

根兰摸摸玉柱的额头,不烧。

"喝水不?我给你倒水去。"根兰说。

玉柱皱皱眉头,很烦躁的样子。根兰不敢再问。玉柱又躺下了。根兰给玉柱掖好被子,关了灯。她没躺在被窝。她侧着身,用手支着头,在黑暗里看着她男人。玉柱又翻了几次身。根兰在心里叹了一口气,无可奈何地缩进了被窝。她实在太困了。

第二天清早,玉柱穿好衣服,勾上鞋,又去了一趟二女家。他好长时间没有开口说话。他坐在炕沿上,仔细地卷着烟卷,好像不是来说事情,而是来卷烟卷的。

老梅也不开口。他抽着纸烟,耐心地等待着。

玉柱到底卷好了那支烟卷。他掐了纸头,却并不点燃,歪过头,定定地看着老梅。

老梅刚吐出一口烟。烟雾弥漫了老梅的脸。

"你抹下来一千,我立马交钱领人。"玉柱说。

老梅在烟雾里思量着。

"行不行你给句话。"玉柱说。

啪啦一声,老梅把半截纸烟扔在了地上。

"就这了,你取钱去。"老梅说。

天大的事情,一下决心就简单了。就这么,玉柱买走了小艾,年龄最小的那个。

"县城的高中毕业生。"老梅说。

五

噼里啪啦。玉柱用竹竿挑着一串鞭炮,挑得老高,炸出一团团五颜六色的纸花。金梁穿着一身新衣服,站在他弟玉柱的身后,笑着,说不清是羞涩还是幸福。几个孩子捡拾着落地未响的爆竹。另几个孩子在远处朝金梁喊叫。

"金梁,圆房。金梁,娶媳妇。"

玉柱把竹竿朝孩子们抡过去。孩子们跳开去,又转过身,齐声喊着。

金梁只是个笑。

玉柱一直没给金梁说买女人的事。玉柱把小艾从二女家领回来的时候,金梁直眨巴眼。玉柱把小艾交给根兰,然后说:"哥你别眨眼,你来,我有话和你说。"

金梁还在眨眼。玉柱把金梁拉进屋。

"咋样?"玉柱一脸笑,问他哥。

"啥咋样?我不懂你的话。"金梁说。

"女人,你看那个女人咋样?"玉柱说。

金梁还是不懂。

"我把她买了。"玉柱说。

金梁更不懂了。

"二千五,从老梅手里买的。"玉柱说,依然是一脸的笑。

"再把她卖出去,是不是?"金梁不高兴了,以为玉柱想当二道贩子。

"你咋就不明白?咱家缺个女人,你咋就不明白?"玉柱说。

"噢噢,"金梁明白了,"你是给我买的?"

"咋样?"玉柱说。

"不咋样。"金梁说。

这回,该玉柱不明白了,急了。

"县城的中学毕业生,老梅亲口说的。"玉柱一着急,说话就像打枪一样,"人刚才你见了,不咋样?"

"嗨嗨!"金梁跺了一下脚,"我不是说人不好。我还能谈嫌人?我是说,这么大的事,你该和我商量商量。"

"噢噢,"玉柱有些放心了。"现在和你商量也不迟。"他说,"你总不能一辈子不要女人吧?"

"是啊是啊。"金梁说。

"那还有啥商量的?钱我已经交了,人你也不谈嫌,还有啥商量的。"

"你看你,你让我把话说完嘛。"金梁说。

"不商量了。"玉柱说,"根兰给你把屋子收拾收拾,明天就办事。"

玉柱走了。

金梁抱着头,在地上蹲了很长时间。他感到事情有些突然,然后,就为他兄弟的用心感动。玉柱啊玉柱,他在心里说,你哥咋能一辈子不要女人呢。他像吃了一块热豆腐,热乎乎要流出眼泪来了。

那天晚上,他们兄弟俩说了半夜话。他们感到他们比世界上所有的兄弟都亲。

"一定得保住这女人。"玉柱给他哥说。

"让根兰好好养身子。"金梁给他弟说。

"得放一串鞭炮。"玉柱说。

"你说放就放。"金梁说。

噼里啪啦,鞭炮放响了,响得村庄好像要跳起来一样。那时候不是清晨,而是黄昏。他们兄弟俩商量好了,爆竹一放完,金梁就进屋,和女人圆房。

金梁的屋子已经收拾过了。根兰拿着几件新衣服让小艾换,小艾不换。小艾坐在炕上。根兰的屁股担着炕沿。

"咋说也是个喜庆的事,换件新衣服,图个吉利。"根兰说。她把同样的话已说过许多遍了。

小艾一声不吭。

"是女人,迟早都得过这一关。"根兰说。

爆竹放完了。玉柱和金梁关了大门。

"根兰！"玉柱朝屋里吼了一声。

"哎。"根兰应了一声。

"出来！"玉柱说。

根兰对小艾说：以后就是一家人了，我该叫你嫂子。

"根兰！"玉柱又吼了。

"来了来了。"根兰说。根兰把手里的新衣服放在小艾跟前，对小艾笑笑，说："我走了。"

根兰刚一出屋，玉柱就把站在门口的金梁推进去，咣啷一声，拉上门，拴上了门闩，又掏出一把锁，咔嗵一声，锁上了，然后转过身，对根兰说，回去。

根兰看着上了锁的屋门，很不放心。玉柱不耐烦了，一把抓住根兰的胳膊，朝他们的屋里拽去。

玉柱一直把根兰拽到炕跟前，一用力，根兰顺势就坐在了炕上。玉柱返身关了屋门。

"你看你。"根兰伸着手腕让玉柱看。她的手腕让玉柱抓疼了。

"谁让你磨蹭。"玉柱说。

"我担心金梁哥……"

"有啥担心的？脱你的衣服。"玉柱说。

"听听嘛，听听金梁哥他们。"根兰说。

"听啥？能扳倒她就成了。脱。"玉柱说。

"啥话也能慢慢说，听你的声，开飞机一样。"根兰亲昵地白了玉柱一眼，开始解衣扣。

玉柱已脱光了。

"真是个二愣。"根兰说。

根兰的衣服还没脱完,玉柱已等不及了。他扳倒了她。她噢地叫了一声,抱紧了玉柱。他们拉灭了灯,纠缠在一起。他们都很投入。玉柱拱着根兰的身子,喘着气。根兰轻轻呻吟着,让玉柱拱。

"啊!"玉柱叫了一声。

"哦!"根兰也叫了一声。

他们就躺平了。他们张着眼,喘了一会儿气,然后就竖着耳朵,听金梁屋里的动静。玉柱的一只手放在根兰的肚子上。他们一声不吭。

六

金梁没有扳倒小艾,那个县城的高中毕业生。

小艾的妈妈是县卫生局的副局长,是那种精明能干又厉害的女人。她爸在一所中学教音乐,会拉手风琴,并有一副嘹亮的嗓门。可在精明又厉害的女人跟前,他就成了窝囊的男人。小艾讨厌她妈的精明,也瞧不起她爸的窝囊。她妈说小艾你考卫校。小艾说我为什么非要考卫校。她妈说你考大学考不上考其他学校我说不上话。小艾说我的事为什么非要你说上话。她盯着副局长。副局长端着磁化杯正在喝水,不喝了。她把磁化杯噔一声放在茶几上,扭过头对厨房里的音乐教师说:把你那东西给我停了。音乐教师正在拉《莫斯科郊外的晚上》。他总爱拉那首歌，一边走一边拉，拉到了厨房去了。

停了！副局长说。

手风琴不响了。音乐教师走出厨房，卸着手风琴。怎么啦怎么啦我刚拉出点味道这不是你爱听的歌吗？音乐教师的笑脸几乎要挨着副局长冷峻的鼻子了。

小艾越来越不像话了非要跟我对着干，副局长说。

音乐教师说小艾你不能跟你妈对着干，对着干对你没好处。小艾说我没想和谁对着干我讨厌你们这么一唱一和的口气！小艾出门走了。副局长也是精明的女人，和音乐教师也是窝囊的男人两口子对瞪着眼，对瞪了好长时间。他们想不到小艾会出远门。他们想她吃晚饭的时候就会回来。

小艾没回来，小艾出了家属院，拐进了巷子，从她家楼前过的时候，她听到了音乐教师的手风琴声，还是那首《莫斯科郊外的晚上》。小艾感到恶心，就一直往前走，一直走到了汽车站。后来，就碰上了老梅。

现在，她坐在了金梁的炕上。她顺着眼，灯光把她的身子投在墙壁上，拖成一团巨大的阴影。根兰给墙上贴了几张画，使这间屋子透露出一些新房的气氛。

金梁不是玉柱，他没有硬扳。他想女人要是愿意，你不扳她自己就会倒，女人不愿意，你就是硬把她扳倒，也弄不成事，所以他没硬扳。他倒了一盆热水，放在炕跟前，看着小艾。

"你洗洗。"金梁说，"你们念书人讲卫生。"

小艾没想到，金梁会这么慢声慢气地和她说话，慢声慢气中还有一种关切。她抬起脸,看着金梁。

金梁一脸诚恳,迎着小艾的目光。

洗就洗。小艾这么一想,就抬腿下炕了,端过脸盆去洗脸。她也实在该洗一次脸了。走了上千里路,洗脸是有次数的。

金梁坐在炕沿上,看着小艾洗脸,心里突然涌动起一种温热的情感。他的屋子里有一个女人在洗脸。他看着她。就这么,他的心里涌动起一种温热的情感。

小艾洗完脸,端着脸盆想出门倒水,拉拉门,这才想起门被反锁了。金梁也想起来玉柱把门锁了,刚才看小艾洗脸,心里忽儿忽儿的,就忘了锁门的事。他跳下炕沿,接过脸盆,给小艾笑了一下,笑得很不好意思。

"我来。"金梁说。

金梁顺着门槛,往外倒脸盆里的水。小艾走到衣柜跟前,对着镜子梳理头发。

衣柜上嵌着一块玻璃镜。金梁倒完水,转身来,小艾已坐在炕上,扎好头发了。她看着金梁,洗过的那张脸像杏一样,看着想吃,吃着又觉得可惜。

金梁的心咯噔响了一声。

小艾又顺下眼去。她听见金梁一步一步朝炕跟前走。走到跟前了,坐在炕沿上了。

啪啦,一只鞋掉到了地上。

啪啦,又一只。

金梁要转身上炕。小艾突然失声叫起来。

"别上来！"小艾扬起头来，叫了一声。羞愤和惊慌，使那张杏一样的脸变成了一枚柿子，红得要喷发出血来。

金梁被吓了一跳，愣了，一动不动地看着小艾。

"你别……"小艾要哭了一样。"你别碰我。"她说，"我才十七岁，我是被老梅骗来的，他说他给我找工作，他骗了我，我要走，我不会给你当媳妇的。"

金梁不知该怎么办了。

"你下去。"小艾说。

"你不能让我在地上待一夜吧？"金梁说。

"你下去。"小艾说。

"我不动你，行不？"金梁说。

"我害怕。"小艾说。

金梁摇摇头，在地上找鞋。

"好，我下去。"金梁说。

金梁倒了一茶缸开水，顺衣柜靠着。

"你睡。"金梁说。

"我不睡。"小艾说。她心里宽松了一些。

"我喝水，你睡。"金梁说。

金梁喝了一口，水太烫。金梁吹了几口气，又喝。

小艾拿过根兰送给她的衣服，嘶一声，撕成了两半。金梁不喝水了，看着小艾。小艾继续撕着，把衣服撕成布条，然后用布条扎裤腰和裤腿。金梁感到他的心打战了。他赶紧喝了一口水。小艾扎好裤腰和裤腿，又顺着眼，坐在炕上一动不动了。金梁心里很焦渴，一口一口喝着,喝完了茶缸里的水,还在喝,喝着茶缸里的空气。突然,他不喝了。他的眼睛盯在了墙脚的一口瓷瓮上。

"小艾。"金梁说。

小艾受了一惊,扬起头。

"你睡不着,是不?"金梁说。

"我不睡。"小艾说。

"我给你顶缸。"金梁说。

小艾不懂金梁的话。金梁说你见过耍杂技的顶缸没?我给你顶缸。说着,就放下茶缸,朝那口瓷瓮走过去。瓷瓮里有几个麻袋。金梁把麻袋取出来,抓住瓷瓮一用力,嘿一声,瓷瓮沿儿就落在了金梁的头顶上。金梁伸开胳膊,摇摆着身子,努力平衡着,不让瓷瓮掉下来。他龇牙咧嘴,满脸涨红,大张着眼,想看头顶上的瓷瓮,又想看小艾。

小艾被金梁的举动惊呆了。

金梁很想笑一下,可头上的瓷瓮颤悠悠晃动着,不让他分心。金梁说小艾你看我有的是力气我没地方使我给你顶缸耍。金梁说这话时,眼眶里溢满了泪水。本来他想笑,不知为什么溢出了眼泪。

"小艾你看,你往我这儿看。"金梁说。

金梁又用了一下力,嘿一声,瓷瓮荡起来,转了一下,又落下来。金梁用头去接,想接住另一边的瓮沿儿。

他没有接住。瓷瓮结结实实地从金梁的头顶上扣了下去,扣住了金梁。

小艾抱住头叫了一声,不敢看。她想金梁会被瓷瓮砸死的。

没有。金梁被砸晕了一会儿。没多长时间,他就从瓷瓮里爬了出来,又靠着瓷瓮蹲下去。

他睡着了。

七

玉柱把钥匙塞进锁孔,打开锁,取下门闩。门被拉开了,金梁从屋里走出来。

他睁了一下眼,阳光猛烈地刺进他的眼睛。他挤挤眼,朝茅厕走去。昨晚上喝进肚子的水,全变成尿水了。玉柱又拉上门,拴上门栓,要锁。根兰说不锁了,我和金梁哥都在家里,还看不住一个女子。玉柱就不再锁门,把门锁装在了衣兜里。

金梁从茅厕出来了。

"你不去河上了。"玉柱给他哥说,"你给咱凿个石臼,砸辣面子调料面子用。"

金梁看着玉柱,有些意外。

"石头我找好了。"玉柱说。

院子里真有一块石头,上边放一把铁锤,一把铁凿子。

"人跑了,钱就白扔了。"玉柱说。

"噢噢。"金梁说。

玉柱去了河滩。金梁就坐在院子里,凿那块石头。根兰给小艾端了一盆洗脸水,然后扫院子。扫完院,小艾也梳洗过了,根兰就拉小艾去厨房做饭。根兰淘米,小艾烧火。小艾不会拉风箱,很别扭。根兰说拉几次就好了。她往炉膛里添了一把硬柴。

小艾很快就拉得顺手了。她从来没拉过风箱,觉得很新鲜。根兰给她说很多村上的事情。根兰说的事情也很新鲜。根兰说这村上有许多外地女人。光棍们一有钱,就想媳妇,他们都愿意从老梅手里买。村长的婆娘也是从老梅手里买的,我也是。根兰说,我娘家在贵州,被人骗出来,经老梅跟了玉柱。

"我跑过几次,都给抓回来了。"她说,"后来我就不跑了,就认了。我跑啥呢?女人嫁给谁不是一辈子?在爹妈也是卖,和老梅卖有啥两样?这么一想,我就安心了,也觉着玉柱是个好男人了。"她说:"玉柱脾气不好,不如金梁哥。女人能摊上个好脾气的男人,也是福气。我现在啥也不想了,就想着给玉柱生个孩子。"

根兰像在讲别人的事情一样。

"我命苦,生了两胎,都失了。"根兰说。她说这话的时候,眼圈儿好像红了一下,也许是水蒸气扑了眼。水开了,她揭开锅,吹着升腾的蒸汽。

"水开了待会儿再烧。"她说。

小艾停了风箱。根兰灌了两壶开水,然后往锅里搭米。小艾觉得根兰很能干,人也好。

能听见金梁在院子里凿石头的声音。其实金梁人也不坏。小艾这么一想,就偏过头,想看一眼院子里的金梁。金梁在前边院子的墙根底下,在灶窝里偏偏头是看不见的。

金梁一下一下凿着那块石头，很认真的样子。其实，他的心思不全在石头上。

他想着昨天晚上的事。他感到有些窝囊。他想他不顶缸就好了。他想他就该上炕，把小艾扎裤腰裤腿的布条撕了，然后再撕她的衣服。小艾就是喊叫起来，也不要紧。小艾的喊叫就是让全村的人听见，也不要紧。我又没撕别人的衣服，我撕我的女人的衣服与别人毬不相干。我要能撕掉她的衣服就好了。我抓她的奶奶。我怎么也能抓她的奶奶吧？你要真抓住了女人的奶子，撕了她的衣服，情况也许就会是另一个样子。金梁一边凿着，一边这么想。他越想越后悔，恨不能让时间倒回去，倒回到昨天晚上去。

万泉就是这个时候蹲到金梁跟前的。

万泉轻轻推开头门，闪进来，又轻轻合上门，蹲到了金梁跟前。他朝厨房那里看了一眼，一脸神秘的表情。

"咋样？"万泉问金梁。

金梁没吭气。

"昨晚上，咋样？"万泉又问了一声。

金梁还没吭气。他不会给万泉撒谎，可他也不会给万泉说他顶缸的事。所以，他不吭声。

"没成？"万泉说。

金梁有些恶心，想用手里的铁锤敲万泉的头。

"你是咋弄的嘛！"万泉说，"给她个下马威嘛。"他说："我那个女人也是，咋说也不愿意，我就给了她一个下马威。我说今晚死都成，不让睡，万万不成。我说完就把她压倒了。"

金梁一下一下凿着。

"女人一到男人身子底下，就不由自己了。"万泉说。

"不信你照我说的试试。"万泉又说，"万事开头难，头一开，往后就顺溜了。就看你能不能横下心。"

金梁不凿石头了。可金梁也没看万泉。他看着那块石头。万泉以为他的话起了作用，更来精神。

"你是有过女人的人嘛，是不是看她嫩，可惜？再嫩也是女人嘛。放到炕上的女人还睡不了，算毬啥男人！"万泉说。

金梁把手里的凿子在石头上敲了一下。万泉这才看见金梁的脸色有些不对。

"我说错了？"万泉说，"难道我说错了？"

金梁开口了。金梁说你再胡说我就敲你狗日的。

"你看你看，我教你成事你还是这态度。我胡说了？难道我胡说了？"万泉说。

"出去！"金梁说。

万泉有些害怕，站起来，看着金梁。

"这熊是不是病了。"他说。

"滚！"金梁吼了一声。

万泉跳开了，然后往大门跟前退。他很担心金梁手里的铁凿子，也许金梁会把它朝他的头甩过来。

"这熊病了。"万泉咕噜了一句，从大门里跳了出去。

金梁举起凿子，朝石头狠狠地摔下去。铁凿子发出一声脆响，弹起来，蹦出去老远。根兰和小艾听见响声，跑出厨房，看着金梁，不知他怎么了。

几天后，金梁就给了小艾一个下马威，然后，和玉柱打了一架。

八

小艾不和金梁睡，金梁一点办法也没有。小艾和根兰一起扫院，一起做饭，甚至脸上也有了一点儿笑，可一到晚上，就扎裤腰裤腿，并且全扎成死结，看得金梁真想大哭一场。

"哥，你就真拿她没办法了？你就不能来点硬的？"玉柱朝他哥这么吼着。他比他哥还着急。

"绳呢？刀呢？你就不能用上一样！"玉柱喊着。

那天晚上，金梁把绳和刀都甩在了柜盖上。

咣啷一声。是凿石头的那把凿子。

小艾正在扎裤腿，裤腰已扎好了。她停住手，抬头看着金梁。金梁一脸铁青，像一头准备咬人的狮子。小艾的手从脚腕上边松开来，目光慌乱了。

"金梁叔……"小艾胆怯地叫了一声。

"谁是你叔？"金梁的眼睛里要迸出血来，咆哮了，"我是你男人！听见了没？男人！"

小艾的身子立刻缩小了，打着抖。

"脱衣服还是死，你选一样。"金梁说。

小艾把身子缩得更小了,像一只恐惧的羊羔。

"脱!"金梁说。

小艾害怕地摇摇头。

"脱!"金梁声嘶力竭地喊了一声,喊出了满肚子的羞愤和酸楚,泪水立刻模糊了他的眼眶。

金梁怎么也没想到,他这么一喊,把小艾从恐惧中惊醒过来了。小艾的身子慢慢松开来,眼睛里射出一种坚定的目光,盯着金梁。

"我不愿意死。"小艾说,"也不愿给你做女人。你实在要我死,你就把我杀了。"她说。

金梁愣了,眼里的泪水又渗了回去。

"你杀吧。"小艾说。

他们互相盯着,一动也不动。金梁感到身子里聚集起来的气力正在一点一点消退,骨头正一点一点变软。

蹲在院子里的玉柱跳了起来。他一直蹲在院子里,听着屋里的动静。

"窝囊废!"他叫了一声。

屋里悄无声息。

玉柱提起一条木凳,朝屋里砸过去。

"窝囊废!"他又叫了一声。

他跑到门跟前,使劲踢了两脚,又抓住门闩摇着。他急了。

"金梁!"他叫着他哥的名字,"你炕上的女人是用咱的血汗钱买来的!"

根兰跑过去,拼力拉走了玉柱。

"金梁!"玉柱还在叫。

咣当一声,根兰把他们的屋门关上了。

"玉柱你别这么,哥的事让哥慢慢办。"根兰给玉柱说。她把玉柱推到炕上,给玉柱解着纽扣。"快睡快睡,"根兰说,"我的热身子还堵不住你的嘴。"

这时候,金梁身子里的力气已经泄尽了。他蹲在墙根底下,两眼瞪着一个地方,好像在发呆。坐在炕上的小艾仰着头,看着墙上的画儿,不知想着什么。

金梁好像咕噜了一句什么。

小艾扭过头,看着金梁。

"你走吧。"金梁说。他不看小艾,话音轻,却很清楚。

小艾实在不敢相信,金梁会说这样的话。

"我没养女人的命。"金梁像给自己说话一样,"我娶过一房媳妇,死了。玉柱看我孤单,就花钱,买了你。都怪我糊涂。你走吧。"

金梁说得很痛苦,也很诚恳。小艾反而不知该说什么了。她支吾了好大一阵。

"我,我让我爸妈还钱给你。"她终于想到了一句合适的话,"你要信不过,我就写封信去,让我爸妈拿钱来领我。"

"钱不是你爸妈拿的,凭啥让你爸妈还?我认了。"金梁说。

"那,那你就人财两空了。"小艾说。

"你这个样,硬不让你走,我比人财两空还难受。"金梁说。

"金梁叔,你是好人。"小艾说。

"狗屁。"金梁说,"我不愿当这种好人,是你逼着让我当。你别叫我叔,叫得我心口疼。"

小艾想不通,金梁为什么说是她逼他当好人的,可她不敢多说,她怕金梁突然又变了主意。

金梁没变主意。第二天半夜,他轻轻抬开一扇门,把小艾领出去,朝县城方向走了。到县城汽车站,天还没亮,小艾就靠在候车室的长木椅上睡了。金梁蹲在卖票的窗口下打盹,到卖票的时候,他就会站起来,第一个买票。

他没想到会出什么意外,却偏偏出了。没等他把话说出口,玉柱的拳头就重重地砸在了他的脸上。他攥着车票和找的钱,从人堆里挤出来,想摇醒睡在长木椅上的小艾,就看见玉柱领着一伙人,从外边涌进来。他的头里边嗡地响了一声,身子站直了。小艾正揉着眼。玉柱和那伙人围了上来。小艾清醒了,想把身子缩在金梁背后。

"拉上去!"玉柱说。

那伙人把小艾拉到了车站门口的手扶拖拉机上。

"你……"金梁张着嘴,话没出口,玉柱的拳头就抡起来,照直朝金梁的脸砸过去。金梁听见锵的一声,立刻感到了一阵辛辣。他呻吟了一声,险些倒下去。他又张张嘴。锵!又一声。玉柱的那只拳头又一次击中了他的脸。他叫了一声,栽倒了。玉柱并不罢手,他拳脚相加,在金梁的身上踢打着。他不说一句话,只是疯狂地踢打着。

金梁没有反抗。玉柱不知走了多长时间了,他才慢慢爬起来,摇晃着朝车站外走去,沾在身上的尘土纷纷跌落着。他走到一家饭馆里买了一盆水。饭馆的人问他吃不吃饭。他说我先洗脸。他洗了脸,饭馆的人问他吃不吃,他说吃。饭馆的人说早说吃饭就不要水钱了。他说要吧你要吧无所谓现在你给我上饭菜。饭馆的人说要酒不?

"要。"他说。

晚上,他摇晃着回来了。他从玉柱手里要过屋门上的钥匙,打开锁。他抬起脚,朝门扇踢过去。门闩哗啦啦掉了。他横进去,关上了门,然后,屋里就传出来小艾的叫喊声和激烈的厮打声。

他强暴了她。

小艾平展展躺在炕上,眼睛大张着,看着屋顶。

"金梁,你把我毁了。"她说。

金梁歪倒在一边,打着呼噜,嘴角上挂着笑。

然后就到了冬天,下了一场大雪。

九

大雪下得无声无息,停得也无声无息。山啦,河岸啦,村庄啦,雪把一切都变成了一种颜色。雪刚停,孩子们就在村外的野地里打雪仗了。能看见他们追逐着扔雪团,也能看见雪团打在他们的身上碰开的样子,可听不见他们打闹的声音。他们的打闹声,被松软的雪吸收了。天气很寒冷,但寒冷中有一种安详。

玉柱抡着斧头,潜心地劈着一截树桩。

院子的雪已经扫过了。根兰用铁锨攒着散雪。小艾把雪堆堆成了一个雪人。她想让它更好看一些,便用冻红的手指头,在雪人的眉眼上抠着,抠几下,退两步看看,呵呵手指头,走过去再抠,然后,从雪人头上取下早已做好的鼻子,安上去。她做得很投入。

金梁推着一个大水桶从大门外走进来,用小木桶把大水桶里的水往厨房里的水缸里倒。

"哥,我把打井的找好了。"玉柱给金梁说。

"唔,哪儿的?"金梁说。

"官村的社会。"玉柱说。

"噢噢。"金梁说。

"价钱也说好了,"玉柱说,"一口井二十八块钱。人明天就来。"

"噢噢。"金梁说。

听他们这么说话,看院子里的情景,不知底细的,会以为这是一个美满和睦的家庭。

街上突然响起一阵杂乱的脚步声。

"抓回来了!"有人喊着。

根兰和小艾支棱着耳朵,听着街上的动静。

"万泉媳妇昨晚上跑了。"金梁说。

有人慌慌失失冲进门说:"万泉媳妇被抓回来了,给裤裆里灌凉水哩!"说完,又慌慌失失跑了。小艾还没反应过来,根兰已抓住了小艾的手。

"看去看去。"根兰说。

金梁想阻拦,根兰已拉着小艾出门了。他不放心地看了玉柱一眼。玉柱说去嘛。金梁放下木桶跟了出去。

万泉家的院子里围满了人，积雪被踩踏得不堪入目。人们脸上的表情比看电影还兴奋。万泉媳妇被围在中间，又羞又怕，面如死灰。她的裤腿已被扎住了。万泉提来一桶凉水，放在女人跟前，伸手要解女人的裤带。女人躲闪了一下，挡着万泉伸过来的手，一脸乞求。

啪啪！两声清脆的耳光扇上了女人的脸。女人痛苦地捂着被扇过的地方，不再躲闪了。

万泉很容易地解开了女人的裤带。他舀起一勺凉水，朝女人的裤裆里灌下去。

女人不禁凉水猛烈的刺激，叫了一声，身子立刻挺直了，乌青的嘴唇颤抖起来。

哗，又一勺。

"活该！"有人说。

"给她灌出点记性来。"有人说。

万泉一语不发，在桶里舀着凉水。

哗。凉水往女人的裤裆里继续灌着。

"她跟你是不是一个地方的？"根兰问小艾。

"不是，"小艾说，"半路上聚在一块的。"

"就说么，说话不一个口音。"根兰说。

女人满脸乌青了，浑身打抖，随时都会栽倒。

"咱走吧。"小艾捅捅根兰。

"咋啦？"根兰问小艾。

"不咋。"小艾说。

"看会儿,再看会儿。"根兰说。

她们又看了一会儿。

那天晚上,金梁脱衣服睡觉的时候,看见小艾坐在炕上发愣,以为小艾还想着万泉媳妇的事。金梁说别想了万泉狗日就不是个人。小艾好像没听见金梁的话。金梁说睡吧,明天打井的要来打了井吃水就方便了。说着,就钻进自个儿的被窝里先睡了。他们睡一个炕,但不睡一个被窝。除了那一次,金梁再没动过小艾。他甚至有些后悔,尽管小艾没对他说过一句怨恨的话,可他还是有些后悔。小艾好像什么事情也没发生过一样,和根兰一起做饭扫院,也收拾屋子,给金梁端洗脸水,有时还和根兰说几句笑话,让金梁看着心里暖乎乎的。可是,一上炕,小艾就扎裤腰和裤腿。这时候,金梁的心就像猫爪子在抓一样难受。小艾就这么让金梁一忽儿暖乎乎一忽儿像猫抓一样。

以后的几天里,金梁没凿石头,他帮着打井的匠人社会打井。根兰小艾合伙做饭。玉柱在河滩上修船,送货的船坏了。玉柱中午不回家,让根兰给他送饭。

事情就出在送饭上。

打井的社会是个怪人,二十五六岁的样子,剃着光头。冬天也剃光头。我这人火气大,他说。他有一台黑白电视机,到哪儿打井就把它背到哪儿。从井里上来,浑身都是泥土,却不急着收拾,先去开那台电视,然后才洗脸洗手。我爱看新闻,他给根兰和小艾这么说。根兰说大白天哪有新闻让你看。她嫌浪费电,要关。社会不让。

等会儿等会儿也许一会儿就有了,他说。他一边吃饭,一边固执地瞅着电视机。

这时候，根兰就该给玉柱送饭了。

"你们吃，我给玉柱送饭去。"根兰说。

根兰送了两天。第三天中午，根兰刚说完你们吃我给玉柱送饭去，小艾就放下饭碗说，我也去。根兰有些为难，却不好拒绝，就看了金梁一眼。小艾知道他们不放心她，就端起饭碗，没再说话。根兰更为难了。

"去吧！想去就一起去。"金梁说。

小艾觉得很没意思，说她不去了。根兰很尴尬，拉起小艾说，不是我不想领你去我怕金梁哥舍不得让你出门走走金梁发话了咱就走。根兰硬拉着小艾走了。

没出什么事。小艾和根兰一起去，又一起回来了。金梁放心了，也有些羞愧，然后，就有些激动了。他借了一辆自行车，骑了几十里地，到镇上的商店里买了几包方便面和一瓶罐头，晚上，把它们一样一样掏出来，放在柜盖上，让小艾吃。

"你吃不惯这儿的饭，你调调胃口。"他给坐在炕上的小艾这么说。

然后，又掏出来两本书，和那几样东西放在一起。

"我跟小学校的老师要了几本书。你是念书人，心烦了就念念。"他说。

小艾朝那两本书瞄了一眼，想笑，又绷住了嘴。

那是两册小学二年级的课本。

"这地方偏僻，没几个念书的人。"金梁说。

金梁上炕了，小艾却没像往常一样扎裤腰裤腿。那几条布带在炕头上放着，金梁看见了它们。金梁的心好像被蚂蚁咬了一下。没多咬，就咬了一下。他把布带扔给小艾，然后脱衣服。

金梁要钻被窝了，小艾还一动不动地坐着，不知想着什么，也许什么也没想。

金梁张张嘴，想说句什么话，一出口，却变成了另外一句。

"你把罐头吃了吧。"他说。

小艾还那么坐着，没动。

"我先睡了。"金梁说。

每天晚上金梁都要这么说一句，然后再睡。只有金梁知道，这句话一点也不多余。他并不想先睡。他想他要能跟小艾一块睡多好。他想也许有一天，小艾会接过他的话，和他说句什么。没有，小艾没有接过他的话。他总是心情凄凉地钻进他的被窝，然后再凄凉好长时间，再睡去。

现在，他又这么说了一句，心情凄凉地往被窝里钻进去。他知道，钻进被窝以后，他还会心情凄凉的。可是——

小艾叫了他一声。

"金梁……"小艾这么叫了一声，虽然很轻，他还是听见了。他有些不相信，以为他听错了。

"金梁……"小艾又叫了声。

这回，他听得真真切切。他把鼻子从被窝里抽出来，看着小艾。

是小艾。她叫了他一声。她没看他，但她确实在叫他，声音依然很轻。

他不知道他该不该回答她一声。

"你,你叫我?"他说。

小艾把头转了过来。小艾脸上的表情让他摸不透她的心思。小艾定定地看着他。

"你不想要我的身子了?"小艾说。

金梁立刻慌了。他没想到小艾会说这样的话。小艾的目光让他心里发毛了。他想起了那一夜,舌头上像缠了头发一样。

"那一次,我喝醉了,我心里难受。"他说。

他躲开了小艾的目光。

"我再也不会那样了小艾。"他说。

"金梁……"小艾又叫了一声。

金梁抬起头,看着小艾的脸。

"今晚上我愿意。"小艾说。

小艾说得很诚恳。但金梁不信。

"小艾,你别戏弄我。"他说。

"我没戏弄你,"小艾说,"我愿意。"

"你想通了?"金梁说。

小艾点点头。

金梁愣了半响。然后,金梁胳膊一挑,就把被子抡到了炕墙里边,抬起身一跃,就跪到了小艾跟前,抓住了小艾的手。

"你,"他说,"想通了?"

小艾又点点头。金梁激动地叫了一声小艾,就变成了泪人。他抱着小艾,流着泪给小艾说了一串话。他说小艾我咋能不想你的身子我没一天不想把心都想干了。他把他的泪脸埋在小艾的怀里呜咽着,他说小艾我一想你和我睡一个炕你不愿给我做女人我的心就像刀子割一样我都想去死。那一夜，小艾和所有柔顺的女人一样，让金梁在她的身子上揉来攥去，使尽了气力。金梁一声声叫着她的名字，恨不能把他整个儿化进小艾的身子里边去。

他怎么能知道，小艾为什么要这么待他呢！

他很快就明白了。

十

根兰提着送饭的竹篮子，拉着小艾的手从沟边走，边走边给小艾指东道西，说着周围的山名地名。

"你看，那就是鸵鸟峰。说是像个鸵鸟，我没见过鸵鸟，谁知道像不像。这条沟叫羝角沟。咱走快点，我怕玉柱等急了，有你看的时候。这地方偏，可看着好看，比电影上照的那些山啊水啊的好看。"根兰说。

小艾好像有些目不暇接，东看西瞅，一脸好奇。

突然，她停住了脚步，看着沟底。根兰以为小艾看见什么新奇的东西，也停下来，往沟底下看。

没什么好看的。

"沟底下能有啥好看的，想看，啥时候让金梁哥带你……"

根兰话没说完，小艾突然推了她一把。她叫了一声，扭过头，没看清小艾的模样，就落下去。竹篮子像雀儿一样飞起来，又落下去，和根兰一块儿往下滚。

小艾看着往沟底下滚着的根兰，脸上的表情像木头一样。

"根兰姐，我跟你不一样。"她说。

她就这么说了一句，然后转过身，撒腿跑了。

根兰还在往下滚，像一件包着东西的衣服。

当玉柱和天泰几个人把血嗞呼啦的根兰抬回家的时候，金梁像被谁在头上敲了一闷棍，眼睛立马直了，身子立马僵了。玉柱说小艾跑了她把根兰推到沟里自己跑了我去追她。玉柱说完就和一伙人火急火燎地开着手扶拖拉机走了。出门时又给金梁扔了一句话哥你别怕根兰死不了小艾也跑不了。玉柱的眼里噙着泪花。人急了不光会红眼，也会气出眼泪，玉柱就气出眼泪了。

玉柱他们一走，院子里就安静下来。有人在屋里给根兰清洗着伤处。

打井的社会在井底下喊了几声，不见动静，就从井里爬上来。他很快就知道发生了什么事情。他用手抹抹光头上的泥土，走到台阶那里收拾他的电视机，要走的样子。

"干啥！"金梁突然吼了一声。他一直像木桩一样站着。他突然朝社会喊了一声。

社会说走啊你家出了这么大的事我想这井打不成了。

"放你的狗屁。"金梁说。

"噢噢还打啊。"社会说。他不收拾电视机了。"你说打咱就打井打个半截工钱难算。"他说。

金梁不吭声了。金梁一脸凶狠,把手慢慢攥成拳头,越攥越紧,要打人一样。

他没打人。他叫了一声,把那只拳头砸在了自己的脸上,鼻血哗一下流了出来。他知道他流鼻血了,但他不管,好像他鼻血太多,有意要放一些出来。社会看不下去了,在墙上抠下来两小块硬土,塞进了金梁的鼻子。

"血再多也不是这么个流法啊。"社会说,"我看你得睡一觉,人心焦的时候蒙头睡一觉就会好一些。"社会把金梁推进屋,拉了门。

金梁真睡了一觉。一觉醒来,他像换了一个人,不气也不急了。

那时候已是第二天早上,小艾被揪回来了,在根兰的炕跟前跪着。她没逃脱,在通往县城的路上,被玉柱他们追上了。他们揪着她的头发,拳脚相加打了她一顿,然后把她扔上了手扶拖拉机。她浑身是土,脸上一块青一块紫。有人给玉柱出主意,让扒光小艾的衣服游街,有人说断她一根懒筋让她一辈子拉着腿走路,不影响给金梁暖被窝给金梁一个热身子,也不影响生娃。玉柱没吭声。他把小艾揪在根兰的炕跟前,让小艾跪下。小艾扑通一声跪下了。玉柱说根兰挑筋断腿你说句话。他觉得怎么处治小艾,应该让根兰决断。根兰摇摇头,让玉柱出去,她说她想和小艾说几句话。根兰的头上手上都缠着纱布。她看着小艾,好长时间没有吭声。小艾有些受不住了,先开了口。

"根兰姐,我对不起你。"她说。

根兰的眼睛湿了。她拉住小艾的手说:小艾,你真是一块铁石头。

"你让他们弄死我吧。"小艾说。

根兰没接小艾的话茬。根兰说你走了我摔死了让金梁哥和玉柱咋活嘛。根兰说他们活得不容易他们人看着粗其实心肠都不坏。根兰说我咋也得给玉柱生个娃我原想你也许会给金梁生一个生在我的前头。

"有了娃在院子里跑来跑去,这个家就圆满了。"根兰说。

小艾也一脸泪水了。可是,小艾的心思和根兰不一样。

"我要走。"小艾说。

根兰说你走不了,处治万泉媳妇你是亲眼看见了的。这世上有几个人能想咋活就咋活?由不了你,随不了你的心。

小艾抱着根兰的胳膊哭了,哭得很伤心。

"金梁哥的命里也许没女人。"根兰叹了一口气。"看来,金梁哥难拴你的心了。"她说。

金梁和玉柱在院子里蹲着。他们都听见了根兰和小艾的谈话。他们不知道该怎么办了。

社会端着一杯热茶,朝他们走过来,蹲在他们跟前。

"我看,"社会咽了一口茶水,"这女人你们怕是留不住了。"

玉柱用红丝丝的眼睛瞪着社会。他想在社会的嘴上扇一巴掌,或者把茶杯夺过来,把那杯热茶水连茶叶一起泼在社会的脸上。

社会好像没看见玉柱的脸色,又咽了一口茶水。

"我看是留不住了。"社会说。

"呸!"玉柱给社会吐了一口。

社会躲了一下,没吐上。社会并不生气。

"玉柱,我说的是实在话。人不爱听实在话,这是人的毛病。"社会说。

玉柱还要吐,被金梁拦住了。金梁说玉柱你别和社会较劲他没说错，留不住就让她走吧。

玉柱眉头一挑说："你就知道个走！人走了，钱呢？"

金梁不吭声了。

"钱呢？"玉柱说。

社会又开口了。社会说的话是金梁和玉柱都想不到的。

"如果愿意，你们把她给我，我给你们钱。"

玉柱和金梁眼睛直了，看着社会。社会不像说耍话。他一脸诚恳的表情。

"这是个商量的事。"他说，"她要走，你们又治不住她，到头来就是个人财两空的下场。"

"我打断她的腿，让她躺在炕上，我养着。"玉柱说。

"这何必呢，"社会说，"看着是你和她过不去，其实是你自己和自己过不去。"

"打你的井吧你，这事和你无关。"玉柱说，"我们治不住她你就行？你有日天的本事？"

"也许我就真有日天的本事。"社会说。

"做媳妇？"玉柱说。

"这你别管。"社会不愿露底，"你拿你的钱，钱子儿不少给你。你要不放心，咱让你们村长当个证人，咋样？这儿不好说话，咱去村长家说。说说总行吧？你不撒手，有你的人在，你怕啥？"

事情竟越谈越真了。

开始的时候，玉柱连想也不愿想。金梁说玉柱我已经死心了也许社会说的也是一条路。玉柱松动了一些。玉柱说要谈你谈去我不去我咽不下这口气。金梁说我去你也去该咽的气再难咽也得咽。玉柱说你真的不想留她了？金梁说我想留可留不住她是个人又不是猫狗能拴住。玉柱不再说话了。

第二天一早，他们和社会一起找了一趟天泰。村长天泰说留不住就给社会算毬了。不过这事可要想好接了社会的钱就不能反悔。社会说为了以后不麻烦咱写个合同。金梁和玉柱都没反对，天泰就写了一份合同。天泰把合同念了一遍，问行不行。他们都说行。天泰说行了就按手印。他取出一盒印色，让他们一人在合同上按了一个红手印。天泰说行了行了社会你交钱。社会说村长你是证人也得按个手印。天泰说对对我忘了这茬儿我按我按。天泰按完手印又说，我再把村委会的章子给你们盖上章子比手印气派。他们都觉得天泰的主意好。天泰又给合同上盖了公章。天泰说社会你现在该给金梁点钱了。社会说事太急不顺手差一千块过几天给。天泰问金梁和玉柱行不。玉柱说不卖了。社会看着天泰。天泰说金梁我看这个小艾是不行了等老梅来了再找合适的啥胳膊配啥袖子就给社会算毬了。天泰说社会又不是跑户走户再说还有合同差的钱就缓几天吧。金梁接了社会的钱。

当天晚上，社会就把小艾扶上了一头毛驴，又把那台电视机递给小艾，让小艾抱着，走出了后村。小艾问拉她去哪儿。社会说先到我家住一夜明天送你去县城。小艾以为社会要送她回家。小艾说你的心咋这么好？社会说爹妈给的没办法。小艾问金梁和玉柱为啥会放她走。社会说我给了他们一点钱。小艾说我一回到家让我爸妈给你寄钱来。社会说寄不寄无所谓钱是人身上的垢痂。小艾说我没骑过驴老觉得要摔下来。社会说你可要抱好我的电视机摔碎了我的损失可就大了。

一到社会家，几个人就把小艾挟起来，装进了一条装粮食的口袋。社会已下井了。社会家后院里有一口水井。"往下溜。"社会在井底下喊着。

他们把口袋拴在井绳上，溜了下去。

井底下有一孔窑，是放红薯用的。现在，窑里铺着一堆干草，干草上铺着塑料布和被褥。被褥上坐着小艾。社会说小艾实话给你说吧我从金梁手里把你买过来了当然是给我做媳妇我跟金梁一样打了多年光棍了，说完就把小艾扑倒在被褥上，撕小艾的衣服。小艾把两只手伸成鹰爪样，在社会脸上狠抓了一把。社会叫了一声，跳开了。社会的脸上立刻现出来几道指印。他摸摸脸，疼得直咧嘴。

"流氓！"小艾喊着。

"是啊是啊，"社会说，"不流氓，咋能把你弄到这儿来，到底是念过书的人，骂得很准。"

井上边的人问社会上不上井，他们等得不耐烦了。社会把头朝土窑里伸出去朝井上喊了一声：你们走吧我自己能上去。井上边的人走了。社会又转过头，对小艾笑着。

"这是我家的井，"他说，"打井的时候就挖了这窑，放红薯的，没想到会放媳妇，连我都觉得有些稀奇古怪。"

"你放我出去。"小艾说。

"要出去就得跟我睡一个炕。我妈把房子和炕都收拾好了,跟井底下比天上地下。"

"不要脸你。"小艾说。

"要脸就要不到媳妇,这个账我还能算过来。"社会说,"只要你给我做媳妇,你天天叫我不要脸都成。我把名字改成不要脸也成。"

小艾说不出话来了,一下一下出着气。社会往小艾跟前凑了凑,小艾的手立刻伸成鹰爪。社会不凑了。社会说你是不是又想抓我不动你了你想不通我就是把衣服剥光也弄不成事这又不是往墙上钉木橛子。小艾说把你的臭嘴弄干净些。社会说乡下人的嘴肯定不如你们城里人干净乡下人不刷牙嫌刷牙麻烦。社会说你要愿意的话我可以天天刷牙。小艾又不说话了,她感到社会太不要脸,不要脸到这种地步,说什么也是白费口舌。

但社会还想说。社会说我不是金梁,金梁那一套我看不上,我有我的手段。我这手段是给金梁家打井的时候突然想出来的。我给你在这儿铺上毛毡塑料布褥子被子我看你往哪儿跑除非你往水里扎。

小艾的头要破了一样。小艾抱住头嘶声叫了起来:"你放我走!"

两串泪珠豌豆一样从小艾的眼眶里滚了出来。

"那你哭一会吧,"社会说,"有时候哭也能哭走一些伤心。我妈伤心了就一个人哭,哭完了该做啥还做啥。"

小艾真哭了,把头埋在胳膊里,哭得很伤心。社会在一边蹲着,很有耐心地听着小艾哭。

"要哭就好好哭一回。"社会说。

小艾哭了一会儿，止住了声。

"不哭了？"社会说，"不哭了咱继续说。其实也没啥说的，你跟我圆房，我就让你上井。"

"我肚子饿了。"小艾说。

"噢噢，我肚子也饿了。"社会摸摸肚子，"我上去吃点东西，下来再和你说话。当然，我不会给你带吃的，也许饿你几天，你就会想着跟我圆房的。"

社会嬉皮笑脸地又说了几句，就从井筒子里爬上去了。他胡乱吃了一顿。他妈和他爸问他这办法行不行。他说这种办法过几天才能见效，一时半会儿还不行。他妈做了两个荷包蛋，让社会给小艾送下去。社会说，妈，你这是毁我的事情哩，她有吃有喝有住，还能跟你娃成事嘛。他把那两个鸡蛋吃了。他妈看看他爸。他爸说就听他一回吧。

第二天早上，他们没给小艾送饭。中午也没送。晚饭的时候他妈不依了，端着饭碗朝社会喊叫了：社会你想饿死她是不是？社会说妈你说错了饿死她我到哪儿弄媳妇这种机会可不是想有就能有。社会他妈说饿死她你让鬼给你做媳妇去。社会说我在一本书上看过人七天七夜水米不沾牙才能饿死。社会他妈说放屁我今儿非要给她送饭。社会她妈让社会他爸把她往井下送。社会他爸拿出那条口袋，拴在井绳的铁钩上，让社会他妈坐进去。

"我来我来。"社会看他妈动真的了，要自己下井。社会他妈给社会吐了一口，让社会他爸把她往下溜。

"毁了。"社会把头仰在脊背上,朝天说了一句。

"毁了。"他又说了一句。

"溜。"社会他妈说。

社会他爸摇动了辘轳。

事情确实毁了,但不是因为小艾吃了社会他妈送下去的饭,而是另有原因。先是社会他妈发现小艾犯恶心,想呕吐,再是金梁到社会家来了一趟,后来又加进了镇上派出所的赵所长,几个原因搅和在一起,就把事情闹大了。

社会他妈是在另一次下井送饭时发现小艾犯恶心想呕吐的。她问了小艾几句话,然后就慌慌失失让社会他爸把她吊上去,一上井就说:小艾怀孕了。她不知道她在井下边和小艾说话的时候井上边发生了什么事情。

"小艾怀孕了!"她说。

话一出口,才看见金梁也在井台边上站着。

他们都愣了。

十二

金梁来社会家,是因为镇上派出所的赵所长。

那天,赵所长把他那辆破三轮摩托骑到了后村,还没到村长天泰家就熄了火,怎么也发动不起来。那辆摩托常犯这种毛病,说不定就会在哪儿停下来,给赵所长添点麻烦。也多亏是赵所长,不知有什么手段,最终总能让它重新动弹起来。所以,到什么地方去,他都要骑着它。

"天泰,天泰,快叫几个人给我推推摩托。"他站在天泰家门口喊着。他大概有五十岁了,有一口满是茶渍的黄牙。

天泰走出门,朝街道两边看看,没人。

"走走,我给你推。"天泰说。

他们把那辆摩托推进天泰家。天泰婆娘端上了茶水。四个娃要坐摩托,被天泰赶走了。

"去去,这摩托不敢动,动坏了你爸赔不起。"

"天泰你别讽刺我。"赵所长边收拾摩托边说。

天泰说我没讽刺你我怕那几个熊娃胡动真弄坏了耽误你的事。说完,嘿嘿笑了两声,蹲在摩托的另一边。

"你也是,所长都当了几年了,也不换个新的。坏到我这儿好说,咋也得给你管饭,你慢慢修。坏到半路上咋办?"天泰说。

"能有油让我跑就不错了,还换个新的。上个月的工资还拖欠着哩。"赵所长说。

"那你还给他跑毬个啥?"天泰说。

"你以为我爱跑?我整天盼退休哩,年龄不到嘛,不跑咋办?"赵所长说。

"你没事肯定不来。"天泰说。

"废话。"赵所长说,"你们村又买了几个外地媳妇是不是?"

"没有啊。"天泰说。

"你这毬人还跟我耍花子。你们村买了那么多外地媳妇,我问过没有？其他事没人说，我也会管，这号事找不到我门上，我不会管的。"

"咋啦？"天泰多少有些紧张。

"里边是不是有个叫小艾的？"赵所长说。

"咋啦？"天泰说。

"她父母找到县公安局了，你说我管不管？"赵所长说，"我不管，上边找我的麻烦。"

"没这么个人。"天泰说。

"我这回可是认真跟你说话哩，天泰。"赵所长说。

"我们村肯定没这个人，你要是找出这么个人来，我跟你坐牢去。"天泰说，

"不信你找去。"

"我也没说一定就在你们村。我这个行当，就是个捕风捉影。"赵所长说。他递给天泰一根纸烟，自己也叼了一支。天泰凑过去，给他点火。

"你啥风不能捕啥影不能捉偏要捕捉人家的媳妇？"天泰说。

"你这村长当的，连个法律都没有了。法律把这叫拐卖妇女哩。"赵所长说。

"法律也是人定的嘛。"天泰说。

"人定的是人定的，可不是你跟我定的，对吧？"赵所长说，"总不能让人家父母天天在公安局哭丧吧？"

"你把女人捕捉走了，买女人的光棍汉也一样全家哭丧。"天泰说。

"你这人咋没一点人情味儿？"

"你这话就说得不对了。不是我没人情味儿,是咱俩的人情味儿不在一个地方。"天泰说。

"这话也对。"赵所长说。他站起来,拍拍手。

"修好了?"天泰说。

"试火试火。"赵所长说。

一试火,真好了。赵所长骑上去,要走。

"不吃饭了?"天泰说。

"吃。"赵所长说,"我出去蹓一圈。你给咱准备饭。"说着,人和摩托一块儿出门了。

他到金梁家遛了一趟。根兰一个人在家。他说金梁玉柱呢?根兰说河滩去了。

他说噢噢,边说边瞄着几个屋子。根兰说找他们有事?他说没事没事。根兰说不坐了?他说不了不了你咋啦头上缠那东西?根兰说不小心摔到石头上了。他又噢噢了两声,走。他到天泰家吃了一顿饭,说了几句闲话就回镇上去了。

当天晚上,他又转了回来,还领着几个派出所的人。他们敲开了金梁家的门。

他们没找到要找的人。

"人呢?"赵所长问金梁和玉柱。

"两个都在你跟前站着,另一个是我婆娘,在被窝里,要看?"玉柱说。

"哎你个玉柱,你婆娘咋了?你以为我不敢看?我偏要看,你领路。"赵所长说。

屋里确实只有根兰一个人。

"对不起对不起。"赵所长说。

"说个对不起就行了？"玉柱说，"半夜三更打门叫户，没看我只穿了一件单衣服，感冒了咋办？下回来带些感冒药，反正你是公费医疗。"

"行啊行啊。"赵所长说。

他们没找到小艾。他们去了万泉家，把万泉媳妇弄上摩托车带走了。万泉像挨刀一样嚎叫了半夜。

第二天，金梁起得很早。他说他一夜没合眼，他想看看小艾，他不放心。

"社会不是个正经人。"他说。

"你是没事找事。"玉柱说。

根兰说想去就让金梁哥去向社会要欠的一千块钱。她知道金梁在为小艾担心。

"这钱不能要了。"玉柱说。

"看看也不成？"根兰说，"金梁哥你去你的。"

金梁就去了社会家，就知道了社会把小艾溜到了井里。他说社会你咋能把人弄到这种地方？社会本来就对金梁来他家不高兴。社会说弄到啥地方是我的事与你无关。金梁说你把她弄上来。社会说你出去。金梁伸手就给了社会一耳光。社会闪开了，摸了一根棍说：金梁你想打架是不是？金梁说你把人弄上来。社会说不要打架你就别往跟前来。这时候，社会他妈在井底下摇着井绳，要上来。

就这么，金梁知道了小艾怀孕的事。

十三

金梁红脖子涨脸一口气跑回家,抓住玉柱的胳膊直摇晃,半晌没说出话来。

"咋啦咋啦?"玉柱紧张了。

"小艾怀孕了!"金梁说。

根兰立刻从厨房颠出来。

"小艾怀孕了!"金梁说。

吃过饭,金梁和玉柱又去了社会家,和社会进行了一次激烈的谈判。社会他爸也在。他们说话都很直接,一点弯儿不拐。

"是是,我是差你一千块钱,我不赖账,我给。"社会说。

"我不要钱我要人。你的钱我退,我带钱来了。"金梁说。

"这钱我不接。咱是订了合同的,想要人找你们村长去,让他来要。"社会说。

"村长来也不行。"社会他爸说。

"他敢来?我扇他耳光!"社会说。

"她怀了我的孩子。"金梁说。

"凭啥说是你的?我跟她也睡了。你红口白牙可不能胡说。人在我家里,咋能怀上你的孩子?再胡说,我可就不客气了。"社会说。

"你敢!"金梁说。

"人急了啥事都能做出来。"社会说。

"王八蛋!"金梁说。

社会噌一下站起来,被他爸拉住了。

"坐下坐下。"他爸说,"咱不跟他吵,不跟他闹,咱凑钱,明天就把钱送过去。"

"我不要。"金梁说。

"那就是你的事了。"社会他爸说。

金梁气得浑身打着抖。

"金梁,这不是生气的事,这是个讲理的事。"社会他爸说。

玉柱一直没吭声。他一直盯着社会和社会他爸的脸。他知道说不下去了,就站起来。

"回。"他给金梁说。

金梁说:"事情没说倒,咋能回?"他不回。

"回!"玉柱朝金梁吼了一声。

"还是玉柱明智。"社会他爸说,"明天一早,我让社会把钱送过去。"

"你等着,我会来取的。"玉柱说。

"不要钱!"金梁说。

玉柱拉着金梁的胳膊往外走。

"我不会要钱!"金梁扭过头又喊了一声。

当天晚上,社会和他爸就把钱凑够了。第二天早上,他们哪儿也没去,等着玉柱和金梁来取钱。快吃早饭了,还没等来。

"他们不会来的。"社会说。

"再等一会儿。吃过早饭还不来,咱就送过去。"他爸说。

"妈你做饭。"社会给他妈说。

砰一声,大门被撞开了,有人跑进了院子,喊着:"社会你快!金梁、玉柱领着人来了!"

社会一步就跳到院子里。

"在哪儿多少人?"他说。

"快到村口了,一大伙人都拿着家伙。"那人说。

社会的脸立刻变白了。社会他爸把钱塞进炕洞,也从门里跳出来。

"叫本家户族的往村口走,能上的全上。"他爸说。

社会应了一声,取下屋檐下的镢头提着,跑出去叫人去了。

社会和本家户族的人涌到村口的时候,玉柱金梁带领的一群人刚好赶到。他们还抬着担架,准备运送伤员。

社会和他爸并不怯火,等着。

金梁、玉柱他们到跟前了,停了下来。两边的人互相看着,紧握着手里的家伙。

"还看啥?"玉柱突然说了一声,"上!"

打斗就这么开始了。他们立刻搅和成一片。镢头、铁锨、棍棒,带着风声,朝对方的头部腰部腿部抡去。石头、砖头和拳头,拍砸出各种结实的声响。劳动的工具一旦成为战斗的武器,劳动的躯体也就不是躯体了。是肉。是一种坚韧或者脆弱的东西,承受着袭击。也只有在这种时候,强壮的肌体才会焕发出一种非人的疯狂。本来他们是互相认识的,见了面会亲热地打招呼,以后也还会亲热地打招呼,但这会儿,他们是战斗者。他们只想着打倒对方。打!打他们这些狗日的!他们打昏了头,打花了眼,有人竟把家伙抡到自己人的身上。这时,被打的就会跳起来骂一声:你狗日的咋往我身上抡!

有人用坚硬的牙齿,咬住了对方身上的一块肉。

很快就有了呻吟声,因为有人已躺在了地上,不知什么地方流着血。

玉柱的对手是社会。他很快打倒了他。他骑上去,揪住社会的两只耳朵,往地上磕社会的头。社会说玉柱你放开我咱有话慢说。玉柱不放。玉柱知道他一放开社会就会跳起来说不定会把他弄倒然后磕他的头,所以他不放。他一下一下磕着。他感到抓耳朵磕不如抓头发磕,但社会是光头,只能抓耳朵。

金梁一开始就瞄准了社会他爸。社会他爸知道不是金梁的对手,就跑,边跑边喊人过来对付金梁。所以金梁一直没打上他。金梁一定要打上他,放倒他。金梁到底没把社会他爸放倒,有人抡了金梁一棍,打在了腿弯处。金梁腿一软,跪了下去。社会他爸笑了一下,正要往金梁跟前扑,一块砖头有力地拍在他的肩膀上,他呻吟了一声,也跪在了地上。

如果不是社会他妈,打斗还会继续下去。可是,社会他妈来了。

"别打了!别打了!小艾让公安抢走了!"她朝打斗的人群失声喊着。

打斗的声音小了。

"小艾让公安弄上摩托开走了!"社会他妈说。

打斗声没了。

金梁玉柱和社会社会他爸都从地上爬起来,瞅着社会他妈。然后，就互相瞅了。

"肯定是赵所长。"金梁说。

"就是就是从后街走了。"社会他妈说。

"咋办？"社会看着金梁和玉柱。

"还不快起来，追！"社会他爸说。

"追！"玉柱说。

能爬起来的人都爬起来，提起各自的家伙，跟着金梁玉柱和社会跑了。他们合成了一个群体。

"抄近路！"社会他爸朝他们喊着。

他们很快就看见了那辆三轮摩托车。

十四

赵所长像狗一样，很快就嗅到了小艾的下落。他激动了一会儿，然后发动了他的那辆三轮摩托，把它开到了社会家。他没费一点周折，因为社会他妈一看见他，牙齿就打战，没等问话，就供出了小艾。她取出那条口袋，拴在井绳钩上溜下去，和赵所长合力把小艾从井底下弄了上来。

"赵所长他们在村口打仗哩。"社会他妈说。

"噢噢。"赵所长说。

"你让他们别打了，你是所长说话管用。"社会他妈说。

"噢噢。"赵所长说。

他没去村口。他从后街走了。他想把小艾送到镇上,然后再回来管他们。他小看了他们的胆量,也忽视了他的那辆摩托车。摩托车在不该坏的时候坏了,怎么也发动不起来。他睁着眼,看着金梁玉柱社会和一大群人从沟坡上滚下来,提着各式各样的家伙。越来越近了。他蹬酸了脚腕,硬是没让他的三轮摩托叫唤一声。他知道一时半会儿没法让它跑起来,索性不蹬了,点了一根烟,等着人群往他跟前跑。小艾焦急地叫了几声所长。赵所长说:"你别怕,咱是正义的一方,咱有法律,他们不敢把你咋样。"他擦了一把头上冒出的汗水珠子。

呼啦啦一阵脚步,他就被围住了。最前边的金梁玉柱社会愤怒地盯着他。他想给他们做个笑模样,做出的却是一个哭笑都不是的表情。

"把人放下。"社会说,口气很硬。

"为啥?"赵所长尽量让他的声音绵软一些。

"她是我花钱买的。"社会说。

"你看是这,"赵所长说,"我是奉命行事,没办法,有话咱到镇上去,慢慢说。"

"少废话,不交人,我们就动手了。"社会说。

"你们这么弄要犯法的。"赵所长说。

"我们顾不得了。交人不交?"社会说。

"不交。"赵所长从皮带上解下一副手铐,"谁跟我胡来,我就铐谁。"

"抢!"玉柱喊了一声。

赵所长举起手铐喊着:"不准动!"

"打!"社会喊了一声。

人群发出"噢"的一声,把赵所长和他的摩托车还有小艾一起淹没了,拳脚从各个方向砸向赵所长,把他的正义和法律砸得没了踪影。

"别打骨头,打残废就麻烦了!"社会给人群喊着。

没人打他的骨头。他们只是把他打倒了。他们从他身上杂沓过去,架走了小艾,然后又掀翻了那辆摩托。赵所长从地上爬起来,人群和小艾不见了,只有他的那辆不争气的三轮摩托倒在一边,正燃烧着。不知谁把它点着了。他看着燃烧的摩托车,终于做出了一个笑模样。刚才他想给他们做,做得不好。现在他做出来了。他感到额头上有些疼,摸摸,那里肿了一个包,一摸更疼。他想起他给小艾说的话,觉得很可笑。

这时候,小艾正在金梁和社会的中间。他们一人拉着小艾的一只胳膊。他们发生了争执。

"小艾不能去你家。"金梁说。

"也不能去你家。"社会说。

"不管去哪儿,也不能让赵所长知道。"玉柱说。

"对对,"社会说,"小艾暂时归咱两家管,把事情说倒,该去谁家就去谁家。"

这一次他们没吵,也没打。他们暂时达成了一致意见。他们把小艾安置在一个隐秘的地方,又开始了谈判。

谈判是在金梁玉柱家进行的。根兰做了几个下酒菜,让他们边吃喝边谈。他们没动筷子。他们的心思不在酒菜上。

金梁几乎要哀求社会了。金梁说社会你就把小艾让给我你比我年轻有的是机会。

社会不同意。

"我是比你年龄小,可我爹妈年龄大了,我娶不下女人,他们睡觉不踏实。"社会说。

"就非要跟我争一个女人?"金梁说。

"没办法,咱们遇上了。"社会说。

"她怀了我的孩子。"金梁说。

"你咋又说这话?"社会很不高兴了,"这风传出去,将来生下娃,我咋面对世人?人都说社会的娃是金梁的,你让我咋往人面前走?"

"总不能把一个女人撕成两半吧?"玉柱说。

"我也是这话。"社会说。

"说啥我也要小艾。"金梁说。

"我跟你一样。"社会说。

他们谈了一个晚上又一个白天,事情说不倒。

"咱有合同嘛。"社会突然想起了那份合同,"咱拿合同说。"

"拿合同就拿合同,合同是两家订的,黑白不由一家说。"金梁说。

他们叫来了村长天泰。天泰说你们这官司难断我断不了。社会急了。社会说天泰你好赖也是个村长你不能这么做事签合同的时候你咋说的?天泰说我当初也是为了你们两家好现在好不了你让我咋说?社会说那咱就去镇上。天泰说这也是个办法镇长官比我大也许他能断这个官司。

"去镇上不能少了你。"社会说。

"当然当然,我跟你们一起去,该我说话我就说。"天泰说。

他们怕赵所长找事,但他们很快就不怕了。小艾在我们手上,他能找个啥事?

他们就去了镇上。

十五

事情进行得很快。这是他们没想到的。

镇政府文书把他们让进一间屋子,给他们每人倒了一杯水,说:镇长让你们等会儿,县上来了几个人正谈话哩。

"啥人?"社会说。

"我没问,你们等等。"文书说。

文书闭上门出去了。一会儿,门又开了。进来的不是镇长,也不是文书,而是赵所长。赵所长额头上的包已经下去了,留着一块紫颜色。

"听说你们要来。"赵所长说。

赵所长一说话,金梁玉柱和社会就不紧张了。天泰站起来想跟赵所长握手。他一到镇政府,见人就握手。

赵所长没和他握。

门大开了。进来几个公安,每人手里提着一副手铐,把金梁玉柱社会铐了。把天泰也铐了。

他们都瞪圆了眼睛。

"这是怎么回事赵所长？"天泰说。他比金梁他们经多见广，很镇定。

"你这是官报私仇！"社会朝赵所长叫喊起来。

"你们都参与了拐卖妇女，犯了法。"赵所长说。

"我也是？"天泰想不通。

赵所长对天泰点点头。

"这怕是冤枉我了。"天泰说。

"治了你的罪，你就知道了，"赵所长说，"村委会的公章不是耍货，想往哪儿盖就能往哪儿盖。"

"噢噢。"天泰似乎明白了。

赵所长端过一杯茶水，不慌不忙地喝着。

"等把小艾接来，就送你们去县上。"赵所长说，"这回弄得阵势很大，公安局长也来了，还领着小艾的父母。小艾的母亲把咱镇长教训了好大一阵。那是个厉害女人，说话像刀子一样。你们这地方这么落后，她说，普法教育搞了几年了，群众连一点法律常识都没有，你这镇长也有责任。镇长的脸直发烧。镇长说当然当然，不过说句心里话，在这种地方，让省长来也出不了彩，说不定还不如我哩。镇长不服气。小艾母亲说我心疼女儿，更气你们这儿的人践踏法律。那狗日的女人。

赵所长像拉家常一样，和几个戴铐子的人这么说着。

院子里开进来几辆摩托车。小艾被接来了。小艾扑在她妈怀里哭了很长时间。

然后，他们看着公安们把金梁玉柱社会和天泰一个一个押上了一辆面包车。

"小艾。"有人叫小艾。

是根兰。她不知什么时候来了。

小艾走到根兰跟前,想说什么,又说不出来。她拉住根兰的手,叫了一声根兰姐。

"你看你,害了多少人……"根兰说。

小艾直想哭。

面包车开动了。小艾她妈叫小艾上摩托车。小艾就上了摩托车。

金梁坐在面包车里,一直看着前边摩托车厢里的小艾。他没想他们会怎么处治他,他想着小艾。

"你们要把小艾咋办?"他问赵所长。

赵所长觉得这话问得很可笑。

"你没看人家父母来了?"赵所长说。

"她怀着我的孩子。"金梁说。

赵所长觉得这话更可笑。

"怀你的孩子是怀你的孩子可孩子是非法的肯定得打掉。"赵所长说。

"放屁!"金梁站起来,涨红着脸。

"你坐下,你坐着,车一摇把你闪倒了。"赵所长说。

金梁慢慢坐下去,低着头,一声不吭了。

到县城跟前了。摩托车拉着小艾和小艾父母,要去县政府招待所,拉金梁他们的面包车,要去看守所。金梁突然一跃而起,从车门里撞出去。

"小艾!"他撕心裂肺地喊了一声。

摩托车厢里的小艾扭过头来,看着金梁。金梁被摔倒了,从地上爬起来,跌撞到小艾跟前。

"小艾,你怀了我的孩子。"金梁说。

小艾点点头。她突然觉得金梁很可怜。她感到她心里有一种复杂的感受。她不想欺骗他。

"你要弄掉他,是不?"金梁眼巴巴地看着小艾。

这回,小艾没点头,也没摇头。她不愿伤害金梁。她想给他说几句什么话。

摩托车突然叫了一声,开动了。

"小艾!"金梁绝望地叫着。

"你不能……"他喊着。

两个公安架起金梁,往面包车上拉。金梁固执地拧着脖子,看着那辆越跑越远的摩托。

在看守所,他们见到了老梅和二女。老梅掏出一盒纸烟,给他们散发着,很轻松的样子。玉柱和社会抽了老梅的烟。金梁没抽,他还想着小艾和小艾肚子里的孩子。天泰也没抽,他憋了一肚子冤枉,一个人蹲在一边,一点一点嚼着,连话也不愿说。

一个月以后,他们被判了罪,劳改去了。老梅最重,是五年。二女三年。金梁玉柱和社会各一年。最轻的是天泰,半年,监外执行。

一年后,金梁玉柱和社会三个人背着行李卷,一块儿走出劳改农场的大门。金梁不愿跟玉柱和社会回去,他说他要去找小艾。玉柱知道拦不住,就没吭声。社会说金梁你就把心收了吧。金梁什么也没说，一个人走了。

他真找到了小艾家。小艾认出了他。小艾给金梁倒了一杯水说：金梁你坐我没想到你会来。金梁不坐。金梁说我的孩子呢？小艾低下头，顺下了眼。小艾说金梁我对不起你。正好小艾她妈推门走进来，一看见金梁就往外赶。金梁说我要我的孩子来了。小艾她妈说出去出去赶快出去我们家没人认识你。金梁给小艾她妈笑了一下。小艾她妈说别跟我嬉皮笑脸的肯定是在劳改农场学来的。金梁的脸突然变了。他从行李卷里抽出一把刀子，捅进了小艾她妈的肚子。

"这也是从劳改农场学的。"金梁说。

小艾她妈大张着眼，捂着肚子往下倒着。

金梁没再捅。金梁转脸对小艾说：小艾，我每天都看见你的模样在我眼跟前晃来晃去。我没办法。

小艾抱着头，尖叫了一声。

金梁又被判了罪。这一次是十五年。玉柱和根兰去监狱看他的时候，他说现在我心里干净了再不用想着弄媳妇的事了你们好好过日子吧。玉柱给金梁点着头。根兰不停地擦眼泪。

这时候，老梅已经出狱了。他使了钱，减了刑。他想改行，改了几次，都觉着不顺手，就继续做老营生，流通女人了。当然，他没去后村，他把地方挪在了更北边的一个省份，所以，他不知道金梁又一次被判刑的事。他又弄了几个女人，要领着她们北上了。

流放

一

清兵管带刘杰三和他的士兵们从青峰堡的门洞和残墙上跳了进去。他们先听见了一阵嘤嘤嗡嗡的念诵声，然后就看见了广场上的叛民们。叛民们黑压压围坐成一片，正潜心地做着晨祷，一种含混的嘤嗡声从他们的头顶浮游上来，又扩散开去。更多的清兵从门洞和残墙上继续往进跳着，朝广场上围拢过来，他们提着笨重的砍刀，砍刀上泛着黎明时的亮色，像黄鼠的眼睛。他们等待着，等待叛民们跳起来，然后，他们就砍他们的胳膊，戳他们的肚子脖子或是大腿，直到把他们砍戳成一具具尸体。

没有，叛民们没有像他们想象的那样跳起来。叛民们一动不动，平静得像一碗清水。他们举着一只手，眼睛微闭着，咕咕哝哝嘤嘤嗡嗡地念诵着那种谁也听不清白的祷告词。

清兵们有些为难了。他们看看手里的砍刀，然后抬起头，互相瞅着，不知该怎么办了。他们僵持了好长时间。要不是标统大人，他们还会僵持下去。

一群士兵簇拥着标统大人来了。

嘤嘤，嗡嗡。念诵声像苍蝇振动翅膀一样。

怎么了怎么了？标统大人骑在马上问刘杰三，然后，标统大人朝清兵们扫了一眼。

清兵们躲闪着标统大人的目光，没人搭腔。

你们的刀白磨了是不是？标统大人说。

依然没人搭腔。嘤嘤嗡嗡的声音更隆重了。

难道你们不觉得这种声音更像苍蝇？标统大人又说了一句。然后，标统大人把目光落在了刘杰三的脸上。他什么也不想说了，他想现在该刘杰三说句什么了。

刘杰三有些不好意思了。"他们在做祷告。"他说。

刘杰三的话使标统大人感到奇怪。

"祷告和杀头有什么关系？"标统大人说。

"里边有女人，"刘杰三说，"孩子，还有老人。"

"让你们的刀子长点眼睛不就结啦？"

"我想他们应该扑过来和我们拼杀。"刘杰三说。

"你这想法怪。"标统大人说。

"大家都这么想的。"刘杰三说。

"大家的想法都怪。"标统大人说。

"他们这个样子让我们难以下手我们是军人不是菜市口的刽子手。"刘杰三说。

标统大人感到刘杰三古板得有些好笑。

"有时候军人太像军人反而不是军人你见过割韭菜没有？"标统大人说。

刘杰三没想到标统大人会问割韭菜的事，就像他没想到叛民们在挨刀的时候放弃了反抗一样。他有些迷惑了，接连眨了几下眼睛。

标统大人笑了。标统大人说我想你们总不会没见过割韭菜我把话说得这么明白你总不能让我去割吧？

标统大人提提马缰，走了。马蹄轻敲着地面，像诵经堂里的木鱼。

于是，杀就变成了割。清兵们一拥而上，像割韭菜一样割掉了一千二百三十多个叛民的头颅。开始的时候，他们割得有些仓皇，但很快就从容了。他们先抓住头发，把叛民的脸扳过来，如果是女人孩子或者老人，就推到一边去，然后抓另一个的头发，然后松开来，那颗头就会像弹簧一样弹回来，他们就举起砍刀，朝他的脖子抡过去，这时，他们就会听见"噗"一声，像人在熟睡时吹气的声音一样。然后，就有一种热乎乎的东西喷发出来，溅在他们的衣服和手背上。他们有了一种全新的体验。他们感到这和割韭菜并不完全相同，头发毕竟不是韭菜叶，脖子也不是韭菜秆。韭菜里偶尔会有一根枣刺，头发里藏不了这种东西。割头用的力气大一些，可断不会有被枣刺刺伤的危险。他们感到血往他们的衣服和手背上喷溅的时候像硕大的雨点，只是不像雨点那样凉爽。

刘杰三没有动手。他感到他的胃突然有些疼痛。长年征战使他的胃受到了损害，但这一次疼痛和吃得太饱或者饥饿无关。割韭菜的时候，韭菜也会摇晃一下，可叛民们的头竟抬也不抬，甚至，砍刀使他们身首异处之后，他们的喉咙还在颤抖着发出那种可憎的嘤嗡声，从刀口喷出的血像粉红色的泡沫，更像一个嘲笑。他感到他的自尊心受到了严重伤害。他和他们打了整整九年，终于要结束了，可他怎么也想不到会这么结束。他抓住了一个叛民的衣服，逼着他挺起身来。

"你的刀呢！"他鼓着眼睛，咬着牙齿问他。他看见那个叛民张开眼瞄了他一下，又闭上了眼睛，似乎懒得跟他说话，又继续祷告了。

刘杰三恨不得一把把他捏碎。他有些气急败坏，他不知道该怎么处置他。人在气急败坏的时候就会迷乱，就会突然没了主意。他没有把他捏碎，他气馁了。他把他推给了旁边的一个士兵。士兵有些诧异，愣愣地看着他。

"弄你的。"他给那个士兵说。

他立刻就听见了一声铁刃嵌入肉体时发出的那种黏糊的响声。那时候，广场上到处都是这种声音，整整持续了一个时辰。刘杰三站在那里，仰头朝天上看着。他知道广场已变成了西瓜地，刚才坐着的身躯正在一个一个倒下去，抬脚随便一踢，就会踢起一个头颅。头长在脖子上的时候，好坏都是头，一张嘴就会哇啦哇啦说话，可一离开脖子，就变成另一样东西了，就是掰开那张嘴，也只能看见两排肮脏的牙齿。那时候，刘杰三就是这么想的。他把手攥成拳头，在胃的部位用力按着。他感到这里有他没他已不太重要了，就回他的帐篷翻看那本《康熙字典》去了。他有翻看字典的嗜好。

二

刘杰三躺在地铺上，一直用拳头按着胃的部位。他想它要再疼下去,他就得找老龟给他喷几口烟。

帐篷门口的布帘子动了一下。老龟进来了。

老龟说三个叛民首领的头已挂在了城门洞上,十几个头没割断的叛民挂在了城门洞外边的木杆上,那里栽了一排木杆。

刘杰三"唔"了一声。

老龟说按朝廷的规矩八岁以上的几个男童正在阉割,剩下的老弱病残要流放到伊犁去。

刘杰三又"唔"了一声。

老龟说你不去看看?

刘杰三说我胃疼。

老龟说我烧一锅烟?

"待会儿要烧的时候我叫你。"刘杰三说。

老龟说你看你这人胃疼了就得捻弄捻弄,甭跟自个过不去。说着就要取烟枪。

刘杰三说你出去我心里烦。

老龟身子一挺,说:你一会儿胃疼一会儿心烦到底是疼还是烦?

"你烦得我胃不疼了只剩了个烦你快出去。"刘杰三说。

老龟笑了。老龟说我跟你这么多年没想到我还是一剂药,以后你胃疼我就烦烦你。老龟一边说一边往外退。老龟并不老,三十多岁。老龟笑的时候,脸像一张揉皱的麻纸。

刘杰三的注意力怎么也集中不到字典上,脑子里一满是广场上割头的情景。这时候,广场上的清兵们已陆续往回撤了,帐篷外突然变得嘈杂起来,他们要换衣服脱靴子洗手洗脸。刘杰三看着他的手背和衣服，又朝地铺跟前的靴子上瞄了一眼。还好，没有沾上那种污脏的东西。他觉得有些奇怪，总会溅上一丁点吧？没有，一丁点也没有。他把目光又移上了手中的那本字典。

啪啦。帐篷门上的布帘子又动了一下。

是老龟。脸像一张揉皱的麻纸。

刘杰三有些燥气了。他想说老龟你咋像苍蝇一样我又不是一块腥肉。没等他开口，老龟的嘴已经开始动弹了。

"我知道你这会儿烦我可我没办法标统大人让我来请你。"老龟说。

刘杰三把要说的话咽了回去。

标统大人正在收拾东西。标统大人说刘管带我想跟你商量个事。刘杰三有了一种不祥的预感。每当标统大人和他这么说话的时候他都会产生这种感觉。

"这里的事就算完了，可还有一样事情得办。"标统大人说，"该杀的都杀了剩下些不该杀的要流放到伊犁去我想过来想过去就你合适。"

刘杰三真想朝标统大人的腰踹一脚。为什么就我合适我一进军队就碰上这场倒霉的围剿一整就是九年我总该回去看看我爹吧？

"你今年三十多了吧？"标统大人说。

"三十二了。"刘杰三说。

"正是有体力的时候。"标统大人说，"我是过来人，有过三十二岁的时候，我要是你现在的年龄，我就不让你干这件差事了。人一辈子得经历几件事情。三十二岁虽然是好年龄，可老是三十二岁就不好了,你说是不是?"

标统大人的话和说话的表情一样深奥。

"你一定能明白我说这些话的意思。"标统大人说。

"当然。"刘杰三说。

"那我就祝你一路顺风了。"标统大人说。

那种想踹一脚的念头又冒了上来。当然,这只是一种心情。他没踹。他像满人说好说行的时候常说的那样说了一个"喳"。

"喳。"他说。

刘杰三从标统大人的帐篷里退了出来,刚转身,头顶上就啪啦响了一声。他知道有什么东西落在他的头顶上了。他用手摸了一下,是一种黏稠的东西。他抬起头,一只鸟已飞过去老远了。一股恶气从他心底拱了上来,他恨不得变成另一只鸟追上去。这也只能是一种心情。他无可奈何地看着那只鸟飞进了远处的树林。

"操你的娘呦。"他骂了一句,骂得很没有底气。他把手指头在衣服上抹了一下,又抹了一下。

有人在他的肩膀上拍了一把。他拧过头,是标统大人。他的太阳穴立刻有些发胀。

"你该不是骂我吧?"标统大人说。

"一只鸟屙在我头顶上了。"刘杰三说。

"噢噢。"标统大人说。标统大人手里拿着一包东西,给他微笑着。

"想不到这时候还有鸟。"刘杰三说。

标统大人说林子大了,什么鸟都有。刘杰三感到标统大人的话有些意味深长。

"就是就是。"刘杰三说。他看着标统大人手里的那包东西。

"我知道你胃疼。"标统大人说,"我给你弄了一包烟土。"

刘杰三突然有些感动,他感到标统大人有些像他爹。他爹总这么关心他。他爹不但卖了二亩地,让他上了几年私塾,还破费了十几个银圆,从教私塾的先生手里换了一本《康熙字典》,一心要让他成为有学问的人。后来,一位在宫里当太监的亲戚回乡省亲时给刘杰三他爹说,我看杰三是块材料,让他去军队吃粮吧。太监很快就托了一个熟人,把刘杰三送进了军队。临走的时候,他爹用袖子擦着眼角的眼屎和眼泪叫了一声儿啊,然后,把那本《康熙字典》塞进了他的怀里,说:你爹这把骨头是贵是贱,全看你了。刘杰三没有辜负他爹的那几滴眼泪和眼屎,三十岁一过,他就成了管带。

"你换顶帽子吧。"标统大人用父亲一样的口吻对他说。

"不了不了,"刘杰三说,"我用清水洗洗。"他把手朝帽顶上的红缨子伸过去,半道上又缩了回来,他怕摸着那种黏稠的脏物。

刘杰三留下了十几名士兵,让其余的士兵跟着标统大人一起走了。一送走标统大人,刘杰三就把那顶帽子扔给了老龟。

"把红缨子里边的脏物涮净。"他说。

"涮不净我踹你。"他说。

"怎么会呢?"老龟说,"我不会让你踹我,我一根一根涮,要涮不净可就成怪事了。"

三

徐爷徐天德知道他儿大庆没死是两天以后的事。大庆一进帐篷就痛彻心扉地叫了一声爹,然后泪如雨下。徐爷愣住了,半晌没说出一句话来。他是个瘦弱的老人,长着一撮漂亮的黑山羊胡子。当清兵把青峰堡围住的时候,他就感到一切都要在这里了结了。他甚至希望早一点了结。人在看不到希望的时候就有这种想法。他就是带着这种心情去参加那一次晨祷的。他知道清兵会在黎明的时候从门洞和残墙上跳进来。所有的人都知道。先一天晚上他们就决定了,清兵们一进来,他们就开始做祷告,然后让清兵杀死他们,不反抗,也不拒绝。他们知道反抗和拒绝已没有任何意义。他们反抗了九年,拒绝了九年,唯一的结果是教民们在一天天减少。朝廷的军队像猫逮老鼠一样,把十几万教民咬死在巴山老林中的沟壑梁峁里了。开始的时候,他们想不通朝廷为什么非要灭绝他们,后来就想通了。猫为什么要吃老鼠?就这么他们想通了。想通得非常容易。他们在最后的时刻放弃了反抗。他们一个跟着一个,走出他们的帐篷,围坐在广场上,举起一只手,等待着殉教的时辰。这是最后一次了,他们微闭着眼睛这么想。后来,他们就听见了一阵杂乱的脚步声。再后来,他们就听见了利器砍入脖子时发出的那种噗噗声。噗噗声很快就淹没了他们念诵祷告词的嘤嗡声。

徐爷一边念诵着,一边等待着砍刀。他感到他的脖子那里有些痒痒的。他想砍刀很快就会切入痒痒的部位。他对自己有些不满意。他感到他的脖子太娇气，凭他这把年纪和他一生的经历，脖子是不该这么娇气的。他希望能潜心一些念诵祷告词，他想这也许会使他的脖子变得正常一些。这时候，一只有力的手抓住了他的头发。他没有睁开眼睛。他把牙齿咬紧了一些。他不想让他的头在离开身子以后显得狰狞。这是他一生中遇到的最后一件事，他想让这件事情了结得完满一些。

砍刀没有切入他的脖子。揪他头发的那个清兵把他重重地推了一下。后来他才知道，他没死完全是因为他下巴上的那一撮黑山羊胡子。朝廷的军队对规矩是很认真的，他们不杀老人。

他没有想到他的儿子大庆没有挨刀。大庆是跟他一起到广场上去的。出帐篷的时候，他看见大庆有些磨蹭。大庆不停地揉着眼睛。大庆长得有些像他妈，有两片肥厚的嘴唇，他为此多少有些不满意。他觉得儿子应该像他。大庆妈在大庆十二岁的时候得羊角风死了。他感到女人病得有些奇怪，好好的就病了，就死了。他悒惶了许多日子。再看大庆那两片厚嘴唇的时候，他就有了另一种感觉。他觉得儿子还是像他妈好。他没再娶女人，就信了教，再后来，就是朝廷的剿杀。大庆一直跟着他。大庆对长年东躲西藏的日子有些厌倦了。大庆说爹咱不信教了不行？他看了大庆一眼。大庆已是二十岁的大小伙了。不成，他说。以后，大庆再没问过他。大庆变得少言寡语了。

"你怕了？"他问大庆。

大庆闭着那两片厚嘴唇，看着他爹。

"我一夜没睡。"大庆说，"眼涩得不行。"

"你怕了？"他又问了一句。

大庆不揉眼了。大庆给他摇了摇头。

"那就走吧。"他说。

大庆没动。他看见大庆的眼睛慢慢湿润了。大庆颤抖着嗓子叫了一声爹。他站住了,等大庆说话。他看见大庆的那两片厚嘴唇哆嗦了好长时间。

"我死了你咋办?"大庆说。

他没想到大庆会说这么一句话。他感到他的心突然热了,在胸膛里猛烈地动弹着。人的心并不是什么时候都会这么动弹,人的心这么动弹的时候不多,一生里遇不到几回。徐爷低头想了一会儿,让他的心平静了一些。

"我也会死的。"他说。

然后,他们一前一后出了帐篷。

他们都没死。他们没死的原因不一样。那时候,大庆也念诵着祷告词,他听见那种噗噗的响声离他越来越近。他知道那不是吹气的声音,而是挨刀的响声。他念不下去了。他不停地咽着唾沫。其实,他只是做着咽唾沫的动作,因为他已没有唾沫可咽了。他感到嗓子眼一阵阵发干,大腿上的筋越抽越紧。他听见了一声东西跌落在地上的响声。他知道是人头,它滚在他的脚跟前了。然后,他听见一阵砍刀破风的声音,他知道有一把砍刀正朝他的脖子切割过来。他忍不住了。他突然睁开眼站了起来。他看见那把砍刀停在了他额颅跟前,刀刃上弥漫着鲜红的血水。他感到他的腿像渗进了一坛醋,又酸又软,突然没有了支撑的力量,他跪了下去。

"不!"他说。他抱着头,使劲摇着。

"不!"他又叫唤了一声,然后呜咽起来。

他躲过了那一刀。他们把他当作自首的叛民留了下来。他在惶恐不安中度过了一夜。第二天清早，两个清兵把他领进了一顶帐篷。他以为他们要找他谈话，也许会杀死他。一进帐篷，他就知道他想错了。帐篷里放着一条宽面板凳，板凳上有几片鲜红的血迹。那是几个被阉割的男孩留下来的。帐篷的角落里蹲着一个男人，手里拿着一把精巧的弯刀，两只眼睛马灯一样朝他忽闪着。

"脱。"一个清兵说。

"这是规矩。"另一个清兵说。

拿弯刀的男人站了起来，朝他走过来。

"捡条命就不错了，人应该知足。"清兵说。

他突然有一种比死还要难受的感受。他不想脱。

"你们杀了我吧。"他说。

"昨天你要有这句话就好了。"清兵说，"现在你还是脱吧。"

拿弯刀的男人有些不耐烦了，用牙齿刮着嘴唇，一条腿轻轻地抖着。

"你让我们硬下手就不好了。"清兵说。

"你要是觉着不好意思，那就让我给你脱。"另一个清兵说。

就这么，他们商量着脱了他的裤子，把他按在了那条板凳上，在他的下身那里拉了一刀子。然后，他们把他交给了刘杰三，让他在流放的路上喂马。

"他们把我割了！"他哭着给他爹徐爷这么说，"我腿软了，那时候我腿软了，我没一点办法啊，他们割了我。"他捂着脸，泪水从指缝间往外淌着。"他们让我喂马。"他说。

徐爷想哭。他没哭。他剧烈地咳嗽了一阵。大庆一声一声叫着爹。他说大庆你别叫了我瞀乱死了。大庆不叫了,大庆愣愣地看着他。他说大庆这不是你的错是我把你生错了我不怪你。大庆的那两片厚嘴唇动弹着,时刻都会哭出来的样子。

"要哭你就哭我听着你哭。"徐爷说。

大庆的厚嘴唇不动弹了。

"你不哭我就哭。"徐爷说。

大庆哇一声大哭起来。徐爷闭着眼,听着他儿大庆的哭声。大庆哭得流不出眼泪了,止住了哭声。徐爷睁开眼。他叫了一声大庆。

"你该走了。"他说。

大庆张着眼窝,不动。

"你走吧他们叫你喂马你就喂马去你想活着这跟你腿要软一样没有办法。"徐爷说。

大庆的心像猫抓一样。他真想在他爹跟前一头碰死。人在后悔的时候很容易有这种想法,可真碰死的人并不多见。大庆大概就是那种想碰死又缺少勇气的人。他没碰。他只是在心里一个劲想着,想着他一头碰死的情景。他跪在他爹跟前,像一块僵硬的石头。

四

刘杰三找了徐爷一趟。他想和徐爷商量商量上路的事。那时候,他和留下来的十几个清兵已搬到了青峰堡里边，清兵们在城墙根那里挖了一个大土坑，把广场上的尸体和头颅扔了进去。他们让大庆跟他们一起干，大庆说我不。他们说大庆你看你这人怎么想不开人不是你杀的你怕什么？埋死人是行善积德哩难道你愿意把他们摆在广场上让野狗撕咬？大庆觉得他们说得有道理，就跟他们一起干了。他们说大庆你命大要不你也在死人堆里呢。大庆的脸一直红到了脖子根。土坑填平后，大庆一个人在那里蹾了好长时间。

刘杰三先在青峰堡里转了一圈，然后才找的徐爷。

"我走了一圈，怎么没听见哭声？"一进帐篷，他就给徐爷这么说。

徐爷盘腿坐着，没有吭声。

"我们在城墙根底下埋死人怎么没见你们的人出去看看？"刘杰三说。

徐爷捋捋黑山羊胡子，依然不吭声。

"死了那么多人总会有人哭几声吧？你看我说了这么多话你总得搭个腔吧？"刘杰三说。他挨着徐爷坐下来，"嗯？"他说。他看看徐爷的脸。徐爷伸开两只手，在脸上搓了几下。

"死是自愿的，他们事先都知道，有什么要哭的？"徐爷说。

"总该有些伤心吧？"刘杰三说。

"伤心不一定非要哭难道朝廷还有这个规矩？"徐爷说。

"当然当然，"刘杰三说，"朝廷怎么能定这种规矩，咱说正事。"

"说么。"徐爷说。

"去伊犁的路很长，也许会有些什么事情，我总不能和几十口人一起商量吧？得找个头，有事了好说。"刘杰三说。

"找么。"徐爷说。

"你当头儿吧。"刘杰三说。

"成么。"徐爷说。

"我得造个花名册，写上你们的名字生辰年月，死在路上的我就打个钩，到伊犁我好交差。"刘杰三说。

"造么。"徐爷说。

"还得给你们的脊背上盖个戳，这是规矩。"刘杰三说。

"盖么。"徐爷说。

"没想到你这人这么好说话。"刘杰三说。

"人有时候好说话有时候就不好说话了。"徐爷说。

"咱明天一早起程。"

"成么。"徐爷说。

"你还是一个好说话的人，我不会看错的。"刘杰三说。

"也许以后你就不这么想了。"徐爷说。

"当然，咱们没打过交道嘛。不过，我一般不会看错人。大庆是你的儿子吧？"

"噢么。"徐爷说。

"好身体。"刘杰三说，"他跟几个士兵拖了一整天死人，没喘一口气。"

"你还有事没有？"徐爷说。

"没了，我看你那里挂了个布袋，是象棋吧？"刘杰三说。

"噢么。"徐爷说。

"你带上它,路长,有的是无聊的时候,我和你杀一盘。"刘杰三说。

事情就这么定了。老龟很快把要流放的叛民们赶出帐篷,挨个儿给他们的脊背上盖一个写着"罪"字的红圆戳。刘杰三用麻纸订了一个花名册,把每个人的名字和生辰年月写在了上边。老龟问给大庆盖不盖圆戳。刘杰三说盖。老龟在马棚里找到大庆。老龟说大庆你看尽管你和他们不一样可刘管带还是要让给你盖戳。大庆又一次涨红了脸。老龟说你背过去要不我盖不好。大庆背过身,把脊背给了老龟。老龟举起圆戳,朝大庆的脊背正中盖下去。老龟说我一连盖了五十六个圆戳就你的这一个盖得最好。

第二天一早,他们便踏上了通往伊犁的漫长道路。

只有刘杰三一个人回头看了一眼青峰堡。城外木杆上的尸体依然悬挂着,一动不动。偶尔有几丝风吹过来,撩拨一下他们的裤管。有的尸体光着脚,鞋不知遗落在什么地方了,好像过于疲倦,匆匆忙忙地吊上木杆,睡着了。

其实,鞋就在不远处,和一些烧焦的衣服帽子头发一类东西胡乱堆着。

嘎吱,嘎吱,是木轮转动的声音。流放的队伍在黄土高原的沟壑梁峁中缓慢地行进着。他们不分男女老幼,一律步行。平板马车上捆绑着他们的帐篷毛毡水桶一类物品,走在队伍的最前边。骑在马上的清兵们信马由缰,分散在队伍的头尾,和流放的男女们构成了一种微妙的关系。他们互不理睬。

五

秀枝和徐爷走在一起，在队伍的中间。她是个二十多岁的姑娘，梳着一条长辫，充足的太阳光和风雨的侵蚀使她的脸色显出那种健康的红润。在流放的叛民中，只有她一个人的心情有些特别。她感到有一颗豌豆一样的东西在她的身体里蹦跳着，那是苍爷留给她的。

她没想到她能和教主苍爷发生一种特殊的关系。那些天，苍爷老是远远地看她。她不知道苍爷为什么要那么看她。苍爷明显瘦了，短茬茬胡子好像一夜间长出来的，麦芒一样干燥而坚挺，密匝匝布在他四十多岁的脸上。那是一张粗糙的男人的脸。他看她的时候，眼眶里好像涌着泪水，随时都会涌出眼眶。那时候，青峰堡笼罩着一种濒临死亡的绝望气氛，教民们已很少说话，他们的眼里都噙着泪水，一开口就会哭出声来。以后的许多日子里，她常常想起这种情景。她不知道他们为什么没让眼泪流出眼眶，一直到死，都没哭出声来。他们让泪水又渗了回去。他们怀着一种神圣的情感，在黎明的时候坐在了青峰堡的广场上。

那天晚上。她换上了一身干净的衣服，端坐在两根蜡烛跟前，等待着苍爷。摇晃的烛光使她的脸显得更加生动，甚至透出一种妩媚。夜已很深了。清冷的月光洒在地上，洒在青峰堡里的每一顶帐篷上，悄无声息。偶尔能听到一声孩子的号哭，像夜鸟的叫声，遥远而空洞。

苍爷会来的，她想他一定会来。要不，他为什么要用那种目光看她呢？

一阵沉重的脚步朝她的帐篷响了过来。她感到她的心突然猛烈地跳了起来，要跳出她鼓胀的胸膛。她没动。她听着帐篷外的脚步声。脚步声在门帘外停住了，好像在犹豫。然后，她就听见了掀动门帘的声音。她没有抬头。她能听见苍爷的喘息声。她知道他在看她。

他们好长时间没有说话。他们的谈话是在她的心跳声和他的喘息声平缓下来的时候开始的。

"你知道我要找你。"苍爷说。

她点了点头，"我知道。"她说。

"天一亮，就是我们殉教的时辰。"苍爷说。

她又点了点头。

"等他们围攻上来，我们就做晨祷。"苍爷说。

"谁是你的后人？他们杀了你，谁是你的后人？"她说。

"你。"苍爷说。

"我？"

"我要你做我的后人。"苍爷说，"我要你拿走我的血肉。我只能这么做了。"

烛光突然停止了摇晃。

秀枝慢慢转过头来。她已经泪流满面。

"你，如果你不愿意……"苍爷的声音打着抖，说不下去了。

"我愿意。"她说，"我向你起誓，只要我活着，我就永远记着我的誓言。"她说："天一黑，我就等你了。"她陶醉在无边的激情之中，扬着头，微张着嘴，等待着。她看着苍爷一步一步向她走近。蜡烛猛烈地燃烧起来。她一个一个解着纽扣。她以圣洁的姿态迎接了她一生中唯一的男人。她优美地倒在了地铺上，发出一声呻吟。然后，就感受到了一阵钻心的疼痛。她叫喊了一声，抱紧了苍爷。一股灼热的东西在她的身体里冲击着，和她的血肉融汇在一起，纠缠着，凝结着。她感到她抱着的不是苍爷而是她的男人。她感到他和她很亲。她真想永远这么抱着他，不再丢开。

当苍爷在她的身边躺下来的时候，她才知道，和她没经历过男人一样，苍爷也没经历过女人。她用手指在苍爷的头发里摩挲着，心里涌动着一种温热的潮水。她坐了起来，看着苍爷疲惫的脸，看着他脸上那一片干燥的短茬胡子，失声痛哭。她把脸贴在他的胸膛上，让泪水湿润着他的体肤。苍爷已熟睡过去，胸膛一下一下起伏着。她轻唤着他，像女人唤着她最亲的男人一样叫着他。她不愿意他死。

临走的时候，苍爷把一面小铜镜交给了秀枝，那是苍爷的传教之物，是上几代教主传下来的。几天以后，秀枝到挂着苍爷头颅的门洞那里去过一次。门洞上并排挂着三个竹笼，苍爷的头挂在中间，从竹笼里流出的血水在墙壁上爬出几道歪拧的线条，已经风干了。去的时候，她以为她会哭。她不知道她为什么没哭。她突然感到有一颗豌豆一样的东西在她身体里的一个地方蹦跳着。她有些担心了。她害怕那颗豌豆不是真的。她甚至希望日子能过得快一些。她想她很快就知道有没有一颗豌豆。如果真有，她想她会兴奋得晕过去。她就是怀着这种心情上路的。她走在徐爷的旁边。

初春的黄土高原和流放者们的脸一样漠然。土崖上偶尔会有一丛像树枝又像枯草一类的东西，在风里百无聊赖地摇晃着，不时地划过流放者们的眼睛。没有人说话。他们一声不吭地走着。如果从远处看，他们像一群艰辛的蜗牛。

刘杰三骑着一匹枣栗马。他感到有些压抑。这么一声不吭地走路，要不了几天心里就会长出毛来。他摇摇马缰，走在了徐爷旁边，咳嗽了一声。徐爷背着手，看着前面，黑山羊胡子在风里抖动着。徐爷没有扭头。

"这么个走法，得十个月才能到。"刘杰三说。

"噢么。"徐爷说，依然是那种漠然的表情。

"也许还会遇上雨天。"刘杰三说。

"噢么。"徐爷说。

"我看我说什么你都会噢么。"刘杰三说。

"噢么。"徐爷说。

"我不过想跟你说说话，你总这么噢么噢么，不想跟我说是不是？"

"我没你说的那个意思。"这回，徐爷没说噢么。"说吧。"徐爷说。

"说话是两个人的事情，你和我说话，总不能不看我一眼吧？"刘杰三说。

"你骑在马上，我看你脖子会累。"徐爷说。

"那倒也是。"刘杰三说。

刘杰三感到徐爷身上有一种凛然的东西。他是流放者中最年长的一位，可走路的姿态却很沉稳，胸膛总高挺着。

"你的胡子不错。"刘杰三说。

"噢么。"徐爷说。

"你又噢么了。"刘杰三说。

"噢么。"徐爷说。

"你们不会半路上逃跑吧?"刘杰三说。

"逃跑?往哪儿逃?"徐爷说。徐爷的脸上浮现出一种嘲笑的神情。

"也是。"刘杰三说,他也让他的脸上浮现出几丝嘲笑,"能逃到哪儿去呢?你带象棋了吧?"

"带了。"徐爷说。

"你的脾气有些古怪。"刘杰三说。

"有时候古怪,有时候不古怪。"徐爷说。

"有时候,我的脾气也古怪,你古怪的时候可不敢跟我古怪的时候碰在一起。"刘杰三说。

"那可就没准了。"徐爷说,"说不定就偏偏碰在一起了。"

第一天,他们走了三十里山路,什么事情也没有发生。黄昏的时候,他们在一座破庙跟前停了下来。

六

老龟刚把支铁锅的土坑挖好,大庆就挑来了水。除了喂马,大庆还管做饭的差事。老龟说点火点火,肚皮贴在后背上了。大庆往锅里倒好了水,趴在火风口点火吹火,吹得满眼流酸泪。清兵们的十几匹马拴在后院，正吃着草料，草料袋就挂在马脖子上。流放者们已卸下平板车上的东西，进了两间偏房，用长长的喘息推卸着疲劳。

刘杰三对这一切很满意。他站在庙殿门口的台阶上，叫了一声老龟。

"水热了端一盆来，我洗洗脚。"他说。

他转身进了正殿，坐在铺好的地铺上解着绑腿。这是他多年的习惯，每到一个地方，第一件事就是解绑腿，然后洗脚。

老龟催大庆快些烧火。大庆从火风口的浓烟里扭过脸来，抹了一把酸泪。大庆说我快不了柴火太潮要快就得找些干柴火。老龟想骂大庆几句，又想柴火太湿不是大庆的错，就把要骂的话咽了回去。

"那你继续吹，我找柴火去。"

老龟从庙外边抱回来一抱干柴火，大庆已把火烧旺了，正悠闲地往锅底下塞着硬柴。老龟说把他的，知道你能把火吹旺我就不找干柴火了。他好像吃了老大的亏一样。他扔下柴火，拨拨大庆的胳膊说：起来我烧。大庆有些不愿意，因为坐在火跟前暖和。老龟说你再挑担水去。大庆说你净捡好事做。老龟说是人都愿意捡好事做起来起来挑你的水去。

老龟没烧几把火，院子里就响起了一阵脚步声。开始的时候，他并没在意，可一会儿，他就不敢不在意了。喘过气的叛民们一个跟一个从偏房里走出来，在院子当中围坐成一个方形。他们要做祷告了。

"哎，我说，你们不能做祷告。"

老龟朝叛民们喊了一声。他看见他的喊声没起一点作用。从偏房里陆续走出来的叛民继续往院子当中围坐着。老龟瞪了一会儿眼睛，然后仰着脖子叫了起来:"王贵!你钻你娘裤裆了!"

王贵和几个清兵提着火枪从后院里跑过来,看看院子当中的叛民们,又看看老龟。

"看我不认识我?让他们回屋去。"老龟说。

"让他们回屋去。"王贵给清兵们说。

"回去!"清兵们朝叛民们晃着枪托。

刘杰三提着两条绑腿带等着老龟的热水。老龟进来了。老龟一脸慌失的神情,他没端水盆。

"水呢?"

"还没热哩,"老龟说,"他们出来了他们要做祷告。"

"让他们回屋去。"刘杰三说。

"他们不回你不管他们可就真做了。"老龟说。

刘杰三的脸黑了。他一出正殿,王贵他们就不喊叫,也不晃枪托子。他们都看着刘杰三。

刘杰三以为他一出去,叛民们多少会有些反应,至少徐爷会有。他想错了。没有一个叛民扭过头看他一眼。他们跟着徐爷举起一只手,闭上眼睛,要念祷告词了。

刘杰三的自尊心又一次受到了伤害。

"王贵,"他尽量让他的声音显得平和一些,"你试着用枪托真砸一下看管不管用。"

王贵提着火枪走到离他最近的一个老者跟前。老者一动不动。王贵把枪托提高,然后用力朝老者的肩膀撖下去。老者呻吟了一声,倒了,然后又爬起来,坐直了身子。

"不管用。"王贵给刘杰三说。

"拖!"刘杰三说,"拖他们进去。"

开始的时候,他们抓住叛民的胳膊往屋里拖,后来,他们感到这么拖太费劲,就拧叛民们的胳膊。他们往后一拧,叛民就会噢地呻吟一声,肚子就腆起来,他们就推着他们进屋。他们对女人也采用了同样的办法。他们突然明白了一个道理,不论做什么事情,人都能想出更省力气的办法。他们多少有些奇怪,不管他们是拖还是推,竟然没一个人跳起来和他们踢打,也没有一个女人抓他们的脸,或者朝他们的脸上吐一口。在他们的印象中,女人们是很容易抓脸吐唾沫的。

清兵们一动手,刘杰三就回正殿了。一会儿,老龟端来了一盆热水,他把脚塞进热水,心情立刻好了许多,一股舒坦的感觉从他的脚上顺腿迅速弥漫上来。他感到他应该和徐爷交谈一次。他说老龟你把徐爷叫来。老龟有些诧异。老龟说好不容易把他拧进屋又叫他出来?他说你叫去我有话说。

老龟领着徐爷进来的时候,刘杰三已洗完了脚。他让徐爷坐,徐爷不坐。徐爷直直地站着,像一根干硬的木头。老龟端着脏水要出去。刘杰三说你倒完水烧锅烟,我胃又疼了。老龟说烧完烟我再倒水。老龟烧了一锅烟,往刘杰三鼻眼里喷了两口。刘杰三说好了好了你出去。他吸着鼻子,让烟土的气息在他的身体里扩散。

徐爷一直站着。徐爷说刘管带这么治胃疼来得快可时间长了会染上烟瘾。

刘杰三没想到徐爷会给他说这种话。他看着徐爷的脸,没发现那种嘲笑的神情。

"我也胃疼过,我烤干馍吃,吃了一段日子就好了,你不妨试试这种办法。"徐爷说得很诚恳。

刘杰三咦了一声。他说徐爷我越来越觉得你是个怪人我都有些弄不清白了,说你不好吧,你关心我的胃疼,说你好吧,你又犯规矩领他们做祷告为难我。

"这是两回事。"徐爷说。

刘杰三摇摇头说,我不懂。徐爷说人不能什么都懂,都懂了也就快死了,就像我这样。刘杰三说咱扯远了。徐爷说那就往近处说。

"走的时候咱说过你们不能做祷告。"刘杰三说,"你不会这么快就忘了吧?"

"没忘。"徐爷说,"早晚的祷告是我们信教人的功课。朝廷有朝廷的规矩,信教人也有信教人的规矩,这话我也给你说过。"

"徐爷,这你可就说得不合适了,"刘杰三说,"你们现在是朝廷的犯人这么多日子你连这个都没想过来?"

"你觉得你是犯人了你就是犯人,你不觉得你是犯人你就不是。"徐爷说。

"你这话说得怪。"刘杰三。

"听着怪可味道正着哩。"徐爷说。

"你们那个教在大清国的天底下已经没有了。"刘杰三说。

"不是还有五六十口子没死吗?"徐爷说。

"听你这话的意思,我和你磨了半天嘴皮子白磨了是不是?"

徐爷不吭声了。

"你和我没有什么过不去的吧?"刘杰三说,"不准做的事,你要做,不但坏朝廷的规矩,也臊我的脸皮。"

"你的脸皮太薄了。"徐爷说,"有时候人脸皮厚一点更像个男人,你信不信?"

"你要做祷告,我就不能保证不杀人。我只想把你们平平安安地送到伊犁。我不想发生不愉快的事。"刘杰三说,"你给他们说说去。"

第二天早上,刘杰三才感到他把事情想得太简单了,一出正殿门,他就愣住了。所有的叛民都在院子里站着,朝着一个方向,脸上布满那种虔诚的神情。他们一声不吭,只是站着,看样子,已站了好长时间了。

刘杰三的那张瘦脸立刻变成了一块青石板。

清兵们像刚出窝的黄鼠一样,眼睛胡乱瞅着。老龟蹭到刘杰三跟前,低声说了一句:"你看,他们这么站着。"

刘杰三一声不响。

"拧不拧他们?"老龟又问了一句。

刘杰三转身朝正殿后边走去。他尿了一泡尿,又走了回来。他在尿尿的时候也松缓了脸色。

"让他们套车。"刘杰三给老龟说。

老龟眨了几下眼睛,他感到有些意外。

"听见了没有?"刘杰三说。

老龟立刻扭过脖子,朝院子里的叛民们喊了一声:套车!

一会儿,平板马车的木轮子又嘎吱嘎吱地滚动在漫长的山路上了。流放的队伍依然是一群爬行的蜗牛。

刘杰三骑在马背上,看着缓慢移动的队伍,看着徐爷下巴上那撮高傲自负的黑山羊胡子,心里像塞进了一堆歪七扭八的砖头。他想把它们摆放得顺溜一些。他感到这很重要。他想他总会找到一个合适的机会。

七

大庆终于到流放者们歇息的屋子里去了一次。那天,队伍一停下来,他就架起了两口铁锅,点着火,往锅底下塞着柴火。

他听见锅盖响了一声。

是秀枝。她端着一只木盆,盆里放着几件衣服。她把木盆担在锅沿上,推开锅盖,用马勺往盆里舀水。大庆塞柴火的手停住了。

他没想到秀枝会来舀水。他愣了一会儿,然后,他的心就在胸口猛烈跳了起来。他定定地看着秀枝。他希望秀枝能看她一眼。他想秀枝要看他的话,他就给秀枝笑笑,他会说秀枝你舀吧舀了我再添。许多天了,还没有一个叛民走到他的跟前,用正眼瞧过他。也没有一个人和他说过半句话。在所有的叛民中,他像一只可怜的虫虫。

秀枝没有看他。秀枝舀完水,在离他不远的地方蹲了下来,揉搓着盆里的衣服。

大庆的心不再跳了。他很难受。他感到他的心被什么东西揉捏着,揉捏出一股又一股酸水。其实,他每天都有这种酸楚的感觉。每次上路,他都走在队伍的最后。他拉着那匹负重的马,马背上驮着清兵们的用物。他怕看见他们脸上那种鄙弃的神情。后来,他才发现他们根本就不看他,不理他。他们连那种鄙弃的神情都不愿给他。他感到这比死还要难受。他恨自己,恨他的那两条腿。它们软得太容易了。他真想把它们砸断,换上两根木棍,木棍是不会软的。晚上是他最难受的时候,他不能和清兵们睡一个地方,也不敢进流放者们睡觉的屋子。他和清兵们的那十几匹马待在一起。一听见他们睡觉的鼾声,他就心酸,就想流泪,就想砸断他的腿,换上两根木棍。他一次又一次鼓着勇气,想到他们睡觉的屋子里去,哪怕待一会也好。他心里结了一个疙瘩,越结越大。他想把它掏出来,要能掏出来就好了。

秀枝一下一下揉搓着衣服。他想秀枝还会过来舀水的。秀枝再来舀水,再不看他一眼,他就厚着脸皮叫她。他就说秀枝你咋就不看我一眼你们咋就不看我一眼难道你们就不知道我的心里有多难受。他就说秀枝我知道你们看我恶心我自己也恶心我自己我每天都想一头碰死。

秀枝没再过来。刘杰三拿着一件衣服走到秀枝跟前了。

"啪啦"。刘杰三的衣服掉在了秀枝的脚跟前。秀枝朝衣服瞄了一眼,然后抬起头。

刘杰三的瘦脸上布着笑意,朝衣服努努嘴。

秀枝迷茫了一会儿,然后把滑在胸前的辫子甩到脊背上,又搓起了盆里的衣服。她没有掩饰她的厌恶。

"不愿洗?"刘杰三并不生气,歪头看着秀枝。秀枝不吭声,搓衣服的声音更响了。

"我想让你洗,怎么办?"刘杰三说。

秀枝开始拧衣服里的脏水了。她突然拉起木盆,"哗"一声,脏水倾盆而出。刘杰三的那件衣服鸟一样扑扇了一下,泡在了脏水里。

秀枝把拧干的衣服放进木盆,走了。

一股恶气从刘杰三的心底拱了起来。

"站住!"他喊了一声。

秀枝站住了。

"转过来。"刘杰三说。

秀枝不动。刘杰三欣赏似的看着秀枝的背影,心里的那股恶气一点一点消散。

"我以为你连站也不站呢。"刘杰三说,"你走吧。"

秀枝依然没动。

"我就想让你站一下。"刘杰三说。

秀枝一走,刘杰三就喊老龟。

"去,把那件衣服洗洗。"他给老龟说。

老龟想不出那件衣服怎么会泡在脏水里,想问刘杰三,刘杰三已回屋了。

"大庆,这是怎么回事?"他问大庆。

"不知道。"大庆说。

"你在跟前你不知道?"老龟说。

"在跟前也不知道。"大庆说。

"不知道就不问了,你提桶水去。"老龟说。他把衣服从脏水里捡了起来。

"你没看见我正在烧火?"大庆说,"你还想不想吃饭?"

"哎你这熊人说话怎么这么呛人?"

大庆没再吭声。他想他不能再和老龟说话了,再说几句他就会打人。他窝一肚子火。他听见老龟提着水桶嘟囔着打水去了。

"真是驴日他妈了。"他也嘟囔了一句。

吃过饭,天已黑了下来。叛民们一个跟着一个进了几间屋子。徐爷被刘杰三叫住了。刘杰三说徐爷咱下盘棋老说下这么多天一盘也没下过。徐爷说行么。徐爷提着棋袋跟刘杰三进了屋。老龟和清兵们在他们的屋里已摇开了单双。

大庆夹着铺盖卷进了牲口棚。他没睡,他点了一堆火,靠着铺盖卷坐着,听着叛民们熟睡的鼾声,经受着那种孤独的煎熬。一直到夜深的时候,他终于站起来,朝那间屋子走过去,推开了那扇虚掩的门。

他没想到他们会把他扑倒。他们横七竖八地歪倒在地铺上,他想找块地方坐下来。他小心地往里绕着。就在这个时候,他听见了一声低沉的吼叫,几个人突然跳起来,把他扑倒了。他们一声不吭,用狂乱的拳脚踢打着他的腰和腿。然后,他们把他抬起来,从门里扔了出去。

"哐"一声,门有力地闭上了。

他趴在地上,好长时候没有动弹。他摸着青肿的鼻脸,在门口蹴了一会,然后站起来,朝马棚走去。他又靠在他的铺盖卷上了。他看着那堆火。又过了一会儿,他睡了。然后是第二天早晨。一只脚伸过来,拨了一下,又拨了一下,把他拨醒了,

"怎么啦?"刘杰三看着他脸上的青伤。

他支吾着,不由自主地朝他挨打的那间屋瞄了一眼。门已经开了,有人正往外走。

刘杰三明白了。

"甭费那份心了。"刘杰三说,"他们不会接纳你的,一千多人,就出了你这么一个腿软的,他们能不憋气?"

大庆真想一头朝刘杰三的肚子撞过去。那时候,他们都不知道有人偷偷放走了三匹马。

八

马是麦穗放走的。他恨那些马。

麦穗快八岁了,按规矩,再过几个月就得阉割。他走路走怕了,走着走着就不想走了。他问他妈什么时候能走到伊犁。他妈说得好长时间。他说路通到了天边吗?他妈说通到了吧通到了。他说我看天边不远可走了这么些天怎么还是那么远,天是不是老往后退?他妈说你看着很近走着就远了。他说伊犁在天边吗?他妈说在天边。他就发愁了。他说咱肯定走不到了它老往后退。他妈说麦穗你甭问了你问得妈心疼。他不再问了。他看着那些骑马的清兵。

"我恨那些马。"他给他妈说。

"我连看也不想看它们。"他说。

那天晚上,他一连屙了几次。他妈说麦穗你怕是拉肚子了。睡觉的时候,他听他妈给秀枝说要挖些马齿苋给他吃,再屙就会把他屙成一张皮。他说妈你看你本来我不屙你一说我又想了,说着,就爬起来往门外跑。他蹲在一堵残墙根下,使了几次劲,没屙出来。天很黑,冷风在他的屁股上直嗖嗖。他又使了使劲,还是屙不出来。他找了一块土坷垃,他想再屙不出他就不屙了。

就是这个时候,他看见了马棚里的火光,看见了火堆跟前的大庆和那十几匹马。如果大庆不离开,他也许不会去马棚。可大庆偏偏在这个时候离开了。大庆朝徐爷他们睡觉的那间屋子走过去。大庆在门口站了一会儿,然后推门进去了。麦穗飞快地擦擦屁股,系好裤子,溜进了马棚。

他看着那匹马。马棚里很温暖,能闻见一股马粪味。他走到离火堆最近的那匹马跟前,在它的鼻子上抚摸了一下。那是一匹红马,鼻梁上有一块白色,显出一个规整的菱形。马友好地歪过头来,用肥厚的嘴唇在他的手上磨蹭着。他伸开胳膊,抱住马头,把脸贴上去。

"我恨你们。"他给马说。

然后,他松开马,开始解拴马桩上的缰绳。

"我不想让你驮他们。"他说。

他把解开的马缰绳搭在马脖子上,轻轻地推了一下马头。

"你走吧。"他说。

马没动。他又推了一下。

"你走吧,"他说,"走得远远的。"

红马挪动了蹄脚,朝棚外走去。

他接连解开了三条马缰,还要解,一阵杂乱的击打声使他缩回了手。他跑出马棚,看见有人把一样东西从屋门里扔了出来。他害怕了,很快溜进了屋,在他妈的脊背后边躺下去。

王贵一进马棚就喊了起来："我的马不见了！"

那时候，羞愤已极的大庆正想撞刘杰三的肚子。王贵的叫喊声立刻使他慌了神。他扭过头，看见了那三个空空荡荡的拴马桩。

刘杰三也看见了。刘杰三一抬脚就踢到了大庆的肚子上。大庆呻吟了一声，抱着肚子蜷成一团。刘杰三转身走了。他要找徐爷。

徐爷正跪在地铺上卷铺盖。刘杰三站在门口半晌没有说话。徐爷知道刘杰三找他有事，便坐在地铺上，等刘杰三开口。

"我的三匹马不见了。"刘杰三说。

"噢。"徐爷说，"怪不得你一脸的火气。"

"这是有人故意搞鬼。我得把他找出来。"刘杰三说。

"找么。"徐爷说。

"几匹马是小事，可我不愿意有人跟我过不去。"刘杰三说，"我得把他杀了。"

"杀么。"徐爷说，"其实杀人不是最好的办法。也没人怕死，在青峰堡你都看见了。"

"咱试试吧。"刘杰三说。

"那你就试试。"徐爷说，"也许他们会一声不吭。"

刘杰三摇摇头，有些不屑一顾。刘杰三把老龟叫过来，说：你把他们给我拢在院子里，有人站出来承认马是他放走的，你再叫我。然后，他便回屋里翻字典去了，一副成竹在胸的样子。

没有一个人站出来。五十多个叛民直直地坐在院子里看着天。麦穗心里害怕，拨拨他妈的胳膊说：他们要杀人是不是。他妈说悄悄地甭说话。麦穗就闭住嘴，和大人们一起往天上看。

"没人吭声。"老龟给刘杰三说。

"你耐点心。"刘杰三连头也没抬。

太阳慢慢地往西边移着。他们能听见太阳在天上移动的声音。

"我耐了一天心他们还是不吭声。"老龟说,"他们一直瞅着天脸像毬皮一样。"他说:"弟兄们早就没心劲了也跟着他们一块儿往天上瞅。"

刘杰三到底放下了手里的字典,看着房顶,想着什么。

"我看再坐上八天也不会有人承认。"老龟说,"多坐一天咱迟到伊犁一天。"

门帘动了一下,徐爷进来了。徐爷说刘管带你这么弄不高明。你就当马是我放的吧,你要真觉得过不去就把我杀了。

刘杰三真想一把揪下徐爷下巴上的那撮黑山羊胡子。这些天也一直有这种欲望。昨天晚上下棋的时候就冲动了几次。徐爷走棋太慢,可总能在他快赢的时候把他将死。他不时往徐爷脸上瞄着,真想在他下巴上削一刀子。你看,又把你将死了,徐爷这么说。徐爷说完这句就闭上眼睛,等他说再来一盘。

他讨厌他的那撮胡子。

"我知道你想死,可我偏不让你死,我想杀放走马的人。"刘杰三说。

"没人会承认这件事。"徐爷说,"你不会让大伙儿坐在这里不走吧?"

"你这话我爱听,"刘杰三说,"咱一边走一边办事情,总会有人承认的,不过你得受点罪。"

"你要觉得这么好,受点罪就受点罪。"徐爷说。

"我怎么看你们都像一堆死牛皮。"刘杰三说。

"你这话说得文气,像识字先生说的。"徐爷说。

"我得把你们抚平顺。"刘杰三说。

"也许你有这个本事。"徐爷说。

刘杰三让老龟和几个清兵给那辆平板马车上支了个木架子,把徐爷吊了上去。刘杰三说徐爷这回你的胡子就更神气了你在高处风大。木架上的徐爷闭着眼,嘴动了动,做了个笑的样子。

"走吧。"刘杰三给老龟说。

他们又上路了。平板车嘎吱嘎吱叫唤着,依然走在队伍的前边。木架上的徐爷和平板车一起摇晃着。秀枝死死抓着木架的一条腿,想让它摇晃得小一些,这种徒劳的努力使她比吊在木架上的徐爷还要难受。麦穗妈抓着木架的另一条腿。

徐爷的脸上爬满了汗水,鬓角和脖子上的青筋越暴越高。

叛民们跟在板车后,表情漠然地挪着脚步。

刘杰三骑着那匹马,走在木板车的旁边,目不斜视,看着前边,好像什么事情也没有发生。

麦穗抓着他妈的后襟,眼睛盯着马背上的刘杰三,牙齿越咬越紧。他突然撒腿紧跑了几步,跑到刘杰三的前边,挡住了那匹马,他憋得满脸通红,愤怒地盯着刘杰三。

"马是我放的。"他说。

刘杰三把麦穗上下打量了一阵,摇摇头。

"马是我放的。"麦穗说。

刘杰三立刻有了一种被人戏弄的感觉。他扬起手中的马鞭，用力抽下去。"啪"一声，马鞭重重地抽在麦穗的脖子上。麦穗转了半个圈子，倒了。

"畜生！"麦穗妈叫唤了一声，奔过去，抱起地上的麦穗。麦穗脖子上的鞭痕正渗着血。

"畜生！"麦穗两眼盈泪，冲刘杰三叫着。

"不走了！"秀枝也叫喊了一声。她抓住了车辕里那匹老马的笼头。

队伍停了下来。

刘杰三摇摇马缰，走到秀枝跟前。秀枝满脸喷红，大口喘着气。

"你睁眼看看，他要死了！"秀枝喊着。

木杆上的徐爷确实有些气息奄奄了，头耷拉着，那撮山羊胡子偎在了他干瘪的胸膛那里。

刘杰三笑了一下。然后，刘杰三把头转向流放的叛民们。

"马是谁放走的？"他问。

没人吭声。

刘杰三低头想了一会，又抬起头，用马鞭在人群中随便指了两下。

"你，还有你，你俩过来。"他说。

被点的是两个老人。他们从人群中走了出来。

"没人承认，但事情总得有个了结。"刘杰三说。他让老龟和两个清兵把两个老人领到沟边。

"就他们了。"刘杰三说。

没有骚乱。所有的流放者都举起一只手，低下了头。刘杰三已很熟悉这种姿势。大庆一手拉着马缰,另一只手也慢慢举了起来。

然后,他们就听见了两声火枪的闷响和一串人跌进深沟的声音。

九

啪啦啦啦。

一群受惊的鸟从草丛中一跃而起,冲上天空,向远处飞去,扑扇的翅膀划出一阵柔和的声响。

这是夏日的草原,阳光已经暴热,但茂盛的青草却显出生机,高挺着,一直铺到遥远的天际。置身在草原之中,才知道草原的绿不是一律的,青绿,墨绿,紫绿,随地势远近的不同各显出不同的调子。在这众多绿色中,还杂有其他颜色,使草原像梦一样变幻多端。那些土丘,也许是坟冢和石头堆,它们散乱在其间,像浮出海面的礁石。只有在远离人群的地方,大自然才能养育出这种美丽的景致。

当流放的队伍经过几个月的跋涉,从黄土高原走到这里的时候,他们的模样和出现在他们眼前的这一片景色形成了鲜明的对比。他们脸上铺满尘土,衣服已褴褛不堪。捆绑在平板车上的毛毡早开了边,被子里绷出一块又一块的棉花套子。天气已不是当初的天气,有人依然穿着临行时的衣服。

徐爷没有死,只是比以前更瘦了,山羊胡子变成了一丛乱草,好多天没见过雨水似的,只是下巴颏儿仍然和以前一样翘着,胸脯照旧挺着。秀枝搀扶着他。

大庆拼力拉着那匹负重的马,目光依然孤独。脚上的鞋帮已开裂,露出一截布满死皮的脚跟。

如果不细看,如果不是屁股底下的那匹马,押送流放队伍的清兵们和流放者就没有多大的区别了。他们半张着嘴,牙齿上沾满沙土,眼睛也张着,像用泥胡乱捏出来的泥塑。

青草很不情愿地退向两边,留出一条并不宽阔的路,弯拧着伸向更深处。无法估计它有多远多长。

马蹄迟钝地往前挪着。平板马车嘎吱嘎吱得更干涩了,两只木轮子随时都会散架,不小心就会和大车脱离,滚到一边的草丛里去。

路边真有被遗弃的木轮车,不知是哪辈子的事了,车轮半埋在沙土里,已经干朽。那是另外一个故事。还有风干的头盖骨,它们和肥茂的青草一起显示着草原的古老和辽阔。它经历的事情多了。它什么都能容纳,不管是死去还是正在生长的。

其实,正在行走的这群人对这些毫不关心。他们仅仅是一群艰难的行路人。

偶尔能看见一棵奇形怪状的树。

从很远的地方看,流放的队伍好像不动一样。可是,过一会再看,他们已经把那棵怪模怪样的树挪到另一个方向去了。

随时都可能有人跌倒在路边,再也爬不起来。

没有人跌倒。他们的脚只是歪了歪,很快又正了,又朝前迈出去。

徐爷咽了一口干涩的唾沫,看看骑在马上的刘杰三。明亮的目光使刘杰三刻板的瘦脸像抹了一层猪油。

"歇几天再走吧，我说，"徐爷说，"再走就会死人。"

刘杰三有些诧异了，因为这是他第一次听见徐爷用这种口气和他说话。他扭动了一下已有些僵硬的脖子，看着徐爷的脸，想看出徐爷的话里到底有多少真诚。

那是一张疲惫不堪的脸。

"行吗？"他说。

但他并没有让他的马停下来。

"不怕慢，就怕站，人常这么说呢。"他说。

"只管走，不管死，人没说过这话吧？"徐爷说。徐爷在他乱草一样的胡子上捋了一下。

"你怎么老是翘着下巴？"刘杰三说。

"习惯了。"徐爷说。

"你是在夸耀你那撮胡子吧？"

"你看着不顺眼，是不？"徐爷说。

"那倒没有。我是说一个人老翘着下巴，怪累人的。"刘杰三说。

"累人不累人，只有翘下巴的人自己知道。其实，真觉得累的倒是老看别人翘不翘下巴。"徐爷说，"你仔细想想，就会觉得我说的有道理。"

"我怀疑你翘下巴是故意的。"刘杰三说。

"你想得太多了。"徐爷说。

"其实你翘不翘下巴与我没个毬相干我不过说说而已。"刘杰三说。他有些不想说这个话题了。他把头扭到脊背后边，看着那一支跛脚拉腿摇摇晃晃的队伍。

"你不说歇的话,还能往前磨蹭,一说连我也松了心劲,歇就歇吧。"他说。

他们在一道土丘跟前栽了几圈木桩,把帐篷的绳子拴在了木桩上,歇息下来。他们昏昏沉沉睡了一夜,第二天,又昏昏沉沉睡了一天。

第三天,就发生了老龟和秀枝的事。当刘杰三把那支短铳支到老龟的脑门说老龟我不能不打死你的时候,老龟后悔得直想尿裤子。他后悔他不该去打那只野羊。那天早上,刘杰三刚睁开眼,老龟就进了他的帐篷。刘杰三说老龟你睡好了?睡好了睡好了,老龟说。老龟一脸嬉笑。刘杰三揉着眼睛,说:你有事吧?老龟说好多天肚子没见油水我想打点野味犒劳犒劳弟兄们。刘杰三说你这主意倒不坏。老龟立刻揪起两个睡懒觉的清兵,把马鞍搭在马背上,然后骑上去。那时候,流放的叛民们正从他们的帐篷里走出来,分散着站开,脸朝向一个方向,默念着祷告词。老龟没管,他们已默认了叛民们的这种做法。他拉拉马缰,和那两个清兵朝草原深处走去。

他们围住了一只野羊,打死了它。他们是在回来的路上碰见秀枝的。

十

秀枝在水边坐着,那里有一条溪水。一个叫狗剩的清兵说老龟你看你看,老龟就看见了她。狗剩说那熊女人还挺清闲坐在水边看景哩。"怕是想男人了。"另一个清兵说。

老龟勒住了马缰,朝秀枝那儿看了一会儿。

"你们先回去。"老龟说,"我和那个娘们说说话解个闷儿。"在刘杰三跟前,老龟是一只听话的狗,可在清兵们跟前,他就成爷了。

"可别说到肉里去。"狗剩说。

"放你娘的狗臭屁,我想弄她还能等到今天?"老龟说。

"想想还行真弄就犯规矩了。"狗剩说。

"这话不用你说,我能掂量轻重。"老龟说。他从马背上跳下来,把马缰递给狗剩,"拉回去。你们和大庆先剥羊皮,我回来再煮肉。"

狗剩瞪圆了眼。狗剩说你把解闷儿还当成正经事了?老龟的眼睛瞪得更圆。老龟说你舌头真长是不是想让我割掉一截?狗剩的眼睛立刻小了,从老龟手里接过马缰,给另一个清兵说:"咱走吧。"

老龟在马屁股上捶了一拳,三匹马扬腿飞跑起来,很远了,老龟才向秀枝走过去。

秀枝身子里的那颗豌豆到底变成了一块浑圆的血肉,一天天膨胀起来。她有些不踏实,问过麦穗妈一次。

"嫂子,你是咋怀上麦穗的?"她说。

麦穗妈有些奇怪。麦穗妈说你咋想起问这话?秀枝的脸热了。她说嫂子你看你,我就随便问问。

麦穗妈看着帐篷顶,像回忆久远的往事一样。

"第一个晚上,麦穗爹就要我给他怀个娃,说得我心里直打鼓。他要我和他做那事,我和他做了,就怀了麦穗。"麦穗妈说。

"一次就怀上了?"秀枝说。

麦穗妈想了想,说:"是第一次吧,这可就说不清了。"

"怀麦穗的时候是个啥样子?"秀枝说。

"啥样子?想吃酸东西。酸儿辣女。麦穗是个男娃。"麦穗妈说。她突然生了疑心,打量了秀枝一阵。

"你有过男人?"

秀枝摇摇头,又点点头,叫了一声嫂子,然后就流了眼泪。麦穗妈再没问什么。她拉着秀枝的一只手摩挲着,很同情的样子。

每天晚上,秀枝都要在黑暗中摸她的肚子。这时候,她就会想起苍爷悲壮的脸和他笨手笨脚的作态,想起他离开时的样子,一直到瞌睡把她淹没。她很想看看她的肚子,她甚至希望它一夜间鼓胀起来。她觉得人很有意思,男人和女人在一起做那么一件事情,女人的肚子就会长出一个东西,长成一个有鼻子有眼的小人。她不知道肚子里的小人怎么吃东西,怎么呼吸,会不会憋死。

现在,她坐在溪水边的草丛里,解开了纽扣。她到底看见了她的肚子。她发现它还没有鼓起来。她感到肚子没什么好看的,不如摸着好,摸的时候她可以闭上眼睛想她爱想的事情,所以,她躺下了,怀着一种美好的感情轻轻抚摸着它。这里离居住的帐篷很远,没人能看见她。阳光很好,溪水像一条随意飘落在草原上的带子,圆润地弯曲着,清纯的水声使草原更显得平和、静谧。

她不知道有人正朝她走过来。

秀枝看见老龟的时候,老龟已到了她的跟前。她惊叫了一声,坐起来,飞快地扣着纽扣。

老龟一脸无所谓的表情。

"你摸肚子的时候我都看见了,没什么大惊小怪的,有时候我也摸我的肚子。"老龟说。

老龟挨着秀枝坐下来。

"摸吧你接着摸。"老龟说。

秀枝起身要走。老龟朝四下看看,然后给秀枝笑了一下。老龟说看你这人我又不是狼你害怕啥?坐下咱说说话。说完,又笑了一下。

秀枝坐下了。狐疑地看着老龟。老龟闻到了一股气息,是女人身上的那么一股子气息。老龟立刻想起了秀枝富有弹性的肚子。他感到他身体的哪一块地方突然起了变化。他想做一件什么事,呼吸急促起来,脸越憋越红。

"我不行了!"

他终于叫了一声,朝秀枝扑过去。

秀枝兔子一样跳开了。老龟又扑过去。秀枝把手攥成拳头,朝老龟抡过去。老龟听见他的鼻根处像砸蒜一样响了一声,然后就感到了一阵辛辣的滋味,眼泪喷涌而出,糊住了眼仁。秀枝撒腿跑了。老龟朝脚步声伸手一抓,抓住了秀枝的一只脚。

秀枝倒了。

老龟在眼睛上胡乱抹了一下,再一扑,就压在了秀枝身上。

"畜生!"秀枝叫喊了一声。

老龟不愿再听见那种叫喊声,便用手捂住了秀枝的嘴。秀枝猛一张口,咬住了老龟的手。老龟咧嘴呻吟了一声,吸溜吸溜直吸气。秀枝踢打着,要抓老龟的脸。老龟感到秀枝的那两只手太讨厌,就把它们分开，死死压在草地上。

"来人啊！"秀枝拼命摇着头。

老龟对着秀枝涨红的脸，说："再喊我就往你嘴里唾。"

秀枝还在喊。老龟没唾。老龟说你喊吧你就是喊破嗓子也没人能听见谁让你一个人跑这么远的地方。秀枝不喊了，她拼命挣扎着，想把手从老龟的手里挣脱出来。老龟说你就是用上吃奶的劲也挣不开你没劲的时候就不挣了。

秀枝很快就没劲了。老龟把秀枝的两只手腕撮在一起，用一只手压住，另一只手朝秀枝的裤带摸过去。秀枝没力气动弹，大口喘着气。

"你看这多好，"老龟说，"到了伊犁，也会有男人这么弄你的，迟早是一回事，说不定他还不如我呢！"

老龟抽下秀枝的腰带，把秀枝的手绑在了一起。

"你要跑裤子就会掉下来，"老龟说，"你不怕更多的人看你屁股你就跑。"他把秀枝的裤子褪到腿弯那里，然后解他自己的裤子。

两股泪水从秀枝的眼角流出来，跌落在头底下的草叶上。

"你哭吧，我知道你不愿意，女人在这种时候都会流眼泪，你哭，哭完了我再弄。"老龟说。

"你饶了我吧。"秀枝说。

"我多长时间没沾过女人你知道吗？好不容易有了这么个机会，饶了你我怎么办？"老龟说，"人在为自己想的时候也得为别人想想。"

"我肚子里有孩子。"秀枝说。

"有孩子更好，"老龟说，"弄了你心里就没歉疚了，不是我把你从姑娘变成女人的，这不算糟蹋姑娘。"

老龟弄了秀枝。

老龟舒心地呻吟了一声,从秀枝身上翻下来,躺在柔软的草丛里。

"好死了好死了。"他说。

然后,他解开了秀枝的手。他舒坦地看着秀枝提上裤子,站起来,系好裤带。

"要是一天能这么弄一回就好了。"老龟说。他突然感到这种想法很好,就从草地上爬起来。

"你说行不?"他这么问秀枝。

秀枝给他的脸上吐了一口,转身走了。他伸开手,在脸上抹了一下,朝秀枝的背影眨着眼。他感到身子里的那种舒坦的感觉还在弥漫着。

他没想到秀枝会找刘杰三。

"老龟糟蹋了我。"秀枝一进刘杰三的帐篷就这么说。

刘杰三在读《康熙字典》。他动了几次念头,想和徐爷下棋,可一想到输棋的那种滋味,就作罢了。他取出那本字典,躺在地铺上,随便翻开一页往下读。他经常这样读它。他总能从字典里读出一种味道。世上爱读书的人不少,可爱读字典的人就稀罕了。这是刘杰三不厌其烦地读那本字典的另一个原因。他觉得编字典的人比写书的人更有学问，他们不仅是在释文解字，也是在解释世事。他常这么想。

门帘有力地响了一声。

"老龟糟蹋了我。"秀枝说。

刘杰三半晌没醒过神来。

"老龟不是打猎去了吗？"他说。

"他糟蹋了我。"秀枝说，"你要不管，我就用石头砸死他。"

秀枝出去了，门帘又有力地响了一声。

刘杰三看着摆动的门帘，产生了一种梦幻感。人有时候就会有这种梦幻感。刘杰三还没从这种感觉里恢复过来，门帘又被挑开了。

是老龟。

刘杰三又有了一种恶心的感觉。

"打了一只野羊。"老龟说。

"还有吧？"刘杰三说。

"没有了，"老龟说，"就是一只野羊。"

老龟心里的舒服和兴奋都爬在了脸上。"这草原日他妈真好，"他说，"看着就想在地上打滚，你也不出去走走。"

"野羊把你舒坦了，是不是？"刘杰三说。

"是啊是啊打了一只野羊我心里高兴。"老龟说，"人高兴的时候就想说话难道你没有过这种时候？"

"你只顾说你的怎么不问我愿不愿意听？"

"你不愿听我就不说了你洗脚不我给你打水去？"老龟说。

刘杰三说你歇着吧。

"我不累。"老龟说，"打一只野羊不算什么事不歇不歇我给你烧锅烟？"

刘杰三说你离我远点。

"你看你说的离你远点烧了烟我怎么给你喷？"老龟说。

刘杰三说我看你活够了。

老龟的眼睛直了。

"有人要用石头砸死你。"刘杰三说，"不信你出去试试。"

老龟张了几下嘴，没说出话来。他摇了摇头。

"你总不能老待在我的帐篷里吧？"刘杰三说。

老龟又摇了摇头。他后悔了。

他不敢到叛民们的帐篷跟前去。他躲着他们。他恨不能让屁股上也长出个眼睛。他总感到什么地方会飞出来一块石头，砸在他的后脑勺上。也许他们会把他拖进帐篷里，用手指头掐死他。他甚至不敢出去屙屎尿尿。人要是只吃饭不屙屎就好了，肚子憋的时候他就这么想。他提心吊胆地过了半个白天又一个晚上。

没有人掐他，也没有人砸他，甚至没一个叛民往他的脸上瞄一眼。他偷偷看过几眼秀枝。秀枝的屁股一摆一摆，从帐篷里出来，又进去了，跟没事一样。他的胆又慢慢壮了起来，心里又有了那种滋润的感觉。他像一只吃馋了的猫一样，又想起他骑在秀枝身上的情景。好死了好死了，他想，能永远骑着该多好。

"刘管带你看，他们没砸我。"他给刘杰三这么说。

"你命大么。"刘杰三说。

"我吓得直想尿裤子，可他们没砸。"他说。

"砸的时候你尿裤子就来不及了。"

"他们敢！"他说。

动身的那天早上，叛民们像往常一样，站在帐篷外边默念了一会儿祷告词，却没像往常一样套车装车。他们又进了帐篷。老龟和清兵们互相瞅了一阵，然后到几个帐篷里看了一遍，才发现他们齐齐地坐在帐篷里，没有丝毫动身的意思。老龟慌失了。他说刘管带他们坐在帐篷里不出来。刘杰三看了老龟一眼。老龟明白了。刘杰三说你跟我找徐爷去。老龟的腿像筛糠一样。

"我我我为什么要去我不去。"老龟说。

"走。"刘杰三说。

老龟不敢不去。他没进帐篷。他站在帐篷外边听刘杰三和徐爷说话。

"该动身了。"刘杰三说。

"有件事你没办，你心里清楚，秀枝找过你。"徐爷说。

"你想让我怎么办？"刘杰三说。

"你知道你们的规矩。"徐爷说，"事情不办这些人就不会走，你不能看着他们用石头砸死他吧？"

刘杰三出了帐篷，给眼巴巴看着他的老龟说："刚才的话你都听到了。只要你能让他们上路，我就不为难你。"

整整一个晌午，没有一个叛民走出帐篷。

老龟支持不住了。他想他完了。他咕咚一声跪下去，朝叛民们的帐篷叫喊起来："你们出来我把你们叫爷叫奶行不行呀啊啊。"

他抱着头失声了。他哭了一阵，突然爬起来，挑开了刘杰三的帐篷。他看见刘杰三躺在地铺上，擦着那把短铳。老龟红着眼。

"刘管带你总不能为了一个女犯人杀我吧?"他冲着刘杰三大声说。

"你总不能不让我把他们送到伊犁吧?"刘杰三说。

"人渴极了不能不喝口水吧?"老龟说。

"渴极了总不能把卤当水喝吧?"刘杰三说。

"你要是见了那娘们的肚子,你试试。"老龟说。

"我见了我就把眼睛闭上了。"刘杰三说。

"我闭不上,我急眼了。"老龟说,"我跟了你这么多年再坏也比一只狗强吧?"

"你把事惹下了。"刘杰三说。

"就算我惹了事也比一只狗强。"

"再好的狗给我惹事我还要他做什么?"

"你饶了我这一回。"老龟说。

"饶了你他们就会永远坐在这儿坐成一堆石头。"刘杰三说。

"你让我逃走,我一辈子记你大恩大德。"

"你逃了别人再犯我怎么办?"

"我后悔死了我真想把我这东西割了去。"

刘杰三说后悔不顶一个钱的事,临走的时候我给你们交代过规矩。老龟说本来我想说几句话解个闷可一到跟前我就管不住自己了。刘杰三说以后你就能管住了。

"你真要让他们砸死我?"

"那怎成?"刘杰三说,"我不能失了朝廷军队的脸面。"

所有的人都听到了短铳击中老龟头颅的响声。然后,他们就看见王贵和狗剩从帐篷里拖出了他的尸体。

那天,他们没有动身。刘杰三给埋老龟回来的狗剩说:你告诉他们,今儿不走了。狗剩在几顶帐篷外边跑了一圈,说:不走了不走了。他们又待了一天。

刘杰三把狗剩叫到他的帐篷里,问狗剩把老龟埋在哪儿了。狗剩胆怯地瞄着刘杰三,说:我们挖了个坑。刘杰三说我问你埋哪儿了你怎么胡回话去吧你去吧。那时候,太阳已到了西边,正变成橘红的颜色。阳光照在那几顶帐篷上,被阻拦住了,帐篷后拖着一道长长的阴影,平躺在绿草地上。

晚上,刘杰三没心思读字典。他感到他的胃又在隐隐作痛。他感到他的心里梗着一样什么东西。老龟的死并不可惜,他甚至把打死老龟看成给叛民们做出的一种姿态。可他不甘心。他必须做一件什么事情。

十多天以后,他阉割了麦穗。

十二

阉割麦穗之前,刘杰三有意和徐爷谈了一次话。他想把这件事做得有意思一些。他说狗剩你把徐爷叫来。他盘腿坐好,把那本花名册放在脚跟前,好让徐爷一进帐篷就能看见它。

徐爷揭门帘的时候引起来一股风,把花名册吹翻了几页。

"徐爷你坐下咱谈。"刘杰三说。

刘杰三一脸和颜悦色,使徐爷多少有些意外。"我站着,"徐爷说,"站着自在。"

"也成。"刘杰三说,"有件事想来想去还是先跟你说说的好。"

"说么。"

"其实不说也行,可我怕你误会,以为我有意找茬子报复。我想把事情尽量做得大气些。"刘杰三说。

"你一解释就显得小气了。"徐爷说。

"那就不解释了。"刘杰三说,他掂了掂那本花名册,"你看,麦穗的生日已过去好几天了,按规矩得阉割。"他歪头朝徐爷眨了一下眼睛,看着徐爷的反应。

徐爷的喉咙好像被什么东西噎住了,半晌没有说话。他费力地咽了一口唾沫,喉结上下滑动着。他没想到刘杰三要和他谈这件事。

"你真是个细心人。"徐爷说。

"这话听得我惭愧。"刘杰三说,"当和尚就得撞钟,在你看来就成了细心。"他说:"麦穗妈不会胡来吧?"

徐爷不说话,眼睛很空洞。

"她要胡来可就不好办了,说不定又得死人。"刘杰三说,"其实我也不愿意这么做,孩子毕竟还小,可我没办法,朝廷定下的规矩,我不照着做就大逆不道了。"

徐爷依然不说话,看着帐篷顶,喉结又滑动了一下。

"你给麦穗妈说说,阉割的孩子也不是麦穗一个,没阉割的,年龄一到也得阉割。阉割又不是要命,不会死的,王贵会这门手艺。"刘杰三说。

那时候，麦穗正站在草丛里朝着太阳撒尿。他看见太阳像一块烧红的铁饼，半截已陷进天边的地底下去了。他叉开两条小腿，一手提着裤带，一手抓着小牛牛，努力腆着肚子，想尽量尿得远些，尿在那块烧红的铁饼上。他想他要尿在太阳上就好了，太阳说不定会嗞溜溜响，变成蓝色，像烧红的铁器淬火一样，还会冒出烟来。他对阉割的事一无所知。

徐爷没找麦穗妈。

第二天清晨，刘杰三一醒来就给狗剩说："让王贵磨刀。"

王贵从驮子里翻出一块磨刀石，提着一把弯刀问刘杰三：在哪儿做？刘杰三说就在我的帐篷里做。王贵把磨刀石放在刘杰三的帐篷门口，屁股一颠一颠地磨起了那把弯刀。他磨得很认真。狗剩有些好奇，在一旁看着。

"你捡些干蒿子来，刀子磨好了要烧烧。"王贵说，听口气好像有些得意。

狗剩没动。

"你没见过磨刀？"王贵说。

"磨刀子倒见过不少，可磨这种刀子是第一回见。"狗剩说。

"刀子不一样，道理都是一个，把刃磨利。"王贵说。他用手指头在刀刃上试试，又磨了起来。

"刀子不一样，用处也不同。有的割柴火割草，有的割头。你这种专割尿的不常见。"

"这种刀子要常见的话就了不得了。世上的人就会越来越少。"狗剩说，"断人的根哩。"

"你做这种事就不怕绝后？"狗剩说。

"我不怕，"王贵说，"我爹弄了一辈子这营生，我妈生了我们兄弟六个。我老婆已生了四个了。这趟差回去，我老婆还会生的。去，捡干蒿子去。"

刘杰三站在帐篷外等着徐爷。徐爷出来了，又进了女人和孩子们的帐篷。刘杰三说王贵你手脚快些。王贵说好了，就等狗剩的干蒿子了。

帐篷里已有些亮了。女人们正在起身。麦穗妈已穿好衣服，给麦穗系裤带。徐爷站在麦穗跟前不说一句话。麦穗妈看见徐爷的脸色有些异常，张张嘴，没等问出口，徐爷已拉住了麦穗的手腕。麦穗茫然地眨着刚刚睡醒的眼睛，看看他妈，又看看徐爷。

"徐爷……"麦穗妈像呻吟一样。

徐爷好像没听见一样，他拉着麦穗出了帐篷。等麦穗妈和秀枝一帮女人们跟出去的时候，徐爷和麦穗已走远了。这时候，叛民们都出了帐篷，他们看着远处的徐爷和麦穗。徐爷低下头，举起一只手，默念着什么。

他们没注意磨刀的王贵。王贵已磨好了那把弯刀，在火上烧着，烧一阵，翻过来再烧，依然是那副认真的神情。

徐爷拉着麦穗的手走了回来，从叛民们跟前走过去，进了刘杰三的帐篷。王贵和狗剩跟了进去。门帘沉重地合上了。

麦穗妈慌乱地看着人们的脸色，想从他们的脸上看出个究竟。她突然想起了什么叫了一声，朝那顶帐篷扑了过去。

两个清兵拦住了她。她身子一软，晃了晃，软在了地上。

一声凄厉的叫声从帐篷里传了出来，很短促。一会儿，门帘被挑开了，先出来的是狗剩，然后是王贵。王贵提着那把弯刀，刀尖上滴着麦穗的血。

麦穗是在他妈的怀里醒过来的。他看见他妈的脸上满是泪水。他说妈你哭了？他妈的泪水更多了。他妈说麦穗你疼不？麦穗点点头。麦穗惹得所有的人都流了眼泪。

再一次醒来的时候，麦穗给他妈说：我跟以前不一样了。麦穗妈说一样你还是妈的麦穗。麦穗摇摇头，麦穗妈的心像被刀子割烂了一样，她一声一声叫着麦穗。她说麦穗你一天没吃东西了妈给你弄点吃的？麦穗又摇了摇头。

谁也没想到麦穗要饿死自己。开始的时候，他们以为他有伤，没有胃口吃饭，后来，他们才知道他们错了。麦穗不吃饭，也不说一句话。他甚至不愿理他妈。麦穗妈恨不能掰开麦穗的嘴。她说麦穗妈求你了你不吃就会饿死。麦穗紧绷着嘴，盯着他妈，吓得他妈不知该怎么办才好。

麦穗不让他妈背他，他让秀枝背。秀枝说麦穗你听姑一句话，再到歇息的地方就吃饭，行不？麦穗把头靠在秀枝的肩膀，好像睡着了，其实没有，他睁着眼睛，谁也不知他想着什么。

几天后的一个晚上，秀枝叫醒了徐爷。

"麦穗死了。"她说。

徐爷披上衣服，跟着秀枝去看麦穗。他看见麦穗躺在她妈的怀里，眼睛大张着。他走过去，轻轻合上了他的眼睛。

麦穗妈没哭，她也大张着眼睛。

嘎吱，嘎吱。平板马车碾轧着草原，这已是另一个早晨，它没有散架。路在它的前边延伸着。你以为很快就没路了，可拐个弯，你就会发现路还在前边，不远也不近。它没有欺骗你，欺骗你的是茂密的青草。

十三

徐爷给秀枝讲着过去的事情。他病了，走几步就会冒出一头虚汗。秀枝扶着他，走得很艰难。

"皇帝睡不着觉了，就下了令，派来了军队。"徐爷说得很慢，"仗打得像拉锯一样。荒沟老林里堆满了教众的尸体。""那年过西乡县城，我累坏了，脚脖子一软，就从桥上跌下去，险些淹死。我真想永远漂在水里，像皮球一样，让水漂走。"他说，"水没漂走我。它把我的烟袋锅漂走了，从那以后，我就绝了烟的想头。"

徐爷的脸上浮现出自嘲一样的微笑。他捋了捋那撮山羊胡子。不知什么时候，他已把它们整修过了，不再是一丛乱草。

"秀枝你怎么不笑？"他说，"我以为你会笑话我。"

"我笑不出来。"秀枝说。

"你还听不？"徐爷说，"要听我再给你讲，咱这个教门的事情多着哩。"

"我不听，你看你出气都困难了。"秀枝说。

"人老了就气短，"徐爷说，"可骨架子硬朗。你看是不？"

马背上的刘杰三一直听着徐爷和秀枝的对话。他不明白徐爷为什么把过去的事情说得那么轻松。他感到徐爷的那些话是说给他听的,脸上的那股子神气是强做出来的。他也许会跌一跤吧?他想。他不知道徐爷趴在地上喘气是个什么样子。他想着一路上要是没有徐爷,他该有多么寂寞。

徐爷在喘气,但徐爷没跌跤。

"徐爷,"刘杰三有些憋不住了,"你这身体,能走到伊犁吗?"他提着马缰,像徐爷一样看着前边,马蹄在他的屁股底下轻快地敲打着。

"走着看么,"徐爷说,"也许就走到了。"

"我一直想不通,你们怎么不逃跑?"

徐爷笑了一下,笑得很不经意。

"刀放在脖子上也不躲,为什么要逃?"徐爷说。

"噢噢。"刘杰三点着头,"其实,逃走也许是一条活路。"

"你把死活看得太重了。"徐爷说。

"到了伊犁,你会是个什么样子?我想不出。"

"只要不死,就会活在那儿。"徐爷说,"你呢,到了伊犁,你怎么办?"

"我?我当然得原路返回。"刘杰三说。

"噢噢。"徐爷说,"那一定很乏味。"

徐爷突然大声咳嗽起来。他蹶了下去,捂着嘴。秀枝惊叫了一声。刘杰三勒住马,看着徐爷和秀枝,脸上掠过几丝笑。

"徐爷你吐血了!"秀枝又一声惊叫。

徐爷用袖子擦了擦嘴,在裤腿上抹抹手,站起来,正要说走,大庆拉着那匹负重的马站到他跟前了。大庆脊背上背着许多东西,是从马背上取下来的。他痛苦地看着他爹。

徐爷的脸立刻阴了下来。

"你,骑马吧。"大庆说,脸上的肌肉抽动着。他不知下了多大的决心,才走到了徐爷跟前。

"秀枝,你扶着我。"徐爷说。

"走吧。"徐爷说。徐爷的脸像流汗的黑铁。

秀枝没动。她看着大庆。

"徐爷,你就给他点面子吧。"刘杰三说。

徐爷朝前走了。秀枝歪过头,又看了大庆一眼。她实在有些可怜大庆。

大庆像一截木桩,看着越走越远的徐爷,眼睛陷成了两个深洞。

"怎么看你都是一块贱骨头。"刘杰三说。他提提马缰,也走了。

许多人从大庆身边走了过去。他们依然不看他一眼。大庆直直地站着,一动不动。

只剩大庆和那匹马了。马在他身边刨着蹄子,刨得他心烦。他突然抬起脚,朝马腿踢了一下。马抖抖腿,落下了蹄子。大庆又踢了一下。他踢出了一肚子的晦气怨气和火气,便抬起腿,用力朝马肚子蹬过去。马一仰脖子,跑了。

"马跑了!"狗剩喊叫了一声,"刘管带你看那匹马跑了!"

刘杰三扭过头,看着那匹马。

"一匹马跑不了。"他说,"它还会跑回来的。"

果然,那匹马站住了。它仰头嘶叫了一声,弯过头又跑了回来,跑到了大庆跟前。他们看见大庆在马脖子上摸了一会儿,然后,把脊背上的东西又放在了马背上,捆绑着。

依然是辽阔的草原。流放的队伍稀稀拉拉的,拖得很长。他们已走了整整半年。

后来,他们看见了一只白色的鸟。又看见了一只。然后,他们看见一群鸟从什么地方飞起来,在天上盘旋了一阵,又落了下去。他们闻到了一股清凉的气息,然后就看见了那片湖水。他们的眼睛立刻明亮起来,沾在脸纹里的尘土纷纷跌落。他们迫不及待地朝它奔过去,跪在水边,用手掬着,喝着。有人没喝几口,就倒下去,呼呼睡了过去。

那是一片绿色的湖水。

他们把帐篷搭在了那里。

十四

秀枝的肚子挺了起来。那些天,刘杰三的目光很容易就落在秀枝挺起的肚子上。

"不知你看见没有,秀枝的肚子大了。"他给徐爷说。那是个傍晚,他和徐爷坐在帐篷外边的草地上聊闲天。他又一次想起了秀枝的肚子。

"噢么。"徐爷说。徐爷看着不远处的湖水。湖水上映着西天的云彩。

"我不能不管这事。"刘杰三说。

"管么。"徐爷说。

"孩子是谁的?"刘杰三说。

徐爷瞟了刘杰三一眼。"你这话问得怪。"徐爷说。

刘杰三说我没感到怪,我想你知道。

"不知道。"徐爷说。

"这才怪呢。"刘杰三说。

那时候,秀枝正躲在帐篷里,抚摸着她高挺的肚子,一只鸟飞过来,落在帐篷的小窗口上,用两只新奇的眼睛东瞅西看,夕阳给它的尾巴上抹了一道惹眼的红色。就是那种白色的鸟。

秀枝给它笑了笑。鸟扑闪了几下翅膀,飞走了。她看着小窗口,想象着它飞翔的样子。

"喝口水。"麦穗妈端来一碗水,挨秀枝坐下来,"多喝水对孩子好。"

麦穗妈总是在她需要的时候照顾她,秀枝对麦穗妈满怀感激。麦穗死了以后,麦穗妈总发呆,除此以外,就是关心照顾秀枝。秀枝真有些渴了,她接过水碗喝了几口。

"有六个月了吧?"麦穗妈说。

秀枝点点头,给麦穗妈一个微笑。

"多半是个男娃。"麦穗妈说。

"会吗?"秀枝说,"一想到他是个男娃,我就高兴得流泪。"

"男娃满腰缠,不显身子。你看你,六个月了,还不累赘。这是男娃的兆头。"

"嫂子，"秀枝有些动情了，"要没你在我跟前，我不知道多恓惶哩。"

"我知道。我怀麦穗的时候，也整日恓惶，总是想着有个人给我说点什么。"

麦穗妈说："你要把他生下来，养活他。我不问他爹是谁，肯定是个好人。你要对得起他。"她摇摇头，顺下了眼，"我对不起麦穗他爹。"她说。

秀枝没再说话。她知道她安慰不了麦穗妈，她看着帐篷上的小窗户。窗户上好像还留着那只鸟的影子。

天黑后，狗剩叫走了她，说刘管带有话问。

刘杰三仰靠在被子上，翻着那本花名册。他听见秀枝进来了。

"你找我？"

刘杰三唔了一声，继续翻着。他没有直截了当地说秀枝的肚子。他想起了秀枝洗衣服的事。

"把那碗端过来。"他说。

帐篷根下放着一碗水。秀枝犹豫了一下，走过来，把水碗端到刘杰三跟前。

刘杰三接过水，没喝。他把它缓缓地泼在了地上。他看着秀枝的脸，说："我没别的意思。我想试试你的脾气。"

秀枝看见刘杰三朝她走过来，走到跟前了。他把目光从秀枝的脸上滑到了肚子那里，然后，又移在了秀枝的脸上，定定地看着。

帐篷里安静得有些怕人。

"你肚子里的孩子是谁的?"刘杰三说。

秀枝低着头,没有吭声。

刘杰三不再问了,他把一只手放在了秀枝的肩膀上,秀枝没动。刘杰三的手顺着秀枝的脖子移上去,抚摸着她的头发。秀枝还是不动。刘杰三的手又移了下来,停在了秀枝的脖子底下,不动了。他不说话。他盯着她的脸。他好像要试试他跟前的这个女人到底有多大的耐性。

秀枝依然不动。

刘杰三的手指头捏住了秀枝领口上的纽扣,解开了。这回,秀枝动了,她抬起头,和刘杰三的目光对视着。

刘杰三脸上的表情高深莫测。他又开始解第二个纽扣,解得不紧不慢。他等待秀枝的反应。

秀枝推开了刘杰三的手。他并不气恼,反而有些高兴,等待秀枝进一步的反应。他万万没有想到,秀枝在推开他的手之后,没有走开。秀枝自己解她衣服上的纽扣了,解得比刘杰三还要冷静。

刘杰三的脸突然黑了。他一把抓住了秀枝的衣领,牙齿紧紧地咬在一起。

"你为什么不反抗?"他说。

秀枝的头又低了下去。

"鬼!"刘杰三叫了一声,抡开手,朝秀枝的脸抽过去。秀枝的头激烈地摆动了一下,血从她的嘴角流了下来。

"你们是一群鬼!"刘杰三又喊了一声。

秀枝伸出一根指头,慢慢地擦着嘴角的血,顺着嘴唇抹过去,然后，转身朝帐篷外走去。刘杰三看着秀枝的背脊，像一只孤独的老狼。

第二天早上，他拦住了去湖边挑水的大庆。

"你甭去了，我找个人换换你。"他说。

大庆有些茫然，慢慢放下水担，有些不相信地看着刘杰三。当他看着狗剩领着秀枝走到他跟前的时候，便愣住了。

"把水担给她。"刘杰三说，"以后的水归她挑。"

秀枝挑起水桶，朝湖边走去。大庆看看越走越远的秀枝，又看看刘杰三，脸上的表情急剧地变化着。

"你，你不能这么做。"他说，"她有孩子！"

刘杰三觉得大庆有些可笑，"孩子？孩子和你有什么关系？"

大庆被噎住了，脸越憋越红。

"嗯？你说么。"刘杰三说。

"孩子，孩子，"大庆结巴着，"她肚子里的孩子是我的！"他突然这么说了一句。

狗剩和几个清兵哄笑了起来。

"是我的！"大庆说。

刘杰三有了一种被人愚弄的感觉，心里流窜着一股邪火，脸上浮现出刻毒的笑。

"你和她睡过觉？"他说，"那我得看看你和她怎么睡。我把我的帐篷让给你，怎么样？"

无聊至极的清兵们巴不得有一件新鲜事开开心。

"好！让他们睡！"他们叫嚷起来，兴奋得像一群公鸡。

"让他们睡！"狗剩喊得最响。

刘杰三并不言语。狗剩和清兵们胆壮了,拉住大庆的胳膊。刘杰三的表情暧昧。狗剩他们的胆更壮了,把大庆抬起来,朝刘杰三的帐篷抬过去。大庆慌急了,蹬着腿,失声叫喊着:

"不!不!"

"把他的衣服扒了。"刘杰三说。

清兵们扒掉了大庆的衣服。扒得一丝不挂。

"扔进去。"刘杰三说。

清兵们把大庆扔进了帐篷。

"去,把那女人也弄进去。"刘杰三说。

几个清兵朝挑水的秀枝跑过去。他们已很亢奋了。他们把秀枝拖到帐篷门口,推了进去。

大庆立刻拉过刘杰三的被子,遮住了他的下身,滚圆的汗水从他的头上渗出来,往脖子里淌着。他张着口,朝秀枝喘着气,目光恍惚。

秀枝一脸平静的神色。她不看大庆,她看着帐篷壁。大庆的喘息声小了,目光渐渐冷了下来。

"秀枝……"他呻吟一样叫了一声。

秀枝没动。帐篷里很安静。

大庆顺着秀枝的目光看过,篷壁上挂着一把短刀。大庆的目光闪出一股奇异的光彩,身体里突然涌动起一股流血的意愿。他忘记了羞耻。他扑到了短刀跟前,抓住了它。

秀枝的嘴猛然张开了。

大庆抽出了那把刀,朝自己的肚子捅了进去。他哦了一声,然后被一阵冰凉的疼痛攫住了。他咬着牙,腰越弯越厉害,终于跪下去,身子还在弯着。他努力控制着,没让自己弯倒下去。他费力地扭过头来,寻找着秀枝。他看见秀枝的身影很虚,还在原来的地方站着。

"秀枝,我不是坏人。"他说,"我不是故意的。当时,我的腿软了。你给我爹说说,以后,我的腿不会软了。"

他给秀枝笑了一下,然后像打嗝一样,挺了一下脖子,倒了下去。他一直抓着刀把。

那天晚上,徐爷一个人在湖边坐了很久。没人到他跟前去打扰他。

十五

秀枝要逃走,是因为刘杰三和她的另一次谈话。开始的时候,她还很坦然,用手指头梳理着她的头发。刘杰三背着手,来回走着。

"不管你肚子里的种是谁的,你都可以生下来。"他说,语气很平淡,"要是个女的,什么事情也不会有的。其实,如果是个男的,事情也不会有多大。"他停顿了一下,看着秀枝。"长到八岁,就得阉割。"他说,"朝廷是不会把他留下给你们做种子的。"

秀枝梳理头发的手指头停住了。她扬起头,看着刘杰三。她一直淹没在养育孩子的幻想中,却从没想过他会被人阉割。

"看样子,你没想过这事。"刘杰三在秀枝的对面坐下来,一副阴阳怪气的表情,"要不,我把他抱走,养大他,让他做我的后人。"他说:"或者,我干脆把你杀了,让他捂死在你的肚子里,这就会省去很多麻烦。"

刘杰三的话像刀子一样,一下一下剜着秀枝的心。她恨不得咬他一口。

"你不是人。"秀枝说。

刘杰三笑了一下:"你这是气话。"他说,"人还是人,只是跟你们不一样罢了。"

"你不是人。"秀枝说。

几只鸟在水边上飞翔着。马在草地上吃着草,有一匹扬起脖子看着远处,突然扬开蹄脚奔跑起来,其余的几匹马若无其事,继续吃着。

七八顶帐篷随意地撑在水边不远的地方。远看着,像几只蘑菇。

那天晚上,秀枝怎么也睡不着,睁眼闭眼都是刘杰三的那张瘦脸。刘杰三的每一句话都是一块烧红的烙铁,烧灼着她。她躺不住了,到徐爷的帐篷里,叫醒了徐爷。

"我要走。"她说。

徐爷有些惊异。

"我一定要生下我肚子里的孩子。"她说,"我要他活着,我要养大他。"

徐爷神情黯淡,好长时间没有说话。秀枝从怀里取出那枚铜镜,递给了徐爷。

"这是苍爷留给我的……"秀枝说。

徐爷的眼睛突然明亮起来,但很快又黯淡下去。人只有在绝望的时候才会有这种黯淡的目光。他轻轻地摇了摇头。秀枝急了,拉住徐爷的手。

"徐爷,你让我走……"

"你逃不出去。"徐爷的喉咙里像堵着一口痰,"就是把他生下来,也逃不出他们的手。"

"不。"秀枝说,"我要生下他,我要活着。"她眼睛里滚动着泪水。

"伊犁,伊犁,那里是我们这群人的最后归宿……"徐爷仰着脖子,像给自己说话一样。

秀枝拿过那块铜镜,抱在胸口上,"我给他发过誓……徐爷,求你了!"

秀枝痛苦地捂住了她的脸。

徐爷干涸的眼眶湿润了。他站起来,走出帐篷,两股清冷的泪水从他的脸上流了下来。一会儿,秀枝跟了出来。

"徐爷,你哭了。"秀枝说。

"没有。"徐爷说。

"我一定要走。"秀枝说。

徐爷好长时间没有说话,他看着茫茫的草原。然后,他说:"又得死人了。"声音沙哑而苍凉。

最后的那一次晨祷是太阳出来之前开始的。流放者们从他们的帐篷里走出来

一个跟着一个,走成了一行,向湖边走去。他们低着头,双手合十,神色庄严。一群水鸟在湖面上旋飞着,鸟叫声和晨光一样清亮,传得很远。等清兵们发现他们的时候,他们已走到了湖边,继续向远处走着。

"刘管带不好了他们的老病犯了!"狗剩像一只惊慌的兔子,跳进了刘杰三的帐篷,"他们到湖边做祷告去了。"

"把你们的火枪提上。"刘杰三说。

清兵们很快跑到了流放者们的前边,一字排开,举起他们手中的火枪。

流放者的队伍越走越近了。徐爷走在队伍的最前边,双手合着,举在头顶上。

"回去!"狗剩喊了一声。

流放者们好像没有听见,继续走着。

"再走就开枪了!"狗剩又喊了一声。

流放者们在清兵的横队跟前拐了个弯,继续绕湖而行,从清兵们身边走了过去。清兵们没有开枪,他们转过脸,看着流放的叛民们,然后,把目光停在了刘杰三的脸上。

"放倒几个试试。"刘杰三说。

清兵们手中的火枪响了。流放者的队伍中有人倒了下去。可是,队伍还在行进。

"再放倒几个。"刘杰三说。

一阵清脆的枪响,又有人倒下了去。放过枪的清兵们手忙脚乱地装火药。

队伍还在走。他们低着头,面不改色,身边发生的血腥事件好像与他们无关。

"打!"刘杰三吼了一声。

又一阵枪响。倒下去的人中有女人,也有孩子。一个女孩的腿被击中了,坐在地上哭叫着:"我的腿断了!"

没人理会她。他们还在走。

"我疼!"孩子摇着倒在她身边的一个女人,泪水在她肮脏的小脸上爬出了两道歪拧的渠沟。

"打!"刘杰三对清兵们吼着。

这回,枪没响。清兵们被流放者们的状态震慑住了,浑身的肌肉突突跳着。他们看见流放者们终于停了下来,在湖边围成了一个方形,开始做祷告,那种男女混杂的祷诵声唤起了一个遥远的记忆。他们想起了青峰堡。

刘杰三的脸像猪肝一样。他挨个儿看着流放者们的脸。突然,他像被猛击了一掌,身子挺了一下,睁大了眼睛。

他没有看见秀枝和麦穗妈。

没有。

他转身朝帐篷跑去。他没有找见她们。在拴马的地方,他看见了一堆损坏的马具和几条割断的马缰。他感到他的腿上突然失去了支撑的力量。他蹾了下去,怔怔地看着那堆马具和马缰绳,一直到徐爷和流放者们做完晨祷。

"你骗了我。"他说,"你说你们不会逃跑,你骗了我。"

"是你吓跑了她。"徐爷说。

"我以为你会羞愧。"刘杰三说。

"不会,"徐爷说,"我怎么会羞愧?"

"你为什么要这样做?"刘杰三说。

"不这么做,秀枝就跑不了。"徐爷说。

"你以为她们能活着逃出去？"

"那就看她们的命大不大。"

"本来你能活着走到伊犁的，现在不行了。"刘杰三说，"你挑个死法。"

"这全在你了。"

"死的时候，你的那撮胡子还会翘吗？"

"那我就管不着了。"徐爷说。

刘杰三吊死了徐爷。他看着徐爷把头伸进了绳圈。"我想看看你扭身子蹬腿的样。"他说。他给狗剩努努下巴。狗剩搬走了徐爷脚下的石头。然后，刘杰三就知道了，人在死的时候不一定能保住尊严。徐爷肯定不愿让人看见他扭身子蹬腿的样子，但绳一勒住脖子，不想蹬也得蹬，不愿扭也得扭，他拿自己没办法。刘杰三又吊死了两个叛民。他感到人在吊死的时候都差不多一个模样。

"咱没马骑了。"狗剩说。

"路也太长了，猴年马月才能走到？"王贵说，"按我的心思说，把他们都吊死算毬了，咱各回各家。"

"不想走路好办，"刘杰三说，"你看看挂着的那几个叛民，他们永远也不会为走路发愁了。"

四个月以后，他们到了伊犁。王贵和五个清兵半路失踪了，许多叛民病饿交加，死在了路上。他们在一座城堡跟前停了下来。他们像一群鬼，眼睛深深陷在干硬的头骨里，看着城墙上的哨楼。

刘杰三使劲咽了几次，把一口干涩的唾沫咽下了喉咙。"我要见你们大人。"他说。

驻军首领要看朝廷的公文。刘杰三从那只羊皮袋里倒出来一本字典,又倒出来一本花名册,然后翻过袋子,没找到公文。

"我丢了。"他说。

驻军首领摇摇头,说:"那我只能把你们都当犯人看了,你们去打土坯修补城墙吧。"

刘杰三打了一年土坯。

驻军首领派人取公文的时候,已升为协统的标统大人突然想起了刘杰三和那一批流放的叛民。

"噢噢,有那么一回事。"协统大人说。

又过了一年,刘杰三到协统大人府上复命。他没说秀枝逃走的事,协统大人说你当标统吧。刘杰三咬咬牙根,说:"我要回家。"

"也行,"协统大人说,"回家看看再来。"

刘杰三没有回家,也没有再来。许多年后,他在一个叫大莲花池的村子里找到了秀枝,他看见她坐在石头上晒太阳,一个十四五岁的男孩光着屁股在院子里胡蹦乱跳,滚圆的肚子上抹满了口水和鼻涕,一块小铜镜在他的胸膛上摇来摆去。秀枝没有吃惊,甚至没有抬头。她已经不是当年的那个女人了。

"你还认识我吧?"刘杰三说。

秀枝依然没有抬头。刘杰三能听见太阳光穿透空气的声音。

"你是刘管带。"秀枝的声音像从屁股底下浮上来的。

"我以为你认不出我了。"刘杰三给秀枝笑了一下。他挨着秀枝蹾下来,看着院子里的那个男孩子。男孩停止了蹦跳,他歪着头,眨着眼,然后,一步一步走到刘杰三跟前,咧咧嘴,刚做出一个笑的样子,一滴涎水便从嘴里游了出来,像一只蝌蚪,拉着尾巴,啪哒一声,滴在了他肮脏的肚皮上。他用手抹匀了它。他依然咧着嘴,另一滴涎水往外游着。他没等它滴下来,便突然伸手,在刘杰三的头上摸了一下,然后飞快地跳开去,抡着胳膊,在院子里转着圈子,翻来覆去念着一句口诀:

嘟哩嘟的当,三十晚上没月亮。

"他是我儿子。"秀枝说。

"噢。"刘杰三说。

他们没再说话。他们一起看着那个男孩。他们感到他们的脊背被太阳烤热了。他们抬起头,看着太阳。

阳光正是刺人眼的时候。

一九九三年五月二十四日 西安

(原载于《收获》1993年第5期)

图书在版编目（CIP）数据

老旦是一棵树 / 杨争光著. -- 长沙：湖南文艺出版社，2019.10
（走向世界的中国作家丛书）
ISBN 978-7-5404-9439-1

Ⅰ.①老… Ⅱ.①杨… Ⅲ.①中篇小说—小说集—中国—当代 Ⅳ.①I247.5

中国版本图书馆CIP数据核字(2019)第198874号

老旦是一棵树
LAODAN SHI YI KE SHU

| 作　　者：杨争光
| 出 版 人：曾赛丰
| 责任编辑：汤亚竹　陈小真
| 责任校对：舒　专
| 封面设计：弘毅麦田
| 内文排版：钟灿霞
| 出版发行：湖南文艺出版社
|　　　　　（长沙市雨花区东二环一段508号 邮编：410014）
| 网　　址：http://www.hnwy.net
| 印　　刷：湖南省众鑫印务有限公司
| 经　　销：湖南省新华书店
| 开　　本：880mm×1230mm　1/32
| 印　　张：13.5
| 字　　数：296千字
| 版　　次：2019年10月第1版
| 印　　次：2019年10月第1次印刷
| 书　　号：ISBN 978-7-5404-9439-1
| 定　　价：36.00元

本社邮购电话：0731-85983015
若有印装质量问题，请直接与本社出版科联系调换